OKAMOTO Kidô

FANTÔMES ET SAMOURAÏS

Hanshichi mène l'enquête à Edo

Traduit du japonais par Karine Chesneau

Éditions
Philippe Picquier

La traductrice remercie Michiko Naito
pour sa collaboration.

Ouvrage publié avec le soutien du
Programme de publication de littérature japonaise
géré par l'Association japonaise pour les échanges culturels
sous l'égide de l'Agence des affaires culturelles.

Titre original : *Hanshichi Torimonochô*

Edition japonaise publiée par Kobunsha

© 2004, Karine Chesneau
   pour la traduction française

© 2004, Editions Philippe Picquier
   pour l'édition française
   Mas de Vert
   B.P. 150
   13631 Arles cedex

En couverture : © D.R.

Conception graphique : Picquier & Protière

Mise en page : Atelier EquiPage – Marseille

ISBN : 2-87730-715-8

SOMMAIRE

L'esprit d'Ofumi.. 7

La lanterne en pierre 39

La mort de Kanpei 69

A l'étage de la maison de bains............................ 99

Le professeur-monstre 129

Le mystère de la cloche d'incendie 159

La dame de compagnie... 189

L'étang de la Ceinture-voleuse............................ 219

La fonte des neiges au printemps 245

Hiroshige et la loutre... 273

La demeure Belles-de-jour................................... 305

Chats en rébellion 333

La fille de la déesse Benten................................. 361

La nuit de la fête de la montagne........................ 393

L'ESPRIT D'OFUMI

Né à la fin de l'époque Edo [1], mon oncle connaissait nombre de récits fantastiques plutôt lugubres comme il en circulait alors énormément. Ceux par exemple de la pièce secrète d'une maison hantée, de l'esprit d'une femme jalouse ou encore d'un mort obsédé de vengeance. Pourtant, sous l'influence de son éducation de samouraï, selon laquelle un guerrier se doit de ne pas croire aux êtres surnaturels, il s'évertuait à nier le tout en bloc. Et même avec l'avènement de l'ère Meiji (1868), cet état d'esprit ne disparut pas pour autant. A peine commencions-nous dans notre enfance à évoquer de manière insidieuse des histoires de fantômes, que mon oncle fronçait les sourcils, l'air mécontent, et on ne pouvait plus rien tirer de lui.

Une seule fois, il prononça une phrase du genre :

— C'est pourtant vrai que sur terre, quantité de choses restent inexplicables. Cette affaire d'Ofumi par exemple...

Personne ne savait de quoi il parlait. Mon oncle, qu'irritait visiblement l'idée de dévoiler publiquement cette affaire défiant la raison – ce qui eût été en contradiction totale avec ses convictions –, se refusa à en dire

---

1. Epoque Edo : 1603-1868. Edo est l'ancien nom de Tôkyô. Siège du shôgunat, capitale administrative devenue également une grande cité commerciale, elle comptait un million d'habitants au XVIIIe siècle.

davantage. J'eus beau questionner mon père, lui non plus ne pipa mot. Cependant, la façon de parler de mon oncle me fit supposer que derrière cette affaire se cachait Oncle K., et ma curiosité enfantine aidant, je me décidai à me rendre chez lui. Je n'avais alors que douze ans. Oncle K. n'était pas membre de notre famille, mais comme mon père le fréquentait déjà avant l'ère Meiji, j'avais pris l'habitude d'appeler cet homme « tonton » depuis l'enfance.

Quand je l'interrogeai sur cette affaire, il ne me donna pas non plus d'explications satisfaisantes.

— Oh, tout ça n'a pas d'importance. Si je te raconte une ridicule histoire de fantôme, ton père ou ton oncle seront furieux contre moi.

Lui d'ordinaire si bavard resta muet comme une carpe. Comment, dans ces conditions, le harceler pour approfondir la question ? Le nom de cette Ofumi finit donc par me sortir de la tête alors qu'à l'école on me bourrait le crâne presque chaque jour avec de la physique et des mathématiques. Puis, au bout de deux ans à peu près, par une journée de fin novembre, autant qu'il me souvienne… la pluie fine et froide qui s'était mise à tomber depuis mon retour de l'école s'accentua avec la tombée de la nuit. Je crois bien que la femme d'Oncle K. était sortie depuis le matin à l'invitation de voisins, pour aller au Shinmomi-za, l'un des trois théâtres de kabuki d'Edo.

La veille, tonton m'avait dit : « Je reste à la maison demain, passe donc me voir dans la soirée. »

Je tins promesse et me rendis chez lui sitôt mon dîner terminé. Sa maison se trouvait à quatre *chô*[1] de la

---

1. *chô* : unité de surface (98 ares) équivalant à un îlot de maisons compris entre deux rues distantes de 1 *chô*, également ancienne unité de longueur (109 m).

nôtre à vol d'oiseau, mais elle était située dans le vieux quartier de Ban-chô où se dressaient toujours les demeures de guerriers, vestiges de l'époque Edo ; et même les jours de beau temps, la masse sombre de ces bâtiments donnait l'impression que le soleil n'y pénétrait pas. Les soirs pluvieux étaient particulièrement tristes. Oncle K. habitait dans l'enceinte d'une résidence de grand feudataire, un daimyô, et probablement qu'autrefois vivait là une personne de condition élevée ayant le statut d'intendant ou de conseiller. Sa maison indépendante était entourée d'un petit jardin clos d'une haie ajourée de bambous.

De retour du Bureau du gouvernement, Oncle K. avait dîné, et il était déjà revenu du bain public. Une bonne heure durant, nous bavardâmes de tout et de rien devant une lampe à pétrole. Le bruit de la pluie gouttant sur les grandes feuilles des aralias du Japon dans le jardin, qui frottaient parfois les volets, évoquait l'obscurité à l'extérieur. Quand l'horloge accrochée à un pilier sonna sept heures, tonton s'arrêta soudain de parler pour tendre l'oreille :

— Qu'est-ce qu'il pleut dehors !

— Tata doit avoir du mal à rentrer.

— Oh, ne t'en fais pas, je lui ai envoyé un tireur de pousse, répondit-il avant de boire du thé en silence. Puis, d'un air un peu plus grave, il me dit : Tiens, je vais te parler de l'affaire d'Ofumi sur laquelle tu m'as interrogé un jour. Ce genre de soirée convient parfaitement pour une histoire de fantômes. Tu n'es pas froussard, toi ?

Je l'étais. Mais fasciné par tout ce qui fait peur, j'adorais écouter, oreilles grandes ouvertes et muscles tendus, toutes sortes de récits fantastiques. L'affaire d'Ofumi me trottait dans la tête depuis longtemps, et le fait que

9

tonton propose spontanément de l'évoquer me fit briller les yeux. En faisant celui qui ne craignait aucune histoire de fantômes du moment qu'il était à l'abri sous la lumière d'une lampe à pétrole, je bombai le torse et fixai Oncle K. Ces manières puériles de montrer mon courage semblèrent l'amuser. Un instant silencieux, il eut un sourire moqueur.

— Dans ce cas, je vais t'en parler, mais ne me dis pas après que tu ne peux pas rentrer chez toi parce que tu as peur et que tu voudrais dormir ici cette nuit !

Ce préambule étant posé, tonton entama tranquillement le récit de l'affaire d'Ofumi.

J'avais tout juste vingt ans à l'époque. Rappelle-toi, souligna-t-il d'emblée, que l'an 1 de l'ère Genji (1864), c'est l'année du désastre d'Hamaguri Gomon[1] à Kyôto.

Le hatamoto Matsumura Hikotarô, dont les terres rapportaient annuellement la valeur de trois cents *koku*[2], possédait une résidence dans le quartier militaire de Ban-chô. Cet homme instruit, qui parlait notamment le hollandais, travaillait pour l'administration chargée des négociations entre le gouvernement shôgunal et l'étranger, et l'on peut dire qu'il avait le vent en poupe. Quatre ans plus tôt, sa sœur cadette, Omichi, était entrée par les liens du mariage dans la famille d'un autre hatamoto, Obata Iori, qui habitait à Koseki, sur la rive ouest de la rivière d'Edo. Elle avait même eu une fille, Oharu, âgée de trois ans à l'époque.

---

1. Bataille qui eut lieu en août 1864 entre troupes rivales, et causa la destruction de dizaines de milliers de maisons à la suite de l'incendie qui ravagea la ville de Kyôto.

2. *koku* : unité de capacité pour mesurer le riz, équivalant à 180 litres, quantité nécessaire à la nourriture d'une personne pendant une année.

Mais un jour… cette Omichi arriva à l'improviste chez son frère avec la petite et, à la stupéfaction de Matsumura, déclara cette chose inimaginable : « Je ne peux plus rester dans la maison des Obata, je vous prie de leur demander de m'accorder la séparation. » Il lui demanda des explications, mais pour toute réponse elle affichait un visage blême.

— Vous ne pouvez pas ne pas parler. Dites-moi clairement vos raisons. Une fois mariée, une femme qui vit dans une autre famille n'est pas supposée quitter le domicile conjugal sur un coup de tête, ni être répudiée à la légère. Comment voulez-vous que je comprenne si vous me dites simplement, et à brûle-pourpoint : « Je veux reprendre ma liberté » ? Si moi, votre frère, je suis convaincu du bien-fondé de votre souhait après avoir entendu vos explications, j'aurai des arguments pour négocier. Alors, ces raisons, quelles sont-elles ?

En pareil cas, quiconque, et pas seulement Matsumura, eût d'abord tenu ces propos à Omichi, mais celle-ci s'obstinait à garder son secret. Et telle une enfant têtue, cette épouse de samouraï âgée de vingt et un ans ne cessait de répéter : « Veuillez leur demander qu'on m'accorde la séparation, je ne peux pas passer un jour de plus dans cette demeure. » Alors, son frère, d'ordinaire très patient, finit par s'énerver :

— C'est ridicule, lui lança-t-il, faites un peu travailler votre cerveau ! Comment croyez-vous que je puisse demander qu'on vous accorde la séparation si vous ne m'en donnez pas les raisons ? Et puis, vous imaginez que de leur côté ils vont accepter ? Vous ne vous êtes pas mariée hier, que je sache, vous êtes déjà dans votre quatrième année de mariage, et de surcroît avec une enfant, Oharu. Vous n'avez pas de problèmes avec votre beau-père, ni avec vos belles-sœurs. Votre époux

Obata est quelqu'un d'honnête et de courtois. Bien que d'un rang modeste, il travaille pour le gouvernement, menant ses missions à bien. Qu'est-ce qui vous manque pour vouloir reprendre votre liberté ?

Mais rien n'y faisait, Matsumura avait beau crier, la sermonner, il n'obtenait aucune réponse. Puis il réfléchit. Ce n'était sûrement pas ça, mais enfin, les tentations existent bel et bien sur terre. Il y avait de jeunes samouraïs chez Obata. Et dans les résidences voisines vivaient des deuxièmes, troisièmes fils de famille n'ayant pas la charge des aînés, et qui s'amusaient ou traînaient tout à loisir. Ma sœur est toute jeune, se dit-il, si elle avait commis une faute et se trouvait dans une situation catastrophique l'obligeant à se retirer ? A cette pensée, l'interrogatoire du frère se fit plus pressant : « Si vous refusez absolument de me livrer des détails, j'ai mon idée. Je vais vous emmener chez les Obata et vous faire tout avouer devant votre mari. Allons, venez avec moi ! » cria-t-il en voulant la saisir par le col et les cheveux pour l'entraîner dehors.

Face au ton agressif de son frère, Omichi parut désorientée et fondit en larmes en lui demandant pardon, avant d'annoncer que dans ce cas elle allait parler. Et quelle ne fut la stupéfaction de Matsumura quand il l'entendit raconter en pleurs son histoire.

L'affaire s'était produite sept jours plus tôt, le soir où sa sœur avait rangé les poupées de sa petite fille Oharu âgée de trois ans, exposées le troisième jour du troisième mois lunaire, pour la fête des Filles[1]. Une jeune femme échevelée était apparue au chevet d'Omichi, le visage blafard. Elle était trempée de la tête aux pieds, vêtements

---

1. La fête des Filles est célébrée le 3 mars. Elles revêtent de beaux kimonos, et des poupées luxueuses sont exposées sur des étagères disposées en escalier, représentant l'empereur et l'impératrice, leur cour…

inclus, comme à la sortie d'un bain tout habillée. Ses manières étaient celles d'une personne au service d'une famille de la classe des guerriers, elle avait une tenue correcte, saluant le buste incliné, les mains posées à plat sur le tatami. La femme ne prononçait pas un mot. Et ne faisait aucun mouvement particulier susceptible de menacer quelqu'un. Elle se contentait de rester accroupie là en silence, mais le spectacle était si effrayant qu'Omichi n'avait jamais rien connu de pareil. Saisie de frissons, la jeune épouse s'agrippait inconsciemment aux manches de son kimono de nuit molletonné, et s'éveilla de cet affreux rêve.

En même temps, Oharu qui dormait à ses côtés fut apparemment assaillie par le même rêve effrayant, car elle se mit soudain à pleurer comme s'il y avait le feu et à hurler : « Fumi est là ! Fumi est là ! », à croire que la femme mouillée hantait aussi son rêve. On pouvait supposer que le nom crié par Oharu était celui de la femme.

Omichi avait passé la nuit la peur au ventre. Elevée dans une famille de samouraïs et mariée à un samouraï, elle aurait eu honte de raconter à quelqu'un une histoire de spectre comme on en voit apparaître dans les rêves, et elle cacha à son époux ce qui s'était passé, mais la nuit suivante, la femme mouillée apparut de nouveau à son chevet, le visage blafard. Chaque fois, la petite Oharu hurlait les mêmes mots : « Fumi est là ! » La fragile Omichi ne pouvait plus supporter cette situation, sans pour autant avoir le courage de se confier à son mari.

Comme ce genre d'apparition se reproduisit quatre fois de suite, Omichi était épuisée à cause de l'angoisse et du manque de sommeil. Dépassant sa honte et son embarras, elle osa enfin se plaindre auprès de son mari, mais Obata se contenta de rire sans prêter attention à ses dires. Et la femme mouillée revenait toutes les nuits. Quoi qu'elle dise, son époux refusait de l'écouter. A la longue, il manifesta même de la mauvaise humeur, car il trouvait ces balivernes indignes d'une épouse de samouraï.

— Tout samouraï que vous soyez, il n'y a pas de raison de rire de votre femme en train de souffrir.

Omichi en arrivait à éprouver du ressentiment à l'égard de son mari insensible. Si une telle souffrance venait à se prolonger, elle risquait tôt ou tard d'être tourmentée jusqu'à la mort par la faute d'un mystérieux spectre. Dans ces conditions, Omichi ne voyait d'autre solution que de fuir au plus tôt avec sa fille cette maison hantée, et il n'était plus temps de songer à sa propre personne ni à celle de son mari.

— Voilà pourquoi je ne peux absolument pas rester dans cette maison. Je vous en prie, veuillez me comprendre.

La seule évocation de cette demeure faisait frémir de peur Omichi, qui en eut le souffle coupé plusieurs fois au cours de son récit. Comme son frère ne décelait pas l'ombre d'un mensonge dans ses yeux effrayés, il fut bien obligé de se demander si ce genre de chose ne se produisait pas vraiment.

Mais Matsumura avait beau tourner la question dans tous les sens, il n'arrivait pas à croire qu'une telle histoire fût possible. Il trouvait normal qu'Obata ne la prît pas au sérieux. « Tout cela n'est que sornettes ! » avait-il envie de crier à sa sœur, mais c'eût été tout de même cruel de la chasser en se contentant de la réprimander, alors que cette histoire la hantait à ce point. Et surtout, il n'était pas dit qu'une autre raison complexe ne se dissimulait pas derrière cette affaire. Il prit donc la décision de rencontrer au moins une fois Obata, et de rechercher avec précision quelle pouvait être cette raison.

— Je ne comprends pas que vous soyez la seule à parler de ça, et encore, du bout des lèvres. Je vais en tout cas voir Obata et lui demander ses intentions. Laissez-moi m'occuper de tout.

Laissant sa sœur chez lui, Matsumura se fit accompagner d'un petit serviteur porteur de sandales, et se dirigea vers la rive ouest de la rivière d'Edo.

En route pour la maison d'Obata, Matsumura pensait à toutes sortes de choses. Sa sœur faisait partie de la catégorie des femmes et enfants, pas de doute à ce sujet, et en tant que descendant mâle de la famille, il lui incombait de régler les problèmes de ses différents membres, femmes et enfants, grands et petits. Mais quant à évoquer avec sérieux des histoires de spectres entre samouraïs, c'était tout simplement inconcevable. Il serait fâcheux que son interlocuteur lise dans ses pensées, et considère qu'à l'âge de Matsumura Hikotarô il n'était pas permis d'être aussi ridicule. Lui-même essayait bien de trouver un biais pour élever le débat à un niveau sophistiqué, mais en vain, car le problème était au fond d'une redoutable simplicité.

Le maître Obata Iori était présent en sa demeure, et le visiteur fut aussitôt introduit dans le salon. Une fois accomplies les salutations préliminaires portant sur la pluie et le beau temps, Matsumura eut du mal à aborder l'affaire qui l'avait amené ici. Il se sentait prêt à supporter la moquerie, mais quand il scrutait le visage de son hôte, il lui était vraiment difficile d'engager la conversation sur une histoire de spectres. C'est Obata qui prit la parole :

— Omichi ne vous aurait-elle pas rendu visite aujourd'hui ?

— Si, en effet, répondit Matsumura, sans pour autant se sentir capable de passer à la phrase suivante.

— Bon, je ne sais si elle vous l'a raconté – les femmes et les enfants sont vraiment ridicules –, mais selon ses dires, elle verrait apparaître un spectre ces temps-ci. Hahahaha !

Faute de pouvoir réagir autrement, Matsumura rit également. Mais comme plaisanter sur le sujet ne mènerait nulle part, il profita de l'occasion et prit son courage à deux mains pour parler de l'affaire d'Ofumi. Quand il en eut fini, il essuya la sueur sur son front. A ce stade, Obata ne pouvait plus rire. Il se renfrogna, l'air ennuyé, et resta un moment silencieux. S'il s'était agi d'une simple histoire de spectre, il aurait pu régler la question avec des réprimandes et des moqueries en traitant Omichi de femme stupide et froussarde, mais le problème s'était compliqué au point que le frère venait quasiment négocier une séparation conjugale. Obata se devait donc de traiter cette question de revenant avec le plus grand sérieux.

— En tout cas, dans l'immédiat je vais faire une enquête, dit-il.

De son point de vue, si un spectre – selon l'expression consacrée – « hantait » cette demeure, d'autres personnes avaient déjà dû être confrontées à ce phénomène. Lui-même se trouvait dans cette maison depuis vingt-huit ans, et bien entendu, il n'avait jamais entendu ne fût-ce qu'une rumeur à ce sujet. Ses grands-parents qui avaient quitté ce monde lorsqu'il était enfant, son père décédé huit ans plus tôt, ainsi que sa mère il y a six ans, ne lui avaient jamais raconté pareille histoire. Le plus étrange, c'est que le spectre avait été vu de la seule Omichi venue d'une autre famille pour l'épouser quatre ans auparavant. Même s'il existait une raison secrète pour qu'il n'ait été vu que de la seule Omichi, pourquoi ne lui apparaissait-il que quatre années après son arrivée ici ? C'était curieux. Il n'y avait donc pas d'autre choix que d'enquêter, et pour commencer d'interroger l'ensemble des habitants de cette demeure.

— Je m'en remets à votre diligence, dit Matsumura en approuvant sa démarche.

Obata convoqua d'abord l'intendant Gozaemon. Âgé de quarante et un ans, sa charge était héréditaire.

— Jamais une telle rumeur ne m'est venue à l'oreille, même du temps de votre honorable père, notre précédent maître. Et aucune histoire de ce genre ne m'a été relatée par le mien non plus, déclara-t-il aussitôt.

Puis Obata se renseigna auprès des jeunes domestiques et des serviteurs, mais ces employés au contrat travaillant de maison en maison étaient de nouveaux venus, et bien sûr ils ne savaient rien. Ensuite les servantes furent interrogées toutes ensemble, mais, terrorisées en entendant parler de cette histoire pour la première fois, elles ne surent que trembler. Ces investigations ne débouchèrent sur aucun résultat clair.

— Si c'est comme ça, on va fouiller l'étang ! ordonna Obata.

Ayant comme indice le fait que la femme qui apparaissait au chevet d'Omichi était mouillée, il se disait qu'un secret se dissimulait peut-être tout au fond de l'étang de sa propriété, vaste d'une centaine de *tsubo*[1].

Le lendemain, on rassembla de nombreux manœuvres que l'on chargea de draguer l'étang. Obata

---

1. *tsubo* : unité de mesure de surface équivalant à 3,35 m² environ.

et Matsumura se rendirent sur les lieux pour surveiller, mais rien ne fut trouvé en dehors de carassins et de carpes. Dans la boue, on ne découvrit pas même une mèche de cheveux féminins. On ne repêcha ni peigne ni épingle à cheveux de parure susceptibles de cristalliser la rancœur d'une femme. Sur l'ordre d'Obata, on fouilla aussi le puits de la propriété, mais seule une loche rouge émergea du fond, à l'émerveillement de tous ; là encore, on s'était donné du mal pour rien.

Ces données une fois explorées, il ne restait plus de piste pour mener l'enquête.

A l'initiative de Matsumura, Obata décida donc de rappeler contre son gré Omichi chez lui, et de la faire dormir dans sa chambre habituelle avec Oharu. Cachés dans la petite pièce attenante, les deux hommes attendirent que la nuit soit bien avancée.

La nuit était tiède et la lune voilée. A bout de nerfs et surexcitée, Omichi ne pourrait sûrement pas dormir tranquillement, mais à peine sa petite fille innocente s'était-elle endormie paisiblement qu'elle poussa un cri strident, comme si on lui crevait les yeux avec une aiguille. Puis l'enfant gémit à voix basse : « Fumi est là ! Fumi est là ! »

— La voilà !

Les deux samouraïs qui attendaient à côté, prêts à bondir, ouvrirent brusquement la cloison coulissante, le sabre à la main. L'air tiède de cette nuit de printemps pénétra lourdement dans la pièce hermétiquement fermée, la lueur de la lampe à huile sur pied tamisée par un abat-jour en papier éclairait faiblement la mère et l'enfant. On ne sentait même pas le souffle du vent s'infiltrer à l'intérieur. Omichi serrait son enfant de toutes ses forces dans ses bras, le visage collé contre l'oreiller.

Confrontés à cette preuve vivante, Matsumura et Obata se regardèrent. Malgré tout, comment la jeune

Oharu connaissait-elle le nom de l'intruse invisible à leurs yeux ? Telle fut la première question qui leur vint à l'esprit. Obata amadoua la petite fille pour l'interroger avec force ménagements, mais âgée de trois ans seulement, elle ne parlait pas bien et il n'obtint pas la moindre réponse claire. Est-ce que le frêle esprit d'Oharu était possédé par la noyée, et celle-ci avait-elle dévoilé son nom secret ? Le sabre toujours à la main, les deux hommes finissaient par trouver lugubre l'atmosphère chargée de menaces.

Inquiet lui aussi, l'intendant Gozaemon consulta le lendemain un devin réputé à Ichigaya. Lequel lui dit de déterrer le grand camélia planté à l'ouest de la propriété. On creusa donc autour de l'arbre pour le déraciner, ce qui eut pour unique résultat de discréditer le devin.

Affirmant qu'elle ne pouvait absolument pas dormir la nuit, Omichi décida de se mettre au lit pendant la journée. Ofumi n'était tout de même pas du genre à se manifester en plein jour. Alors, on fut un peu soulagé, mais il était extrêmement embarrassant qu'une épouse de samouraï continue longtemps de vivre à contretemps : éveillée la nuit, et dormant le jour comme une fille de joie. De plus, ce n'était pas pratique. Si on ne parvenait pas à trouver le moyen de se débarrasser pour toujours de ce spectre, il y avait peu de chances de préserver la paix chez les Obata. Cette affaire ne devait en aucun cas franchir les murs de la propriété, il y allait de la réputation de la famille. Matsumura garda bien sûr le secret absolu, Obata imposa aussi le silence à tout le personnel. Ce qui n'empêcha pas quelqu'un de lâcher le morceau, puisque la rumeur honteuse parvint à l'oreille des gens qui fréquentaient la demeure.

— Il y aurait un spectre dans la maison Obata, celui d'une femme !

En secret, on faisait courir toutes sortes de bruits exagérés, mais parmi les samouraïs, aucun évidemment n'osait poser de questions sur le revenant, à l'exception d'un seul, qui se montra très peu réservé. A savoir Oncle K. qui habitait près de la demeure Obata, et qui était le fils cadet d'un hatamoto. Dès qu'il entendit cette rumeur, il se présenta sans y être invité chez Obata pour vérifier la véracité des faits.

En raison de ses liens particulièrement amicaux avec Oncle K., Obata se laissa aller à divulguer le secret. Puis il lui demanda s'il n'y aurait pas un astucieux moyen pour tenter d'établir la vérité.

Il faut dire que non seulement chez les hatamotos, mais aussi chez les vassaux du shôgun de moindre rang ne jouissant pas du privilège d'être reçus par lui, les fils cadets en général étaient des hommes sans emploi. L'aîné prenait naturellement la tête de la maison, mais les autres enfants mâles de la fratrie n'avaient guère d'avenir dans la société, sinon dans deux cas : soit un garçon était doué d'un talent spécifique qui lui permettait d'accéder à un poste, soit il devenait fils adoptif ou gendre d'une autre famille en épousant la fille. Nombre d'entre eux vivaient en parasites chez leur frère aîné, et bien qu'ils fussent des adultes portant sabres courts et longs à la taille, qu'ils déposaient dans la maison, ils passaient leurs journées dans l'oisiveté. En apparence ils avaient l'air parfaitement insouciants, mais en réalité leur statut était absolument pitoyable.

Libérés de toute obligation, ils constituaient une population d'inactifs menant une vie de paresse et de loisir. Un grand nombre d'entre eux vivaient sans rien faire dans l'attente de quelque événement pour tromper leur ennui. Comme Oncle K. faisait partie de ces hommes malchanceux de naissance, c'était la personne idéale vers laquelle se tourner pour ce genre de conseils. Ce qu'il acceptait évidemment volontiers.

Alors, l'oncle réfléchit. A l'évidence, pour attraper un fantôme, il était dérisoire de rester toute une nuit cérémonieusement, comme le firent les fidèles serviteurs Tsuna et Kintoki au chevet de leur maître, Minamoto no Raïko, pour chasser le monstre qui le menaçait. Lui vint à l'idée qu'il fallait fouiller dans le passé de cette femme appelée Ofumi et chercher quel était le lien la rattachant à cette maison.

— Est-ce que le nom d'Ofumi vous évoque quelque chose à vous-même, aux membres de votre famille et à tous ceux qui dépendent de votre maison, ou encore à vos employées ? demanda-t-il à Obata.

S'agissant de lui, de sa famille et des personnes à son service depuis des générations, la réponse était catégoriquement non. Quant aux employées, étant donné qu'elles changeaient fréquemment, il ne se souvenait pas de chacune d'elles, mais il affirma qu'aucune fille portant ce nom n'avait été engagée chez lui récemment. Après plus ample questionnement, l'oncle comprit que la coutume voulait, dans la maison Obata, qu'on emploie depuis toujours deux filles dont l'une était originaire d'un village de sa seigneurie, et l'autre engagée à la demande par le bureau de recrutement à Edo. Cet établissement, la maison Sakaiya à Otowa, leur fournissait des filles depuis plusieurs générations.

D'après les dires d'Omichi, Oncle K. avait l'impression que le spectre était forcément celui d'une employée au service d'une maison de la classe des guerriers et, remettant à plus tard ses investigations auprès du lointain domaine familial, il décida de commencer par une enquête auprès du bureau de Sakaiya, situé tout près d'ici. Après tout, rien n'interdisait de penser qu'une certaine

Ofumi avait travaillé pour la maison Obata dans un lointain passé, et que le maître des lieux actuel ne l'avait pas connue.

— Bien, je vous fais confiance, mais j'insiste, gardez le secret, lui demanda ce dernier.

— C'est entendu.

Les deux hommes se quittèrent sur cette promesse. C'était une belle journée de la fin mars, et dans la demeure Obata on remarquait déjà les feuilles vertes des cerisiers à fleurs doubles.

Oncle K. partit pour le bureau Sakaiya à Otowa, où il examina le livre des entrées et sorties des employées. L'établissement recrutait des filles depuis des générations et tous les noms de celles entrées par leur intermédiaire au service de la maison Obata devaient être inscrits sur les registres.

Mais comme l'avait dit Obata, il ne trouva pas Ofumi sur les documents les plus récents. Alors, il examina les autres livres, remontant progressivement trois, cinq, dix ans en arrière, sans découvrir le moindre nom féminin portant la syllabe *fu* tel que Ofuyu, Ofuku ou Ofusa.

« Il s'agirait donc d'une fille originaire d'un village du domaine familial ? » se demanda l'oncle.

Cependant, il reprit obstinément ses recherches, avec l'intention de consulter les vieux livres les uns après les autres. Or, trente ans auparavant, un incendie avait détruit tous les registres du Sakaiya, et en deçà de cette date, il n'y avait plus rien. S'il ne trouvait pas la réponse à sa question dans ceux des trente dernières années, ce serait l'impasse. Mais avec l'ardeur et la constance d'un archéologue, il entreprit d'examiner les moindres caractères tracés à l'encre sur les pages parfois noircies de fumée.

Il n'existait pas de registre spécifique à la famille Obata, bien sûr. Les noms des employées de maisons clientes du Sakaiya étant tous regroupés et consignés dans un épais volume aux feuilles reliées sur le côté par une ficelle, la tâche qui consistait à repérer ici et là le nom d'Obata était fastidieuse. Comme cela s'étendait sur une période particulièrement longue, les écritures au pinceau n'étaient pas non plus identiques. Des traits d'écriture féminine semblables à des brins de fil se mêlaient aux écritures masculines qui évoquaient des clous à crochets. D'autres noms semblaient écrits par des enfants, presque uniquement avec des *kana*[1]. Tandis qu'il étudiait attentivement le grouillement des crochets et des brins de fil, il sentit sa vue se brouiller et la tête lui tourner.

Oncle K. se lassa peu à peu. C'était aussi le signe que commençait à poindre chez lui le regret d'avoir accepté, dans le seul but de se distraire, une affaire impossible à élucider.

— Hé, jeune monsieur d'Edogawa. Qu'êtes-vous donc en train d'examiner ?

Celui qui venait de s'asseoir sur la galerie d'une boutique ouverte sur la rue et s'adressait à lui en riant était un homme élancé d'une quarantaine d'années, l'allure d'un citadin qui respirait l'honnêteté et la moralité, vêtu d'une veste à amples manches par-dessus un kimono à rayures. Il arborait le regard expressif de l'acteur, un teint légèrement hâlé, un visage long et mince doté d'un nez effilé. Il s'agissait de l'enquêteur Hanshichi

---

1. Caractères d'écriture de forme cursive tout d'abord utilisés par les femmes autrefois. Plus simples que les idéogrammes, c'est par là que commencent les enfants japonais dans l'apprentissage de l'écriture.

de Kanda, dont la sœur cadette était professeur de *tokiwazu*[1] à Myôjinshita, près du sanctuaire shinto du même nom à Kanda. Comme Oncle K. allait parfois rendre visite à ce professeur, il s'était naturellement lié d'amitié avec son frère Hanshichi.

Hanshichi était un personnage influent dans la corporation des enquêteurs. Mais pour quelqu'un exerçant ce genre de métier, il surprenait par son caractère d'un natif d'Edo, simple, ouvert et d'une rare intégrité ; jamais on n'avait entendu médire de lui ou laissé entendre qu'il se servait de son autorité d'agent du gouvernement pour se montrer dur envers les faibles. En un mot, il faisait preuve de compréhension avec tous.

— Toujours occupé, à ce que je vois ? lui demanda l'oncle.

— C'est vrai. Aujourd'hui encore je suis venu ici pour une mission officielle.

Tandis qu'ils parlaient de tout et de rien, l'oncle se dit soudain qu'il n'y aurait aucun inconvénient à livrer le but de ses recherches à cet Hanshichi, et même à le mettre dans la confidence pour sonder sa perspicacité.

— Désolé de vous déranger en plein travail, mais j'aimerais que vous m'écoutiez un instant… commença l'oncle en jetant des regards autour de lui.

— J'ignore de quoi il s'agit, mais je vais commencer par vous écouter volontiers, répondit Hanshichi. Holà, patronne ! On t'emprunte le premier étage un moment, d'accord ?

---

1. *tokiwazu* : genre de musique de *jôruri*, textes destinés à être récités ou psalmodiés. Associé au kabuki, et plus tard au théâtre de marionnettes *bunraku*, avec accompagnement de *shamisen*, sorte de luth à trois cordes, le *jôruri* connut alors une grande vogue en tant que divertissement populaire, à Edo aussi bien que dans la région de Kyôto.

Sur ces mots, il se leva et monta dans la petite pièce de six tatamis[1] à l'étage. Dans un coin mal éclairé étaient posées une malle en vannerie et quelques broutilles. L'oncle monta derrière lui, et raconta en détail l'événement étrange survenu dans la maison Obata.

— Alors, quel est votre avis ? Comment doit-on s'y prendre pour découvrir la nature véritable de ce spectre ? Si on connaît son identité et que, par exemple, on célèbre un office bouddhiste pour le repos de son âme, cela devrait suffire, non ?

— Eh bien, pourquoi pas ? dit Hanshichi qui réfléchit quelques instants, la tête penchée. Dites-moi, jeune monsieur, ce spectre, il est apparu réellement ?

— C'est que… hésita l'oncle, embarrassé pour répondre, c'est ce qu'on dit, mais… moi, je ne l'ai pas vu.

Hanshichi se tut de nouveau et tira une bouffée sur sa pipe, avant de poursuivre :

— Donc, ce revenant serait une employée d'une maison de guerriers qui apparaît mouillée de la tête aux pieds. Est-ce que cela ne rappelle pas Okiku, l'héroïne de la demeure des Assiettes ? Cette servante, maîtresse d'un samouraï qui l'a châtiée à mort pour avoir cassé une assiette de porcelaine fort précieuse : chaque fois que réapparaît son spectre, il compte une à une, d'un air sombre, les neuf pièces restantes du service…

— Ça y ressemble, en effet.

— Auriez-vous vu dans cette résidence quelque chose comme des *kusazôshi*, ces livres illustrés populaires pour les femmes et les enfants ? demanda Hanshichi de manière abrupte, comme si l'idée venait à peine de lui traverser l'esprit.

—————

1. Un tatami = 1,90 m x 90 cm environ. Le nombre de tatamis détermine les dimensions d'une pièce.

25

— Le mari n'aime pas ça du tout, mais il paraît que l'épouse affectionne ce genre de lectures. Il semblerait que c'est une habituée du prêteur de livres Tajimaya, qui est près de chez elle.

— Et le temple bouddhique des ancêtres de la famille, c'est…

— Le Jôen-ji à Shitaya

— C'est donc ça ! sourit Hanshichi.

— Vous auriez donc une idée ?

— L'épouse Obata est-elle une belle femme ?

— Eh bien, elle n'est pas mal, je crois. Elle a vingt et un ans.

— Nous y voilà, jeune monsieur, vous ne croyez pas ? dit Hanshichi en riant. Il serait déplacé que nous soyons plusieurs à mettre notre nez dans les problèmes domestiques de cette demeure, mieux vaudrait me confier cette affaire. Je l'éclaircirai en deux, trois jours sans laisser les choses s'éterniser. Et cela restera entre nous, bien sûr, je n'en parlerai absolument à personne.

Oncle K. l'assura de sa confiance, le priant de prendre les choses en main, et Hanshichi lui garantit qu'il allait faire de son mieux. Mais il expliqua que dans cette affaire il allait travailler en tant qu'homme de l'ombre du début à la fin et qu'officiellement, ce serait donc lui, l'oncle, qui mènerait les investigations. « Pour tenir informée comme il se doit la maison Obata de l'avancée des recherches, dit-il, au risque de vous importuner quelque peu, je souhaiterais que vous m'y accompagniez dès demain. » Son statut lui assurant beaucoup de temps libre, l'oncle accepta aussitôt. Il attendait avec impatience et curiosité de voir comment Hanshichi, qui avait la réputation d'un homme habile et efficace au sein de sa profession, allait traiter cette histoire. Ils se séparèrent et l'oncle se rendit à une réunion de passionnés de haïkus, du côté de Fukagawa.

Rentré tard ce soir-là, l'oncle eut du mal à se lever tôt le matin. Pourtant, il était sur le lieu du rendez-vous avec Hanshichi à l'heure dite.

— Aujourd'hui, on commence par où ?

— Par le prêteur de livres.

Les deux hommes se rendirent chez Tajimaya à Otowa. En tant que familier de la demeure de l'oncle, le commis de la boutique le connaissait bien. Hanshichi lui demanda la liste des livres qu'il avait prêtés aux Obata depuis le nouvel an. Comme l'homme n'inscrivait pas chaque entrée et sortie d'ouvrage sur un registre, il lui était difficile de répondre sur-le-champ, mais en fouillant dans sa mémoire, il retrouva quelques titres de livres de lecture et de livres illustrés.

— On ne vous aurait pas emprunté ce qu'on appelle un *usuzumi zôshi* ? demanda Hanshichi.

— Si. Je m'en souviens très bien, on me l'a emprunté en février.

— Je pourrais le voir ?

Le commis chercha sur les étagères et rapporta deux tomes successifs de cet ouvrage. Hanshichi les prit en main, ouvrit le deuxième et le déroula jusqu'aux chapitres sept et huit, qu'il montra discrètement à l'oncle. L'illustration représentait une femme, visiblement l'épouse d'un samouraï, assise dans le salon, et sur le bord de la véranda une jeune fille aux allures de suivante gardait la tête baissée, l'air sombre. De toute évidence, ce personnage était un spectre. Devant le jardin, il y avait un étang où fleurissaient des iris, dont venait sans doute de sortir le spectre, car ses cheveux comme son kimono étaient affreusement ruisselants.

Le visage du revenant et son aspect étaient dessinés avec un tel réalisme qu'ils étaient propres à effrayer femmes et enfants.

L'oncle tressaillit, non pas à cause de la surprise que lui causait l'image hideuse, mais parce qu'il était frappé de constater à quel point ce personnage ressemblait comme deux gouttes d'eau au revenant d'Ofumi tel qu'il se l'était imaginé. Il prit le livre pour en lire le titre : *Usuzumi zôshi. Nouvelle édition. Par Tamenaga Hyôchô.*

— Vous devriez l'emprunter. C'est un ouvrage intéressant, précisa Hanshichi à l'adresse de son compagnon avec un regard qui en disait long.

L'oncle mit les deux tomes dans sa poche intérieure et sortit de l'établissement.

— J'ai déjà lu cet ouvrage. Quand vous m'avez parlé du spectre hier, je m'en suis souvenu tout à coup, expliqua Hanshichi une fois dans la rue.

— Peut-être bien que l'épouse a eu très peur en voyant ces illustrations et qu'elle a fini par en rêver.

— Non, je ne pense pas, car ce n'est pas tout. Maintenant, si vous permettez, allons voir à Shitaya.

Hanshichi en tête, les deux hommes montèrent la pente Andozaka, et via Hongo ils arrivèrent à Ikenohata dans Shitaya. Pas le moindre souffle de vent depuis le matin, et il y avait un ciel de fin de printemps[1], dégagé et éclatant comme une sphère bleue polie.

Au sommet d'une tour de guet des incendies, un milan immobile semblait dormir. Les deux hommes croisèrent un jeune guerrier qui pressait son cheval légèrement en sueur. Il semblait revenir d'une longue

---

1. Selon l'ancien calendrier lunaire d'avant 1873, le printemps commençait le 4 février, date à laquelle se fêtait le nouvel an.

chevauchée et son casque brillait sous les rayons du soleil d'une lumière éblouissante presque estivale.

Le Jôen-ji, le temple bouddhiste des ancêtres de la famille Obata, était assez grand. Quand ils passèrent la porte, ils furent frappés par le nombre important de corêtes en fleur. Les deux hommes rencontrèrent le supérieur.

Agé d'une quarantaine d'années, c'était un homme au teint pâle dont le visage gardait les traces bleutées d'une barbe fraîchement rasée. Comme l'un des visiteurs était un samouraï et l'autre un agent du gouvernement, le bonze les accueillit avec déférence.

En route, Hanshichi et l'oncle s'étaient longuement concertés, et celui-ci prit la parole en premier pour expliquer qu'en ce moment il se passait quelque chose d'étrange dans la maison Obata. Il raconta que le spectre d'une femme apparaissait au chevet de la maîtresse de maison. Puis il demanda à l'homme s'il ne pourrait pas faire des exorcismes pour chasser ce revenant.

Le supérieur qui avait écouté en silence demanda, l'air inquiet, tout en tripotant son chapelet :

— S'agirait-il d'une requête du couple Obata ? Ou bien est-ce vous qui demandez conseil ?

— Qu'importe qui fait la demande. Cela mis à part, est-ce que vous accepteriez ?

Les deux hommes lancèrent un regard menaçant au religieux, lequel blêmit avec un léger tremblement.

— Nous n'avons qu'une pratique réduite dans ce domaine, et ne pouvons donc vous assurer de notre efficacité, mais soyez certains que nous allons mettre toute notre ferveur dans les incantations.

— Nous vous le demandons instamment.

Comme c'était déjà ce qu'on appelle le « moment opportun », on leur apporta des plats sans viande préparés avec grand soin. Et du saké aussi. Le supérieur n'en prit pas une seule coupe, mais les deux hôtes burent et mangèrent à satiété. Ils s'apprêtaient à prendre congé quand le religieux remit discrètement à Hanshichi une petite enveloppe en papier, en demandant : « Souhaiteriez-vous que je vous commande un palanquin… », mais ils déclinèrent l'offre et quittèrent le temple.

— A présent, jeune monsieur, nous en avons vu suffisamment, n'est-ce pas ? Le supérieur m'avait l'air de trembler de peur, fit Hanshichi dans un rire.

Le fait que cet homme ait pâli et leur ait offert courtoisement un repas prouvait largement qu'il avait capitulé intérieurement. Pourtant, une chose encore ne convainquait pas complètement l'oncle.

— Mais comment se fait-il que la fillette dise : « Fumi est là ? Fumi est là ? » Je ne comprends vraiment pas.

— Moi non plus, dit Hanshichi, riant encore, je ne peux pas répondre à cette question. Une enfant ne peut absolument pas dire spontanément une chose pareille, quelqu'un le lui aura sûrement soufflé un jour ou l'autre. Mais par simple précaution, je tiens à vous prévenir : ce religieux est un sale type… à l'image du bonze Nichidô, supérieur du temple Enmei-in, qui profitait de sa beauté pour séduire les femmes. De méchantes rumeurs ont couru sur lui bien des fois. A telle enseigne que lorsque nous nous sommes imposés tous les deux chez lui, même si nous n'avons rien dit, lui a été saisi de peur et s'est mis à trembler parce qu'il avait quelque chose à se reprocher. Nous avons donc enfoncé le clou avec nos allusions pour nous assurer qu'il ne fera plus de bêtises et restera tranquille désormais. Mon rôle s'arrête là. La suite dépend de vous, je vous prie de raconter ce qui vous convient au seigneur Obata. Maintenant, je me permettrai de prendre congé.

Les deux hommes se séparèrent à Ikenohata.

Comme l'oncle passait chez un ami à Hongo sur le chemin du retour, celui-ci lui dit qu'un professeur de danse qu'il connaissait donnait une grande représentation quelque part à Yanagibashi. « Et si vous m'y accompagniez ? » proposa-t-il, lui-même moralement obligé d'y assister. L'oncle s'y rendit donc avec une petite participation pécuniaire. Au milieu de la foule de jeunes et belles filles et d'enfants rassemblés là, il assista à un joyeux brouhaha jusqu'à ce que les lumières s'allument. L'oncle rentra chez lui le cœur grisé de joie par l'atmosphère. Voilà pourquoi ce jour-là, il ne fut pas en mesure d'informer la maison Obata du résultat des investigations.

Le lendemain, il se rendit dans la demeure, où il rencontra le seigneur Obata Iori. Il fit semblant d'avoir enquêté seul, sans évoquer l'intervention de Hanshichi, et l'informa fièrement de l'histoire du livre d'images et du bonze. En écoutant son récit, le visage d'Obata s'assombrissait à vue d'œil.

Omichi fut aussitôt convoquée devant son époux. Lequel lui mit sous les yeux l'*usuzumi zôshi* et lui demanda sévèrement si le spectre qu'elle avait vu en rêve était bien celui-ci. Omichi perdit toutes ses couleurs et ne dit pas un mot.

— D'après ce qu'on m'a rapporté, le supérieur du temple Jôen-ji est un homme dépravé et corrompu. A l'évidence, madame, il vous aura troublée vous aussi, et vous avez commis un acte illicite. Allez, avouez !

Son mari avait beau la blâmer, Omichi protestait en pleurant qu'elle ne s'était jamais livrée à des actes illicites. Mais elle ajouta qu'elle avait tout de même commis une faute, qu'elle était affreusement confuse et s'excusait, avouant devant l'oncle et son mari tout le mystère.

— Lorsque j'allai prier au temple Jôen-ji pour le nouvel an, commença-t-elle, à la fin d'une conversation avec le supérieur sur des sujets divers dans une pièce à part, celui-ci me dévisagea longuement, ne cessant de soupirer. Finalement, comme s'il se parlait à lui-même, il lâcha ces mots à mi-voix : « Quel malheur, cette dame est née sous le signe de la malchance. » Ce jour-là, nous étions en février, le supérieur me regarda, et comme il répétait les mêmes mots en soupirant, l'angoisse me saisit et je lui demandai craintivement : « Pour quelle raison, monsieur le supérieur, dites-vous cela ? » Voilà ce qu'il m'expliqua d'un ton compatissant et se voulant convaincant : « Votre visage laisse présager un destin funeste. Aussi longtemps que vous garderez votre époux, le malheur vous guettera au point de mettre votre vie en danger. Il serait préférable de recouvrer si possible la liberté, faute de quoi une terrible catastrophe pourrait s'abattre sur vous, mais aussi sur votre fille. » M'enquérant sur la façon de m'y prendre pour que mon enfant au moins échappe à son destin, sans tenir compte de mon propre sort, le supérieur répondit : « Je suis désolé pour vous, madame, mais la mère et l'enfant ne font qu'un, et tant que vous n'aurez pas trouvé le moyen de fuir le malheur, votre fille ne pourra pas non plus y échapper… » Je vous en supplie… comprenez ce qu'à ces mots je ressentis au fond de moi… gémissait Omichi en pleurant toutes les larmes de son corps.

Si vous, la jeune génération actuelle, entendiez de tels propos, vous ricaneriez en pensant qu'elle divague ou en la traitant de folle, mais à l'époque, tout le monde, et les femmes surtout, était ainsi, commenta l'oncle.

Depuis qu'elle avait entendu cette prédiction, les idées noires hantaient Omichi sans plus la quitter. « Quel que soit le malheur qui pourrait s'abattre sur moi, pensait-elle, je me résignerai en me disant que c'est la conséquence d'une vie antérieure. » Mais en tant que mère, le seul fait d'imaginer qu'elle ferait supporter le malheur à sa fille chérie l'effrayait. Cette pensée lui faisait trop mal. Nul doute que son mari était quelqu'un d'important pour Omichi, mais sa fille lui était plus chère encore. Elle l'aimait davantage que sa propre vie. Pour sauver en priorité celle de son enfant, et en même temps la sienne afin d'accomplir son devoir de mère, elle ne voyait d'autre solution que de quitter la maison de son mari dont elle n'était d'ailleurs pas lasse, lui ne l'étant pas non plus d'elle.

Malgré tout, elle tergiversa bien des fois. Le mois de février se termina, puis arriva la fête des Filles, et donc celle de sa petite Oharu âgée de trois ans. La maison Obata aussi fut décorée de poupées. Omichi les regardait avec anxiété, disposées sur leurs étagères. Dans la nuit, les silhouettes rose pâle et rose vif tremblaient à la lueur des lanternes allumées de part et d'autre. Pourrait-on encore célébrer cette fête des Filles l'année prochaine, et l'année suivante ? Sa fille serait-elle toujours en sécurité ? Laquelle, de la mère victime d'une malédiction ou de la fille, subirait le malheur la première ? Cette peur et cette tristesse se développaient dans son cœur, et la pauvre Omichi ne se grisa pas de saké blanc et épais servi lors de ces réjouissances.

Le cinquième jour, on rangea les poupées. La tradition voulait qu'on ne les laissât pas sorties au-delà de cette date, mais Omichi était triste de les quitter. Dans l'après-midi de ce même jour, alors qu'elle était en train de lire l'ouvrage illustré emprunté à la boutique, Oharu regarda innocemment les images, cramponnée aux genoux de sa mère. Ce livre était le fameux *usuzumi zôshi*. La mère arriva au passage où l'esprit d'une suivante du nom d'Ofumi sortait du fond d'un vieil étang fleuri d'iris et apparaissait devant la maîtresse de maison avec le désir de manifester sa rancune, après qu'un maître impitoyable l'eut abattue d'un coup de sabre. Le dessin de ce spectre était effrayant. « C'est quoi, ça ? » demanda la petite Oharu, elle aussi visiblement apeurée par cette image et la montrant craintivement du doigt.

— C'est le fantôme d'une femme qui s'appelle Fumi. Si tu n'étais pas sage, un méchant fantôme comme celui-là sortirait de l'étang du jardin.

Omichi ne voulait pas lui faire spécialement peur, mais ses paroles touchèrent au vif la fillette qui devint toute pâle et, presque prise de convulsions, s'agrippa à sa mère.

Ce soir-là, Oharu cria comme si on l'attaquait.

— Fumi est là ! Fumi est là !

Le lendemain soir aussi, elle cria :

— Fumi est venue !

Prise de remords à l'idée d'avoir commis une grave erreur, Omichi s'empressa de rapporter l'ouvrage illustré. Oharu cria le nom d'Ofumi trois nuits de suite. Rongée par le remords et l'inquiétude, Omichi ne dormait pratiquement plus. Elle se demandait avec angoisse si c'était le signe avant-coureur de l'arrivée du malheur. Ofumi apparaissait aussi devant ses yeux comme une vision.

Finalement, elle prit une décision. Et, se conformant aux conseils du supérieur du temple en qui elle plaçait sa confiance, elle se résolut à choisir la seule solution possible, fuir cette maison. Profitant de ce que la petite ne cessait d'appeler le nom d'Ofumi, elle élucubra cette histoire de revenants. Et c'est sous ce prétexte qu'elle décida de quitter la demeure conjugale.

— Petite sotte ! lui cria Obata, outré par les paroles de son épouse, tête baissée, en pleurs devant lui.

Mais Oncle K. ne pouvait rester insensible au fait que la tactique de cette femme sensée prenait source dans l'amour d'une mère qui pense à son enfant. Grâce à sa médiation, Omichi finit par obtenir le pardon de son mari.

— Je ne veux pas que cette affaire parvienne aux oreilles de Matsumura, le frère de ma femme. Mais vis-à-vis de lui, et de tous ceux qui appartiennent à la demeure, il faut en terminer avec cette histoire d'une manière ou d'une autre. Que faire, auriez-vous une idée ?

A la demande d'Obata, Oncle K. se mit à réfléchir à la question. Finalement, il proposa de demander au bonze du temple des ancêtres de célébrer une très officielle cérémonie pour le repos de l'âme de la mystérieuse Ofumi. Un médecin prescrivit un traitement à Oharu, et la petite fille cessa de pleurer la nuit. On affirma avec des accents de vérité que le spectre d'Ofumi ne réapparut plus jamais par la suite grâce aux effets de l'office bouddhique.

Matsumura Hikotarô, qui ignorait ce secret, admit avec des hochements de tête qu'il y avait sur terre des choses mystérieuses qu'on ne pouvait expliquer par le raisonnement, et il raconta discrètement cette histoire à quelques rares amis intimes, dont mon oncle, le frère de mon père.

Oncle K., quant à lui, éprouvait de l'admiration pour la perspicacité de Hanshichi qui avait découvert le spectre d'Ofumi dans le livre d'images. Dans quel but le supérieur du temple Jôen-ji avait-il prédit un sort funeste à Omichi ? C'était une question à laquelle Hanshichi semblait hésiter à donner des réponses trop précises. Cependant, six mois plus tard, Omichi apprit que ce religieux avait été arrêté par les autorités des temples et sanctuaires pour avoir enfreint l'interdiction de commettre des actes illicites avec une femme. Elle en frémit à nouveau de peur. Par chance, l'intervention de Hanshichi l'avait sauvée du précipice dangereux au-dessus duquel elle se tenait.

— Comme je viens de le dire, ce secret n'est connu que des époux Obata et de moi-même. Le couple Obata est encore en vie. Ce seigneur féodal hatamoto est devenu fonctionnaire dans l'administration du pays après la Restauration de Meiji[1], et il a maintenant atteint un rang important. Mieux vaut ne pas divulguer ce que j'ai raconté ce soir, précisa Oncle K. à la fin de son récit.

Lorsqu'il eut fini de parler, la pluie nocturne diminua peu à peu, et le balancement des feuilles des aralias du Japon dans le jardin s'était calmé, comme si elles s'étaient endormies.

Cette histoire se grava profondément dans mon jeune esprit, et j'y songeai fréquemment par la suite. Beaucoup d'autres enquêtes allaient encore exciter mon imagination, car ces énigmes n'étaient qu'un jeu d'enfant pour Hanshichi qui les résolvait avec une grande facilité. Il était un peu le Sherlock Holmes de l'époque Edo.

----

1. 1868. Révolution qui abattit le shôgunat d'Edo contrôlé par la famille des Tokugawa et mit au pouvoir l'empereur Meiji. L'ère Meiji (1868-1912 ; à son avènement, chaque empereur décrète une ère nouvelle) marque le passage du Japon dans la modernité.

C'est dix ans plus tard, alors que la guerre sino-japonaise arrivait à son terme, que j'ai commencé à rencontrer fréquemment Hanshichi. Oncle K. n'était plus de ce monde. Hanshichi, quant à lui, prétendait qu'il avait dépassé depuis longtemps les soixante-dix ans, mais c'était encore un homme d'une excellente santé et incroyablement vif. Il laissait son fils adoptif tenir un commerce d'objets importés et se délectait alors du rythme paisible d'une retraite tranquille. A partir d'un certain moment, je suis devenu très lié avec le vieil Hanshichi, et j'allais fréquemment bavarder chez lui dans sa maison d'Akasaka[1]. Il aimait bien le luxe et m'offrait de délicieux gâteaux servis avec un thé de qualité supérieure.

Devant une tasse de thé, il m'a raconté bon nombre de ses anciennes enquêtes, et j'ai rempli pratiquement un cahier entier de mes notes. J'ai l'intention de choisir celles qui me semblent les plus significatives, sans souci d'ordre chronologique…

---

1. L'un des quartiers centraux de l'actuel Tôkyô, où fut construit le palais impérial de l'empereur Meiji.

LA LANTERNE EN PIERRE

Un jour, le vieil Hanshichi m'a décrit en détail son ancien statut. Je souhaite m'en faire l'écho ici, pour éclairer la lanterne des lecteurs de ses histoires de « détective », comme on dirait de nos jours.

— A l'époque Edo, vois-tu, les multiples personnes concernées par une affaire judiciaire étaient les suivantes : au sommet se trouvaient les fonctionnaires, chefs de patrouille à cheval et officiers de police à pied, qu'informait l'*okappiki*, l'enquêteur en charge de rassembler les renseignements. Ces fonctionnaires en rendaient compte au Bureau du gouverneur de la ville, et là, un greffier consignait aussitôt l'ensemble des déclarations dans une sorte de grand cahier appelé *torimono-chô*, le registre des « mises en arrestation », entreposé dans la Salle des missions officielles.

Nous, les enquêteurs, répondions à plusieurs appellations, selon la fonction, la classe ou la proximité de la personne à laquelle nous avions affaire. Cela allait d'agent du gouvernement shôgunal à enquêteur ou encore indic, autrement dit homme de main. Disons que le premier de ces termes était d'usage chez les personnes désireuses de marquer leur respect envers nous, et que nous-mêmes l'utilisions pour impressionner un éventuel malfaiteur et lui faire peur. Mais on nous appelait aussi les « petits », dénomination officielle attribuée à la classe des subalternes, et non pas uniquement à notre profession. Tu comprendras que ce terme de « petit » n'étant pas particulièrement empreint de respectabilité et d'autorité, nous lui préférions celui d'agent du gouvernement ou d'enquêteur. En fait, la population dans son ensemble nous appelait par ce dernier terme. Sache encore que, selon la hiérarchie en vigueur, chaque chef de patrouille avait quatre ou cinq officiers de police sous ses ordres, chaque officier de police, deux ou trois enquêteurs, et chacun de ces enquêteurs, quatre ou cinq indics, voire jusqu'à une dizaine, selon son influence et son ancienneté.

Le salaire mensuel que l'enquêteur se voyait remettre par un officier de police du Bureau du gouverneur de la ville tournait autour d'un bu minimum jusqu'à un bu et deux shus. Le bu était une pièce en argent de forme rectangulaire équivalant au quart d'un ryô[1] d'or, alors qu'un shu valait un quart de bu. Or, rends-toi compte, pas un sou n'était versé pour rémunérer les plus ou moins nombreux indics qui travaillaient pour l'enquêteur. Même si la vie d'alors n'était pas chère, on ne pouvait s'en sortir avec des émoluments aussi restreints. Il revenait donc à leur « chef » de les prendre en charge d'une manière ou d'une autre. Bref, dès le début s'était instauré un système impossible, où l'abaque s'avérait inutile puisqu'il n'y avait pas de calcul à effectuer pour rétribuer les indics sur notre salaire déjà limité. De cette situation découlèrent toutes sortes d'effets néfastes, tant et si bien qu'enquêteurs ou indics étaient quasiment considérés comme des vipères de la société. Pour pouvoir exercer leur activité dans le quartier, la majorité

---

1. Monnaie d'or standard du shôgunat, frappée sur des feuilles minces et larges de forme ovale gravées à l'encre.

d'entre eux avaient un autre métier, et tenaient boutiques, bains publics, gargotes, enregistrés sous le nom de leurs femmes.

Seul un nombre peu élevé de « petits », à savoir les enquêteurs, était reconnu ouvertement par le Bureau du gouverneur de la ville, la plupart des indics étant au sens propre des hommes de main. Une relation patron-subordonnés les unissait et les chefs étaient tenus de nourrir leurs protégés. Parmi les indics se trouvaient des hommes d'une haute qualité, et sans leurs compétences, un *okappiki* ne pouvait prétendre à une réelle influence.

Hanshichi n'était pas lui-même fils d'un enquêteur, mais d'un commis d'une boutique de cotonnade à Nihonbashi. Sa sœur cadette, Kume, avait cinq ans et lui treize lorsque leur père Hanbei mourut. Restée veuve, leur mère Otami parvint à élever ses deux enfants sans incident, souhaitant que son fils aîné Hanshichi succède à son père et entre en apprentissage dans la même boutique. Mais, bon vivant par nature, Hanshichi n'avait aucune envie de devenir un employé sérieux.

— J'ai été un fils ingrat, j'ai beaucoup fait pleurer ma mère dans ma jeunesse.

Voilà ce que confessa Hanshichi. N'ayant rien d'autre en tête que de se divertir, il s'enfuit de chez lui avant même de baisser ses manches relevées de kimono d'enfant, signe qu'il avait atteint l'âge adulte. Il devint le subordonné d'un enquêteur appelé Kichigorô, à Kanda. Cet homme avait le saké mauvais, mais considérait toujours ses protégés avec bienveillance. Dès la première année de son service chez lui en tant qu'homme de main, l'occasion s'offrit à Hanshichi d'accomplir, pour son baptême du feu, un premier exploit.

— C'était à la fin de mes dix-neuf ans, période dont je garde encore des souvenirs très nets, en décembre de cette année du Bœuf de l'ère Tempô.

Voici en quoi consista l'exploit du vieil Hanshichi :

Le temps était très couvert en ce début du mois de décembre et selon le calendrier de l'ère Tempô, l'an 12 (1842) arrivait bientôt à son terme. Hanshichi flânait dans l'avenue de Nihonbashi, quand un jeune homme au visage blême déboucha d'une ruelle de Shiroki, l'air préoccupé. Il était commis dans la maison Kikumura, une vieille droguerie de ce quartier. Né dans le coin, Hanshichi le connaissait depuis l'enfance.

— Mais où allez-vous, Sei-san ?

Seijirô, à qui il venait d'adresser la parole, le salua d'une légère inclinaison, mais sans répondre. Hanshichi fut frappé par l'air du jeune commis, plus sombre encore que le ciel hivernal.

— Vous avez une de ces mines, la grippe peut-être…

— Non, non, ce n'est rien.

Seijirô semblait hésiter à dire ce qu'il avait sur le cœur, mais bientôt il s'approcha de Hanshichi pour murmurer :

— En fait, je ne sais pas où est partie Okiku-san…

— Okiku-san ! Que lui est-il donc arrivé ?

— Hier après-midi, elle est allée prier la déesse Kannon[1] au temple Sensô-ji à Asakusa, en compagnie de la bonne, Otake-don, mais celle-ci l'a perdue de vue en route, et elle est revenue seule sans comprendre ce qui était arrivé.

---

1. « Divinité de la compassion », la plus populaire des divinités au Japon.

— Hier après-midi… répéta Hanshichi avec une grimace. Et elle ne s'est pas montrée aujourd'hui non plus. Sa mère doit s'inquiéter. Vous n'avez absolument aucune idée de l'endroit où elle se trouve ? C'est plutôt bizarre, en effet.

Toute la maison Kikumura s'était aussitôt livrée à des recherches là où l'on avait espoir de la trouver, depuis la veille au soir jusqu'au matin. Chaque recoin avait été exploré, mais sans découvrir le moindre indice. Visiblement, Seijirô n'avait guère dormi de la nuit, et seules ses pupilles fatiguées au fond de ses yeux rouges et embués brillaient d'un éclat perçant.

— Blague à part, vous l'avez enlevée et cachée quelque part, non ? plaisanta Hanshichi en tapant sur l'épaule du commis.

— Mais jamais de la vie ! s'écria l'autre dont le visage se colora un peu.

Hanshichi pressentait que Seijirô et la jeune fille entretenaient d'autres relations que celles de maître à employé. Mais il imaginait mal l'honnête jeune homme commettre la faute de séduire la jeune fille et de l'inciter à fuguer. Des parents éloignés de la famille Kikumura habitant à Hongo, Seijirô dit qu'il avait vaguement l'intention de s'y rendre, sans conviction mais par acquit de conscience, afin de collecter des renseignements. Ses cheveux sur les tempes frémissaient tristement dans le vent froid de la fin de l'année.

— N'hésitez pas dans ce cas, allez-y pour voir. De mon côté, j'ouvre grand les yeux sur tout ce qui se passe ici.

— Oh oui, je vous en prie.

Dès qu'il eut quitté Seijirô, Hanshichi se rendit chez Kikumura. L'établissement faisait quatre *ken*[1] cinquante

---

1. Un *ken* : 1,85 m environ, unité de longueur utilisée pour mesurer l'espace entre deux piliers.

de façade. La porte d'entrée, recouverte d'un treillis de bois fin, ouvrait à gauche d'un étroit passage qui courait sur un côté de la maison ; celle-ci était construite toute en profondeur et comportait à l'arrière une pièce assez grande de huit tatamis (dans les quinze mètres carrés), vraisemblablement le salon du patron. Hanshichi savait déjà que cette pièce donnait au nord, sur un petit jardin de dix *tsubô* (trente mètres carrés environ) à peine.

Depuis la mort du patron de Kikumura, cinq ans plus tôt, la patronne Otora supervisait l'établissement. Okiku était le seul « bourgeon » qui lui restait de son défunt mari, et à présent c'était une belle jeune fille de dix-huit ans. Hormis le commis principal qui se nommait Juzo, la maison employait deux jeunes commis, Seijirô et Tôkichi, plus quatre apprentis. Hanshichi se souvenait d'eux, tout comme il n'ignorait pas qu'au fond du magasin se trouvaient les femmes, Otora, la mère, sa fille Okiku, la bonne Otake et deux servantes en cuisine.

Hanshichi rencontra la patronne. Et aussi Juzo, le commis principal. Et encore la bonne Otake. Mais tous ne faisaient que soupirer, le visage décomposé et lugubre, incapables d'apporter à Hanshichi la moindre suggestion concernant la cachette de la jeune fille.

Avant de repartir chez lui, il appela discrètement Otake et l'entraîna au-dehors.

— Otake-don, c'est toi qui accompagnais Okiku-san, tu es forcément impliquée dans cette affaire. Alors, tu as intérêt à bien faire attention à ce qui se passe à l'intérieur et à l'extérieur de la maison, et s'il y a quelque chose qui te frappe, tu me le fais savoir aussi sec. Compris ? Si tu me caches quelque chose, tu risques d'avoir de sacrés problèmes.

La jeune Otake tremblait, le visage couleur de cendre. Cette menace avait apparemment produit son effet, car à son retour le lendemain, Otake, qui balayait devant la porte d'entrée, toute gelée, se précipita vers lui comme si elle l'attendait avec impatience.

— Ecoutez, Hanshichi-san, mademoiselle Okiku est revenue hier soir !

— Pas possible. Quelle bonne nouvelle !

— Mais elle a disparu à nouveau en un clin d'œil.

— Alors là, c'est bizarre.

— Vous trouvez, hein ! Et depuis, on ne l'a pas revue.

— Personne ne sait qu'elle est revenue, dans ce cas.

— Si, moi je l'ai vue, et ma patronne aussi, c'est sûr, mais elle a disparu à nouveau comme par enchantement.

C'était la locutrice, plus que l'auditeur, qui semblait n'y rien comprendre du tout.

— Hier soir, au crépuscule, juste au moment où la cloche de la tour de Koku-chô sonnait six heures du soir, me semble-t-il… (Otake baissa la voix comme si elle voyait une chose effrayante)… cette porte d'entrée s'est ouverte d'un coup, et mademoiselle Okiku s'est glissée à l'intérieur sans faire de bruit. Les autres servantes étaient en train de préparer le dîner dans la cuisine, alors j'étais toute seule à cet endroit. J'ai laissé échapper : « Mademoiselle Okiku ! » mais elle a à peine tourné la tête de mon côté et s'est dirigée très vite vers le salon du fond. Bientôt, j'ai entendu la voix de Madame qui s'exclamait : « Ça alors ! C'est toi, Okiku ? » et aussitôt après, elle est sortie, et je vous assure, elle m'a demandé : « Okiku est par là ? » J'ai répondu : « Non, Madame, je ne sais pas », alors je vous assure, Madame a eu un air étonné et m'a dit : « Mais elle était là à l'instant, cherche-la ! » J'ai regardé partout dans la maison avec Madame, mais je n'ai vu aucune trace de mademoiselle Okiku. Ces messieurs les commis étaient dans le magasin et les servantes dans la cuisine, mais ils ont tous déclaré, je vous assure, qu'ils n'avaient pas vu entrer ni sortir mademoiselle Okiku ! J'ai pensé qu'elle était peut-être partie par le jardin, mais la porte en bois était toujours fermée de l'intérieur, donc impossible de passer par là. Autre chose bizarre : les socques que mademoiselle Okiku avait retirés à son arrivée dans la maison sont restés dans la même position et au même endroit, près de la porte qu'elle a empruntée pour rentrer ! Ça veut dire qu'elle est ressortie pieds nus ? C'est surtout ça que je n'arrive pas à comprendre.

— Mais comment était habillée Okiku-san à ce moment-là ? demanda Hanshichi tout en réfléchissant.

— Elle portait la même tenue qu'en quittant la maison avant-hier : un kimono *kihachijô*, et la tête couverte d'un capuchon mauve.

Depuis qu'Okoma, de la scierie Shirakoya à Nihonbashi, avait été exposée dans toute la ville, montée sur un cheval et vêtue d'un kimono *kihachijô*, avant d'être exécutée pour avoir tenté de tuer son mari, ce vêtement (dont le nom évoquait celui de l'île proche d'Edo où il fut créé) était complètement tombé dans l'oubli. Mais ces temps-ci, il redevenait de plus en plus à la mode, surtout chez les jeunes filles en âge de se marier. Elles imitaient ainsi Okoma, une héroïne très aimée du théâtre kabuki. Hanshichi imagina une jeune fille charmante des quartiers populaires de la ville basse où vivaient commerçants et artisans, portant un kimono

46

kihachijô à rayures jaunes cousu de fils de soie, et autour de la taille un large obi écarlate dont la teinture en points noués ressemblait au pelage du daim.

— Okiku-san avait son capuchon sur la tête quand elle est sortie ?

— Oui, celui en crêpe mauve pâle…

Une réponse qui déçut quelque peu Hanshichi. Ensuite, il demanda à Otake si des objets avaient disparu de la maison, mais selon elle, rien de tel ne s'était produit. En tout cas, quand elle était assise dans le salon du fond, la patronne avait eu l'impression un bref instant que la porte coulissante tendue de papier opaque s'était entrebâillée. Elle s'était alors retournée d'un coup et avait aperçu furtivement la silhouette de sa fille coiffée du capuchon mauve pâle et vêtue de ce kimono ouaté *kihachijô*. Elle avait poussé un cri de surprise et de joie en l'appelant par son nom, mais la porte s'était refermée sans bruit. La jeune fille avait disparu. Qui sait si elle n'avait pas connu une mort brutale quelque part, et si ce n'était pas son esprit troublé qui revenait dans la maison de sa naissance. Seule certitude : elle était entrée par la porte à treillis en bois. Et preuve qu'elle était bien vivante : elle avait laissé dans cette entrée ses socques maculés de boue.

— La jeune fille n'a pas vu Sei-san quand elle est allée à Asakusa avant-hier ? demanda encore Hanshichi.

— Non.

— Ne me cache rien ! Ça se lit sur ton visage : la jeune fille et le commis auront convenu par avance de se rencontrer dans une maison de thé ou ce genre d'établissement à Okuyama. Alors, qu'est-ce que t'en dis ?

Incapable de dissimuler plus longtemps, Otake finit par avouer. Okiku entretenait de longue date une relation amoureuse avec le jeune commis Seijirô et elle le voyait de temps en temps à l'extérieur. La prière à la déesse Kannon de l'avant-veille était un prétexte, bien sûr ; Okiku était entrée dans une maison de thé d'Okuyama en compagnie de Seijirô à qui elle avait fixé rendez-vous. Otake, qui tenait le rôle d'intermédiaire, les avait laissés seuls là-bas, et pour passer le temps elle avait marché une heure dans l'enceinte du temple de Kannon. Mais à son retour dans l'établissement, sa maîtresse et le commis n'étaient plus là. Selon les dires de la patronne, Seijirô était parti avant la jeune fille, qui était sortie derrière lui peu après. C'était elle qui avait réglé la note.

— J'ai cherché partout dans le coin, mais je n'ai pas pu trouver mademoiselle Okiku. J'ai pensé qu'elle était peut-être repartie au magasin avant moi, alors j'y suis retournée en vitesse, mais je vous assure, elle n'était pas rentrée. Puis j'ai demandé discrètement à Sei-san, et il m'a répondu qu'il était rentré le premier. Il ne savait rien non plus. Ce n'était pas possible d'avouer la vérité à Madame, alors, j'ai raconté que je l'avais perdue de vue en route. Mais vous ne pouvez pas savoir combien Sei-san et moi sommes morts d'inquiétude depuis avant-hier. Quand j'ai vu mademoiselle Okiku rentrer hier soir, je peux vous dire que j'ai poussé un ouf de soulagement, mais aussitôt après elle avait de nouveau disparu… Qu'est-ce qui a bien pu se passer ? Je comprends rien.

Hanshichi avait écouté en silence l'histoire d'Otake, murmurée d'une voix bouleversée.

— Allez, t'en fais pas, on finira bien par comprendre. Tu n'as qu'à dire à ta patronne, et aussi à votre commis, de ne pas trop s'inquiéter. Bon, ça suffit pour aujourd'hui, je rentre chez moi.

Dès son retour à Kanda, Hanshichi fit ce récit à son chef, Kichigorô. Un court instant de réflexion plus tard, ce dernier décréta que ce petit commis était louche. Mais Hanshichi ne pouvait se résoudre à douter de l'honnêteté de ce garçon.

— C'est peut-être bien un gars sérieux, mais on ne sait pas non plus de quoi il serait capable, dit Kichigorô. Il a quand même séduit la fille de la patronne, c'est un délit. Quand tu y vas demain, flanque-lui donc une paire de baffes pour voir.

A dix heures le lendemain matin, Hanshichi retourna une fois de plus chez Kikumura, et là, il découvrit une foule massée devant l'établissement. Les gens murmuraient tout bas en jetant à l'intérieur des regards curieux mêlés d'angoisse. Jusqu'aux chiens du quartier qui rôdaient autour de la maison avec un air mystérieux en se faufilant entre les jambes des personnes attroupées. Il fit le tour par-derrière et, en ouvrant la porte à treillis de bois, il vit que la pierre sur laquelle on se déchausse dans l'entrée était encombrée de socques et de sandales. Otake sortit aussitôt, la mine éplorée.

— Hé ! Que se passe-t-il ?

— Madame a été assassinée ! cria Otake qui éclata en un bruyant sanglot.

— Mais qui a fait ça ? Hanshichi en restait pétrifié de stupeur.

Otake fondit de nouveau en larmes. Il lui demanda des détails, tantôt l'amadouant tantôt la menaçant, et apprit que la patronne Otora avait été tuée la veille au soir. Officiellement, la petite bonne disait qu'on ne savait pas qui l'avait tuée, mais en fait c'était Okiku, la fille de la patronne, qui avait manié l'arme. Otake était absolument certaine de l'avoir vue. Elle n'était pas la seule, d'ailleurs, car les servantes Otoyo et Okatsu auraient également aperçu la silhouette d'Okiku.

Si c'était réellement la vérité, il va sans dire qu'Okiku était une matricide. Aux yeux de Hanschichi, l'affaire devenait extrêmement grave. Lui qui l'avait prise à la légère jusqu'à présent, à l'idée qu'il s'agissait sûrement d'une intrigue galante entre un employé et la fille d'un commerçant, une situation fort fréquente, était plutôt dérouté.

C'est dans un moment pareil que je dois montrer mon talent ! se dit-il en petit nouveau dans la profession, en s'efforçant de rassembler son courage.

La jeune fille avait disparu on ne sait où depuis trois jours. Elle était revenue sans prévenir l'avant-veille au soir, avant de redisparaître aussitôt. Puis, à peine de retour la veille au soir, elle avait tué sa mère avant de s'enfuir. Ce qui le laissait imaginer un meurtre perpétré dans des circonstances complexes.

— Et la jeune fille, qu'est-ce qu'elle est devenue ?

— J'en sais rien, répondit la petite bonne qui se mit à pleurer de nouveau bruyamment.

Il l'écouta lui confier en larmes qu'au moment où l'on allume les lumières, Okiku était apparue chez elle, toujours dans la même tenue. Otake ignorait par où elle était entrée cette fois, mais elle avait entendu la patronne s'exclamer dans la pièce du fond : « Okiku ! » Puis elle l'avait entendue pousser des cris. En accourant aussitôt, Otake et les deux autres servantes aperçurent de dos la silhouette d'Okiku qui se glissait sur la véranda. La jeune fille portait toujours le kimono *kiha-chijô* et elle était coiffée du capuchon mauve pâle.

Plutôt que de la rattraper, bien sûr, les trois femmes se tournèrent d'abord vers leur patronne. Poignardée sous le sein gauche, Otora gisait à terre, respirant à peine. Un filet écarlate s'écoulait sur les tatamis. Au cri de terreur que poussèrent les trois femmes pétrifiées, tous ceux qui étaient dans le magasin se précipitèrent au fond de la maison.

Penchés sur Otora, ils crurent l'entendre dire faiblement : « Okiku… Okiku… a… », mais le reste de sa phrase était inaudible, et elle rendit son dernier souffle sans que quiconque n'ait eu la présence d'esprit de réagir. Dès la plainte déposée par un collectif d'officiers municipaux, les inspecteurs de police étaient arrivés. On avait découvert que la plaie d'Otora était profonde et avait été provoquée par la lame effilée d'une sorte de dague.

On avait interrogé tout le personnel de l'établissement. Par discrétion, et pour ne pas nuire à la réputation de leur maison en divulguant maladroitement des détails, ils avaient répondu unanimement que personne ne connaissait l'auteur du meurtre. Mais l'absence de la jeune Okiku avait éveillé l'attention des fonctionnaires. Seijirô, dont on avait découvert la liaison avec la fille de sa patronne, avait été emmené sur-le-champ. Otake, plus morte que vive, ignorant quel sort lui serait réservé, tremblait de peur à l'idée de se trouver bientôt emprisonnée.

— Quelle catastrophe… soupira Hanshichi.

— Qu'est-ce qui va m'arriver ? demanda Otake, anxieuse de savoir jusqu'à quel degré de gravité elle était impliquée dans le crime. Puis elle se mit à sangloter comme une folle en se lamentant : Je préférerais plutôt mourir !

— Ne dis pas de sottises ! s'écria Hanshichi forcé d'élever le ton, tu es un témoin important. Un agent du gouvernement est venu avec les inspecteurs, hein ? Qui est-ce ?

— Il paraît qu'il s'appelle Gen Tarô-san.

— Ah bon… de Setomono-chô ?

51

Gen Tarô enquêtait depuis fort longtemps, c'était un vétéran dans la profession, et il habitait le quartier de Setomono-chô. Il avait une foule d'indics compétents à son service. L'envie de ferrailler vivement avec lui envahit Hanshichi. Je veux réaliser un exploit pour mon chef, se dit-il, et surpasser ce vieux-là dans une affaire. Néanmoins, il ne voyait pas pour l'instant par où commencer.

— Alors, hier soir, la jeune fille portait aussi un capuchon ?

— Oui. Et il était de la même couleur mauve.

— Tu me l'as dit tout à l'heure : la jeune fille s'est glissée sur la véranda en profitant de la confusion, et tu ne sais pas où elle a disparu ensuite ? Allez, va m'ouvrir la porte en bois pour me faire passer par l'entrée du jardin, ordonna Hanshichi.

La petite bonne était allée apparemment prévenir quelqu'un au fond de la maison, car Juzo, le commis principal, surgit ; il avait les yeux cernés et l'invita à entrer :

— Je vous remercie d'être venu. Je vous en prie, entrez directement par ici…

— C'est terrible ce qui vous arrive. Je voulais éviter de faire irruption au milieu de tout ce malheur, c'est pourquoi je comptais faire le tour par l'entrée du jardin. Veuillez m'excuser, permettez-moi, je vous prie…

Hanshichi et son guide se dirigèrent vers le salon où les traces de sang n'étaient pas encore sèches. Il le savait déjà, la véranda était exposée au nord, et devant se trouvait un petit jardin. Lequel était remarquablement bien tenu, avec son pin dont les branches étaient soutenues par un tuteur pour leur éviter de casser et le tronc paillé de longues feuilles sèches pour le protéger du gel, ce qui créait l'ambiance d'un jardin d'hiver.

— Est-ce que les volets de la véranda étaient ouverts ? demanda Hanshichi.

— Ils étaient tous fermés, sauf un qui reste toujours entrebâillé, celui qui est devant la cuvette d'eau, expliqua son guide Juzo. Mais seulement dans la journée évidemment, car au moment d'aller se coucher, on le ferme hermétiquement.

Hanshichi regarda la cime du grand pin sans mot dire. Il ne voyait pas comment un intrus aurait pu s'introduire en passant par ce pin. Et les bambous taillés en pointe de la clôture n'avaient subi aucun dommage.

— Elle est très haute, cette clôture, dites donc.

— C'est vrai, quand les fonctionnaires l'ont vue hier soir, sa hauteur leur a paru vraiment difficile à franchir. Et il n'y a aucune trace laissant supposer qu'on y aurait appuyé une échelle, ni qu'on serait passé par le pin. Ils se demandent si l'assassin ne s'est pas introduit en cachette par l'entrée du jardin. En tout cas, quel que soit le passage emprunté pour pénétrer dans la maison, on pouvait imaginer qu'il serait ressorti à coup sûr par le jardin, mais comme le loquet de la porte en bois est resté baissé de l'intérieur, on ne sait pas du tout par où ni comment il a pu s'en aller, dit Juzo dont le regard trouble se voila un peu plus en se tournant vers ladite porte.

— Ce n'est pas facile en effet de passer cette clôture sans endommager les pointes en bambou ni abîmer les branches du pin.

De toute manière, ce genre d'acrobatie ne pouvait être l'apanage de la fille d'un commerçant. Hanshichi estima que le malfaiteur devait être quelqu'un d'expérimenté. Par ailleurs, les trois femmes accourues aussitôt sur les lieux se disaient certaines d'avoir vu Okiku de dos. Il poussa plus loin sa réflexion, convaincu que là se trouvait l'erreur.

Pour plus de sûreté, il enfila des socques et inspecta tous les recoins du petit jardin, quand il aperçut une grande lanterne en pierre. Certainement fort ancienne, son petit capuchon ainsi que le socle étaient complètement recouverts de mousse sombre. L'odeur de cette mousse chargée d'humidité racontait la longue histoire de la maison de commerce.

— Quelle belle lanterne ! Quelqu'un y a touché récemment ? demanda Hanshichi comme si de rien n'était.

— Non, il y a longtemps que personne ne s'en est servi. Madame insistait pour que nous n'y touchions que rarement, et surtout pas sans raison valable, pour préserver la mousse qui est d'une telle beauté…

— Oh, je comprends.

En fait, Hanshichi venait de découvrir des traces légères de pieds, ou plutôt d'orteils, sur le capuchon moussu de la vénérable lanterne.

Des traces à peine perceptibles. S'il s'agissait de pieds masculins, c'étaient ceux d'un très jeune garçon. Hanshichi pencha donc pour des traces de pieds féminins. En imaginant d'abord que le malfaiteur était un expert en la matière, il s'était trompé. Mais s'il avait affaire à une femme, était-ce bien Okiku ? A supposer qu'elle eût posé les pieds sur la lanterne en pierre, il paraissait impossible qu'une jeune citadine pût franchir aussi facilement la clôture.

Quelle idée venait de traverser l'esprit de Hanshichi ? Soudain, il était sorti de l'établissement Kikumura pour se diriger vers Hirokoji, la grand-rue de Ryôgoku, mille fois plus encombrée que l'actuel sixième arrondissement d'Asakusa.

Il était déjà presque midi, bientôt l'heure où reten-
tirait dans Hirokoji la musique annonçant le début
des spectacles, ceux des théâtres réservés au *rakugo*[1], et
bien d'autres encore auxquels venaient s'ajouter les
forains de Mukô-ryôgoku, sur l'autre rive de la
Sumida. Devant les baraques où était suspendue une
natte de paille, les enseignes décorées couvertes de
poussière étaient éclairées par les faibles rayons du
soleil hivernal, et les oriflammes aux couleurs passées
tremblaient sous le vent glacial du fleuve. A l'entrée de
la rangée des maisons de thé, les saules maigres et
décharnés soulignaient le crépuscule des plantes qui
fanent jour après jour au froid de l'hiver. Néanmoins,
compte tenu de l'attrait du lieu, les gens arrivaient par
vagues grossissantes. Hanshichi se fraya un passage à
travers cet encombrement et entra dans l'une des
échoppes.

— *Dôdai*, comment va ? Toujours prospère, à ce que
je vois.

— Bonjour, enquêteur, dit une jeune fille au teint
blanc venue aussitôt lui remplir une tasse de thé.

— Dis donc, ma petite, je vais aller vite en affaire,
mais j'aurais une question à te poser. Comment s'appelle le mari de l'acrobate Harukaze Koryû qui se produit dans cette baraque, là ?

— Hou là là ! Cette fille n'a pas encore de mari !

— Mari, amant ou frère, peu importe. Qui est celui
qui accompagne cette fille ?

— Vous voulez parler de Kin-san ? demanda la fille
en riant.

— C'est ça. On l'appelle Kin Ji, non ? La maison de

---

1. Histoires courtes et humoristiques, souvent satiriques, l'un des arts
traditionnels de conteur.

ce garçon se trouve bien sur la rive d'en face, à Mukô-ryôgoku ? Koryû vit avec lui ?

— Hou là là ! Ça, je sais pas.

— Kin Ji ne fiche toujours rien ?

— Il paraît qu'à l'origine il était en apprentissage chez un grand marchand de kimonos, alors un jour il a apporté une étoffe de kimono chez Koryû-san, et c'est ça qui les a liés. Il a l'air sage, vous savez, et beaucoup plus jeune qu'elle.

— Merci, ça me suffit pour piger.

Hanshichi sortit de l'échoppe et entra dans la baraque foraine d'à côté. C'était celle de l'acrobate qui effectuait sur scène des numéros périlleux de funambule et de voltige. Koryû avait un maquillage épais qui donnait l'impression d'un masque blanc. Elle s'efforçait de paraître jeune, mais son âge réel devait approcher la trentaine. Au cours de ses acrobaties, cette saltimbanque s'adressait aux nombreux spectateurs en faisant continuellement bouger ses sourcils foncés qui semblaient tracés à l'encre et ses beaux yeux aux paupières teintées d'un dégradé de rouge, summum de la coquetterie vulgaire. Les spectateurs la regardaient, fascinés, bouche ouverte, comme devant quelque chose de follement excitant. Hanshichi contempla la scène un moment, avant de repartir bientôt et de traverser le fleuve vers la rive opposée.

Dans un passage, près d'une boucherie à proximité du pont Komatome, là où l'on attachait les chevaux, Hanshichi trouva ce qu'il cherchait : la maison de Kin Ji. Il appela deux, trois fois depuis la porte en treillis de bois, mais personne ne lui répondit. Faute de mieux, il se renseigna auprès de la voisine qui lui expliqua que Kin Ji s'était sans doute rendu aux bains publics tout proches en laissant la maison ouverte.

— Je suis venu spécialement des quartiers résidentiels de la ville haute pour le voir, alors je vais l'attendre dans l'entrée.

Ayant ainsi prévenu la maîtresse de maison voisine, au cas où, Hanshichi passa la porte à claire-voie. Il s'assit sur la galerie devant la maison, et tandis qu'il tirait une bouffée sur sa longue et fine pipe, lui vint soudain une idée. Discrètement, il fit coulisser légèrement la porte tendue de papier translucide. L'intérieur comprenait deux pièces, de six et quatre tatamis et demi. Un brasero au charbon de bois de forme oblongue se trouvait dans la première. Dans la pièce annexe, était visiblement installé un chauffage traditionnel, et par la cloison coulissante tendue de papier opaque, mais fermée grossièrement, il voyait dépasser le pan rouge d'une couverture ouatée qui recouvrait l'appareil.

En se dressant sur la pointe des pieds, Hanshichi aperçut ce qui ressemblait à un kimono de femme *kihachijô* accroché au mur. Il ôta ses sandales et se glissa discrètement dans la maison. En regardant mieux par la cloison de la petite pièce, il constata que c'était bien un *kihachijô*. Si la manche était encore mouillée, c'est qu'on avait dû laver des traces de sang avant de le faire sécher ici. L'idée séduisit Hanshichi qui retourna dans l'entrée.

A cet instant, il entendit s'approcher un bruit de pas qui foulaient les planches recouvrant toujours les égouts dans les quartiers populaires, et une voix masculine salua la maîtresse de maison voisine.

— Quelqu'un est arrivé pendant mon absence, vous me dites ? Merci de me prévenir.

C'est sûrement Kin Ji ! se dit Hanshichi redescendu en vitesse dans l'entrée. La porte s'ouvrit brusquement, et un jeune homme élégant de son âge apparut, une serviette mouillée à la main. Kin Ji était ces temps-ci un petit joueur[1] vivant dans l'oisiveté. Hanshichi ne lui était pas tout à fait inconnu.

— Oh, vous êtes de l'équipe des enquêteurs de Kanda ? C'est rare de vous voir par ici. Mais entrez donc.

Son visiteur n'étant pas n'importe qui, Kin Ji l'invita très aimablement à s'asseoir devant le brasero. Tandis qu'ils parlaient tous deux de choses et d'autres, Hanshichi décela clairement l'agitation intérieure de son interlocuteur.

— Ecoute, Kin Ji, je dois d'abord m'excuser de quelque chose auprès de toi.

— Et de quoi donc ? Qu'est-ce qui vous prend d'être poli comme ça ?

— Oh, tu trouves ? Mais j'ai beau être en mission officielle, ça ne m'autorise pas à entrer chez quelqu'un en son absence et à visiter toute la maison ? Tu veux bien me pardonner ? Tu m'excuses, hein ?

Kin Ji, qui était en train de rajouter du charbon sur le brasero, pâlit tout à coup et resta muet. Les baguettes de métal qu'il tenait à la main s'étaient mises à cliqueter.

— Est-ce que ce kimono *kihachijô* est celui de Koryû ? Elle a beau être une saltimbanque, tout de même, elle porte des vêtements rudement voyants, tu crois pas ? C'est que quand on a un jeune mari comme toi, on a besoin de paraître beaucoup plus jeune… héhéhé ! Hé ! Kin Ji, pourquoi tu te tais ? T'es pas drôle, mon gars. Offre donc quelque chose à ton invité, et vante-moi les qualités de ta Koryû. Allez, réponds au moins quelque chose. Tu es aimé d'une femme plus

---

1. Le jeu de hasard était interdit à la classe des guerriers, souvent exploité par des joueurs professionnels utilisant comme enjeu des objets ou de la monnaie selon des procédés variés.

âgée, tu es complètement à sa charge, alors, ça doit t'arriver de te retrouver dans des situations compliquées qui t'obligent à faire des choses contre ton gré quand elle te le demande. Ça, je le comprends parfaitement, donc, je demanderai la peine minimum pour toi. Qu'est-ce que t'en dis ? Raconte-moi tout maintenant, parle franchement.

Livide de peur, Kin Ji tomba à genoux, le front et les mains plaqués sur le tatami.

— Je vais tout vous dire.

— Tu fais bien, raconte sans faire d'histoires. Ce kimono *kihachijô*, c'est bien celui de la fille Kikumura, hein ? Où l'as-tu emmenée ?

— Ce n'est pas moi qui l'ai emmenée, répondit Kin Ji en relevant la tête vers lui, avec un regard implorant. En fait, avant-hier matin, on est allés s'amuser à Asakusa avec Koryû. Elle a tendance à se saouler, et celle-là, dans ces cas-là, elle n'a plus du tout envie d'aller travailler. J'essayais de la calmer et de la forcer à rentrer, mais elle ne voulait rien entendre. Elle gagne bien sa vie avec son métier, mais c'est une fichue dépensière, et moi, côté finances, ce n'est pas fameux ces temps-ci, ce qui fait qu'on a de sacrées dettes partout. La fin de l'année est atrocement difficile, et comme Koryû, elle avait l'air plutôt désespérée, je pouvais rien faire d'autre que de la traîner dans le coin d'Okuyama jusque dans l'après-midi en m'occupant d'elle comme d'une enfant. C'est là que j'ai vu le jeune commis sortir d'une maison de thé, suivi par un joli brin de fille. En la voyant, Koryû a reconnu la fille Kikumura de Nihonbashi, et elle a dit : « J'ai trouvé, on va profiter d'elle ! » Puis elle a ajouté : « Regarde-la, elle se donne des airs de fille sage alors qu'elle a rendez-vous avec un commis dans une maison mal famée ! »

— Comment Koryû pouvait-elle savoir qu'il s'agissait de la fille Kikumura ? intervint Hanshichi.

— Tout simplement parce qu'elle y achète de temps en temps de la pâte blanche à maquillage et du fard rouge. Kikumura est une maison très ancienne, vous comprenez. Sur ce, je suis allé appeler en vitesse des chaises à porteurs. Je ne sais pas ce que Koryû a proposé à la jeune fille pendant ce temps, mais elle l'a finalement entraînée vers Umamichi. Il y avait deux chaises à porteurs. Koryû et la jeune fille sont montées dedans, et moi, je suis rentré à pied. Quand elle est arrivée chez nous, la jeune fille était en pleurs. Koryû avait peur qu'on l'entende dans le quartier, alors elle m'a demandé de lui mettre un bâillon et de la pousser dans un placard à vêtements. Elle me faisait vraiment pitié, mais bon, Koryû n'arrêtait pas de me répéter : « Mais quel trouillard, qu'est-ce que t'as à lambiner comme ça ? » Elle me houspillait tellement que je l'ai aidée à la pousser au fond du placard.

— J'avais entendu dire que cette Koryû était une mauvaise femme, c'est plutôt une vraie sorcière ! Et ensuite, qu'est-ce qui s'est passé ?

— Le soir même, on a fait venir le souteneur du coin, et il a été convenu qu'il emmenait la fille à Itako[1] contre quarante ryôs d'or par an. Koryû a dit que c'était pas cher payé mais qu'on n'avait pas le choix, et le lendemain matin, on a sorti la fille qui est partie en chaise à porteurs avec le type. Mais avant qu'il revienne, nous, on n'aura déjà plus un bu en poche. Depuis le début du mois, une ribambelle de créanciers, les monstres, débarquaient chez nous tous les jours. En désespoir de cause, Koryû a encore imaginé ça : avant

---

1. On s'y rendait en bateau, loin au nord-est de la ville.

le départ de la fille pour Itako, elle lui a fait enlever de force le *kihachijô* qu'elle portait à ce moment-là, et, bouquet final, elle l'a obligée à enfiler sa propre tenue de sortie. Voilà pourquoi le fameux kimono est resté chez moi.

— Je vois… Koryû s'est glissée chez Kikumura après avoir enfilé ce kimono et ce capuchon mauve, déguisée en fille de la maison. C'était donc pour voler de l'or ?

— C'est exact, acquiesça Kin Ji. Sous la menace, la jeune fille lui a appris que l'or se trouvait dans une cassette dans le salon de sa mère.

— Elle en avait l'intention dès le début, alors ?

— J'en sais rien, Koryû m'a assuré qu'elle le faisait par nécessité. Avant-hier soir, elle est rentrée complètement découragée parce que ça n'avait pas bien marché, et elle a dit : « La prochaine fois, je suis sûre de réussir », et hier soir aussi elle est sortie au crépuscule… mais finalement elle est rentrée les mains vides. Et elle m'a fait comme ça : « J'ai encore manqué mon coup cette nuit. Le comble, c'est que la patronne s'est mise à brailler, alors j'en ai été réduite à lui enfoncer la lame d'une dague dans le ventre. » Tel que je suis maintenant devant vous, je peux vous assurer qu'à ce moment-là j'en tremblais de peur, je n'arrivais plus à prononcer un mot. Et quand j'ai vu du sang sur sa manche, là j'ai vraiment compris que c'était pas une blague. Ce qu'elle avait fait semblait complètement fou, mais elle, la principale intéressée, elle m'a dit sans broncher : « Oh, c'est pas grave. Tu peux être sûr que les gens, ils vont être convaincus que c'est la fille de la maison qui l'a tuée. La preuve : ce capuchon et ce kimono. » Puis elle a lavé le sang du kimono, elle l'a fait sécher ici, et aujourd'hui elle est allée comme d'habitude donner son spectacle dans sa baraque.

— Quel cran ! Elle est trop forte pour être ta maîtresse, s'exclama Hanshichi avec un rire forcé. C'est bien, tu m'as tout raconté franchement. C'est pas de chance d'être aimé par une fille pareille ! De toute façon, Koryû sera condamnée à mort et sa tête exposée à la porte de la prison, mais toi, grâce à tes aveux, c'est sûr, tu vas au moins sauver la tienne. Allez, rassure-toi.

— S'il vous plaît, je vous demande d'avoir pitié de moi. Je suis un faible, la nuit dernière, j'arrivais pas à dormir comme si de rien n'était. Dès que je vous ai vu, j'ai compris que j'étais fichu. On dira que je suis ingrat envers cette femme, mais quelqu'un comme moi préfère de loin se libérer en avouant tout.

— Bon, désolé pour toi, mais tu vas me faire le plaisir de venir avec moi chez mon chef à Kanda. En tout cas, tu ne pourras plus voir le monde ici-bas pendant un bon moment, alors, prends ton temps pour préparer tes affaires.

— *Arigatô gôzaimasu*, je vous remercie.

— Et puis, on est en plein jour. Pas la peine d'attirer l'attention des voisins. Je t'épargne la corde autour des poignets, fit gentiment Hanshichi.

Kin Ji renouvela ses remerciements polis, les yeux embués de larmes, l'air triste et défait.

A la pensée qu'ils étaient jeunes tous les deux, Hanshichi ne put s'empêcher d'être ému par cet homme faible qu'il emmenait comme son prisonnier.

Au rapport de Hanshichi, son chef Kichigorô fut aussi surpris que si l'on avait attrapé une baleine sur la plage du village de pêcheurs de Kanasugi dans la baie d'Edo.

— On dit qu'à tenter sa chance on finit toujours par réussir, mais toi qui partais dans toutes les directions, tu as accompli un bel exploit. Je te prenais encore pour un débutant, alors qu'en fait, scélérat ! il faut se méfier de toi. Bravo, bravo en tout cas ! Sacrée réussite. Et sache que je n'en profiterai pas pour tirer en douce la couverture à moi, je vais faire un compte rendu de ton travail à ces « messieurs » de la police à Hatchôbori[1]. N'empêche, il faut mettre la main en vitesse sur cette Koryû. Elle a les nerfs rudement solides pour une femme. On ne sait pas de quoi elle serait capable encore, je vais demander à quelqu'un de t'accompagner pour te prêter main-forte.

Juste au moment où la baraque foraine allait fermer – en hiver, le soir tombe de bonne heure –, Hanshichi arriva à Ryôgoku, suivi de deux indics expérimentés. Les deux hommes attendirent à l'extérieur tandis qu'il entrait seul dans la baraque. Koryû changeait de kimono dans les coulisses.

— Je viens de la part de Kichigorô à Kanda, désolé de te déranger, mais pourrais-tu venir un moment ? Mon chef aurait quelque chose à te demander, dit Hanshichi innocemment.

Une ombre voila le regard de l'acrobate. Mais contre toute attente, elle esquissa un sourire, en gardant son sang-froid.

— Un enquêteur ?… Ça me plaît pas bien. Qu'est-ce que je pourrais faire pour lui ?

— Tu es quelqu'un de très connu, le chef te trouve peut-être séduisante.

— Oh, gardez vos blagues pour vous ! C'est quoi le problème ? Je suis à peu près sûre que vous le savez, vous.

---

1. Quartier où étaient logés par centaines les hommes de la police mis à la disposition des deux gouverneurs, du nord et du sud d'Edo.

Son corps souple appuyé sur une malle de vêtements en osier, Koryû épiait avec des yeux de serpent le visage de Hanshichi.

— Non, non, je ne suis pas au courant, je ne suis qu'un messager de rien du tout. Mais on ne va pas te faire perdre trop de temps, allez, viens sans faire d'histoires.

— Evidemment que je viens ! On ne peut pas s'enfuir, hein, quand il s'agit d'un représentant du gouvernement, dit Koryû qui prit son étui à pipe pour fumer tranquillement.

Dans le petit théâtre voisin de marionnettes en bois, le tambour annonçait la fin du spectacle. Visiblement saisis d'une sorte d'angoisse, les autres artistes retenaient leur souffle, l'oreille tendue pour essayer de suivre le dialogue en retenant leur souffle. Les coulisses exiguës s'étaient assombries dans les coins.

— Les jours raccourcissent. Le chef aussi a tendance à tomber à bras raccourcis sur les gens. Il va me chauffer les oreilles si on traîne. Allez, grouille-toi ! l'exhorta Hanshichi exaspéré.

— Oui, oui, j'arrive… dit Koryû qui finit par sortir.

Mais en apercevant les deux indics debout dans l'ombre, elle lança un regard furibond en direction de Hanshichi.

— Ouh là, quel froid ! On sent bien que le soleil s'est déjà couché, dit-elle en rajustant les deux manches de son kimono.

— C'est pour ça, viens vite !

— J'ignore ce que je peux faire pour vous, mais ça m'ennuie de ne pas rentrer tout de suite chez moi. Vous me laisseriez y passer un instant ?

— Je te préviens, tu ne verras pas Kin Ji chez toi, il n'est pas là, répondit froidement Hanshichi.

Koryû s'arrêta, les yeux clos. Quand elle les rouvrit enfin, un voile blanc et humide semblait briller sur ses longs cils.

— Oh, Kin-san n'est pas là-bas ? Mais j'aimerais prendre quelques affaires, je suis une femme, tout de même.

Entourée par les trois hommes, Koryû traversa le pont de Ryôgoku sur la Sumida. Ses épaules étaient secouées par des sanglots comme si elle était inconsolable.

— Kin Ji te manque tant que ça ?

— Oh oui !

— C'est étrange de la part d'une fille comme toi.

— Essayez de me comprendre.

Parvenus à peu près au milieu du long pont, les lumières jaunes des lampes se mirent à briller çà et là dans les maisons sur la berge. Une brume épaisse montait du fleuve qui, en aval, dégageait une impression de froidure. Dans sa baraque, le garde du pont alluma à son tour la bougie de sa lanterne. Un groupe d'oies sauvages passa en caquetant sur les hangars des bateaux du gouvernement, comme si elles pressentaient que le givre allait tomber ce soir-là.

— Que va devenir Kin-san s'il m'arrive quelque chose ?

— Ça dépend de ce qu'il dira.

Koryû s'essuya les yeux sans répondre, et aussitôt après, elle cria :

— Pardonne-moi, Kin-san !

Repoussant avec force Hanshichi à ses côtés, elle se dégagea comme une hirondelle et se mit à courir. A son agilité, on voyait bien que l'acrobate était capable de toutes les prouesses ; sa réaction fut si vive que chacun en resta surpris. A peine la vit-on poser la main sur la rambarde que, tête la première, elle fut engloutie par le fleuve.

— Nom de nom ! cria Hanshichi en serrant les dents.

Au bruit d'une chute dans l'eau, le garde du pont se précipita. Au nom du gouvernement, il exigea du passeur à proximité de sortir immédiatement son embarcation, mais Koryû ne réapparut pas à la surface. Le lendemain, on découvrit à Hyapponkui, sur la rive opposée, des cheveux de femme emmêlés aussi noirs que des feuilles d'algues séchées d'Asakusa. On les tira de l'eau : il s'agissait bien de ceux de Koryû. Son corps gelé fut examiné sur la berge dans le givre matinal. L'acrobate avait fini par faire un faux pas sur la corde de la vie. Cette histoire devint célèbre dans tout Edo, et la réputation de Hanshichi s'en trouva grandie.

La maison Kikumura envoya aussitôt chercher Okiku à Itako ; elle était encore en apprentissage et rien ne lui était arrivé.

— Quand j'y repense à présent, j'ai l'impression d'avoir fait un rêve, commenta Okiku après son retour à Edo, répondant à l'interrogatoire des fonctionnaires en charge de l'affaire. Seijirô était reparti avant moi, et comme je me sentais un peu seule, j'étais impatiente de voir arriver Otake et je suis sortie dans la rue sans but précis. C'est alors que j'ai aperçu Koryû l'acrobate, debout face à moi sous un grand arbre. Je la connais de vue depuis longtemps. Elle m'a dit de venir tout de suite, parce que Sei-san était tombé subitement malade. Je n'arrivais pas à y croire ! Quand je l'ai suivie, elle m'a expliqué qu'on l'avait transporté chez le médecin, et elle m'a poussée dans une chaise à porteurs en me conseillant d'aller le rejoindre. On m'a entraînée dans une maison sombre et inconnue. Là, Koryû a brusquement changé d'attitude et, avec un jeune homme, je peux vous dire qu'elle m'en a fait voir de toutes les couleurs, c'était horrible. Puis ils m'ont envoyée dans cet endroit au loin. J'étais tellement morte de peur que je n'avais plus mes esprits. J'étais incapable de me servir de mon intelligence ou de mon bon sens pour trouver un moyen de m'en sortir.

Après une bonne réprimande, le commis Seijirô fut libéré.

En se suicidant, Koryû s'était soustraite à son exécution, mais sa tête fut tout de même exposée à Kozukappara. Kin Ji, qui aurait dû être accusé du même crime et subir le même châtiment, fut par une grâce exceptionnelle condamné à l'exil dans une île lointaine. Et l'affaire fut finalement réglée.

— Voilà, cette histoire a marqué le début de ma carrière, conclut le vieil Hanshichi. Au bout de trois ou quatre ans, mon chef Kichigorô est décédé subitement d'une insolation. Comme il avait déclaré dans ses dernières volontés qu'il me léguait sa fille Osen et me faisait l'héritier de sa fonction, ses subordonnés m'ont élevé au rang de chef, enquêteur de la deuxième génération. C'est à partir de ce moment-là que je suis devenu un enquêteur accompli.

Tu te demandes comment j'en suis arrivé à soupçonner Koryû à l'époque ? C'est à cause des traces de pas sur la lanterne en pierre, comme je te l'ai expliqué tout à l'heure. Les empreintes visibles sur la mousse étaient forcément celles de pieds féminins. Mais la plupart des femmes ne pourraient monter ou descendre aisément une clôture aussi haute. Je me disais qu'il s'agissait obligatoirement de quelqu'un de léger quand, soudain, j'ai pensé : et pourquoi pas une acrobate ? Elles étaient rares à Edo. Mais l'une d'elles avait depuis toujours mauvaise réputation. C'était Harukaze Koryû qui se produisait dans une baraque de Ryôgoku. En apprenant qu'elle se ruinait pour un homme plus jeune, j'ai dévidé peu à peu le fil de l'intrigue avec l'idée qu'il s'agissait probablement de cette fille, et en effet, le mystère a été vite élucidé, bien plus rapidement que prévu. Le dénommé Kin Ji a été envoyé dans une île au large de la péninsule d'Izu, mais le bruit a couru ensuite qu'il avait été gracié et qu'il était revenu sans encombre.

Le commis Seijirô a épousé la fille de la maison Kikumura, devenant ainsi leur fils adoptif, et il a continué d'exercer la même activité. Mais bien qu'établie de très longue date, il semblerait qu'après cette tragédie rien ne soit plus allé comme avant dans cette maison de commerce et que les affaires aient périclité peu à peu. A la fin de l'époque Edo, la famille a déménagé pour Shiba. Je ne sais pas ce qu'elle est devenue à l'heure actuelle.

Quant à Koryû, c'était de toute façon une personne irrécupérable, mais je regrette de l'avoir laissée se jeter dans la Sumida. C'est mon manque de vigilance qui en est la cause. On reste tendu jusqu'à ce que le coupable soit capturé, et aussitôt après, on a tendance à se relâcher. Voilà pourquoi des coupables profitent parfois de ces instants pour s'échapper, et c'est bien notre faute.

Tu me demandes si j'ai d'autres histoires intéressantes ? J'ai encore plusieurs exploits à te raconter ! Reviens passer quelques moments chez moi, tu seras toujours le bienvenu.

— Vous pouvez être sûr que je reviendrai, ai-je promis au vieil Hanshichi avant de le quitter.

LA MORT DE KANPEI

J'étais allé à Akasaka rendre visite au professeur T., le grand maître des romans historiques, et alors que je lui demandais de me raconter divers récits anciens d'Edo, j'eus envie de revoir le vieil Hanshichi. Il était trois heures de l'après-midi quand je sortis de chez le professeur, et dans l'avenue d'Akasaka les artisans avaient orné la façade de leurs maisons avec des branches de pin pour fêter le nouvel an. Plusieurs femmes et hommes se pressaient devant le magasin de sucre. Les affichettes et les écriteaux annonçant la grande vente de fin d'année, les lanternes rouges en papier et les drapeaux violets, le bruit lointain des orchestres, le son aigrelet d'un phonographe qui gratte, toutes ces couleurs et ces musiques se fondaient en une seule et créaient une ambiance animée dans les rues de la capitale administrative.

— C'est déjà le jour où chacun fait ses comptes de fin d'année.

A la réflexion, c'eût été manquer de délicatesse, pour un homme libre de son temps tel que moi, d'aller déranger des gens ce jour-là. Je me ravisai donc et décidai de rentrer directement à la maison. Et tandis que je mc dirigeais sans me presser vers la station de tramway, je tombai sur le vieil Hanshichi.

— Oh, qu'est-ce que tu deviens ? Ça fait un moment

69

que je ne t'ai pas vu, fit-il remarquer en souriant, toujours plein de vitalité.

— En fait, je voulais vous rendre visite, mais j'ai pensé que ce n'était pas bien de venir vous importuner à la fin de l'année…

— Mais qu'est-ce que tu racontes ? Je suis retiré des affaires ! Qu'importe que ce soit la fête des Morts du *Bon*, la fin de l'année ou le nouvel an ! Si de ton côté tu n'as pas de travail particulier, viens donc passer un moment chez moi.

C'est exactement ce qu'on appelle un concours de circonstances. Je suivis sans me faire prier Hanshichi jusqu'à son domicile, et il ouvrit devant moi la porte d'entrée en treillis de bois.

— On a un visiteur ! lança-t-il à sa vieille servante, avant de m'introduire dans l'habituelle pièce de six tatamis où l'on me servit comme d'habitude un thé de qualité. Et de délicieux gâteaux. Puis, à l'écart des festivités, comme s'ils vivaient dans un pays sans calendrier, le jeune homme et le vieil homme dialoguèrent dans l'insouciance jusqu'à la tombée du jour.

— Mais c'est vrai, c'est à cette période précisément que s'est donné le spectacle de la troupe amateur de la maison Izumiya à Kyôbashi, se souvint tout à coup Hanshichi.

— Et alors ? Que leur est-il arrivé ?

— L'affaire a fait beaucoup de bruit à l'époque. Et elle m'a un peu cassé la tête. On était, j'en suis sûr, en décembre de l'année du Cheval de l'ère Ansei (1859), une soirée douce pour une fin d'année. Izumiya était une importante quincaillerie située dans Gusoku-chô, « le quartier des armures ». Cette grande maison était folle de théâtre, vois-tu, mais ça s'est mal terminé. Ecoute, tu ne voudrais pas que je te raconte cette histoire ? Tiens, me voilà qui recommence à te conter mes exploits, alors, écoute-moi tranquillement.

A la fin de l'an 5 de l'ère Ansei, s'étaient succédé quelques journées plus douces que prévu. Une fois fini son repas du matin, Hanshichi s'apprêtait à aller présenter ses vœux à tous ces « messieurs » de la police à Hatchôbori, quand sa sœur Okume apparut à la porte de la cuisine, l'air affairé. Elle vivait près du sanctuaire shintô à Myôjinshita avec leur mère Otami, et était professeur de *tokiwazu*[1].

— Bonjour, belle-sœur. Mon frère serait déjà levé…

Osen, l'épouse de son frère aîné, qui préparait les repas avec la servante, l'accueillit avec un sourire.

— Oh, entre, Okume. Il est très tôt, que t'arrive-t-il ?

— J'aimerais demander quelque chose à mon frère, répondit Okume en jetant un œil derrière elle.

— Mais bien sûr, viens par là.

Dans l'ombre d'Okume se tenait une femme à l'air triste. Osen devina qu'elle exerçait le même métier que la sœur cadette de son mari. Agée d'un peu moins de quarante ans, elle avait l'élégance naturelle d'une femme mûre.

— Excusez-moi, entrez par ici, je vous prie.

Dénouant le cordon qui tenait ses manches de kimono relevées, la visiteuse entra timidement, saluant, le buste légèrement incliné.

— Vous seriez donc madame Hanshichi ? Permettez-moi de me présenter : je m'appelle Moji Kiyo et j'habite à Shitaya. Sachez que je suis reconnaissante de tout ce que fait pour moi votre belle-sœur.

---

1. Textes destinés à être récités ou psalmodiés (voir note p. 24).

— Mais non, je vous en prie. Okume est jeune, elle a encore tout à apprendre, c'est elle qui doit vous causer du travail.

Pendant ce temps, Okume était allée au fond de la maison ; elle revint chercher Moji Kiyo, visage blême, traits tendus, et l'introduisit auprès de Hanshichi. La femme s'était appliqué un emplâtre sur les tempes pour lutter contre un mal de tête et elle avait les yeux un peu rouges.

— Frère, j'entre tout de suite dans le vif du sujet : madame Moji Kiyo que voilà voudrait t'entretenir d'une affaire compliquée.

Voilà comment Okume présenta sur le ton du mystère cette femme livide.

— Ah oui, vraiment ? dit Hanshichi en se tournant vers la visiteuse. Bonjour, madame, j'ignore ce qui vous amène. Mais dites-moi toujours, je vais voir ce que je peux faire.

— Vous me voyez confuse de vous rendre visite à cette heure matinale, mais je suis complètement désemparée. J'ai demandé à votre sœur, avec qui nous sommes en relation depuis fort longtemps, d'intervenir. Voilà pourquoi je me suis permis de m'imposer chez vous sans y avoir été invitée… expliqua Moji Kiyo en posant les mains sur le tatami pour le saluer avec un grand respect. Sans doute en avez-vous entendu parler, mais le soir du 19, une représentation de théâtre amateur a été donnée à l'occasion de la fête annuelle de l'Oubli des soucis, au Izumiya à Gusoku-chô.

— En effet. Il paraît qu'il y a eu une terrible méprise.

Hanshichi avait entendu parler de l'affaire du Izumiya. Cette maison avait coutume d'inviter tous les ans voisins et habitués à participer à l'organisation de cette représentation. En cette fin d'année encore, on avait levé le rideau le 19, dès la tombée du jour. Comme il s'agissait d'un spectacle grandiose, le grand salon du fond, ordinairement divisé en trois parties, était devenu une grande salle après retrait des cloisons coulissantes ; sur le devant on avait installé une scène de trois *ken* (un peu moins de six mètres) de façade, et choisi des costumes et des accessoires très luxueux. Les comédiens étaient des gens de la maison ou des voisins, et l'acteur principal, les musiciens installés dans la « boîte à musique » étaient tous des amateurs recrutés pour leur plaisir à monter sur scène.

Pour cette fois-là, on avait retenu cinq actes, les troisième, quatrième, cinquième, sixième et neuvième sur les onze que comptait le drame de kabuki *Chûshingura*[1], « Le trésor des vassaux fidèles ». Il avait été décidé que celui qui jouerait le personnage de Hayano Kanpei serait Kakutarô, le fils héritier du Izumiya, un jeune homme gracile de dix-neuf ans. Les jeunes filles du quartier avaient l'habitude de cancaner à son sujet, disant entre autres qu'il avait l'air d'un acteur. Le jeune monsieur était attendu avec enthousiasme par les spectateurs qui trouvaient que ce rôle de Kanpei était taillé à sa mesure.

Sur la scène, on avait fini d'interpréter sans incidents les trois premiers actes, depuis l'altercation jusqu'à la scène célèbre de la route de Yamazaki, et c'est à plus de huit heures qu'on leva le rideau du sixième acte en cette nuit d'hiver. Tout le monde voulait admirer, et aussi flatter sans doute, le jeune et beau patron jouant Kanpei, et les retardataires accouraient plus nombreux

---

1. Adaptation dramatique d'un fait divers célèbre qui s'était produit à Edo au début du XVIIIe siècle, et qui relate la vengeance de quarante-sept *rônin*, de valeureux samouraïs qui se donnèrent la mort en s'ouvrant le ventre selon le rituel des guerriers *(seppuku)*, après avoir vengé leur maître.

encore qu'au lever de rideau précédent. La salle était archipleine au point de ne plus laisser de place aux braseros ou bougeoirs à pied. Il y régnait une odeur suffocante de poudre blanche à maquillage et d'huile pour les chevelures féminines, tandis que la fumée des pipes se propageait en volutes. Les rires sonores des hommes et des femmes s'entendaient dans la rue très fréquentée en ce douzième mois lunaire, et les nombreux passants s'arrêtaient pour écouter.

En un instant, voilà que le plaisir de ce divertissement se transforma en larmes de détresse. Quand Kakutarô se donna la mort, le sang colora peu à peu tout son costume. Mais la couleur rouge n'avait rien à voir avec celle de l'amidon utilisé sur scène. Les spectateurs s'émerveillaient de constater combien la douleur exprimée par son visage semblait réelle, et lorsqu'ils le virent s'effondrer sur scène avant qu'il n'ait fini de réciter son texte, des clameurs s'élevèrent dans la foule, littéralement époustouflée. Alors que tous croyaient que le sabre de Kanpei était un faux sabre de théâtre dont on avait fait briller la lame artificiellement, le *seppuku* de Kakutarô était on ne peut plus réaliste, car c'était un vrai sabre qui se trouvait dans le fourreau. La pointe de la lame qu'il avait enfoncée de toutes ses forces dans un geste théâtral lui avait réellement perforé le ventre. Aussitôt, on évacua l'acteur blessé dans les coulisses. Dès lors, pour l'assemblée stupéfaite et épouvantée, plus question de spectacle ni de banquet d'Oubli des soucis comme prévu.

Kakutarô reçut les soins d'un médecin. Son maquillage blanc de scène accentuait sa pâleur. Le praticien s'empressa de faire plusieurs points de suture pour refermer la plaie d'où le sang coulait en abondance, mais la suite prit un tour peu rassurant. Kakutarô ne

74

cessa de souffrir pendant deux jours et deux nuits. Et dans la nuit du 21, il connut une fin horrible, rendant son dernier souffle dans d'atroces douleurs. Le cortège funèbre quitta la maison Izumiya le 23 décembre en début d'après-midi.

Nous étions au lendemain de ce jour funeste.

Mais quel lien existait-il entre cette Moji Kiyo et le Izumiya ? Hanshichi lui-même n'arrivait pas à s'en faire une idée.

— Moji Kiyo-san est furieuse à cause de cette affaire, ajouta Okume à ses côtés.

Les larmes coulaient copieusement sur les joues blêmes de la femme.

— Je vous en prie, monsieur l'enquêteur, arrêtez son ennemi !

— Mais de quel ennemi parlez-vous ?

— De celui de mon fils…

Hanshichi la dévisagea sans comprendre, et Moji Kiyo leva vers lui des yeux humides, le regard durci par une sorte de rage intérieure. Ses lèvres se déformèrent et se mirent à trembler.

— Le jeune monsieur du Izumiya était votre enfant ? demanda Hanshichi avec étonnement.

— Oui.

— C'est bien la première fois que j'entends ça… Ce jeune monsieur ne serait pas le fils de la patronne ?

— Kakutarô est mon fils. Si je ne vous dis que cela, vous ne comprendrez pas, c'est une affaire qui remonte à vingt ans exactement. Du temps où j'étais déjà professeur de *tokiwazu* dans les environs de Nakabashi, le patron du Izumiya venait parfois me rendre visite. Je bénéficiais de ses faveurs, et naturellement, eh bien, j'ai donné naissance à un garçon l'année suivante. C'était ce Kakutarô qui vient de mourir.

— Ce qui signifie qu'on aurait adopté ce garçon au Izumiya ?

— C'est exact. La patronne du Izumiya a entendu parler de cette histoire, et comme elle n'avait pas d'enfant, elle a dit qu'elle souhaitait prendre le mien en charge et l'élever comme son propre fils... Moi, je ne voulais pas l'abandonner, mais s'il était recueilli par cette maison, il pouvait devenir l'héritier d'une riche maison. En un mot, je pensais que cela lui permettrait de s'élever dans la société, et peu après sa naissance je l'ai laissé au Izumiya. Et comme il fallait aussi penser à sa réputation et éviter qu'on apprenne qui était sa mère, on m'a donné une indemnité assez importante contre la promesse de couper tous les liens avec mon fils. Ensuite, j'ai déménagé à Shitaya où j'ai exercé mon métier jusqu'à aujourd'hui, mais les sentiments d'une mère vis-à-vis de son enfant sont tels que pas un seul jour je n'ai oublié celui que j'avais mis au monde. J'entendais dire que mon fils grandissait, qu'il était devenu un jeune et beau monsieur, et je me réjouissais en cachette, quand s'est produit ce drame incroyable... Ça me rend folle !

Moji Kiyo se mit à pleurer bruyamment, le visage appuyé sur le tatami, comme prête à le mordre.

— C'est donc ça ! Je n'étais absolument pas au courant, dit Hanshichi en tapotant la pipe qu'il était en train de fumer. Néanmoins, si la mort de ce garçon est un malheur imprévu, ce n'est pas pour autant qu'il faut accuser quelqu'un, selon moi... A moins que vous ne soupçonniez quelque chose.

— Oui. C'est la patronne qui l'a tué, j'en suis sûre.

— La patronne ! Expliquez-moi ça calmement. Si elle

en était au point de tuer ce jeune homme, elle ne l'aurait pas recueilli chez elle à sa naissance, me semble-t-il.

Moji Kiyo eut un vilain sourire entre ses larmes, comme si elle se moquait de l'ignorance de celui qui avait posé cette question.

— Dans la cinquième année suivant l'adoption de Kakutarô, la patronne est tombée enceinte d'une fille. Cette Oteru a maintenant quinze ans. Alors, monsieur l'enquêteur, si vous étiez à la place de la patronne, vous aimeriez Kakutarô, ou votre propre enfant, celui que vous avez mis au monde ? Vous voudriez céder la direction de la maison à Kakutarô, ou vous auriez envie que ce soit Oteru l'héritière ? Sous un visage aimable, l'être humain peut cacher un cœur démoniaque, non ? Elle est bien capable d'avoir cherché un moyen de faire disparaître un Kakutarô devenu gênant... En plus, c'était un bâtard né des amours de son mari ! La jalousie a sûrement aussi joué un rôle au fond de son cœur de femme. Cela ne me semble pas insensé, quand je pense à tout ça, de suspecter la patronne d'avoir agi elle-même, ou d'avoir demandé à quelqu'un de substituer un vrai sabre au faux en profitant de la confusion dans les coulisses. Est-ce que j'ai tort d'avoir ces soupçons ? Qu'en dites-vous, monsieur l'enquêteur ?

Jusqu'à ce jour, Hanshichi n'avait jamais eu connaissance qu'un tel secret entourait le fils du Izumiya. Kakutarô était effectivement un enfant adoptif, comme l'avait dit Moji Kiyo. Mais de là à imaginer qu'il était le fils naturel du mari de la patronne ! Et même si elle avait eu un beau geste, en apparence, en le recueillant dans sa propre maison, il était indéniable qu'elle devait garder au fond d'elle-même un sentiment de froide rancune. Et il était à plus forte raison compréhensible qu'après avoir donné naissance à son propre enfant, son cœur de mère ait renâclé à l'idée de léguer sa fortune à Kakutarô. Il n'était pas complètement exclu que ce sentiment ait pu empirer et qu'elle ait prémédité de recourir aux grands moyens, comme celui employé quelques jours plus tôt. De par son expérience en matière d'affaires criminelles, Hanshichi savait parfaitement que l'être humain est effrayant.

A l'évidence, Moji Kiyo était obsédée par l'idée que la patronne du Izumiya voulait la perte de son enfant.

— Je vous en prie, comprenez-moi, enquêteur. Je suis folle de rage, de rage ! J'ai envie de débarquer au Izumiya avec un grand couteau de cuisine, de tuer cette horrible femme, et de la mettre en pièces !

A bout de nerfs, elle finissait par en perdre la tête. Lui dire la moindre chose risquait de l'exciter davantage encore, et on ne savait à qui cette femme devenue un véritable chien enragé était susceptible de s'attaquer sur place. Hanshichi se contentait donc de fumer en silence sans la contrarier, puis, calmement, il s'adressa à elle :

— Je vous remercie, je sais tout maintenant. Je vais enquêter pour vous du mieux possible. Mais vous comprendrez, je pense, que je vous demande de ne souffler mot à personne de tout cela pour le moment.

— Ce n'est tout de même pas parce qu'elle a adopté mon Kakutarô, qu'il lui appartient et qu'elle a le droit de le tuer ? Vous autres, les autorités, vous allez la punir, n'est-ce pas ? insista Moji Kiyo.

— Mais bien évidemment. Ne vous inquiétez pas, laissez-moi faire.

Après l'avoir laissée repartir enfin apaisée, Hanshichi s'apprêta à sortir. Okume restait derrière lui à parler de quelque chose avec Osen, sa belle-sœur.

— *Gokurasama*, frère, je te remercie d'avoir pris ton temps pour écouter cette femme. Tu crois que la patronne du Izumiya est coupable ? murmura-t-elle alors qu'il passait la porte.

— Ça, je n'en sais rien. Je vais essayer de trouver par quel bout prendre cette affaire.

Hanshichi se dirigea directement vers Kyôbashi. Tout agent du gouvernement qu'il fût, il ne pouvait absolument pas faire irruption dans la maison Izumiya pour y pratiquer des investigations approfondies sans détenir le moindre indice. Il se contenta donc de passer devant l'établissement et se rendit au domicile du chef de quartier. Il était absent, malheureusement, et l'enquêteur repartit après quelques mots de salutations à sa femme.

Tandis qu'il réfléchissait en marchant dans la rue, ne sachant pas trop où aller à présent, il s'aperçut que quelqu'un lui courait après. C'était un homme de plus de cinquante ans à l'allure de citadin et, du premier coup d'œil, il devina qu'il s'agissait de quelqu'un menant une vie plutôt aisée. L'inconnu s'approcha de lui et le salua poliment :

— Je vous prie de m'excuser de vous déranger, mais ne seriez-vous pas l'enquêteur de Kanda ? Je m'appelle Yamatoya Jûemon et suis quincaillier dans Rôgetsu-chô à Shiba. Je viens de passer chez le chef de quartier pour lui demander quelques conseils, mais il était absent et j'étais en train de discuter avec sa femme quand vous êtes arrivé. Quand je lui ai demandé qui vous étiez et qu'elle m'a répondu l'enquêteur de Kanda, je me suis dit que c'était là une bonne occasion et je vous ai suivi aussitôt. Que diriez-vous de passer ici un moment en ma compagnie, si cela ne vous dérange pas… ?

— C'est d'accord.

Sur l'invitation de Jûemon, Hanshichi entra dans un restaurant proche ayant pour spécialité les anguilles grillées. Les pâles rayons du soleil qui semblaient déjà annoncer le printemps pénétraient doucement dans l'agréable petite véranda du premier étage exposée au sud, et sur la fenêtre coulissante tendue de papier translucide ils projetaient, comme des dessins tracés à l'encre de Chine, les silhouettes amusantes des branches d'une rangée de pruniers en pot. Les deux hommes assis en tête à tête commencèrent à boire leur coupe de saké qu'ils s'étaient servie mutuellement, tandis qu'arrivaient sur la table des mets légers dans l'attente du plat qu'ils avaient commandé.

— Avec votre fonction, enquêteur, vous devez déjà tout savoir, mais c'est tragique ce qui vient d'arriver au fils du Izumiya… En réalité, je suis le frère aîné de la patronne. Dans ce terrible malheur, on ne peut plus rien faire à présent pour celui qui est mort, mais vous savez ce qu'est la rumeur… les gens sont mauvaises langues… ma sœur est tellement inquiète…

Jûemon paraissait bouleversé. Il semblait que certains de ceux qui étaient plus ou moins au courant du secret de la mort étrange de Kakutarô jetaient des regards suspicieux sur la patronne, et donc que Moji Kiyo, sa mère naturelle, n'était pas la seule dans son cas. Jûemon en souffrait à se rendre malade, et aujourd'hui encore il était allé demander conseil au chef de quartier.

— Je souhaiterais que vous enquêtiez discrètement afin de trouver pourquoi on a échangé le sabre de théâtre contre un vrai. Ma sœur me fait tellement pitié. Elle craint que cette méchante et absurde rumeur ne se répande. Je sais que cela peut paraître curieux de la part d'un frère aîné de parler ainsi, mais je vous assure que c'est une femme parfaitement honnête et bonne, elle qui prenait tant soin de Kakutarô et l'aimait comme si elle l'avait mis au monde, ce n'est pas juste ! Je n'aurais jamais imaginé qu'on pût la prendre pour une de ces banales marâtres qui existent partout. Mais à présent que les funérailles ont pris fin hier, j'aimerais que vous recherchiez ce qui a provoqué cette erreur de sabre. Si on ne découvre pas le mobile et que ma sœur est l'objet de soupçons, elle qui est fragile de nature pourrait sombrer dans la folie, rongée par l'inquiétude. Quel malheur ! dit Jûemon en sortant un mouchoir en papier.

Moji Kiyo était sur le point de perdre la tête, et maintenant on lui annonçait que la patronne du Izumiya allait peut-être devenir folle ! Etait-ce la première qui disait vrai ? Ou Jûemon qui mentait ? D'ordinaire si perspicace, Hanshichi n'arrivait pas à porter un jugement.

— Le soir de la représentation, vous avez assisté au spectacle ? dit Hanshichi en posant sa coupe de saké.

— Oui, bien sûr.

— Les coulisses étaient bondées, je suppose.

— Oh, vous savez, les coulisses étaient exiguës. Une dizaine de personnes se tenaient dans une pièce de huit tatamis, et deux dans le pavillon isolé de quatre tatamis et demi. Il y avait ceux qui faisaient les acteurs, mais aussi les nombreux assistants, beaucoup de costumes et de perruques. C'était tellement encombré qu'on ne pouvait même plus y poser le pied. Tous sont des artisans et des commerçants qui ne porteraient jamais là les sabres longs et courts réservés aux samouraïs. Quand on a distribué à chacun les accessoires, il paraît que Kakutarô a examiné les siens un à un, par conséquent aucune erreur n'a pu être commise à ce moment-là... Mais peut-être s'est-il trompé juste avant d'entrer en scène, ou bien quelqu'un aura opéré la substitution ? Comment savoir ? C'est terrible.

— En effet...

Hanshichi croisa les bras, sa coupe de saké encore presque pleine. Jûemon garda le silence, les yeux baissés. On entendit le petit vrombissement d'une mouche affairée qui s'évertuait à traverser le papier translucide de la fenêtre donnant sur l'étroite véranda.

— Le jeune monsieur se trouvait dans la pièce de huit tatamis ou dans la plus petite ?

— Dans la plus petite, celle du pavillon isolé, avec les trois représentants des maisons Shôhachi, Chôjirô et Kazukichi. Le premier aidait pour les costumes, le deuxième s'occupait de l'eau chaude et du thé, j'imagine. Le troisième jouait le rôle de Senzaki Yagorô.

— Je vais maintenant vous demander quelque chose de bizarre, mais ce jeune homme avait-il d'autres distractions que le théâtre ? demanda Hanshichi.

Jûemon répondit que le garçon n'aimait pas les jeux tels que le go et le jeu d'échecs *shôgi*, et il n'avait jamais entendu dire qu'il se divertissait avec des femmes.

— Il n'y avait pas de rumeur concernant une future belle-fille ?

— C'est que… cela s'était décidé en secret, dit Jûemon un peu gêné. Mais au point où nous en sommes, je vais tout vous dire : en fait il s'était permis des libertés avec une bonne qui s'appelle Ofuyu. Comme cette fille a de jolis traits et un bon caractère, les parents s'étaient arrangés discrètement, se disant qu'il valait peut-être mieux la faire adopter par des personnes respectables, avant que les gens n'en apprennent davantage, puis la présenter officiellement comme leur belle-fille en la mariant à leur fils. Mais il est arrivé cette chose inimaginable, ils n'ont vraiment pas de chance, ces deux-là.

Hanshichi prêta l'oreille à cette histoire d'amour.

— Quel âge a cette Ofuyu, et d'où vient-elle ?

— Elle a dix-sept ans et vient de Shinagawa.

— Dites-moi, serait-ce possible que je la voie un instant ?

— Elle est jeune, vous savez, et depuis cette horrible histoire, elle a l'air absente, on dirait qu'elle a perdu la raison. Elle ne sera peut-être pas en état de vous recevoir convenablement, mais si vous le souhaitez, je vous la ferai rencontrer quand vous voudrez.

— Le plus tôt serait le mieux, et si rien ne s'y oppose, je vous prierais de me la présenter dès maintenant.

— C'est entendu.

Les deux hommes décidèrent de se rendre au Izumiya dès qu'ils auraient fini de manger. Jûemon faisait craquer ses doigts d'impatience quand, enfin, on leur apporta les anguilles préparées sur commande.

Jûemon prit ses baguettes aussitôt, mais Hanshichi ne mangea presque rien. Il demanda à la serveuse de lui apporter un autre flacon de saké chaud.

— Vous buvez toujours autant de saké, enquêteur ? demanda Jûemon.

— Non, j'en bois à peine d'habitude, car je suis quelqu'un d'un peu paysan. Mais aujourd'hui, je vais boire quelques coupes. Voyez-vous, pour me remonter, il faut que j'aie les joues rouges, dit en riant Hanshichi.

Jûemon ne pipa mot sur cette attitude qu'il trouvait bizarre.

Hanshichi se servit donc sans répit de saké, jusqu'à la dernière goutte. Comme il avait bu plus que de coutume en pleine journée dans ce salon exposé au sud, bien chauffé par le soleil, sa tête, ses mains et ses pieds prirent la couleur d'une de ces crevettes décoratives qu'on utilise pour la nouvelle année.

— Comment vous me trouvez ? D'après vous, c'est le bon dosage d'astringent à base de jus de kaki pour colorer le papier ? interrogea Hanshichi en faisant allusion à son teint, tout en caressant ses joues brûlantes.

— En effet, quelle belle couleur ! dit Jûemon en riant, faute de mieux.

Il devait vaguement s'inquiéter à l'idée de présenter bientôt un homme aussi pris de boisson au Izumiya, mais ne pouvant plus faire machine arrière, il régla l'addition et emmena son compagnon au-dehors. Hanshichi s'emmêlait les pieds et il s'en fallut de peu qu'il ne se cognât à un petit commis qui arrivait face à lui, chargé d'un saumon sur l'épaule.

— Ça va, enquêteur ?

Hanshichi avait la démarche titubante et Jûemon le tenait par la main. Il semblait regretter de plus en plus d'avoir demandé conseil à un homme aussi insensé au sujet d'une affaire aussi insensée.

— Excusez-moi, cher monsieur, mais faites-moi entrer discrètement par la porte de derrière, lui demanda Hanshichi.

Tandis que Jûemon hésitait un peu, se disant que ce n'était vraiment pas correct de le faire passer par l'entrée de derrière, Hanshichi pénétra dans le passage latéral qui longeait l'établissement et se dirigea rapidement vers cette porte. Bizarrement, il n'avait plus la démarche d'un homme complètement ivre. Jûemon lui emboîta le pas.

— Faites-moi voir Ofuyu tout de suite, dit Hanshichi qui traversa la cuisine et jeta un œil dans la salle des servantes, où se trouvaient trois femmes au visage rougeaud. Aucune d'elles n'avait l'air d'être la jeune fille en question.

— Où est passée Ofuyu ? interrogea Jûemon qui avait entrouvert la porte coulissante.

Les trois visages rouges se retournèrent en même temps vers lui, et on lui répondit qu'Ofuyu ne se sentait pas bien depuis la veille au soir. Sur les instructions de la patronne, on la laissait dormir au fond de la maison, dans le petit pavillon à l'écart de quatre tatamis et demi. La pièce qui avait servi de coulisses à Kakutarô la nuit du 19.

Les deux hommes traversèrent la véranda qui ouvrait sur le petit jardin planté d'un grand nandine couvert de fruits en forme de petites boules rouges. Une fois devant le pavillon, Jûemon appela, et la porte tendue de papier translucide coulissa de l'intérieur. C'était un jeune homme assis au chevet d'Ofuyu qui l'avait ouverte, car la jeune femme était recouverte d'une grosse couverture qui lui dissimulait même les cheveux. Le garçon était de petite taille, il avait le teint foncé, un front étroit et des sourcils épais.

Il sortit dès qu'il eut salué Jûemon. Ce dernier expliqua à Hanshichi qu'il s'agissait de ce Kazukichi dont il lui avait parlé tout à l'heure.

Quand Ofuyu rejeta sa couverture et se redressa sur son lit, Hanshichi découvrit son visage, encore plus pâle et émacié que celui de Moji Kiyo le matin même. Telle une morte vivante, elle était bien incapable de répondre de façon claire et compréhensible aux questions. Et ne faisait que pleurer à chaudes larmes, comme si elle ne supportait pas d'évoquer le cauchemar effrayant de cette nuit-là. Trompés par le temps agréable et printanier de ces derniers jours, les rossignols qui chantaient quelque part dans leur cage faisaient naître en elle de manière paradoxale des pensées tristes.

Peut-être que le feu de la passion qui brûlait dans le cœur d'Ofuyu s'était déjà éteint, ne laissant que des cendres. Elle ne voulait rien dire de ses souvenirs de l'amour heureux du passé, mais répondait d'une voix entrecoupée de sanglots à Hanshichi au sujet de sa situation actuelle si misérable. Elle raconta que Monsieur et Madame éprouvaient de la compassion pour elle, qu'ils étaient plein d'attentions, au point qu'elle en était gênée. Elle ajouta que Kazukichi était le plus gentil de la maison et que, depuis ce matin, il lui avait déjà rendu visite deux fois, dès qu'il avait eu un moment de libre.

— Alors, il est encore venu te voir tout à l'heure. Et de quoi avez-vous parlé ? demanda Hanshichi.

— Euh… quand j'ai dit que je voulais demander mon congé, parce que c'était dur maintenant de travailler ici, après ce qui est arrivé au jeune monsieur, Kazukichi m'a répondu de ne pas faire ça, il voulait m'en empêcher en me disant de persévérer jusqu'au renouvellement de mon contrat de l'année prochaine.

— Bien, bien, merci de m'avoir reçu, lui dit Hanshichi. Excuse-moi de t'avoir dérangée alors que tu dormais. Bon, j'aimerais bien que tu prennes soin de toi. Maintenant, cher monsieur du Yamatoya, puis-je vous demander de me guider un peu dans la maison ?

— Oui, bien sûr.

Jûemon passa le premier pour le conduire dans l'établissement. Hanshichi le suivit en titubant. Son ivresse de tout à l'heure semblait refaire surface, il avait à nouveau les joues en feu.

— La maison est au complet, cher monsieur du Yamatoya ? demanda Hanshichi qui parcourut des yeux l'endroit depuis la caisse jusqu'à l'avant de la boutique. Le commis principal, âgé de plus de quarante ans, était assis à la caisse ; à ses côtés, deux jeunes commis faisaient des calculs à l'abaque. Outre Kazukichi, il y avait un homme entre deux âges. Et aussi cinq apprentis qui dénouaient leurs sacs de clous près de la porte d'entrée.

— Oui. Tout le monde a l'air d'être là, dit Jûemon qui s'installa devant le brasero de la caisse.

Hanshichi s'assit confortablement en tailleur au beau milieu de la pièce et dévisagea avec insolence chacun des commis et apprentis.

— Vous voyez, cher monsieur du Yamatoya, les lieux les plus réputés de Gusoku-chô sont le sanctuaire Seishôkô et l'illustre maison Izumiya, connue dans tout Edo. Et là, vous allez me trouver grossier, mais cet établissement, il est bigrement mal surveillé. Quand je pense qu'ici il y a des gens qui sont nourris, payés, entretenus, et que ces gens-là assassinent leur maître !

Tous se regardèrent, effarés. Jûemon, lui, commençait à s'affoler.

— Hé, enquêteur, calmez-vous ! Nous donnons sur la rue, on pourrait vous entendre à l'extérieur.

— Je me fiche de savoir qui peut m'entendre ! De toute façon, de cette maison va sortir un type qui sera traîné à travers la ville comme un condamné, ricana Hanshichi. Alors, écoutez-moi bien, les gars, vous êtes tous des ingrats ! Vous trouvez normal de travailler comme si de rien n'était, quand l'un de vous a tué le maître ! Pas la peine de raconter des bobards, moi, je sais parfaitement qu'il y a parmi vous un meurtrier qui sera crucifié en place publique. Votre erreur, à vous tous, c'est d'avoir supporté sans le dénoncer ce type complètement fou, ce dément capable de trucider votre cher maître à cause d'une aventure avec une petite bonne à peine assez grande pour s'occuper d'un bébé. Et votre patron a beau avoir des yeux pour voir, il est aveugle ! Alors, dites-lui bien à cet assassin que, comme cadeau de nouvel an, je lui offrirai quelques corbeaux pour qu'il les fasse rôtir à la braise et les bouffe comme remède pour se soigner ! Eh bien, cher monsieur du Yamatoya, vous aussi, vous avez les yeux embués, on dirait. Allez donc dans la remise vous les laver avec des compresses à base de cendres de charbon de bois.

Avec un homme complètement saoul, impossible de discuter. Pas question non plus de prendre la moindre liberté avec un enquêteur. Au milieu de l'assistance bouche bée, il reprit de plus belle, moitié hurlant :

— Mais pour moi, quelle aubaine ! Si je pouvais embarquer le criminel dès maintenant, je ferais un superbe cadeau de fin d'année à ces messieurs de la police de Hatchôbori. Riez donc, les gars, j'ai déjà mon idée, je sais quelle est la souris blanche et quelle est la noire. Si tu me crois aveugle comme ton maître, c'est raté, tu te goures complètement. Tôt ou tard, tu seras arrêté et tu te retrouveras les mains liées dans le dos, mais alors, faudra pas m'en vouloir. Il ne faudra pas pleurnicher bêtement comme Umegawa dans le *jôruri*[1]. Je ne raconte pas de bobards, je ne plaisante pas du tout, alors, prépare-toi sans faire d'histoires…

N'y pouvant plus tenir, Jûemon s'approcha craintivement de Hanshichi.

— Hé, enquêteur ! Vous m'avez l'air vraiment ivre, que diriez-vous d'aller vous reposer ? C'est très ennuyeux vis-à-vis des passants si vous parlez trop fort. Kazukichi, conduis l'enquêteur au fond…

— Tout de suite, répondit ce dernier, tremblant. Mais quand il voulut prendre Hanshichi par la main, il reçut un coup de poing en pleine figure.

---

1. Histoire d'amour entre la courtisane Umegawa et son jeune amoureux qui se fera arrêter, inspirée d'un fait divers, jouée au début du XVIIIe siècle à Osaka.

— Ah, mais qu'est-ce que tu fiches ? Manquerait plus que ça que des coupables de votre espèce me manipulent… Qu'est-ce que vous avez à me fixer tous, les gars ? Vous savez bien ce qu'on lui fait, au meurtrier de son maître. D'abord, on l'assoit à cru sur le dos d'un cheval, et on l'expose comme ça dans toute la ville d'Edo. Ensuite, à Suzugamori ou à Kozukappara[1], on l'attache par les bras à la branche d'un grand arbre avec un homme d'armes de chaque côté. Ces hommes portent une lance dont ils passent la pointe de la lame au ras des yeux du supplicié en criant : « Allez ! Allez ! » C'est d'ailleurs ce qu'on appelle « montrer la lance ». Après quoi, on lui transperce les aisselles à plusieurs reprises.

Ne supportant plus d'entendre les explications effrayantes du châtiment, Jûemon grimaça. Kazukichi était livide. Les autres en avaient le souffle coupé. Une peur indicible les faisait se recroqueviller. Comme si chacun était lui-même le condamné à mort. Un moment s'écoula sans qu'ils prononcent un mot ni ne clignent des yeux.

Dehors, le ciel hivernal était tout bleu et la rue était inondée d'une lumière radieuse.

Hanshichi finit par tomber ivre mort sur place. C'était gênant qu'il reste étendu ainsi en plein milieu du magasin, mais personne ne se risquait à le toucher.

— Tant pis ! Laissons-le là pour l'instant, dit Jûemon en disparaissant au fond de la maison où il échangea quelques mots avec le couple de patrons.

---

1. Célèbres lieux d'exécution des criminels pendant l'époque Edo.

Les employés retournèrent à leur tâche habituelle. Mais moins d'une heure plus tard, Hanshichi, qui faisait semblant de dormir, se releva soudain.

— Ouh là, qu'est-ce que j'étais saoul ! Je vais dans la cuisine boire un peu d'eau. Non, non, ne vous dérangez pas. J'y vais tout seul.

En fait, Hanshichi fila directement vers l'arrière de l'établissement. Il sauta d'un bond de la véranda dans le jardin intérieur et se dissimula à l'ombre des feuilles du grand nandine en s'accroupissant comme une grenouille. Quelques instants s'écoulèrent avant qu'il ne voie apparaître la silhouette de Kazukichi devant cette même véranda. Celui-ci s'approcha à pas de loup de la porte du petit pavillon à l'écart, l'air de chercher à savoir ce qui se passait à l'intérieur. Quand peu après il fit coulisser doucement la porte, Hanshichi sortit sa tête cachée par l'arbre.

Une voix masculine larmoyante se fit entendre dans la pièce, mais trop basse pour que Hanshichi pût saisir les paroles. Brûlant d'impatience, il finit par s'esquiver en douceur de sa cachette et atteignit la véranda comme un chat voleur qui vient voler du poisson.

Kazukichi murmurait tout bas. En outre, on aurait dit qu'il pleurait car il avait une voix chevrotante.

— Ecoute-moi. Je viens de te l'expliquer, c'est par amour pour toi que j'ai tué le jeune maître. Je ne te l'avais jamais dit, mais je suis tombé amoureux de toi il y a des années. Et je voulais à tout prix que tu deviennes ma femme. C'était une vraie obsession. Pendant ce temps-là, toi, avec le jeune patron… Et on disait que tu allais devenir la belle-fille officielle. Essaie de me comprendre, Ofuyu… Je ne voulais pas te détester. Ni maintenant non plus. Mais le jeune patron, lui, je le haïssais tellement, c'était insupportable. Il avait beau être notre maître, j'étais à bout, je me suis retrouvé dans un tel état que je suis peut-être devenu fou... Par chance, c'était justement le jour du spectacle annuel de l'Oubli des soucis, et j'en ai profité. Je suis allé acheter un vrai sabre dans une boutique de Hikage-chô, « le quartier ombragé », pour le mettre discrètement à la place du faux avant le lever du rideau. Et ça a marché... Pourtant, quand j'ai vu le jeune monsieur transporté dans les coulisses, couvert de sang, j'ai reçu une douche froide. Et personne ne peut imaginer mon angoisse pendant les deux jours et les deux nuits qui ont suivi, jusqu'à ce que le jeune maître rende son dernier soupir. Chaque fois que j'allais à son chevet, je tremblais comme une feuille. Mais je me disais que s'il disparaissait, tu serais à moi tôt ou tard... Voilà comment j'ai vécu entre le bonheur et la douleur... Ah, ce n'est plus possible. Cet enquêteur connaît bien son métier, je suis sûr qu'il m'a à l'œil et me soupçonne.

D'où il se trouvait, Hanshichi pouvait le deviner, tremblant d'effroi et pâle comme un mort.

Kazukichi continua de parler, reniflant ses larmes.

— L'enquêteur est venu ici, il a fait semblant d'être ivre, a hurlé que l'assassin se trouvait dans la maison. Il a même raconté comment se passait la crucifixion, on aurait dit qu'il faisait ces commentaires pour me faire peur, et moi, je ne pouvais plus rester là-bas à l'entendre. C'est pourquoi j'ai décidé de quitter cette vie. Sinon, on va m'arrêter, je sortirai d'ici les mains attachées dans le dos, on me mettra au cachot, je serai traîné dans toute la ville sur un cheval, puis je serai crucifié. J'ai l'intention de mourir d'un coup plutôt que de subir un sort aussi horrible... Je viens de te le répéter, je ne t'en veux pas. Mais quand je pense qu'à cause de toi, j'en suis là... Bien sûr, pour toi, je suis l'assassin qui a tué le jeune maître, mais essaie de comprendre un peu ce que je ressens, je t'en prie, aie pitié de moi. Je suis coupable d'un meurtre. Je te demande pardon. Après ma mort, accepte au moins de brûler une baguette d'encens pour le repos de mon âme. Je t'en supplie. J'ai ici deux ryôs et un bu que j'ai économisés sur ma paye. Je te les laisse !

Hanshichi ne saisit pas bien la suite, car sa voix devenait de plus en plus voilée, mais il entendait de temps à autre Ofuyu renifler. La cloche de la tour de Koku-chô sonna les deux heures de l'après-midi. Quand il entendit quelqu'un se lever, comme surpris par le son de la cloche qui retentissait dans les environs, Hanshichi se cacha à nouveau derrière le grand arbre, puis il perçut un faible bruit de pas sur la véranda. Kazukichi sortit comme une ombre, l'air abattu. Hanshichi décolla la boue sous ses pieds et monta sur la véranda.

A son retour dans la boutique, Kazukichi n'était pas là. Il attendit en bavardant avec le commis à la caisse, mais l'autre n'apparaissait toujours pas.

— Tiens, on n'a pas vu Kazukichi, le commis, depuis tout à l'heure, fit remarquer Hanshichi en faisant l'innocent.

— C'est vrai ça, je me demande bien où il est passé, dit le commis principal. Ça m'étonnerait qu'il soit sorti pour une course, mais… vous lui voulez quelque chose ?

— Non, non, rien. Malgré tout, on pourrait aller voir s'il est sorti ou non.

Un apprenti se rendit dans les appartements privés et déclara que Kazukichi n'était ni là ni dans la cuisine.

— Est-ce que le patron du Yamatoya est toujours dans la maison ? demanda encore Hanshichi.

— Oui, il doit être au fond en train de discuter.

— Pourrait-on lui faire savoir que j'aimerais le voir un instant ?

On conduisit Hanshichi vers la pièce de séjour, plongée dans une sorte de pénombre, où le couple de patrons et Jûemon s'entretenaient secrètement, porte close, autour du brasero. La patronne était une belle femme distinguée d'une quarantaine d'années et son front aux sourcils très discrètement maquillés semblait soucieux.

— Pardonnez-moi mon intrusion, mais je sais qui est l'ennemi du jeune monsieur, dit Hanshichi à voix basse.

— Quoi ! s'exclamèrent les trois personnes présentes, avec une lumière dans les yeux tout à coup.

— C'est quelqu'un de chez vous.

— Quelqu'un d'ici ! répéta Jûemon piqué par la curiosité. Ce que vous avez dit tout à l'heure était donc vrai ?

— Je vous présente mes excuses pour avoir simulé l'ivresse et tenu tant de propos grossiers, mais le coupable, c'est Kazukichi, le commis.

— Kazukichi ?

A l'instant où tous trois échangeaient un regard sceptique, une servante fit irruption. Elle expliqua qu'elle était entrée dans la remise à l'arrière de la maison, car elle avait quelque chose à y faire, et qu'elle avait trouvé Kazukichi pendu, mort.

— Je pensais bien, soupira Hanshichi, qu'il ferait ce genre de chose un de ces jours, comme se pendre ou se jeter dans la rivière. L'histoire du jeune monsieur avec Ofuyu avait attiré mon attention, pendant que j'écoutais ce que racontait le patron du Yamatoya au repas de midi. Ensuite, je me suis intéressé à la présence de Kazukichi dans la même pièce que le jeune monsieur

lors du spectacle. Le jeune patron, Ofuyu et Kazukichi :
j'ai établi un rapprochement entre ces trois personnes,
et pour moi, il y avait forcément une histoire d'amour
dans l'air. C'est pourquoi j'ai d'abord demandé, mine
de rien, à parler avec Ofuyu qui m'a dit que Kazukichi
avait la gentillesse de passer fréquemment la voir. J'ai
trouvé cela encore plus bizarre, alors je suis allé dans la
boutique où j'ai fait exprès de parler très fort pour être
bien entendu. Je suis sûr que vous m'avez trouvé particulièrement violent, cher monsieur du Yamatoya, mais
pour être franc, voyez-vous, j'ai agi ainsi pour le bien de
la maison. C'était facile d'emmener le suspect, les mains
liées dans le dos, on l'aurait mis en prison et lui aurait
fait subir un interrogatoire serré. Et là, obligatoirement, il aurait été reconnu coupable puis traîné dans
toute la ville d'Edo avant son exécution. Je voulais faire
en sorte de ne pas avoir à arrêter cet individu, sachant
qu'en tant que témoins vous seriez importunés par
toutes sortes de vérifications. Et surtout, la réputation
de votre commerce en aurait pâti, sans parler des
conséquences néfastes pour vos futures affaires si on
avait su qu'un meurtrier exhibé dans toute la ville
venait de chez vous. Mieux valait qu'il choisisse le suicide. C'est la raison pour laquelle j'ai choisi de brandir
l'arme de la menace. Autre chose : comme je ne déte-
nais pas les preuves formelles de sa culpabilité, j'ai opté
pour une description exagérée du châtiment, alors
qu'en réalité je tâtonnais encore… Quand une personne suspectée n'a rien à se reprocher, elle se contente
d'écouter sans réagir. Dans le cas contraire, elle ne peut
rester impassible. Voilà ce que je me suis dit. J'ai atteint
mon objectif puisque Kazukichi a pris la décision de se
supprimer. Pour en savoir davantage, le mieux serait de
demander à Ofuyu.

Le patron, son épouse et Jûemon l'avaient écouté en se retenant de parler. Ce dernier prit la parole :

— Je ne sais comment vous remercier, monsieur Hanshichi. Votre mission consistait à trouver le coupable, et pourtant vous avez renoncé à cette satisfaction et eu la délicatesse d'éviter d'entacher le renom de cette maison. Puis-je prendre la liberté de vous demander de déclarer officiellement que Kazukichi avait tout simplement sombré dans la folie ?

— Je ferai comme vous le souhaitez. Je suppose que les parents et la famille de la victime trouveraient encore insuffisant de le crucifier la tête en bas, mais quelle que soit la cruauté du châtiment, cela ne fera jamais revenir le jeune maître à la vie. Essayez donc de vous persuader que c'est la fatalité, et veuillez régler la question de Kazukichi à votre convenance.

— Nous vous remercions mille fois.

— Soyez tous trois assurés que je garderai le secret absolu sur cette affaire. Mais il y a dans la ville d'Edo une personne à qui je dois la vérité et je tiens à vous en prévenir, dit Hanshichi d'une voix virile et responsable.

— Une personne ! répéta Jûemon, intrigué.

— Cela me gêne d'en parler ici, mais il s'agit d'une femme de Shitaya qui enseigne le *tokiwazu*. Elle s'appelle Moji Kiyo.

Le couple Izumiya échangea un regard.

— Cette femme semble se méprendre complètement sur cette affaire, je dois donc la lui expliquer dans les détails pour la convaincre de son erreur, expliqua Hanshichi. Et veuillez m'excuser si je me mêle de ce qui ne me regarde pas : j'imagine que du temps où le jeune monsieur était encore de ce monde de nombreux obstacles s'y opposaient, mais après ce qui s'est passé, permettez à cette femme de connaître votre maison et ayez la bonté de vous occuper un peu d'elle. Vous savez, une femme de son âge qui n'a pas de mari et vieillit sans personne sur qui compter est condamnée à un triste sort.

En entendant ces paroles chargées de sentiments, la patronne se mit à pleurer :

— C'est moi qui aurais dû y penser. Dès demain, j'irai lui rendre visite, et à l'avenir je la verrai comme ma propre sœur.

— Il fait tout noir, maintenant.

Le vieil Hanshichi se leva pour allumer la lampe électrique au-dessus de sa tête.

— Après ces événements, Ofuyu est restée en service dans la maison. Par l'intermédiaire du Yamatoya, on l'a mariée à un homme d'Asakusa à qui on l'avait présentée comme la fille adoptive de la maison. Quant à Moji Kiyo, elle s'est mise à fréquenter le couple Izumiya, et quelques années plus tard elle a cessé d'enseigner. Par l'entremise, une fois encore, du Yamatoya, elle aussi a pu se marier avec un homme de Shiba. Le patron du Yamatoya était vraiment quelqu'un de généreux qui aimait aider les gens.

Le couple du Izumiya a trouvé un mari pour la cadette, leur fille Oteru. Un homme très travailleur. Et à peine la ville d'Edo est-elle devenue Tôkyô qu'il a changé de métier. C'est toujours un horloger très respectable de la ville haute. Grâce aux liens tissés autrefois, je leur rends visite de temps à autre.

Comme tu le sais bien avec *Hasshônin* – l'histoire drôle des *Huit rieurs* de Ryûtei Rijô –, à l'époque Edo le théâtre comique et le kabuki amateur étaient à la mode, avec une prédilection pour les cinquième et sixième actes de Chûshingura. Sans doute parce qu'ils ne nécessitaient pas de costumes et d'accessoires trop sophistiqués. J'ai dû y assister souvent, moi aussi, par obligation professionnelle, mais depuis cette affaire du Izumiya, curieusement, on n'a plus présenté le sixième acte qui risquait de mettre les spectateurs mal à l'aise.

À L'ÉTAGE DE LA MAISON DE BAINS

Je rendais régulièrement visite au vieil homme à l'occasion du nouvel an.

— *Omedetô gozaimasu*, bonne année !

— Bonne année ! Que cette nouvelle année te porte bonheur une fois encore…

Les belles formules de politesse dont usait le vieil Hanshichi tranchaient avec mon style abrupt d'étudiant et j'en fus quelque peu décontenancé. Aussitôt après, nous fut apporté le saké épicé préparé traditionnellement lors de cette fête. Nos visages, au vieil homme qui ne buvait pas beaucoup et à moi-même qui n'étais absolument pas porté sur l'alcool, prirent instantanément une gaie couleur printanière[1] et la conversation s'anima de plus en plus.

— Parmi vos récits habituels, il n'y en aurait pas un ayant un lien avec le printemps ?

— Ce que tu demandes est vraiment difficile, sourit le vieil homme en se grattant le front. Car les affaires qui relèvent de notre compétence sont la plupart du temps le fait de meurtriers ou de voleurs. Rares sont celles qui ont la douceur et la gaieté des prémices de cette saison. Mais nous avons tous commis des erreurs

---

1. Rappelons que le nouvel an se fêtait alors le 4 février, également le commencement du printemps.

à plusieurs reprises. Nous ne sommes pas des dieux, il nous est impossible de découvrir chaque fois les tenants et les aboutissants d'une affaire. De mauvaises estimations, et c'est l'échec pour arrêter le vrai coupable. Bref, on se retrouve en quelque sorte plongé au cœur d'une pièce de théâtre. Comme jusqu'à présent je ne t'ai conté que des réussites, aujourd'hui je vais te narrer l'une des erreurs que j'ai faites. Quand j'y repense, l'histoire était franchement ridicule.

Les branches de jeunes pins disposées à la porte d'entrée pour fêter la venue du nouvel an de l'an 3 de l'ère Bunkyû (1863) avaient déjà été enlevées quand, à la nuit tombante nommée communément « le sixième jour après le passage de l'année précédente », l'indic Kumazô se présenta chez Hanshichi de Kanda à Mikawa-chô. Comme Kumazô tenait une maison de bains à Atago-shita (au pied du temple situé sur la colline du même nom), au sein de son groupe on l'appelait Kuma-des-bains-publics. C'était un écervelé qui faisait parfois des erreurs stupides ou colportait des informations fantaisistes, d'où son honorable surnom de Kuma-le-gaffeur.

— *Konbanwa*, bonsoir !

— Tiens ! Comment va, Kuma ? T'aurais pas un truc rigolo ou bizarre à me raconter maintenant qu'on arrive au printemps ? demanda Hanshichi assis devant le long brasero.

— Justement, chef ! C'est pour ça que je viens vous voir ce soir. Je voudrais que vous m'écoutiez un peu.

— Oh ! Tu vas encore me raconter des sornettes, Kuma-le-gaffeur ?

— Mais pas du tout ! Là, au moins, c'est pas du bidon… assura Kumazô, soudain sérieux. Voilà, il y a un homme qui vient tous les jours sans exception passer un long moment au premier étage de mon établissement. Et ce petit manège dure depuis le milieu du mois de la onzième lune de cet hiver ! C'est bizarre, non, on a beau dire, ce type m'a l'air louche.

Un lecteur d'*Ukiyoburo*, « Au bain public », l'ouvrage en quatre tomes de Shikitei Sanba qui raconte d'une plume ironique des conversations dans les bains publics mixtes en 1809 et 1813, doit savoir ça : à l'époque Edo et jusqu'au début de l'ère Meiji, la plupart des maisons de bains comportaient un étage où des jeunes femmes vendaient du thé et des gâteaux. Parmi les clients, il y avait des fainéants qui venaient faire la sieste, des hommes désœuvrés venus jouer au *shôgi*, ou encore des libertins qui gaspillaient leur petite monnaie pour le plaisir de voir les visages souriants des filles. La maison de bains de Kumazô comportait elle aussi un étage, où avait été embauchée une charmante jeune fille appelée Okichi.

— Ecoutez, chef. C'est un samouraï. Vous ne trouvez pas ça curieux ?

— Si, si, tu as raison.

Lorsqu'un samouraï venait prendre un bain chaud payant, qu'il le veuille ou non, il devait d'abord monter au premier où se trouvent les râteliers, pour déposer ses sabres, le court et le long, puis il allait au bain.

— Et il vient tous les jours sans exception !

— C'est sûrement un homme en service à Edo. Il est peut-être amoureux d'Okichi, rit Hanshichi.

— Mais… vous trouvez pas ça curieux, vous ? Bon, écoutez-moi. Cela fait une cinquantaine de jours de suite qu'il vient depuis cet hiver. Y compris le dernier jour de l'année, puis le premier, le deuxième… C'est curieux, non, qu'un homme en service, qui habite une demeure de daimyô, traîne au premier étage d'une maison de bains, y compris pendant les fêtes des deux premiers jours de l'année. C'est pas logique. En plus, il n'est pas seul, la plupart du temps ils viennent à deux, et parfois ils sortent pour aller quelque part puis reviennent, et ils repartent toujours ensemble au crépuscule. Je suis désolé de me répéter, mais c'est bizarre, non, de venir tous les jours, sans se soucier que ce soit la fin de l'année ou le nouvel an. On a beau dire, ces gens-là, c'est pas des samouraïs ordinaires.

— Ça, c'est bien vrai, dit Hanshichi qui se mit à réfléchir un peu plus sérieusement.

— Qu'est-ce que vous en dites, chef ? A votre avis, c'est quoi ces types ?

— Peut-être bien de faux samouraïs.

— Bravo ! applaudit Kumazô. Moi aussi, j'ai cette impression. A tous les coups, ces gars trafiquent quelque chose en faisant semblant d'être des samouraïs. Pendant la journée, ils se réunissent à l'étage de ma maison, ils discutent ensemble à voix basse, et la nuit, ils font des trucs horribles. Qu'est-ce que vous en dites ?

— C'est bien possible. Et à quoi ils ressemblent, ces deux-là ?

— Ce sont deux jeunes types... Le premier est un petit pâlot de vingt-deux, vingt-trois ans. Il est plutôt beau garçon. L'autre a le même âge, il est plus grand et n'a pas mauvais genre. Ils ont l'air de savoir s'amuser et ne regardent pas sur les pourboires. Ce ne sont pas non plus des provinciaux qui parlent de sardines et de baleines aux filles. En fait, on dirait qu'Okichi en pince pour le jeune pâlot... J'en reviens pas ! Je lui ai demandé de quoi ils discutaient tous les deux au premier étage, mais elle m'a pas donné l'air de répondre franchement. Aujourd'hui, je suis monté en douce à mi-hauteur de l'échelle, et j'ai tendu l'oreille. Et voilà ce que l'un des deux disait à voix basse : « Il ne faut pas le tuer sans réfléchir. S'il nous suit sans faire d'histoires, ça va, mais sinon, tant pis pour lui, on le capture en le menaçant de mort. » Alors, à votre avis ? Il suffit d'entendre ça pour comprendre que ce sont pas des discussions honnêtes, hein ?

— Mouais, mouais... fit Hanshichi en réfléchissant de nouveau.

Depuis que les « Vaisseaux noirs », les bâtiments de guerre du commodore Perry, avaient mouillé par surprise au large d'Izu, la population était en proie à une agitation grandissante. L'époque présente était infestée de bandes de samouraïs sans maître, qui effrayaient les riches bourgeois et les marchands, en prétendant recueillir des fonds pour lutter contre les barbares envahisseurs. En fait, peu d'entre eux étaient de véritables *rônin*[1]. La plupart étaient des vassaux du shôgun qui avaient mal tourné, ou des fils oisifs et dépravés de riches propriétaires, mais aussi des bandes de voyous opérant dans la cité. Selon le dicton « Qui se ressemble s'assemble », ils pratiquaient le vol ou prélevaient de l'or sous la menace, au prétexte apparemment honorable qu'il servirait à l'effort de guerre. Hanshichi se demandait si ces deux samouraïs louches, qui semblaient prendre l'étage de Kumazô pour base d'opérations, ne faisaient pas partie de ce genre de personnages.

— Bon, demain, en tout cas, je viens voir moi-même de quoi il retourne.

---

1. *Rônin*, « hommes flottants (au gré du vent) » selon la signification d'origine donnée aux paysans dépossédés de leurs terres. Ensuite, samouraïs, guerriers sans maître, puis seigneurs dépossédés de leur territoire, qui furent forcés de louer leurs services, et nombre d'entre eux devinrent bandits de grand chemin.

— Je vous attends. Si vous arrivez vers midi, ils seront sûrement là, dit Kumazô en repartant chez lui, rassuré par cette promesse.

Le lendemain matin, après avoir mangé selon la coutume la bouillie de riz aux sept herbes de printemps pour célébrer le septième jour de la nouvelle année, Hanshichi se rendit chez l'officier de police à Hatchô-bori. Celui-ci insista sur le fait qu'il devait se montrer extrêmement déterminé dans son activité pour le gouvernement, car la population était en proie à l'inquiétude face aux vols et aux incendies dont elle était victime. Ces paroles stimulèrent Hanshichi qui concentra son attention sur le premier étage de Kumazô. Et aussitôt après, à onze heures, il se rendit directement à la maison de bains d'Atagoshita. Dans les rues, des gens se pressaient de faire à la dernière minute leurs visites du nouvel an. Les musiciens qui accompagnaient la danse au masque de Lion destinée à chasser les mauvais esprits déambulaient à travers la ville.

Il entra discrètement par la porte de derrière. Kumazô l'y attendait.

— Vous arrivez au bon moment, chef. L'un des gars est là. Il paraît qu'il est déjà dans le bain.

— Ah oui ? Alors, je vais moi aussi faire trempette.

Hanshichi retourna à l'entrée principale et paya le prix comme un client ordinaire. En pleine journée, les bains publics étaient peu fréquentés. Il entendit chanter un air *dodoitsu*[1]. La voix pleine de gaieté montait du bassin d'eau chaude dont le mur latéral était décoré

---

1. Sorte de chanson populaire en vogue de la fin d'Edo jusqu'à Meiji, interprétée sur n'importe quelle mélodie.

d'une peinture représentant un guerrier. Cinq clients, pas davantage, se trouvaient là. Hanshichi alla se réchauffer dans le liquide brûlant, puis en sortit aussitôt, enfila son kimono à même la peau et monta au premier, suivi discrètement par Kumazô.

— C'est bien ce type qui était près du baquet d'eau froide ? demanda Hanshichi en buvant du thé.

— C'est ce jeune gars, oui.

— Mais ce n'est pas un faux !

— Quoi ! C'est un vrai samouraï ?

— Tu n'as pas vu ses pieds ?

Comme un samouraï portait toujours deux sabres, le long et le court, il avait le pied et la cheville légèrement plus développés à gauche qu'à droite. Selon Hanshichi, il ne pouvait y avoir d'erreur possible, car il avait remarqué ce détail quand l'homme était nu.

— Alors, ce serait un *gokenin,* un vassal direct du shôgun ?

— Il a noué sa coiffure différemment. Il doit faire partie du fief d'un très grand seigneur de province.

— Peut-être bien. Autre chose, chef, ces types sont arrivés aujourd'hui avec un paquet apparemment lourd enveloppé dans un carré de tissu. J'ai vaguement vu qu'ils le confiaient à Okichi. Vous voulez qu'on y jette un œil ?

— A ce propos, la jeune fille n'est pas là, à ce que je vois, qu'est-ce qui lui arrive ?

— Il n'y a pas beaucoup de travail à cette heure-ci, alors elle est allée comme les enfants voir la danse au masque de Lion qui passe devant la maison. Y a personne ici pour l'instant, on n'a qu'à en profiter pour examiner ce paquet. On pourrait peut-être trouver un indice.

— Ça, t'as raison.

— Je crois qu'Okichi l'a fourré dans le placard à kimonos… Attendez, je le cherche, dit Kumazô qui finit par sortir un paquet enveloppé dans un carré de tissu bleu foncé.

Il l'ouvrit : à l'intérieur se trouvait quelque chose ayant la forme de deux boîtes enveloppées dans un autre carré de tissu vert clair.

— Je vais voir en bas un instant.

Kumazô descendit l'échelle, avant de remonter aussitôt.

— Pas de problème, j'ai ordonné au caissier du bain de toussoter pour m'avertir s'il sortait de l'eau.

Les carrés de tissu une fois ouverts, ils découvrirent deux vieilles boîtes laquées qui ressemblaient à celles dans lesquelles on range les masques de nô. Leur couvercle était maintenu par un cordon tressé de teinte sombre, noué solidement en croix sur le dessus. Excité par la curiosité, Kumazô défit rapidement les liens de l'une des boîtes.

Mais soulever le couvercle ne lui suffit pas pour en connaître le contenu, solidement enveloppé dans une matière jaune pâle d'une nature inconnue, dont on ne savait pas très bien s'il s'agissait d'une peau de poisson ou de papier huilé.

— C'est drôlement protégé, dites donc !

Kumazô dénoua l'emballage, et là, il laissa échapper un cri. Ce qui apparut sous leurs yeux était une tête humaine. Mais une tête ancienne si desséchée qu'on ne pouvait dire combien de milliers ou de dizaines de milliers d'années elle avait ; la teinte de la peau était jaune sombre comme les feuilles fanées d'un arbre. Ni Hanshichi ni Kumazô n'arrivaient à juger s'il s'agissait de la tête d'un homme ou d'une femme.

Le souffle coupé, ils contemplèrent un moment la chose étrange.

— Qu'est-ce que ça peut bien être, chef ?

— J'en sais rien. Ouvre l'autre boîte.

Kumazô s'exécuta, l'air inquiet, et là encore apparut une tête soigneusement recouverte d'une sorte de papier huilé. Mais cette étrange tête n'était pas humaine. Elle avait de petites cornes, une grande bouche et des crocs. Impossible de dire de quelle espèce d'animal il s'agissait, dragon ou serpent. Une tête tout aussi desséchée et noirâtre que l'autre, dure comme du bois ou de la pierre.

Tous deux hésitaient à poursuivre leur macabre investigation.

Kumazô dit que le propriétaire devait être un bateleur qui exhibait ces têtes sorties d'on ne sait où pour son spectacle. Hanshichi n'arrivait pas à admettre cette opinion, convaincu que l'homme était un samouraï. Mais si c'était le cas, pourquoi se promènerait-il avec ce genre d'articles ? Et en plus, pourquoi les confierait-il ainsi à la légère à la jeune fille d'une maison de bains ? En dépit de sa perspicacité habituelle, Hanshichi avait un mal fou à élucider cette affaire.

— Quelle poisse ! Je ne pige rien du tout.

Soudain, un toussotement se fit entendre au rez-de-chaussée ; ils remballèrent en vitesse les deux articles douteux pour les ranger dans le placard à kimonos. D'ailleurs, Okichi était de retour maintenant que les musiciens accompagnant le Lion s'étaient éloignés. Le samouraï monta au premier, sa serviette mouillée à la main. Hanshichi buvait son thé d'un air innocent.

Okichi avait dû le reconnaître et mettre discrètement en garde le samouraï, car celui-ci restait assis dans son coin, sans dire un mot. Kumazô tira Hanshichi par la manche, et ils redescendirent tous les deux au rez-de-chaussée.

— Aujourd'hui, ça ne donnera rien. Okichi a eu un drôle de regard, le gars est tendu, il a l'air de se méfier, dit Hanshichi.

Kumazô murmura d'un ton exaspéré :

— En tout cas, vous pouvez être sûr que j'ouvre les yeux pour voir ce qu'ils vont faire de leurs paquets.

— L'autre type n'est pas encore là à ce que je vois.

— C'est vrai ça, qu'est-ce qui lui arrive ? On dirait qu'il est en retard.

— Surveille-les de près, je te le demande !

Hanshichi partit pour une petite course vers Akasaka. Tandis qu'il marchait dans les rues animées en cette période de fête, il ne cessait de se creuser la cervelle pour trouver la clé de l'énigme, mais il avait beau la tourner dans tous les sens, impossible de se faire une opinion.

Ça ne peut pas être des sorciers, tout de même ! Est-ce qu'ils vont partout avec ces trucs en récitant des prières ou en prononçant des formules d'exorcisme, ou bien est-ce que ce sont des chrétiens, pourtant interdits de pratique ? songeait-il.

Depuis l'arrivée des « Vaisseaux noirs », l'inquisition était devenue encore plus sévère. Mais s'ils faisaient partie de la secte clandestine des chrétiens, il s'en serait sûrement aperçu. Quoi qu'il en soit, Hanshichi se dit qu'il ne fallait pas quitter ces types des yeux. De retour d'Akasaka cette nuit-là, il dormit tranquillement. Le lendemain matin, la maison était encore plongée dans la pénombre quand le fameux Kuma-des-bains-publics débarqua chez lui.

— C'est grave, chef ! Ces mecs ont fini par opérer. C'est rageant, on s'y est pris trop tard !

D'après le rapport que lui fit Kumazô, deux cambrioleurs du genre samouraïs sans maître étaient entrés la veille au soir chez le prêteur sur gages, la maison Iseya, située dans le même quartier que lui, et ils avaient exigé qu'on leur remette tout l'argent disponible de l'établissement, arguant comme d'habitude que c'était pour les fonds de guerre. Face aux réticences à leur remettre l'argent, les deux types avaient brandi leur long sabre et blessé le propriétaire et le commis. Puis ils s'étaient éclipsés en emportant tout ce qu'ils avaient pu trouver, à savoir quatre-vingts ryôs d'or environ. Kumazô ajouta qu'on n'avait pu distinguer leurs traits car leur visage était dissimulé, mais que la silhouette et l'âge correspondaient à ceux des deux samouraïs louches.

— A tous les coups, c'est eux ! Pas de doute, ils ont pris mon premier étage comme base d'opérations pour préparer leur cambriolage. Il faut qu'on réagisse, vite !

— Ça oui, on ne peut pas laisser tomber, acquiesça Hanshichi tout en réfléchissant.

— Surtout pas… Si un autre enquêteur met la main sur notre affaire, c'est pas seulement vous, chef, mais aussi moi, Kuma-des-bains-publics, qui verra son honneur bafoué.

A ces mots, Hanshichi se sentit piqué au vif. Quelle déception si le travail d'enquête déjà accompli était récupéré par un autre ! Mais il n'était pas question d'arrêter des gens sans preuves. A plus forte raison des samouraïs. Il ne fallait pas s'avancer imprudemment et risquer une riposte fulgurante.

— Pour le moment, file chez toi, commanda Hanshichi, et si ces samouraïs débarquent aujourd'hui, surveille leurs moindres faits et gestes. Le temps de me préparer, et je rapplique.

Sitôt Kumazô parti, il prit son petit déjeuner. Puis il se prépara et s'en alla en direction d'Atagoshita. Mais comme il avait un petit détour à faire pour une course, il passa d'abord par Hikage-chô, et là, il aperçut un jeune samouraï assis sur la galerie de la boutique de sabres Aizuya, qui semblait négocier quelque chose avec le commis. Soudain, Hanshichi reconnut le propriétaire des boîtes suspectes qu'il avait vues pour la première fois la veille, à l'étage de la maison de bains.

L'enquêteur s'arrêta et observa attentivement la scène. Il vit le samouraï recevoir de l'argent du commis, puis sortir rapidement de la boutique. Il s'apprêtait à lui emboîter le pas pour le suivre, mais l'idée de découvrir éventuellement une piste l'incita à entrer plutôt dans la boutique Aizuya.

— *Ohayô gozaimusu*, bonjour !

— Bonjour, enquêteur de Kanda, répondit le commis qui connaissait Hanshichi de vue.

— Quel froid, n'est-ce pas, en cette saison ! dit Hanshichi en s'asseyant à l'intérieur. Ecoutez, ma question va vous sembler incongrue, mais le samouraï qui vient de sortir, c'est un habitué ?

— Non, je ne l'avais jamais vu. Il est venu avec cette chose, et je crois bien qu'on a dû refuser de la lui prendre dans deux ou trois boutiques du quartier. Finalement, il est arrivé ici et nous l'a imposée, dit le commis avec un petit rire forcé.

Posée à côté de lui, la chose était enveloppée dans du papier huilé.

— Mais c'est quoi, ça ?

— Regardez donc…

Le commis, dépliant le papier huilé, révéla une sorte de poisson couvert de boue. L'homme expliqua qu'il s'agissait de peau de requin qu'on utilisait pour gainer les poignées et les fourreaux de sabres.

— De la peau de requin ! A la voir comme ça, c'est rudement crasseux.

— Parce que c'est une peau de requin sale, le tannage n'est pas encore terminé, dit le commis en la retournant pour lui montrer. Comme vous le savez, la plupart des peaux de requin viennent d'îles lointaines de pays étrangers. Elles nous sont envoyées à l'état brut, et nous, on les lave, puis on les lustre. Elles deviennent alors toutes blanches, mais cette finition est vraiment difficile à exécuter. Si on n'y prend garde, on les abîme terriblement. Comme elles arrivent pleines de boue, on ne peut pas savoir si elles ont des coupures ou des traces de sang tant qu'on n'a pas achevé de les travailler. Les coupures, bon, ça peut aller, mais les taches de sang, là, c'est vraiment embêtant. Il paraît que quand on poignarde un requin, le sang frais imprègne sa peau, et on a beau la laver et la lustrer, ça ne part pas. C'est ennuyeux, car la peau de requin doit être d'une blancheur immaculée et s'il reste de légères traces noirâtres, l'article est invendable. Dans ce cas, bien sûr, on triche en appliquant la laque, mais la peau perd tout de même la moitié de sa valeur. La plupart du temps, on sait que sur dix peaux achetées ensemble, on en aura trois ou quatre avec des taches, donc on se base sur un prix moyen. Le problème, c'est qu'on ne peut pas savoir si une peau sera immaculée avant d'avoir effectué le travail de finition.

— Effectivement, fit Hanshichi avec un regard admiratif devant le résultat. Un néophyte n'imaginera jamais qu'une peau aussi douteuse puisse devenir une poignée d'un blanc resplendissant. Et ce samouraï est venu vous la vendre ? demanda-t-il.

— Oui, il a dit qu'il l'avait achetée du côté de Naga-saki[1] et il en voulait un prix assez élevé. En tant que commerçant, je peux parfaitement l'acheter, mais il avait beau être samouraï, cela m'inquiétait un peu que ce soit un amateur qui me l'apporte. En plus, c'est une peau de requin sale et comme il n'y en avait qu'une seule, j'hésitais à me mettre sur le dos un truc peut-être plein de taches, vous comprenez. Alors, j'ai commencé par refuser, mais bon, il a insisté en me disant que mon prix serait le sien, et finalement je la lui ai achetée pas cher. Maintenant, peut-être que le patron va me crier dessus. Allez savoir !

Apparemment, le commis avait beaucoup fait baisser le prix, mais il ne donna pas le montant de cette négociation, et Hanshichi se garda bien de le lui demander. Néanmoins, toutes les « choses » de ce samouraï étaient bizarres : d'abord la tête humaine desséchée et la tête d'animal étrange, et ensuite cette peau de poisson sale… Il y avait sûrement une explication.

— Je vous remercie, excusez-moi de vous avoir dérangé, dit Hanshichi en buvant la tasse de thé vert ordinaire que lui avait versé un apprenti. Puis il sortit du Aizuya et se rendit directement à la maison de bains à Atagoshita. Kumazô se précipita vers lui comme s'il l'attendait avec impatience.

— Chef, le jeune gars d'hier est passé un instant tout à l'heure, et il est reparti aussitôt après.

— Il avait un paquet ?

— Oui, mais je ne sais pas ce que c'était. Il était long et étroit, enveloppé dans un *furoshiki*.

---

1. Port important de Kyûshû, la troisième grande île de l'archipel, à l'extrême sud. Lors de l'isolement du Japon, du XVIIᵉ au XIXᵉ siècle, y fut construit un îlot artificiel relié au reste de la ville par un pont, et où devaient vivre les Hollandais, seuls étrangers autorisés à demeurer au Japon, hormis les Chinois et les ambassades coréennes.

— Ah bon ? J'ai croisé ce type en chemin. Et l'autre, à propos, qu'est-ce qu'il devient ?

— Le grand n'est pas venu aujourd'hui non plus.

— Dans ce cas, Kuma, désolé du dérangement, mais tu vas au Iseya, chez le prêteur sur gages, tu leur demandes si on ne leur a rien volé en plus de l'argent.

Sur ce, Hanshichi monta au premier et aperçut Oki-chi assise devant le brasero, l'air ailleurs. Comme elle le voyait apparaître deux jours de suite, un éclair d'inquiétude se lut dans son regard, ce qui ne l'empêcha pas de le saluer très aimablement en se composant un visage souriant.

— *Irasshaimase*, bonjour enquêteur, entrez donc, il fait tellement froid.

Hanshichi alluma d'abord une pipe en répondant le moins possible tandis qu'elle était aux petits soins pour lui, apportant thé et gâteaux. Il lui donna quelques pièces d'argent, au prétexte qu'il la dérangeait tous les jours.

— C'est trop aimable, je vous remercie beaucoup pour hier aussi.

— Au fait, ta mère et ton frère aîné vont bien ?

Hanshichi savait que le frère d'Okichi était plâtrier et que sa mère avait dépassé la cinquantaine.

— Oui, merci de vous en préoccuper, ils vont bien tous les deux.

— Ton aîné est encore jeune, mais je crois que ta mère a déjà un certain âge. On dit toujours que les parents disparaissent quand on est enfin prêt à se dévouer pour eux. C'est bien que tu prennes soin d'elle dès maintenant, tu es une bonne fille.

— Oui, dit Okichi qui rougit en gardant les yeux baissés.

Comme elle avait l'attitude un peu gênée de quelqu'un qui a des choses à se reprocher et s'en inquiète,

Hanshichi lui posa question sur question sur le ton de la plaisanterie.

— Le bruit court ces temps-ci que tu aurais commencé une petite aventure avec quelqu'un. C'est vrai, ça ?

— Oh, enquêteur ! laissa échapper Okichi, rougissant de plus en plus.

— Pourtant, il paraît que tu n'es pas du tout gênée avec l'un des deux samouraïs qui viennent passer un moment ici tous les jours, depuis l'hiver dernier. On parle de plus en plus de toi, tu sais.

— Ça alors !

— Quoi, ça alors ? Je voudrais juste te demander une chose : de quel fief sont ces deux samouraïs ? On dirait qu'ils sont du Saikoku, à l'ouest du pays.

— Peut-être bien, répondit évasivement Okichi.

— Ecoute, je suis désolé pour toi, mais il se pourrait bien que je te fasse venir au poste de garde d'ici peu, alors, prépare-toi à cette idée.

Okichi fut de nouveau effrayée par le ton presque menaçant de Hanshichi.

— Qu'est-ce que vous voulez me demander, enquêteur ?

— C'est au sujet de ces deux samouraïs, mais tu pourrais aussi bien me déballer tout ici, sans te déplacer jusqu'au poste.

Okichi se raidit sans rien dire.

— Alors, qu'est-ce qu'ils trafiquent ces deux-là ? Même si ce sont des hommes en service à Edo, je vois pas pourquoi ils passeraient leur temps à traîner au premier étage d'une maison de bains tous les jours, y compris le dernier et le premier de l'an. Ils ont sûrement une autre activité. C'est quoi, ce paquet rangé dans le placard ? Tu dois le savoir, toi. Allez, parle !

Hanshichi vit le visage d'Okichi apeurée passer du rouge au blanc.

Relativement ingénue en dépit du travail qu'elle faisait, Okichi tremblait au point d'en perdre sa respiration. Mais elle répondit qu'elle ignorait tout de l'identité de ces samouraïs. Tout juste avait-elle entendu qu'ils habitaient dans la demeure de leur daimyô située du côté d'Azabu, mais elle affirmait ne rien savoir d'autre. Cependant, à force d'être tour à tour menacée et amadouée par Hanshichi, elle finit par lâcher :

— Ils viendraient pour venger quelqu'un.

— Tu veux rire ! s'esclaffa Hanshichi. On n'est pas au théâtre, sapristi, ça n'existe plus, de nos jours, des types qui parlent de vengeance en pleine ville d'Edo. Bon, passons, admettons qu'il s'agisse de se venger, puisque c'est ce qu'ils auraient dit, mais tu ne sais absolument pas où ils habitent, bien sûr ?

— Non, pas du tout.

A l'évidence, pousser plus loin l'interrogatoire n'aurait servi à rien. Hanshichi était en train de réfléchir, quand Kumazô se montra au pied de l'échelle et l'appela avec agitation.

— Chef ! J'ai besoin de vous un instant.

— Quoi ? Du calme…

Hanshichi descendit lentement l'échelle, en s'imposant une attitude imperturbable. Kumazô lui murmura à l'oreille :

— Au Iseya, en plus de l'argent, eh ben, on leur aurait pris trois kimonos usagés en soie et cinq peaux de requin.

— Des peaux de requin ! répéta Hanshichi tout excité. Des peaux de requin sales, ou finies ?

— Ça, je sais pas… J'y retourne pour demander.

Kumazô ressortit en vitesse, avant de revenir très vite avec l'information : il s'agissait exclusivement de peaux

115

blanches lustrées qui avaient été laissées en gage par un maître de gainage de Rôgetsu-chô. Hanshichi était tout de même déçu que ce ne fût pas des peaux de requin sales. Impossible maintenant d'imaginer un lien entre les bandits entrés de force dans la maison Iseya la veille au soir et le samouraï venu vendre la peau de requin sale le jour même.

— Je pige vraiment rien.

En réalisant qu'il était près de midi, Hanshichi décida d'aller déjeuner à proximité avec Kumazô.

— Cette fille, Okichi, m'a l'air d'en pincer pour l'un de ces samouraïs, dit Hanshichi en riant.

— C'est vrai. Vous avez raison. Ce qui explique qu'on n'avance pas du tout. On devrait pas lui faire peur un bon coup pour la pousser à parler ?

— Non, je lui ai déjà pas mal fichu la trouille, ça suffit pour l'instant. Si on en fait trop, on risque de la bloquer au contraire, et elle donnera rien de bon… Laissons-la mijoter un peu.

Quand les deux hommes revinrent, cure-dents entre les lèvres, ils aperçurent au loin le jeune samouraï qui sortait de la maison de bains, passant sous le petit rideau servant d'enseigne à la porte d'entrée. Aucun doute, c'était bien l'homme qui avait vendu tout à l'heure la peau de requin sale à Hikage-chô. Il portait précieusement dans les bras un paquet enveloppé dans un carré de tissu vert clair.

— Oh, le gars était là ! Il a dû prendre l'une des deux boîtes, dit Kumazô en se dressant sur la pointe des pieds, les yeux brillants.

— C'est sûr. Suis-le !

— D'accord, chef.

Kumazô partit aussitôt sur ses talons. Hanshichi fit demi-tour et entra dans la maison de bains pour monter voir au premier étage, mais Okichi avait disparu. Quand il regarda de nouveau dans le placard, les deux boîtes suspectes n'y étaient plus.

— C'est pas vrai, ils nous ont fait le coup de tout embarquer !

Interrogé, le caissier répondit qu'Okichi venait de descendre l'échelle et qu'elle était partie vers l'arrière de l'établissement. Hanshichi se hâta à sa suite. D'après l'employé chargé de laver le dos des clients, la jeune fille était sortie précipitamment dans la rue en disant qu'elle avait quelque chose à faire dans le quartier.

— Elle n'avait pas un paquet avec elle ? demanda-t-il à l'employé.

— Ça, j'sais pas, moi.

Cet homme de la campagne n'était pas très vif d'esprit et n'avait rien remarqué. Hanshichi enrageait : le samouraï était arrivé au moment précis où il partait déjeuner avec Kumazô. A coup sûr, il s'était mis d'accord avec Okichi pour filer chacun de leur côté par les portes de devant et de derrière, en emportant les boîtes mystérieuses. Hanshichi s'en voulait de son manque de vigilance. A cause d'une gaffe idiote, il les avait manqués de peu.

J'aurais vraiment dû surveiller cette Okichi de plus près, regrettait-il.

Hanshichi retourna voir le caissier qui lui apprit qu'Okichi habitait au fond d'une ruelle à Myôjinmae, devant le sanctuaire Myôjin de Kanda. Il s'y rendit sur-le-champ. Son frère aîné travaillait à l'extérieur, et sa mère, une femme à l'air honnête qui raccommodait de vieux tissus, lui dit qu'elle n'avait pas revu sa fille depuis le matin, quand elle était partie à son travail comme d'habitude. La mère lui semblait bien incapable de dissimuler quoi que ce fût, et vu l'exiguïté de la maison,

117

Hanshichi ne voyait pas non plus comment Okichi aurait pu s'y cacher. A nouveau fort déçu, il repartit pour la maison de bains. Où il ne tarda pas à voir revenir Kumazô, l'air penaud.

— C'est embêtant, chef, le type a disparu à l'instant où je disais deux mots à un ami que j'ai croisé en route.

— Espèce de crétin ! Comment ça peut exister, un abruti en mission urgente qui fait la causette avec un copain ?

Hanshichi commençait sérieusement à s'énerver, car il était trop tard maintenant pour le rattraper.

— De toute façon, tout est dit pour aujourd'hui, on ne peut plus rien faire. Mais garde bien à l'œil la maison d'Okichi pour voir si elle rentre chez elle. Et cette fois, si l'autre samouraï débarque, accroche-toi à ses talons et arrange-toi pour savoir où il habite. Appliquetoi un peu dans ton boulot, c'est grâce à ça que tu bouffes !

Sur ces mots, ils se quittèrent, mais, les nerfs tendus, Hanshichi était tellement exaspéré qu'il eut du mal à trouver un sommeil paisible cette nuit-là. A son réveil le lendemain matin, il faisait affreusement froid. Quand il se précipita hors de chez lui après s'être lavé le visage à l'eau froide comme toujours, la ruelle où ne pénétrait pas le soleil matinal était toute gelée, et la plaque de glace que les enfants du quartier avaient sortie de la barrique d'eau de pluie pour s'amuser semblait faire dans les deux *sun* d'épaisseur (environ six centimètres).

Le souffle transformé en buée, Hanshichi se rendit rapidement à Atagoshita.

— Alors, Kuma, rien de bizarre depuis hier ?

— La fille Okichi m'a bien l'air d'avoir pris la fuite avec son amoureux, chef. Elle ne serait pas rentrée chez elle cette nuit, et ce matin sa mère inquiète est venue

118

me demander de ses nouvelles, murmura Kumazô avec une grimace.

— Allons bon, fit Hanshichi en fronçant sérieusement les sourcils. Mais soyons patients. On resserre les mailles du filet aujourd'hui encore. Il se peut que l'autre type débarque.

— Vous avez raison… dit Kumazô, qui avait visiblement perdu son aplomb.

Hanshichi monta au premier où, en l'absence d'Okichi, personne ne s'était préoccupé de chauffer la pièce. La femme de Kumazô vint s'excuser et lui apporta du thé et le brasero. Les clients ne se montraient pas à l'étage à cette heure matinale, et Hanshichi n'avait rien d'autre à faire que demeurer assis en fumant une pipe. L'air froid qui pénétrait par son col lui donnait des frissons.

— Cette Okichi avait la tête ailleurs ces temps-ci, elle n'a même pas réparé la fenêtre, fit remarquer Kumazô agacé en pointant la déchirure du papier du panneau coulissant.

Tout à ses réflexions, Hanshichi ne dit rien. La tête humaine et celle d'un animal étrange découvertes dans le placard avant-hier tournaient dans sa tête comme une lanterne magique. Sorcier, chrétien clandestin ou cambrioleur ? Impossible même de répondre à cette question. Quel dommage de ne pas avoir collé aux talons de ce fameux samouraï la veille ! Il s'en voulait maintenant de ne pas l'avoir suivi lui-même, au lieu de demander à ce gaffeur de Kumazô.

Comme le chef faisait la tête, Kumazô restait muet, se sentant inutile. La cloche du temple Zôjô-ji à Shiba sonna les dix heures du matin. A peine la porte d'entrée d'en bas s'était-elle ouverte que retentit la voix du caissier : « *Irasshai*, bonjour ! », aussitôt suivie d'un toussotement en guise de signal au premier étage.

119

— C'est le type, il est là ! s'exclama tout bas Kumazô en se levant d'un bond. Il jeta un coup d'œil rapide en bas et vit le jeune et grand samouraï qui s'apprêtait à grimper vivement l'échelle avec ses armes.

— Montez vite. Il fait tellement froid ! dit Kumazô en le saluant d'un sourire forcé. Entrez, je vous prie. Excusez le désordre, mais la jeune fille s'est absentée ce matin.

— La jeune fille n'est pas là ?

Le samouraï hocha la tête avec quelque incrédulité. Puis il accrocha ses sabres au râtelier et demanda, l'air inquiet :

— Okichi serait malade ?

— Ça, on ne m'a encore rien dit, mais elle aura attrapé cette grippe qui traîne en ce moment.

Le samouraï acquiesça d'un signe de tête, puis il ôta aussitôt son kimono et descendit l'échelle.

— C'est le compagnon de l'autre ? murmura Hanshichi.

Kumazô fit oui des yeux.

— Qu'est-ce qu'on fait, chef ?

— Impossible de l'arrêter comme ça, sans motif. Bon, quand il remontera, tu te débrouilleras pour lui demander où est passé l'autre samouraï. Et en fonction de sa réponse, on avisera. N'oublie pas que c'est un samouraï, mieux vaut qu'il ne s'amuse pas à brandir une de ses armes contre nous. Cache-les quelque part.

— Vous avez raison. J'appelle quelqu'un en renfort ?

— Pas la peine. Il est tout seul, on y arrivera bien, assura Hanshichi qui tâta dans sa poche intérieure son *jitte*[1], l'arme utilisée par les enquêteurs.

---

1. Longue pointe d'acier, elle était pourvue à sa base d'une sorte de crochet qui permettait de désarmer l'adversaire en attrapant la lame de sabre par torsion.

Puis ils attendirent, retenant leur souffle.

— C'est une histoire ridicule, n'est-ce pas ! me fit le vieil Hanshichi en riant. Quand j'y repense aujourd'hui, c'était vraiment absurde. Nous avons attendu que le samouraï remonte au premier, puis, sans en avoir l'air, Kumazô l'a questionné, mais ses réponses restaient très évasives, comme s'il dissimulait quelque chose. Je m'en suis mêlé pour tenter d'en savoir un peu plus, mais ses propos n'étaient guère convaincants. Alors, j'ai fini par m'impatienter et j'ai sorti mon *jitte*. Ouh là, quelle énorme gaffe ! Quelle que soit la situation, il ne faut jamais s'énerver. Mais l'homme a dû comprendre qu'il était dans une impasse et il a fini par donner des explications. Okichi avait dit vrai : les deux samouraïs étaient là pour venger quelqu'un.

— Une vengeance ?

— Oui, une vraie vengeance. Ça, c'est drôle aussi. Bon, écoute-moi.

Celui que Hanshichi avait menacé de son arme s'appelait Kajii Gengorô, il était le vassal d'un grand feudataire dont le fief se trouvait à l'ouest du Japon. Au printemps de l'année précédente, il était venu de sa province pour effectuer son service à Edo, et il habitait dans la demeure de son daimyô à Azabu. Cet amateur de plaisirs s'était lié d'amitié avec un samouraï de la même maison, Takashima Yashichi, et ensemble ils allaient dans les quartiers des maisons closes de Yoshiwara[1], et de Shinagawa. De plus en plus familiers

---

1. Autrefois établi sur un marécage, le quartier était entouré de murs et de fossés fermés par des portes pour retenir femmes et mauvais payeurs, et où se côtoyaient des maisons de toutes sortes, regroupant des milliers de prostituées de tous niveaux.

d'Edo, au début du mois de novembre, ils avaient entraîné deux vassaux de grands seigneurs comme eux, Kanzaki Gôsuke et Shigehara Ichirôemon, pour aller se distraire dans un bordel de Shinagawa. Au cours de la soirée, Kanzaki et Shigehara s'étaient disputés, sous l'effet du saké. Kajii et Takashima avaient réussi à s'interposer et à mettre un terme à leur altercation, mais Kanzaki n'avait pas l'air content, et avait déclaré qu'il rentrait dès maintenant. L'heure de fermeture de la demeure du daimyô étant tout juste passée, les deux médiateurs avaient essayé de le retenir, insistant pour qu'il reste plutôt dormir ici cette nuit. En vain, l'autre s'obstinait à vouloir rentrer à tout prix.

Comme il était hors de question de le laisser aller seul, les quatre hommes sortirent en groupe. Il était un peu plus de huit heures du soir quand ils s'approchèrent du rivage à Takanawa. Du noir d'encre de l'eau émergeaient quelques rares feux de torchère de bateaux de pêche solitaires. Le vent glacé du nord dégrisait peu à peu les quatre hommes ; le son des clochettes de chevaux porteurs de charge se hâtant vers un relais fit vibrer l'air dans le froid de la nuit. Soudain, Kanzaki, qui marchait sans rien dire depuis un moment, recula d'un pas, puis, d'un geste vif, sortit son sabre long. Un éclair brilla dans le noir et Shigehara s'effondra dans un cri de douleur. Kanzaki avait déjà retiré sa lame et s'enfuyait à toutes jambes en direction de Shiba. De stupeur, Kajii et Takashima restaient plantés là, sans réagir. Shigehara avait reçu une longue et profonde estafilade dans l'épaule droite qui l'avait tué sur le coup. Les deux hommes ne pouvaient plus rien faire, sinon transporter discrètement dans une chaise à porteurs le cadavre de Shigehara jusqu'à la demeure d'Azabu. C'était une faute très grave de se quereller en état d'ivresse dans un

endroit mal famé, et surtout d'avoir tué un autre samouraï. Des recherches sérieuses furent aussitôt entreprises pour retrouver la trace de Kanzaki, mais au bout de dix jours, toujours pas le moindre indice. Shigehara avait un frère cadet, Ichi Jirô, qui réclama bientôt vengeance de la mort de son aîné auprès des autorités de la demeure.

Il obtint l'autorisation de se venger. Pour cela, on ne pouvait lui accorder de congés officiels, mais il ne serait pas inquiété s'il s'en allait prier en portant les restes de son frère dans chacun des temples qui jalonnaient la route jusqu'à sa région natale, ou rendait visite aux membres de la famille. En un mot, sous ces prétextes on lui permettait de rechercher le meurtrier. Le frère exprima sa gratitude, fit ses remerciements, puis il quitta Edo avec les ossements de son frère.

Les deux autres personnes impliquées dans l'affaire, Kajii et Takashima, furent vertement critiquées pour avoir fréquenté le quartier de plaisirs. Mais c'était le fait d'avoir laissé échapper Kanzaki, la nuit de cette sanglante affaire, qu'on leur reprochait le plus vivement. En conséquence de quoi, ils reçurent l'ordre d'aider Ichi Jirô à accomplir sa vengeance. Avec l'interdiction absolue de mettre un pied hors de la capitale, ils devaient quadriller la ville d'Edo, d'une superficie de quatre *ri* carrés[1], et découvrir sous cent jours la cachette du meurtrier.

Ils doutaient que ce Kanzaki se cachât dans Edo, mais respectèrent l'injonction de quitter la demeure de leur seigneur à six heures chaque matin et de chercher dans toute la ville jusqu'à six heures du soir. Les dix premiers jours, ils parcoururent la cité honnêtement et

_____
1. Un *ri* = 4 km environ.

patiemment, mais se lassèrent peu à peu de cette mission difficile. Par la suite, ils continuèrent de franchir la porte de la demeure à l'heure habituelle, mais ils avaient imaginé une ruse pour ne rien faire de la journée, sinon se distraire. Il leur suffisait de se réfugier discrètement dans une maison de thé d'un quartier de plaisirs pourvue de jeunes et jolies filles pour les servir, ou bien dans un de ces lieux où l'on venait écouter des légendes historiques récitées par des conteurs professionnels, ou encore au premier étage d'une maison de bains du coin. A leurs supérieurs, ils faisaient des rapports fantaisistes : « Hier, on est allés dans les quartiers animés d'Asakusa » ; « Aujourd'hui, on fait la tournée du quartier des demeures de daimyôs à Hongo », alors qu'ils passaient leurs journées vautrés à ne rien faire. Ce n'était évidemment pas la meilleure méthode pour découvrir la cachette de Kanzaki.

Se distraire tous les jours coûtait cher, et c'était pour dépenser le moins possible qu'ils avaient choisi la maison de bains comme repaire. Pour sauver les apparences, ils faisaient une courte promenade sans sortir du quartier. Au fil du temps, l'un des deux hommes, Takashima, devint très intime avec Okichi, la petite surveillante du premier étage. Finalement mise au courant de cette histoire de vengeance, l'appréhension la poussait à leur répéter sans cesse pour tenter de les dissuader : « Ne faites pas ça, c'est trop dangereux ! »

Dans ces conditions, les chances de découvrir le meurtrier étaient proches de zéro. Et même si le hasard leur avait permis de tomber dessus, ils n'avaient nullement l'intention de respecter les clauses de leur mission, à savoir prêter main-forte au frère cadet. Le temps passant, il leur fallait réfléchir à l'avenir. « Tout d'abord, se dirent-ils, c'est quasiment impossible de trouver en cent

jours quelqu'un dont personne ne sait s'il se trouve encore à Edo ! » Mais un ordre donné au nom du maître ne se discutait pas. Les deux hommes ne s'imaginaient absolument pas privés à jamais d'activité, mais ils devaient se préparer à être renvoyés dans leur province pour faute grave. Et les heures quotidiennes d'oisiveté ne les soulageaient pas de l'angoisse qui pesait sur leur poitrine comme une lourde pierre.

— Je préférerais être un *rônin*, un samouraï sans maître, commençait à dire Takashima. Derrière lui, l'ombre d'une femme ne le quittait pas d'un pouce. Il avait peur, si on le renvoyait dans sa province, de ne plus revoir Okichi.

Kajii, lui, n'avait pas les mêmes motifs profonds d'inquiétude que son compagnon. Il craignait bien d'être renvoyé dans sa province, mais n'était pas disposé à devenir *rônin* pour autant, comme le souhaitait Takashima. Contrairement à ce dernier qui était seul au monde, il avait une mère, un frère aîné et une sœur cadette au pays.

— Allez, ne sois pas aussi nerveux, lui disait-il pour le calmer.

Mais il semblait qu'avec la venue du printemps, sa détermination s'était affermie progressivement, car il avait sorti un à un ses biens les plus précieux de la demeure, pour les apporter discrètement à Okichi. Peu après, le patron de la maison de bains s'était mis à le surveiller de plus près. Okichi lui révéla que son patron était l'indic d'un enquêteur. Au point où en étaient les choses, Takashima sentit sans doute qu'il ne pourrait plus garder longtemps son sang-froid, que cela deviendrait encore plus difficile s'il était l'objet de soupçons ridicules, et il décida, en accord avec la fille, de se cacher quelque part avec elle. Inquiet de ne pas le voir réapparaître chez leur maître, Kajii était venu le chercher le matin à la maison de bains.

S'ils les motifs de la vengeance et le pourquoi de la fuite des deux amoureux étaient ainsi élucidés, en revanche le mystère planait encore sur les deux paquets « louches » confiés à Okichi par Takashima.

Il s'agissait d'objets précieux, qui étaient dans sa famille depuis plusieurs générations, expliqua Kajii.

Lorsque le guerrier Toyotomi Hideyoshi était parti à la conquête de la Corée, Yagoemon, un ancêtre de Takashima à la dixième génération, avait traversé la mer aux côtés de son seigneur. Ce dont il s'était alors emparé était la tête humaine momifiée et celle de l'animal énigmatique. Utilisées par une mystérieuse prêtresse coréenne dans ses cérémonies de magie ou de prière, ces têtes étaient presque vénérées comme des divinités. C'était leur aspect unique qui l'avait incité à les rapporter, mais personne n'en comprenait la vraie nature. Toujours est-il qu'elles s'étaient transmises dans la famille de Takashima comme une sorte de trésor, et chacun en avait connaissance dans le fief. On les avait montrées également une fois à Kajii. Quand il avait envisagé de quitter la demeure du seigneur féodal, Takashima avait confié ce mystérieux trésor à Okichi. Voilà ce que comprenait Hanshichi.

Quant à la peau de requin sale, Kajii ne savait pas de quoi il retournait. Mais comme le grand-père de Takashima était resté longtemps en poste à Nagasaki, il était probable qu'il en avait fait l'acquisition auprès d'un étranger. Cet article-là, il l'avait vendu pour se faire de l'argent, mais les deux autres n'avaient pas trouvé acquéreur. Ou peut-être ne tenait-il pas à les vendre, par respect pour ces trésors de famille, et les avait-il emportés en s'enfuyant avec la fille. Les deux jeunes gens erraient-ils quelque part dans le pays, tête humaine et tête de « dragon » sous le bras ? A y songer, c'était drôle mais aussi pitoyable : cette réplique de la scène de la fuite des deux amants dans une pièce de théâtre classique était une situation impensable pour les générations précédentes.

— C'est seulement maintenant que j'en parle. A l'époque, je m'étais trop avancé pour pouvoir faire machine arrière, avoua le vieil Hanshichi tout en se passant la main sur le front. Mais comme je m'étais laissé emporter jusqu'à brandir mon arme *jitte*, je n'arrivais plus à m'en sortir. Par chance, et contre toute attente, le samouraï Kajii était un homme compréhensif, il a ri avec moi, et notre différend, vois-tu, a fini par s'arranger. Il paraît que Takashima n'est jamais revenu chez son daimyô. On n'a plus jamais eu de nouvelles d'Okichi non plus. Les deux amants sont allés au bout de leur voyage, il paraît qu'ils se seraient cachés du côté de Kanagawa. Je me demande ce qu'ils sont devenus par la suite. Quant à la vengeance, le point central de toute cette affaire, je ne sais pas non plus si elle a été perpétrée. Ce Kajii n'a pas été renvoyé dans sa province, il a même continué à venir prendre du bon temps au premier étage de la maison de bains. Les bandits entrés de force dans la maison Iseya étaient donc étrangers à tout cela, et ils ont été mis à la disposition des autorités de Yoshiwara. Un jour, après l'avènement de l'ère Meiji, j'ai demandé à une relation ce que pouvait bien être cette drôle de tête. « Sans doute une sorte de momie », m'a-t-on répondu. Bien étrange chose en tout cas…

LE PROFESSEUR-MONSTRE

Très pris par mon travail depuis février, je m'aperçus que cela ferait bientôt six mois que je n'avais pas rendu visite au vieil Hanshichi. Préoccupé par cet oubli, je lui fis parvenir une lettre à la fin du mois de mai, dans laquelle je lui faisais mes excuses de ne pas avoir donné signe de vie. Par retour du courrier, il me dit de venir passer un moment avec lui le mois suivant pour la fête de Hikawasama[1], et qu'à cette occasion il me préparerait le traditionnel riz cuit à la vapeur mélangé à des haricots rouges. Je ressentis un soudain désir de revoir le vieil homme, et le jour dit je partis pour Asakusa, quand une sorte de crachin se mit à tomber.

— Pas de chance, lui dis-je en arrivant, voilà qu'il pleut.

— C'est parce que c'est bientôt la saison des grandes pluies, m'expliqua le vieil Hanshichi en regardant le ciel couvert aux nuages lourds. C'est vraiment dommage pour cette fête officielle. Mais bon, ce n'est pas trop grave.

Comme promis, il m'offrit le riz préparé spécialement puis des légumes longuement mijotés à la sauce de soja, le tout accompagné de saké. Je bus et mangeai

---

1. Dédiée à Susanoo no Mikoto, *kami* (divinité) « impétueux » de la mythologie du shintô, demi-frère d'Amaterasu, « grande divinité illuminatrice du ciel ».

à satiété. Hanshichi avait entendu dire que des estrades pour les danses avaient été installées dans le quartier. Mais comme la pluie s'intensifiait, la vieille servante de la maison dut rentrer précipitamment sa lanterne et ses fleurs de décoration. Et le son de la musique de rue qui devait accompagner les danses populaires fut comme englouti au loin.

— C'est pas vrai, ça tombe pour de bon maintenant ! Je crois que pour aller voir le spectacle, c'est fichu. Il ne nous reste plus qu'à bavarder tranquillement ce soir. Si tu veux, je peux te raconter une autre de mes aventures d'autrefois, dit le vieil homme tandis que la servante rangeait petits bols et assiettes.

Cette idée me séduisait plus que tout, plus que de me régaler de riz cuit aux haricots rouges, plus que d'assister à un spectacle de danse dans la rue. J'acquiesçai aussitôt comme un enfant qui réclame une autre histoire.

— Alors, tu tiens absolument à ce que je te raconte un de mes exploits ! sourit Hanshichi d'un air moqueur. Mais avant, laisse-moi te poser une question : est-ce que toi, tu aimes bien les serpents et les vipères ? En général, les gens détestent ces animaux, et certaines personnes pâlissent au seul mot de serpent. Si tu n'en as pas horreur, je vais te raconter une histoire de reptile. Cela s'est passé, je m'en souviens bien, l'année précédant le grand tremblement de terre de l'ère Ansei (1855).

Le 10 juillet, c'était la fête du Quarante-six millième jour [1] du Sensô-ji et Hanshichi était allé prier dès l'aurore

---

1. La prière dite ce jour-là par le fidèle dans ce temple équivaut en bienfaits à quarante-six mille jours de prières ordinaires.

au temple bouddhique. La pagode de cinq étages était enveloppée d'un brouillard moite et les pigeons n'étaient pas encore descendus picorer les graines apportées par les pèlerins, encore peu nombreux à cette heure matinale. Hanshichi pria paisiblement les mains jointes, puis rentra chez lui.

Sur le chemin de retour, il s'approchait de la ruelle Onarimichi à Shitaya, quand il vit plusieurs hommes en plein conciliabule devant la boutique d'un marchand de sabres située dans une ruelle. Par réflexe professionnel, Hanshichi s'arrêta pour observer ce qui se passait, et un homme de petite taille vêtu d'un kimono de coton en damier s'écarta du groupe pour se précipiter vers lui en faisant claquer ses socques en bois.

— Vous allez où, enquêteur ?

— J'étais allé prier au temple de Kannon.

— On peut dire que vous arrivez au bon moment. Il y a une chose bizarre qui vient de se produire par ici, grimaça l'homme à voix basse.

Artisan fabricant de baquets en bois, c'était un « sous-indicateur » du nom de Genji.

C'était une sorte de mouchard, comme on dit maintenant, expliqua Hanshichi, quelqu'un qui travaillait sous les ordres de l'indic. Officiellement, il fabriquait des baquets, par exemple, ou bien vendait du poisson, et ses moments libres, il les utilisait pour collecter des informations. Comme il agissait dans l'ombre, il ne pratiquait jamais d'arrestation. Il n'attirait pas l'attention et s'évertuait à passer pour le plus honorable des citoyens. En résumé, le mouchard était aux ordres de l'indic, lui-même aux ordres de l'enquêteur. Chacun tirait pour l'autre les ficelles d'une affaire, et sans ce système très efficace, on ne pouvait arrêter un criminel.

Genji habitait le secteur depuis longtemps, et dans l'association corporative des mouchards, il était réputé pour juger correctement une situation selon les circonstances.

Hanshichi prit au sérieux cette « chose bizarre ».

— C'est quoi ? Que se passe-t-il ?

— Quelqu'un est mort. Le professeur-monstre est mort.

La personne affublée de cet étrange surnom enseignait la danse et s'appelait Mizuki Kameju. Elle avait adopté sa nièce encore enfant, lui donnant le nom de Kameyo, et l'avait formée à la dure dans l'intention de lui faire prendre sa succession, mais la jeune fille était morte à l'automne. Elle n'avait que dix-huit ans et son décès était à l'origine de ce surnom de « professeur-monstre ».

Mizuki Kameju était une femme sophistiquée dans le style des citadines, qui ne faisait pas son âge malgré ses quarante-huit ans. La rumeur lui prêtait beaucoup d'amants dans sa jeunesse de danseuse, mais on la disait devenue terriblement avare ces dix dernières années, et elle ne jouissait pas d'une bonne réputation auprès des gens du quartier. Si elle avait voulu faire de sa nièce sa fille adoptive, c'était en partie avec l'arrière-pensée de profiter d'elle. Sa formation très sévère tenait si peu compte de l'élève que c'en était effroyable vu de l'extérieur. Peut-être cette femme avait-elle subi le même genre de discipline dans son enfance. Toujours est-il que la jeune Kameyo avait une santé délicate, mais étant donné sa formation elle excellait dans son art. Elle avait de beaux traits et, dès l'âge de dix-sept ans, donna des cours à la place de sa mère ; sa beauté exceptionnelle faisait que bon nombre de jeunes gens s'inscrivaient à ses cours. La bourse de Kameju s'en trouva bien remplie, mais sa cupidité ne pouvant se satisfaire des seuls revenus mensuels que rapportaient les élèves, qui ne couvraient que les frais courants, elle comptait attraper un très gros poisson grâce à ce jeune et bel appât.

Ce « poisson » était arrivé avec le printemps de l'an passé. Il s'agissait d'un vassal administrateur de la demeure d'un daimyô à Edo, du côté de Chûgoku. L'homme fit savoir qu'il voulait Kameyo à tout prix. Kameju commença par refuser pour exciter son impatience, prétextant qu'elle ne pouvait lui donner son unique héritière. Mais l'autre s'entêta : il verserait tous les mois une gratification appropriée pour faire de la jeune fille ce qu'on appelle une concubine. Et rajouta même une clause : dès qu'ils seraient tombés d'accord, il lui offrirait cent ryôs supplémentaires payés en pièces d'or, officiellement pour financer les préparatifs lui permettant de commencer sa nouvelle vie, ou plutôt sa nouvelle activité. Kameju avait hâte d'accepter, car cent ryôs à l'époque représentaient une somme énorme.

— Avec ça, on pourra bien vivre, toi et moi, murmura-t-elle à Kameyo, l'air détendu.

— Je vous en prie, mère, épargnez-moi au moins cela… pleura Kameyo.

On avait beau dire, elle était d'apparence chétive et de santé fragile. Danser chaque jour et enseigner son art le soir à des élèves de plus en plus nombreux l'épuisait. Si, en plus, elle devenait une concubine à la disposition de son protecteur, elle n'aurait pas la force d'endurer son travail quotidien. Et comme elle n'était pas non plus suffisamment dans le besoin pour subir une situation aussi médiocre et pénible, elle implora sa mère de refuser cette demande. « Je travaillerai jusqu'à l'épuisement, promit-elle, vous ne manquerez de rien, je vous assure. »

Kameju n'était évidemment pas du genre à écouter cette supplique. Ne sachant comment convaincre sa fille adoptive, elle s'emportait de plus en plus souvent, mais Kameyo, habituellement si docile, s'obstinait de toutes ses forces. Menaces et flatteries, rien n'y fit. La santé de Kameyo déclina à partir de la saison des grandes pluies de cet été-là. Exténuée de fatigue par ses exercices quotidiens, un jour sur trois elle ne quittait pas son lit. Et comme elle se montrait toujours réticente à donner sa réponse au protecteur, le projet s'évapora on ne sait à quel moment précis, l'homme – et c'est bien normal – ayant sans doute perdu patience. Le gros poisson avait filé.

Kameju grinça des dents, n'appréciant pas du tout. Elle haïssait Kameyo à qui elle reprochait d'être une fille capricieuse et obstinée, responsable de la fuite d'un protecteur aussi précieux. Et prit au pied de la lettre sa promesse de travailler jusqu'à l'épuisement. Kameju tirait de force la jeune fille livide de son lit, lui ordonnant de ne pas rester vautrée à ne rien faire, de travailler jusqu'à ce qu'elle s'écroule, et d'assurer son enseignement du matin au soir. A l'évidence, elle n'avait pas l'intention de la montrer à un médecin. Prise de compassion, la jeune accompagnatrice musicale, Onaka, allait en cachette lui acheter des médicaments, mais l'intense chaleur du milieu de l'été finit d'affaiblir Kameyo, devenue squelettique. Par méchanceté, Kameju ne la laissait pas se reposer, et la jeune fille devait continuer les cours de danse et évoluer sur la scène d'un pas mal assuré de morte vivante. Onaka vivait dans l'inquiétude, mais, surveillée par le professeur-monstre au regard effrayant, elle ne savait plus que faire.

Dans l'après-midi du 9 juillet, quelques jours avant les congés de la fête des Morts du *Bon*, Kameyo, à bout de forces, s'effondra sur la scène tandis qu'elle dansait sur un air de Yamamba[1]. Torturée par sa cruelle mère adoptive, la belle et jeune danseuse quitta ce monde prématurément à dix-huit ans.

Le soir de la célébration du *Bon*, la longue traînée des fines bandes de papier de décoration suspendues aux lanternes votives carrées à pans coupés tremblotait au vent froid qui soufflait à peine, et Onaka murmura aux gens du quartier qu'elle avait vu distinctement la silhouette de la jeune danseuse, l'air désespéré, errant au milieu des faibles lueurs. La rumeur se propagea de bouche à oreille, et ceux qui détestaient Kameju en temps ordinaire ne se privèrent pas de rajouter toutes sortes de détails. Par exemple, dans sa maison, en pleine nuit, on percevait un faible bruit de pieds marquant un rythme rapide alors qu'il n'y avait personne dans la salle des exercices de danse plongée dans l'obscurité. Ainsi fut-il décidé qu'un spectre apparaissait chez Kameju. Et ce nom inquiétant de « professeur-monstre » signifiant que sa maison était hantée se répandit dans la ville. Les élèves avaient cessé peu à peu de la fréquenter, et Onaka était partie, abandonnant son travail.

— C'est cette horrible femme qui vient de mourir, répéta Genji.

— Elle est morte comment ? Elle qui était si avare aura mangé un truc avarié ? demanda Hanshichi d'un ton railleur.

— Oh non, ce n'est pas du tout ça, murmura Genji, le regard fixe, comme terrifié. Elle a été étranglée par un serpent...

---

1. Le théâtre de nô et de kabuki, mais aussi nombre de chants et danses s'inspirent des légendes de Yamamba, démon femelle vivant dans les montagnes en compagnie des divinités de ces régions.

— Quoi ? Tuée par un serpent ! s'exclama Hanshi-chi.

— Une servante qui s'appelle Omura l'a découverte au matin : elle était morte sous sa moustiquaire, le cou serré par un serpent noir. C'est bizarre, non ? Les voisins tremblent tous de peur en disant que c'est atroce, un mort obsédé de vengeance, dit Genji d'un air lugubre.

A l'idée qu'un serpent noir pouvait matérialiser l'esprit de celle qui avait connu si jeune une mort tragique et qu'il avait étranglé la cruelle mère adoptive, Hanshi-chi en eut froid dans le dos. Quelle mort horrible tout de même !

— Bon, dans ce cas, on y va ! dit Hanshichi en s'enfonçant dans la ruelle, suivi de Genji, plutôt mal à l'aise.

La foule ne cessait de grossir devant la maison de Kameju. Les gens chuchotaient tout bas entre eux, les yeux brillants remplis d'effroi :

— Vous voyez, ça coïncide juste avec le premier anniversaire du décès de la jeune fille.

— J'étais sûr que ce genre de chose arriverait. C'est horrible.

Se frayant un chemin à travers les badauds, Hanshi-chi et Genji entrèrent par la porte de derrière. Les volets entrouverts ne laissaient entrer que peu de lumière. La moustiquaire était encore suspendue et, dans la petite pièce attenante, étaient assis le propriétaire et la bonne Omura qui ne disaient mot, hébétés.

— C'est terrible, ce qui vient d'arriver, dit Hanshi-chi au propriétaire dès qu'il le vit, car il le connaissait de vue.

— Oh, vous êtes l'enquêteur de Kanda ? C'est incroyable ce qui vient de se passer dans la maison que je louais. J'ai aussitôt fait la déclaration auprès du garde, mais comme on n'a mené encore aucune investigation, je me suis abstenu de toucher à quoi que ce soit. Il paraît qu'il court toutes sortes de bruits dans le quartier, mais j'aimerais bien qu'on me dise comment elle a pu se faire tuer par un serpent alors qu'on peut mourir de tant d'autres façons, dit l'homme qui ne savait visiblement comment faire face à cette situation fâcheuse.

— Est-ce qu'on voit des serpents dans le coin, d'habitude ? demanda Hanshichi.

— Il y a plein d'habitations par ici, comme vous pouvez le constater, aussi est-il rare d'y voir des serpents ou des grenouilles. De plus, cette maison n'a qu'un tout petit jardin, il est donc impossible qu'un serpent puisse s'y cacher, et je ne vois pas non plus d'où il aurait pu venir. Voilà pourquoi, vous comprenez, les gens du quartier racontent toutes sortes de choses… expliqua le propriétaire qui donnait l'impression d'avoir à l'esprit le spectre de Kameyo.

— Vous me laisseriez regarder à l'intérieur de la moustiquaire ?

— Je vous en prie, inspectez toute la maison, accepta sans la moindre objection l'homme qui connaissait le statut de Hanshichi.

Il alla dans la pièce voisine de six tatamis qui, dans un coin, comportait une alcôve de trois *shaku*[1] où était accroché un rouleau ancien représentant Taishaku-sama, personnage considéré comme le défenseur de la Loi bouddhique. La moustiquaire était largement déployée, sans doute en raison de la chaleur encore

_____
1. Un *shaku* : une trentaine de centimètres.

forte. Kameju avait disposé une natte sur le mince matelas pour y dormir au frais et repoussé son vêtement de nuit légèrement molletonné. Elle était étendue sur le dos, la tête orientée vers le sud à l'écart de l'oreiller, son corps dépassant un peu du futon. Mais le visage était grimaçant, la bouche tordue, la langue blanchâtre sortie, et son chignon était en désordre comme si on avait voulu lui arracher les cheveux. La souffrance de ses ultimes instants s'était gravée sur ce masque mortuaire. Son kimono de nuit à moitié ouvert découvrait les épaules et la poitrine, révélant des seins roses si menus qu'on aurait dit ceux d'un homme.

— Et le serpent, il est passé où ? interrogea Genji en jetant un coup d'œil intimidé par-dessus l'épaule de l'enquêteur.

Hanshichi releva un coin de la moustiquaire pour s'avancer sur le lit et tenter d'y voir un peu mieux.

— C'est impossible, il fait trop sombre. Ouvre-moi un volet du jardin, ordonna-t-il.

Genji ouvrit celui qui donnait au sud. Les rayons du soleil de six heures du matin pénétrèrent d'un coup dans la pièce, inondant de lumière pâle les ondulations de la moustiquaire neuve. Ce qui accentua encore la teinte blafarde du visage effrayant de la morte. Debout à l'extérieur de la moustiquaire, Genji regardait avec angoisse quand il eut un brusque mouvement en arrière : des écailles noires luisaient sous le menton livide.

Hanshichi se pencha pour observer de plus près, et vit un serpent noir plutôt petit de taille. D'un *shaku* environ, la queue souplement enroulée sous la nuque de la femme et la tête reposant à plat sur le futon comme s'il était mort. Mais lorsque Hanshichi lui donna une pichenette du bout du doigt pour savoir s'il vivait toujours, le serpent redressa soudain son long cou. L'enquêteur réfléchit un instant, puis il sortit de sa poche un mouchoir en papier plié avec lequel il tapota de nouveau la tête du reptile. L'animal se recroquevilla de peur, et aussitôt après se laissa retomber calmement sur le futon.

S'extirpant de la moustiquaire, Hanshichi alla se laver les mains dans la cuvette d'eau sur la véranda avant de retourner dans la première petite pièce.

— Vous avez compris quelque chose ? demanda le propriétaire qui l'attendait avec impatience.

— C'est que… je ne peux encore rien dire. Des investigations devraient bientôt être menées et les fonctionnaires en charge de l'affaire rendront leurs conclusions. En attendant, permettez-moi de me retirer.

Hanshichi laissa l'homme visiblement déçu de rester sans réponse précise et sortit rapidement, Genji sur ses talons.

— Alors, chef ?

— Cette petite bonne à tout faire m'a l'air encore jeune. Dix-huit ans, non ? estima Hanshichi en prenant les devants.

— Il paraît qu'elle en a dix-sept. Mais… c'est pas possible que ce soit elle, la coupable !

— Mmm… On ne sait jamais, n'est-ce pas ? Puisque c'est toi, je vais te confier quelque chose : ce n'est pas le serpent qui a tué le professeur. Quelqu'un l'a étranglée et a ensuite entortillé l'animal autour de son cou. Aucun doute là-dessus. Garde bien ça à l'esprit, et surveille de près cette fille, mais aussi tous ceux qui fréquentent la maison.

— Alors, ce n'est pas la vengeance d'un mort ? fit Genji, incrédule.

— Je ne sais pas si la vengeance a un rapport avec cette affaire, mais celle d'un vivant y est pour quelque chose, c'est sûr. Maintenant, je voudrais vérifier mes doutes, alors montre-toi malin, toi aussi. Qu'est-ce que tu en penses ? Cette femme avait pas mal d'argent, non ?

— C'est qu'elle était tellement avare. Elle devait être à la tête d'une petite fortune.

— Elle n'avait pas d'homme dans sa vie ?

— Ces temps-ci, elle ne faisait qu'amasser de l'argent, c'était tout ce qui l'intéressait désormais.

— Ah oui ? Bien, je compte sur toi.

En tournant soudain la tête, Hanshichi aperçut, un peu à l'écart du groupe de personnes agglutinées devant la maison, un jeune homme qui semblait tendre l'oreille pour écouter leur conversation et jetait de temps en temps des regards furtifs dans leur direction, comme s'il cherchait à savoir ce qu'ils se disaient.

— Et lui, là-bas, tu le connais ?

— C'est Yasaburô, le fils de l'artisan *kyôji*[1] du quartier.

— Il fréquente la maison du professeur ?

— Jusqu'à l'année dernière, il venait chaque soir suivre les cours, mais depuis la mort de la jeune Kameyo, il n'y met plus les pieds, on dirait. Il n'est pas le seul. La plupart des élèves masculins se sont dispersés après sa disparition. C'était elle qui les intéressait.

— Où se trouve sa tombe ?

— Au temple Myôshin-ji, à Kôtokujimae. Je le connais bien, car j'y suis allé l'année dernière pour la cérémonie funéraire du jeune professeur.

— Le Myôshin-ji…

---

1. Artisan qui collait le papier ou le tissu sur lesquels étaient montées les peintures « suspendues », *kakemono*, ou qui servaient à fabriquer les rouleaux illustrés ; il tendait aussi le papier ou le tissu des panneaux coulissants ou paravents, etc.

Hanshichi réfléchit un moment.

Puis il quitta Genji et prit la direction de la ruelle Onarimichi, avant de se raviser et de faire demi-tour pour se diriger vers Kôtokujimae. La mi-été était passée et, ce matin-là, un soleil presque automnal scintillait sur l'eau du grand fossé d'écoulement ; de grosses libellules couleur paille survolèrent avec élégance, dans un mouvement vif et ondulatoire, un mur bas en terre, effleurant au passage le nez de Hanshichi. Ce mur était celui du temple Myôshin-ji.

Passé sous la grand-porte, il vit une marchande de fleurs sur la gauche. Les gens venus honorer leurs morts à l'occasion de la fête du *Bon* étaient fort nombreux, et devant la petite boutique s'entassaient tant de *shikimi*, ces petites branches déposées par les fidèles devant les tombes bouddhiques, qu'on ne savait plus où poser les pieds.

— *Konichiwa*, bonjour !

A ces mots, la vieille marchande courbée qui disparaissait presque sous les branchages se redressa et se tourna vers lui en clignant des yeux.

— Oh, bien le bonjour ! Vous venez prier ? C'est dur cette année avec la chaleur qui n'en finit pas.

— C'est bien vrai. Donnez-moi un peu de ces *shikimi*. Excusez-moi, mais… vous savez où est la tombe du professeur de danse Kameyo ?

Hanshichi écouta la réponse de la vieille femme tout en lui achetant quelques branches pour le principe, puis il demanda si des gens venaient régulièrement prier sur cette tombe.

— Il y en a, oui. Au début, on voyait souvent ses élèves, maintenant on dirait qu'ils sont beaucoup moins nombreux. Il n'y a que le fils de l'artisan *kyôji* qui vient prier chaque mois sans jamais manquer le jour anniversaire de sa mort.

— Tous les mois ?

— Oui, il est jeune, mais quel garçon fervent… Hier encore, il est venu prier.

Hanshichi mit les *shikimi* avec de l'eau dans un seau en bois et se dirigea vers le cimetière. La sépulture de famille était une petite pagode en pierre et les cendres de Kameyo, membre de la secte Nichiren [1], se trouvaient enfouies dans une urne funéraire. Un grand érable étendait ses branches entre les vieilles tombes voisines et le chant des cigales d'automne se faisait plus faible. Dans un vase à fleurs, il y avait des patrinias et des campanules fraîches sur lesquelles le fils de l'artisan *kyôji* avait sans doute versé des larmes. Hanshichi déposa son offrande et se mit à prier, mains jointes, quand un bruissement attira son attention. C'est alors qu'il aperçut, se coulant dans l'herbe comme à la poursuite de quelque chose, un petit serpent.

Et si quelqu'un l'avait déposé là ?

Hanshichi suivit du regard le reptile qui semblait un peu perdu. Non, ce n'était sûrement pas le cas, se reprit-il aussitôt.

Il retourna voir la vieille marchande de fleurs pour lui demander si Kameyo venait parfois se recueillir sur la tombe familiale de son vivant. « Oui, souvent, répondit-elle, ce qui est rare pour une jeune de son âge. Et même avec le fils de l'artisan *kyôji*. »

Fort de ces renseignements, Hanshichi fut convaincu qu'il existait un lien entre la jeune femme qui avait connu une fin tragique et le jeune artisan qui venait pleurer sur sa tombe.

---

1. Religieux bouddhiste du XIIIe siècle qui s'opposa aux autres sectes bouddhiques et fut banni dans l'île de Sado sur la mer du Japon.

— Excusez-moi de vous avoir dérangée, je vous remercie, dit Hanshichi en lui laissant quelques pièces de monnaie, et il sortit du temple.

En route pour Ueno, il croisa un homme de haute taille. C'était l'indic Matsukichi, qu'on appelait par son surnom, Matsu-le-grand-échalas.

— Hé, Matsu, tu tombes à pic ! En fait, j'avais envie de passer chez toi.

— Ah oui, qu'est-ce que je peux faire pour vous, chef ?

— Quoi ? Tu n'es pas encore au courant ? Le professeur-monstre est mort.

— J'en savais rien, moi. Pas possible, elle est morte, celle-là ? s'écria Matsukichi.

— Mais oui. A quoi penses-tu, alors que ta tanière se trouve juste à côté ! Sois un peu plus motivé quand tu travailles pour le gouvernement.

Matsukichi n'en croyait pas ses oreilles.

— C'est donc vrai, alors ? Décidément, il vaut mieux pas être méchant, hein ? Le professeur-monstre a fini par se faire tuer par l'esprit d'un mort.

— Bon, laisse de côté cette histoire pour le moment, et écoute un peu ce que je dis : tu vas te mettre tout de suite à chercher dans les endroits où crèchent les vendeurs d'amulettes du culte de Chiriyû-sama. C'est sûrement pas du côté de Bakuro-chô, le marché aux chevaux. A mon avis, ce serait plutôt du côté de Mannen-chô. Allez, file, et trouve-le. C'est pas trop difficile pour toi ?

— Ben, je vais essayer de me débrouiller.

— Fais ton enquête sérieusement, c'est tout ce que je te demande. Tu n'es pas bête, il faut que tu me

143

trouves combien il y a de vendeurs d'amulettes, et à quoi ils ressemblent.

— D'accord, vous avez ma parole !

Hanshichi regarda le-grand-échalas s'éloigner vers Yamashita, puis il retourna chez lui à Kanda. Il avait fait chaud toute la journée. A la tombée du jour, Genji vint le voir en cachette pour lui dire qu'un terme avait été mis dans la matinée aux investigations officielles et qu'apparemment on ne savait pas avec certitude si c'était une personne ou le serpent qui avait tué. Mais il ajouta que, cette femme jouissant d'une mauvaise réputation, les autorités avaient attribué sa mort à une vengeance matérialisée par un serpent et qu'il n'y aurait pas de suppléments d'enquête plus poussés. Hanshichi se contenta d'écouter, sourire aux lèvres.

— Quand les funérailles ont-elles lieu ?

— Demain à l'aube, à ce qu'il paraît, à sept heures. On ne lui connaît pas de famille, alors le propriétaire et les voisins feront le cortège, ça ira bien comme ça, je trouve, déclara Genji.

Ce soir-là, Hanshichi n'eut aucune nouvelle de Matsukichi. Le lendemain matin, il se rendit au temple Myôshin-ji pour observer discrètement comment se déroulaient les funérailles. La dépouille fut transportée en palanquin, suivie par une quarantaine de personnes du quartier et des élèves. Parmi eux, Genji, dont les yeux brillaient étrangement. Il vit aussi le fils de l'artisan *kyôji*, le visage blême. Et encore la silhouette frêle d'Omura, la petite servante.

L'air de rien, Hanshichi s'assit respectueusement à l'écart.

Le chant des sutras bouddhiques terminé, la dépouille fut conduite au crématorium. Pendant que l'assistance se dispersait, Hanshichi prit délibérément son temps avant de se relever et choisit de quitter les lieux en faisant discrètement un détour par le cimetière. Là, il aperçut un homme qui priait devant la tombe visitée la veille. Nul doute : il s'agissait du fils de l'artisan *kyôji*. Chaussé de sandales, Hanshichi alla se cacher sans bruit à l'ombre de la grande pagode en pierre qui se dressait à l'arrière de la tombe pour observer et tendre l'oreille. Yasaburô priait de tout son cœur en silence. Quand il se leva pour partir, son regard croisa celui de Hanshichi qui venait de se découvrir. Yasaburô sembla perdre un peu de son sang-froid, et Hanshichi l'interpella à voix basse alors qu'il était en train de s'esquiver.

— Oui, que puis-je pour vous ? demanda Yasaburô en s'arrêtant, vaguement effrayé.

— Je voudrais juste vous demander quelque chose. Venez donc par ici.

Hanshichi retourna avec lui devant la tombe de la jeune fille et les deux hommes s'accroupirent dans l'herbe. Le temps était légèrement couvert ce matin-là et la rosée imbibait leurs sandales en paille.

— On m'a dit que vous veniez prier devant cette tombe chaque mois. J'admire votre ferveur, commença innocemment Hanshichi.

— C'est que j'ai suivi plusieurs fois son enseignement, répondit poliment Yasaburô. Sans doute subodorait-il plus ou moins depuis la veille la fonction de Hanshichi.

— Je ne voudrais pas vous importuner, et je vais en terminer rapidement avec cette conversation, mais y avait-il quelque chose entre cette jeune morte et vous ?

Yasaburô blêmit. Il resta silencieux, tête basse, arrachant inconsciemment les herbes qui poussaient près de ses genoux.

— Allez, dis-le-moi franchement : il y avait quelque chose entre toi et ce jeune professeur ! Or, elle a connu une mort particulièrement tragique. Et voilà que le jour du premier anniversaire de ce malheur, sa mère adoptive subit un sort tout aussi terrible. Pour une fatalité, c'en est une étrange, mais je ne peux pas passer mon temps à me contenter de répéter : « Comme c'est étrange... » On entend dire partout que c'est toi qui lui aurais réglé son compte pour venger la jeune fille. C'est même arrivé aux oreilles des autorités.

— C'est absurde, comment voulez-vous que je sois capable d'une chose pareille ! s'exclama Yasaburô qui s'évertuait à démentir ces propos, les lèvres tremblantes.

— Mais oui, je sais bien que ce n'est pas toi qui as fait ça. Je suis l'agent du gouvernement Hanshichi de Kanda, je n'aurai pas la stupidité ni la cruauté de faire condamner à la légère un innocent en me fondant simplement sur la rumeur publique. Mais ce serait dommage si, en échange, tu ne me racontais pas tout franchement. D'accord ? Tu as compris, je suppose. Maintenant, revenons à l'affaire qui nous préoccupe : quel genre de relation y avait-il entre vous deux ? Allez, ne raconte pas de mensonges. La jeune Kameyo est dans cette tombe. Tu n'as pas le droit de mentir devant elle ! s'écria Hanshichi d'un ton menaçant.

Les campanules et les patrinias qu'il avait vues la veille dans le vase étaient déjà fanées et laissaient pendre pitoyablement leurs feuilles séchées. Tandis que Yasaburô les fixait des yeux, des larmes perlèrent sous les cils.

— Je vais tout vous dire, enquêteur. En fait, j'assistais tous les soirs à ses cours, depuis deux ans cet été. Avec la jeune fille, j'avais... je vous jure, enquêteur, je n'ai jamais fait quelque chose de mal avec elle. Comme vous le savez, elle était de santé délicate, et comme vous le voyez, je suis faible de caractère moi aussi. Alors, on avait simplement de longues conversations à cœur ouvert, à l'abri des regards de sa mère, bien sûr… Une fois seulement, au printemps de l'année dernière, j'ai accompagné Kameyo quand elle est venue se recueillir ici sur la tombe de ses ancêtres. A ce moment-là, elle m'a dit qu'elle ne pouvait plus rester un jour de plus chez sa mère adoptive, et elle m'a demandé de l'emmener loin d'ici. Aujourd'hui, je me dis que j'aurais dû me montrer plus courageux et agir, mais je ne pouvais pas abandonner mes deux parents, mes frères et sœurs, pour fuir en amoureux. En tout cas, j'ai réussi à la calmer et je l'ai poussée à rentrer sans faire d'histoires, mais elle est tombée malade subitement et cet horrible malheur est arrivé. Quand j'y repense, c'est comme si je l'avais laissée mourir sans lui porter secours, je m'en veux, jour et nuit. Voilà pourquoi je m'arrange pour venir chaque mois sans exception prier sur sa tombe et lui demander pardon. Il n'y avait rien d'autre entre nous, je ne suis pour rien dans la mort de sa mère. En apprenant qu'elle avait été tuée par un serpent, j'en ai eu froid dans le dos. Surtout parce que c'est tombé un an jour pour jour après le décès de Kameyo.

Hanshichi avait vu juste : une triste histoire d'amour liait secrètement les deux jeunes gens. Quand il vit des larmes couler tristement des yeux de l'artisan, force lui fut d'admettre la véracité de sa confession.

— Après la mort de Kameyo, tu n'es jamais retourné dans sa maison ?

— Non… marmonna Yasaburô.

— Ne me cache rien. L'affaire est grave. Tu n'as plus jamais remis les pieds là-bas ?

— En fait, il s'est passé quelque chose de bizarre.

— Comment ça ? Parle-moi en toute franchise.

Face au regard sévère de Hanshichi, Yasaburô se sentait paralysé, mais finalement il se décida à avouer. Un mois seulement s'était écoulé depuis la mort de Kameyo quand sa mère était arrivée à l'improviste chez l'artisan *kyôji* et avait fait sortir dehors son fils, Yasaburô, qui travaillait dans la boutique. Là, elle l'avait prié de passer un moment le soir même chez elle, car elle voulait le consulter au sujet d'objets à distribuer pour le trente-cinquième jour suivant l'enterrement de sa fille. Cette histoire de cadeaux n'était évidemment qu'un prétexte, et à peine arrivé au rendez-vous, Yasaburô s'entendit demander s'il acceptait de devenir le « beau-fils » de la maison. « Si je te fais cette proposition, expliqua-t-elle, c'est parce que j'ai confiance en toi, je suis tellement triste depuis que ma fille sur laquelle je me reposais m'a quittée, je t'en prie, deviens mon fils adoptif. »

Proposition d'autant plus aberrante qu'en tant qu'aîné, Yasaburô était fils héritier. Il refusa, bien évidemment, et rentra chez lui. Mais elle ne renonça pas à son idée, et elle le harcelait en essayant de le faire venir sous toutes sortes de raisons fallacieuses. Une fois, elle se cramponna à lui dans la rue et l'entraîna dans une maison de thé du côté de Yushima sans lui demander son avis. Le sobre Yasaburô se vit obligé de boire du saké. De plus en plus saoule, Kameju commença à lui tenir des propos incohérents et à se montrer cajoleuse. A tel point qu'il ne savait plus si elle voulait qu'il devienne son beau-fils ou son mari ! Stupéfait, le timide Yasaburô parvint difficilement à s'arracher de ses griffes pour rentrer chez lui.

— Quel jour t'a-t-elle entraîné dans cette maison de thé ? demanda Hanshichi en riant.

— C'était au nouvel an. Ensuite, je l'ai rencontrée par hasard à Asakusa au mois de mars et, là encore, j'ai dû m'enfuir quand elle a voulu m'emmener quelque part. Ensuite, c'était fin mai, je crois. J'étais allé aux bains du quartier après le coucher du soleil, et en sortant pour rentrer chez moi, je me suis retrouvé nez à nez avec le professeur qui sortait justement du bain des femmes. Elle m'a encore demandé de venir avec elle pour me parler de quelque chose d'important, et comme cette fois je ne pouvais pas m'enfuir, je l'ai accompagnée jusqu'à sa maison. Elle a ouvert énergiquement la porte, et quand on est entrés… quelqu'un était assis devant le long brasero. C'était un homme au teint foncé d'une quarantaine d'années, de sept ou huit ans plus jeune qu'elle. En le voyant, elle s'est figée sur place, comme devant une mauvaise surprise. Mais pour moi, cette présence était une véritable aubaine, et j'ai profité de l'occasion pour filer en vitesse.

— Nous y voilà ! se dit Hanshichi avec un sourire intérieur.

— Tu ne sais pas du tout qui était cet homme ?

— Absolument pas. D'après la servante Omura, il serait reparti après s'être disputé avec le professeur.

Selon toute apparence, Yasaburô n'en savait pas plus. Hanshichi ne poursuivit donc pas son interrogatoire…

— Garde le secret pendant quelque temps sur ce que tu viens de me raconter, lui recommanda-t-il avant de le quitter.

En passant la porte du temple, Hanshichi rencontra Matsukichi.

— Je viens de chez vous, chef. Dès que j'ai su que vous étiez ici, je suis reparti pour vous voir. Après vous avoir quitté hier, j'ai essayé de recueillir des renseignements auprès des gens de Mannen-chô, mais personne ne connaît de vendeur d'amulettes. J'ai ensuite marché pendant des heures, et ce matin enfin, j'ai découvert qu'il y en avait un dans une auberge de basse catégorie à Honjo, sur la rive est de la Sumida.

— Il a quel âge à peu près ?

— Ben… je dirais un peu moins de trente ans. D'après le patron, il a attrapé un coup de chaleur il y a quelques jours, il ne va même plus travailler et reste au lit tout le temps.

Hanshichi était déçu : l'homme n'avait absolument pas l'âge de celui dont avait parlé Yasaburô. De plus, on n'avait aucun moyen d'enquêter sur lui, puisqu'il était alité.

— Il est tout seul, ou avec quelqu'un d'autre ?

— Il y aurait un autre type qui serait sorti travailler de bonne heure, ce matin, dans les quartiers résidentiels de la ville haute. Il paraît qu'il a la quarantaine et…

Hanshichi tapa dans ses mains sans écouter la fin de la phrase.

— C'est ça ! File là-bas, moi, je viendrai plus tard, et attends le retour de ce type.

Hanshichi laissa partir Matsukichi, puis se hâta jusque chez Kameju où il vit deux femmes qu'il ne connaissait pas, assises dans la maison. La petite Omura était allée au crématorium avec les gens du quartier. Comme il voulait lui poser des questions précises sur l'homme qui s'était disputé avec Kameju, Hanshichi attendit là un moment, mais Omura tardait à rentrer. Las d'attendre, il se rendit chez Genji. Lui aussi était reparti quelque part à son retour des obsèques, et sa femme dit qu'il n'était malheureusement pas encore rentré. Tandis qu'ils échangeaient des propos sur la pluie et le beau temps, la cloche d'Ueno frappa les dix heures du matin.

Si le vendeur d'amulettes est monté dans la ville haute, on peut être sûr qu'il ne rentrera pas avant midi, se dit Hanshichi qui décida de faire quelques courses pour patienter. Il quitta rapidement la maison de Genji. Puis il passa en vitesse dans deux ou trois endroits, prit un bol de riz en route, et un peu avant deux heures, il arriva à l'embarcadère sur la rive d'Onmaya. Il attendait le bac qui traversait vers Honjo quand arriva un homme au teint foncé, d'une quarantaine d'années ; il ressemblait à un voyageur, coiffé d'un chapeau de laîche, les jambes entourées de fines bandes de tissu du genou à la cheville, chaussé de sandales de paille lacées. Il portait une boîte attachée à son cou par un gros cordon. A son allure, Hanshichi devina aussitôt qu'il s'agissait d'un vendeur d'amulettes du culte de Chiriyû-sama, et lui qui avait pourtant l'habitude de son métier ne put réprimer un battement de cœur. Nul doute, c'était l'homme dont venait de lui parler Matsukichi. Son âge correspondait également à celui dont lui avait parlé Yasaburô. Mais sans preuves formelles, il était hors de question de l'interroger au nom du gouvernement. Néanmoins, il pourrait toujours poursuivre son enquête une fois assuré que l'homme rentrait à l'auberge. Il essaya bien à plusieurs reprises de croiser son regard dissimulé sous le chapeau, mais le vendeur d'amulettes se réfugia à l'ombre d'un saule, comme s'il avait senti des yeux se poser sur lui, et il agitait son éventail en écartant légèrement son vêtement au niveau de la poitrine dans une attitude peu élégante.

Le ciel se débarrassait peu à peu de son voile, et les toits du temple shintoïste Komagata-gû se firent plus nets. Par cette journée sans le moindre souffle de vent, une nappe de chaleur automnale stagnait sur le fleuve, et à bord du bac à rames qui revenait de la rive opposée, on apercevait des éventails blancs et des serviettes maintenues autour de leur front par les passagers, tandis que l'eau ondoyante reflétait les ombrelles rouges ornées de motifs des petites filles.

Dès que le groupe eut fini de débarquer à la queue-leu-leu, le vendeur d'amulettes s'empressa de prendre place dans le bac. Hanshichi s'y précipita à sa suite.

— Dépêchez-vous, on part ! cria le passeur, et les derniers retardataires accoururent tous en même temps – une mère tirant son enfant par la main, une vieille femme à l'allure de pèlerin, un apprenti chargé d'un sac de sucre destiné à être offert[1] –, et ils sautèrent en vitesse sur le rebord du bateau qui se mit à gîter. Peu après le départ de l'embarcation, le vendeur d'amulettes se fraya subitement un passage parmi les passagers, comme s'il venait de découvrir un homme debout à la poupe.

— Sale voleur ! hurla-t-il en lui saisissant le col, tu as osé me piquer mon précieux outil de travail. Tu vas voir, le châtiment du dieu Chiriyû-sama sera terrible !

L'homme insulté qui était traité de voleur devant tout le monde avait aussi la quarantaine, il était vêtu d'un simple kimono non doublé fait dans un tissu grossier bleu marine. En présence des autres passagers, impossible de garder son calme sans réagir.

— Moi, un voleur ! Mais jamais de la vie ! Qu'est-ce que tu baragouines ? Et j'aurais volé quoi ?

— Fais pas semblant. Je me souviens parfaitement de ta tête. T'as un de ces culots ! Regarde ce que je vais te faire !

Le vendeur d'amulettes le secoua plusieurs fois de toutes ses forces, en restant agrippé à lui. Alors, l'homme

---

1. « Etrennes » offertes aux amis et aux proches vers la mi-juillet.

lui saisit la main et la tordit pour se dégager. Le petit bac gîtait dangereusement, les femmes et les enfants se mirent à pleurer.

— On ne se dispute pas sur un bateau ! Si vous voulez vous bagarrer, attendez d'être sur l'autre rive ! leur intima le capitaine pour qu'ils se contrôlent.

Les autres passagers s'employèrent à les calmer, et le vendeur d'amulettes fut bien obligé de desserrer son étreinte. Mais il fixait sur sa victime un regard hostile, l'air de dire que l'affaire n'était pas réglée pour autant.

Une fois le bac arrivé sur la rive de Honjo, Hanshichi sauta prestement à terre le premier. L'homme agressé mit pied derrière lui et chercha à fuir, mais le vendeur d'amulettes lancé à sa poursuite essayait déjà de l'agripper par la manche, quand l'enquêteur privé le saisit fermement par le bras.

— Mais qu'est-ce que vous faites ? hurla l'homme en se débattant pour se dégager de son étreinte.

La voix de Hanshichi retentit, perçante :

— Rends-toi, je suis en mission officielle !

L'autre en resta bouche bée, comme si on lui avait soudain volé son âme. Et le vendeur d'amulettes qui s'était lancé à sa poursuite avec rage s'en trouva lui aussi pétrifié.

— Qu'est-ce qu'il t'a volé ? Ce ne serait pas un serpent noir ? lui demanda Hanshichi.

— Si, c'est ça.

— Suis-moi avec lui au poste.

Hanshichi entraîna les deux hommes vers le poste de surveillance du quartier. Le vieux retraité de garde, qui était en train de faire sécher des coquillages devant l'établissement, abandonna son panier en bambou et fit entrer Hanshichi, le vendeur d'amulettes et l'autre homme.

— Allez, raconte-moi tout, dit l'enquêteur en fixant sur ce dernier des yeux suspicieux. Tu es l'amant, ou le mari, du « professeur-monstre » dans la ruelle Onarimichi. En tout cas, tu es revenu chez elle après une longue absence, mais quand elle t'a vu dans sa maison alors qu'elle rentrait en compagnie d'un jeune type, elle ne t'a vraiment pas accueilli avec joie. Et de jalousie, tu t'es disputé avec elle, la trouvant sans cœur et infidèle. C'est de là que t'est venue l'idée de la tuer, et tu as volé un serpent dans la boîte du vendeur d'amulettes ici présent, pour l'utiliser dans une sorte de mise en scène dramatique, n'est-ce pas ? Quel sens du théâtre ! Tu as profité du fait qu'on lui avait donné le surnom de « professeur-monstre », toi qui te conduisais pourtant en vraie canaille avec elle, et tu l'as étranglée en douce avant d'enrouler l'animal autour de son cou. En laissant croire que c'était un acte de vengeance ou le châtiment de sa fille, tu as voulu tromper habilement tout le monde, comme s'il s'agissait d'une histoire de fantômes de Hayashiya Shôzô[1]. Hein ! Si on était en sécurité sur terre, on pourrait se balader tranquillement la nuit même sans lanterne. Malheureusement, ce n'est pas le cas… Allez, ne fais pas le fier-à-bras, sois sincère, vide ton sac ! A ce que je vois, tu ne perds pas ton sang-froid, dis donc ! Mais je ne peux pas avoir pitié de toi si tu ne renonces pas alors que c'en est fini pour toi, comme le serpent à qui on a fait lécher la résine des arbres et qui essaie encore de résister sans mourir aussitôt. Avoue ton crime, bon sang ! On t'a pas encore fait sucer les feuilles amères des *kihada*[2] dans tout Edo, tu n'as donc pas d'excuses. C'est incroyable de refuser à ce point

---

1. Célèbre conteur de *rakugo* de la fin de l'époque Edo, connu pour ses petites histoires drôles de revenants.
2. Arbre de la famille des mandariniers.

154

d'avouer ! Ouvre grand ta bouche, comme quand tu manges. T'as compris, imbécile, tu m'emmerdes à la fin, je vais te frapper si tu ne veux pas en finir !

— De nos jours, on n'emploie plus ce ton au cours des interrogatoires dans les postes de surveillance, expliqua le vieil Hanshichi. Mais quand on interrogeait quelqu'un à l'époque, surtout au nom du gouverneur de la ville, les enquêteurs, les indics, mais aussi bien les fonctionnaires de Hatchôbori, à savoir les chefs de patrouille et les officiers de police, tous hurlaient leurs questions débitées à toute allure et sans ménagement. Ils ne racontaient pas d'histoires, ce n'était pas du théâtre. Et si le suspect tardait à répondre, ils frappaient pour de bon.

— Et cet homme a avoué ? demandai-je.

— Une fois poussé à bout, il a fini par reconnaître facilement les faits. A l'origine, il était bonze supérieur au sein du temple Kan'ei-ji à Ueno. Il était plus jeune que Kameju, mais elle l'avait habilement embobiné, et il avait fini par quitter le temple une dizaine d'années plus tôt. Il avait abandonné la vie religieuse et pris la route de la province de Kai[1]. Cependant, il avait le mal du pays, comme on dit, Edo lui manquait. Et dans cette ville où il revenait après une longue absence, il s'était précipité chez Kameju, mais, sans cœur, elle l'avait complètement ignoré. Comme l'ancien bonze était horriblement humilié de la voir avec ce jeune et fringant artisan, il s'en était allé traîner dans le coin, d'une auberge de basse catégorie à une autre, cherchant le

---

1. Ancienne province du Honshû, la plus grande île de l'archipel. Région montagneuse située dans le département actuel de Yamanashi.

moyen de se venger. Cela faisait deux mois qu'il guettait une occasion quand il a appris que la fille de Kameju était morte l'année précédente, ce qui lui avait valu son surnom de professeur-monstre. Le fait d'avoir été bonze par le passé l'a incité à imaginer que le châtiment serait l'œuvre de l'esprit d'un mort. Puis il a étranglé Kameju et s'est cru malin en faisant croire à un serpent.

— Ce serpent, il l'avait volé au vendeur d'amulettes ?

— Ils logeaient tous les deux à la même auberge de Honjo. C'est là qu'il a eu l'idée de dérober son reptile au vendeur d'amulettes de Chiriyû-sama. S'il n'avait pas vu cet animal, sans doute n'aurait-il jamais songé à une telle solution. Si bien qu'on peut dire que le bonze et le professeur ont tous les deux joué de malchance dans cette affaire. Pourtant, le moment était idéal : juste avant la fête des Morts du *Bon*, et le jour anniversaire de la mort de la jeune fille. En pleine nuit, il s'est faufilé discrètement par la porte de la cuisine, il a tué le professeur, puis enroulé le serpent autour de son cou. Son histoire de revenant montée de toutes pièces était en place. Au début, j'avais à l'œil Omura, la petite bonne, mais ensuite j'ai compris qu'à l'heure du meurtre elle dormait profondément et qu'elle ne savait absolument rien.

— Mais d'où vous est venue cette idée de rechercher un vendeur d'amulettes de Chiriyû-sama ?

Ma question fit sourire à nouveau le vieil Hanshichi.

— Cela ne m'étonne guère qu'un jeune homme moderne comme toi ne comprenne pas. Autrefois, chaque année pendant l'été, arrivaient de province ceux qu'on appelait les vendeurs d'amulettes, censées protéger des vipères et éloigner les serpents. Mais outre les célèbres vendeurs de Chiriyû-sama, il y avait quantité de faux vendeurs qui portaient au cou une petite cage

avec plusieurs serpents. Devant les badauds, il leur suffisait de caresser la tête d'un reptile avec une amulette
pour que l'animal baisse le cou et se recroqueville.
Jamais un vrai Chiriyû-sama n'aurait fait une telle
démonstration. En fait, le faux vendeur avait dompté
son animal avec une amulette munie d'une aiguille. Dès
qu'il l'approchait, il lui piquait le cou et, de douleur, le
serpent baissait systématiquement la tête pour se protéger. A la fin, le moindre morceau de papier produisait
sur lui le même effet. Bref, cette preuve vivante permettait au vendeur de clamer haut et fort l'efficacité de
sa marchandise : « Regardez, regardez, le miracle de mes
amulettes ! » Quand j'ai observé le serpent entortillé
autour du cou du professeur-monstre, il m'a semblé
bien plus faible qu'un serpent normal, et soudain je me
suis souvenu de cette escroquerie. Pour tester la vivacité
de l'animal, je l'ai repoussé très légèrement avec un
carré de papier fin. Le serpent s'est aussitôt recroque-
villé, ce qui m'a permis de vérifier qu'il s'agissait bien de
celui d'un vendeur de fausses amulettes. Ensuite, j'ai
déroulé peu à peu les fils de l'énigme et je suis tombé à
pic sur ce bonze. Ce qui lui est arrivé ? Il a évidemment
été condamné à mort.

— Et le vendeur d'amulettes, qu'est-il devenu ?

— Il avait usurpé le nom de Chiriyû et, de nos jours,
il aurait été puni assez sévèrement, pour tromperie sur
la marchandise. Mais autrefois, ce n'était pas bien grave,
on considérait que la faute revenait à la personne qui
s'était laissé berner. Néanmoins, quand j'épiais ce vendeur sous son chapeau en attendant le bac, il semblait
avoir quelque chose à se reprocher, tu sais, il se tenait à
l'écart, visiblement pas tranquille. A l'époque, les escro-
queries ne concernaient pas que les Chiriyû-sama, on
trompait fréquemment les gens.

— Et ce nom de Chiriyû, d'où vient-il ?

— De Mikawa sur la route du Tôkaidô[1]. Encore maintenant, il doit rester des fidèles de ce culte. Tiens, on dirait que la pluie s'est arrêtée, la rue s'est animée tout à coup. Que dirais-tu d'aller faire un tour ? Toi qui t'es donné la peine de venir jusqu'ici, tu ne viendrais pas avec moi voir allumer les lanternes ? La fête, c'est vraiment mieux le soir.

Conduit par le vieil homme dans les rues, je contemplai les décorations de la ville. Et de retour à la maison ce soir-là, je feuilletai un livre illustré sur les sites célèbres du Tôkaidô. Je trouvai des détails sur le temple shintô de Chiriyû-sama, dans le paragraphe concernant le poste-relais Chiriyû à Mikawa. Voici ce qui était écrit : « Les talismans destinés à chasser vipères et serpents venimeux sont élaborés par les membres du sanctuaire. Nombreux sont ceux qui, confiants dans ce talisman, viennent de près ou de loin pour en obtenir un. On dit qu'il suffit de le glisser dans sa poche pour qu'en été comme à l'automne, dans les forêts comme en montagne, il fasse fuir les serpents. »

---

1. Trente-neuvième étape de cette route longue d'environ 500 km reliant Kyôto à Edo.

LE MYSTÈRE DE LA CLOCHE D'INCENDIE

Une brève averse d'automne venait de tomber en ce début novembre quand j'allai rendre visite au vieil Hanshichi que je n'avais pas vu depuis longtemps. Il arrivait tout juste de Hatsutori[1] à Yotsuya avec à la main un petit râteau de bambou porte-bonheur[2], évoquant une épingle à cheveux ornementale.

— Excuse-moi, mais pour un peu je te manquais. Entre donc.

Le vieil homme déposa respectueusement l'objet sur l'autel familial, puis me fit passer comme chaque fois dans son salon de six tatamis. Après les propos d'usage sur le passé et des considérations sur les festivités de ce célèbre marché, comme c'était la saison, la conversation s'orienta vers les histoires d'incendie. C'est que, de par son métier d'enquêteur, le vieil homme en avait connu des affaires de feu à Edo. De véritables crimes quand ils étaient volontaires, et autrefois une condamnation à mort pour les pilleurs qui profitaient de la situation. Sourire aux lèvres, Hanshichi commença le récit suivant :

— Décidément, il s'en passe des choses étranges dans notre monde… L'histoire est un peu gênante, je ne

---

1. Fête du temple shintô Otori-jinja : marché du premier jour du Coq du onzième mois lunaire.
2. Ce petit râteau décoratif est en général accroché à l'entrée des boutiques pour « ratisser l'argent ».

peux donc pas te donner le nom précis du lieu où elle s'est déroulée. Disons que c'était dans les quartiers populaires de la ville basse. Sache que l'endroit n'était pas très éloigné de la maison du « professeur-monstre » dont je t'ai déjà parlé. Une drôle d'histoire qui a causé un grand émoi à l'époque.

C'était après la fête du sanctuaire shintô de Kanda Myôjin. Les journées un peu froides se succédaient, et porter un kimono doublé suffisait tout juste à se tenir chaud. Devant l'échoppe obscure d'un vendeur de patates douces grillées, la faible lueur d'une lanterne permettait de deviner l'inscription *Hachirihan*[1] tracée au gros pinceau. Une fumée blanche montait de la maison de bains et le vent d'automne qui s'était mis à souffler des montagnes environnantes de Chichibu laissait craindre le pire aux habitants d'Edo, prompts à penser aux incendies. Entre la fin du mois de septembre et le début d'octobre, la cloche d'incendie se mit à sonner à tout bout de champ dans le quartier.

— Au feu !

A ce cri, les gens effrayés se précipitaient hors de chez eux, mais ne voyaient rien. Ce genre d'alerte se répétait deux, trois, voire quatre fois dans une soirée, parfois deux soirs de suite. Il arrivait que l'on fasse sonner la cloche à toute volée pour signaler un feu à un endroit, et que l'alerte se propage dans les quartiers voisins, qui à leur tour sonnaient en hâte la cloche. Les pompiers se rassemblaient en un temps record, sans même savoir où ils devaient se rendre. Cela se passait en

---

1. Mot d'argot signifiant « patates douces », et dont une partie du nom fait référence à la châtaigne, au goût proche.

pleine nuit, alors que le foyer de la maison de bains était déjà éteint, et il leur arrivait de rentrer chez eux sans comprendre pourquoi ils avaient été alertés. La population finit par se dire qu'il s'agissait d'une mauvaise plaisanterie et, compte tenu de la gravité d'un tel acte, les enquêtes pour en retrouver l'auteur se firent nettement plus rigoureuses.

Il va sans dire que sonner la cloche d'incendie sans motif et perturber la ville du shôgunat et de sa cour était considéré comme un crime grave. Les plus perturbés étaient les préposés au poste de surveillance du quartier.

Ce que j'appelle « poste de surveillance » ressemblait en moins grand à un poste de police actuel, expliqua Hanshichi. Il y en avait un par quartier. Ceux qui se trouvaient dans le secteur des demeures de samouraïs étaient contrôlés par les familles de la classe des guerriers, et on les appelait « postes de garde ». Ceux des quartiers de commerçants étaient contrôlés par les artisans et les marchands, et on les appelait « postes de surveillance de quartier ». On disait communément « le poste ». Ce nom, littéralement « poste personnel », viendrait du fait qu'autrefois les propriétaires assuraient eux-mêmes leur protection chez eux. Par la suite, ces postes de surveillance furent installés dans un édifice construit à cet effet, avec un chef et deux ou trois hommes. Propriétaires, mais également locataires et employés, assuraient la garde à tour de rôle, en charge du maintien de l'ordre dans leur secteur. Un poste important comptait cinq ou six personnes. A cette époque, une guérite pourvue d'une échelle était placée sur le toit de l'édifice, et en cas d'incendie c'étaient les habitants de surveillance au poste qui sonnaient la cloche, ou parfois le garde du quartier. Si la cloche sonnait intempestivement, la responsabilité en incombait au poste de surveillance. Celui dont je te parle était petit et ne comptait que trois préposés : le chef, qui s'appelait Sahei, et ses deux subalternes.

Sahei était un célibataire d'une cinquantaine d'années qui, l'hiver venu, souffrait de maux d'estomac chroniques. Les deux autres s'appelaient Denshichi et Chôsaku, ils étaient également célibataires et avaient dépassé la quarantaine. Responsables tout désignés, ils se faisaient sévèrement réprimander par les officiers municipaux. Ils décidèrent donc de surveiller la guérite chaque nuit à tour de rôle. Tant qu'ils surveillaient rigoureusement, rien ne se passait, mais dès qu'ils relâchaient un tant soit peu leur vigilance, la cloche se mettait à sonner à toute volée, comme pour leur reprocher leur paresse. Une enquête fut menée en présence des fonctionnaires municipaux, mais la cloche ne présentait rien d'anormal. Le comble, c'est qu'elle ne se mettait à sonner que la nuit…

Même si, à cette époque-là, beaucoup de gens croyaient au surnaturel, personne ne pouvait admettre l'idée que la cloche d'incendie se mît à sonner toute seule. Et comme elle ne sonnait jamais lorsqu'il y avait quelqu'un, ce ne pouvait être que l'œuvre d'un mauvais plaisantin, bien décidé à effrayer les populations à l'approche de l'hiver, quand l'angoisse du feu s'intensifie avec la sécheresse. Les jours passaient, et l'exaspération grandissait car on n'arrivait toujours pas à surprendre le plaisantin. D'ailleurs, derrière cette plaisanterie à répétition, beaucoup voyaient le signe précurseur d'un grand incendie réel. Certains, prompts à réagir, tenaient leurs bagages prêts pour partir à tout moment, d'autres avaient déjà confié les personnes âgées de leur famille à un parent habitant loin. La moindre fumée d'un ballot de paille qui leur piquait les yeux sensibilisait les gens qui en tremblaient de peur comme des feuilles de jeunes roseaux. Ne pouvant plus compter sur le poste de surveillance ou le vieux garde gâteux, les travailleurs et les commerçants, bien sûr, mais aussi le groupe des jeunes décidèrent de quadriller eux-mêmes le quartier chaque nuit, avec pour point central la fameuse guérite et son échelle.

Ce déploiement de surveillance fit apparemment peur au mauvais plaisantin, puisque les cinq jours suivants la cloche d'incendie ne retentit pas. Au mois d'octobre, à compter de la cérémonie religieuse du 13 célébrant le jour anniversaire de l'Eveil de Nichiren, fondateur de la secte bouddhique du même nom, une forte pluie froide ne cessa de tomber. C'est alors qu'un malheur s'abattit sur la tête d'une femme, comme s'il avait attendu pour se manifester que la cloche se soit tue et que la pluie quotidienne ait incité naturellement à relâcher la surveillance dans le quartier.

La victime était une jeune femme du nom d'Okita, qui habitait dans une ruelle. Anciennement geisha à Yanagibashi[1], elle avait été remarquée par le directeur d'un important magasin, qui en avait fait sa concubine. Ce jour-là, son protecteur était venu chez elle dans la journée, et lorsqu'il était reparti vers huit heures du soir, elle était allée aux bains publics tout proches. Et c'est à plus de neuf heures qu'elle en était ressortie, après avoir pris un bain prolongé, comme les aiment les femmes. La plupart des boutiques avaient déjà fermé leur grande porte-volet dans la nuit pluvieuse où il y avait peu de passants. Un vent léger soufflait.

Okita s'apprêtait à pénétrer dans sa ruelle, quand son parapluie s'alourdit soudain. Surprise, elle le pencha

---

1. Quartier de courtisanes le plus élégant d'Edo.

un peu, mais à cet instant précis il se déchira avec bruit. Une main invisible la saisit brutalement par ses cheveux relevés en trois chignons. La tête tirée en arrière, la femme poussa un cri et trébucha sur la planche d'égout. Quand les gens du voisinage accoururent, Okita avait perdu connaissance. La planche qui avait sauté lui avait frappé violemment les côtes.

On la transporta chez elle, où elle reçut des soins et retrouva sa respiration. Mais elle n'avait pas les idées claires et ne se souvenait pas bien de ce qui venait de lui arriver. Au moins put-elle raconter que le parapluie était devenu mystérieusement lourd, qu'il s'était déchiré comme par magie, et que quelqu'un lui avait tiré les cheveux. L'émoi dans le quartier s'amplifia encore.

La rumeur se répandit qu'une créature surnaturelle errait dans le quartier. Les femmes et les enfants ne sortirent plus après le coucher du soleil. Les cloches d'Ueno et d'Asakusa, qu'on avait l'habitude d'entendre au crépuscule, effrayaient femmes et enfants comme si elles annonçaient l'arrivée d'un démon. Au plus fort de cette agitation, un autre événement se produisit.

C'était le soir, cinq jours après l'agression d'Okita par une créature invisible. Les longues chutes de pluie à l'approche de l'hiver s'étaient enfin dissipées et les maîtresses de maison étaient occupées à faire la lessive près des puits. Les kimonos à larges manches blanches, et bord inférieur rouge, séchaient, enfilés sur leur perche, sous le ciel hivernal. A la tombée du jour, il ne resta plus que deux kimonos d'enfants séchant derrière une boutique de sceaux, les deux manches déployées mollement à l'image de cerfs-volants qui seraient restés en l'air un soir de nouvel an. La patronne de la boutique devait avoir l'intention de les laisser là toute la nuit. Soudain, voilà l'un des deux kimonos qui se met à déambuler tout seul.

— Ça alors, le kimono ! s'exclamèrent des passants en l'apercevant tout à coup.

Les voisins se précipitèrent dans la rue pour regarder, et en effet ils virent l'un des kimonos rouges qui s'était libéré de sa perche, exactement comme s'il était porté par un esprit, et s'éloignait au hasard dans l'obscurité du crépuscule. Le vent était bien trop faible pour le pousser. On aurait dit qu'il marchait avec deux pieds en allant de toit en toit. Stupéfaits, les gens hurlaient. Quelqu'un ramassa une pierre et la lança sur le kimono. Ce geste parut lui faire peur, et le vêtement se mit à courir dans l'air en retroussant le bas, puis il disparut dans l'ombre de l'imposant entrepôt en terre d'un prêteur sur gages. La patronne de la boutique de sceaux tremblait, le visage blême.

Cette affaire mit tout le quartier en émoi, et peu après on découvrit le kimono accroché à une haute branche de l'arrière-cour du prêteur sur gages. Alors les avis se partagèrent selon que l'on considérait l'un ou l'autre des mystères. L'agression d'Okita était à coup sûr l'œuvre d'un être surnaturel, tandis que l'envol d'un kimono ne pouvait être que le fait d'un être humain, bien que personne n'ait pu voir de ses yeux qui se dissimulait sous le vêtement. Une preuve supplémentaire vint pourtant accréditer cette deuxième thèse. L'un des apprentis du forgeron, le jeune Gontarô, avait été aperçu ce soir-là en train de grimper la haie de la maison voisine, celle du prêteur sur gages.

Il fut décidé que le mauvais plaisantin à l'origine de toute cette agitation était Gontarô.

— C'est sûr, c'est cet imbécile de Gon !

Dans le quartier, ce garçon de quatorze ans avait la réputation d'un farceur.

— Il est infernal ! Comment va-t-on s'excuser auprès des voisins, maintenant ?

Le patron et les apprentis plus âgés lui flanquèrent une rossée, puis on le traîna au poste de surveillance où on le harcela pour l'obliger à faire des excuses, mais Gontarô n'avouait pas de bonne grâce. Il s'obstinait à dire que s'il s'était glissé dans le jardin voisin, celui du prêteur sur gages, c'était pour dérober des kakis bien mûrs, et qu'au grand jamais il n'avait joué de tels mauvais tours, ni en faisant sonner la cloche d'incendie, ni en dérobant un kimono du séchoir. Mais personne ne le croyait au poste. Plus il s'entêtait, plus on le prenait en grippe. On lui donna des coups de bâton, puis on le jeta, mains liées derrière le dos, dans une petite pièce au plancher de bois nu.

Alors, les gens du quartier, rassurés de voir le problème résolu, furent stupéfaits d'entendre dans la nuit l'habituel son de la cloche. Un son bien distinct, comme pour apporter la preuve de l'innocence de Gontarô. D'ailleurs, comment pouvait-on sonner la cloche alors que la poutre de bois qui servait à frapper le battant avait été enlevée !

Dans ces circonstances, on en vint à penser que ce n'était probablement pas l'œuvre d'un humain. Le quartier trembla à nouveau de peur, et les habitants décidèrent de recommencer à surveiller tous ensemble l'échelle de la guérite. Pendant leur surveillance rigoureuse, la cloche restait sagement silencieuse. Mais dès que la surveillance se relâchait un peu, elle retentissait. Cette situation angoissante dura un petit mois, et les gens fatigués ne se voyaient pas tenir beaucoup plus longtemps.

— Quel froid maintenant, hein !

— Oh, Hanshichi-san ! Entrez vite…

Le préposé de garde au poste de surveillance accueillit Hanshichi avec un sourire. C'était une journée ponctuée par de brèves averses de début novembre, un temps exactement semblable à celui que nous avions quand le vieil Hanshichi me raconta cette histoire. Le charbon rougeoyait dans le grand four à l'avant de la maison. L'enquêteur entra et tendit les mains vers la chaleur.

— Il y en a du tapage, ces temps-ci ? J'imagine que vous devez être inquiet.

— Vous avez dû collecter vous aussi pas mal de témoignages, mais c'est vraiment embêtant, on n'arrive pas à comprendre, fit le responsable, l'air ennuyé. Qu'est-ce que vous en pensez ? Vous avez une idée ?

— Eh bien… fit Hanshichi songeur, en fait, je ne connais pas toute l'affaire en détail, mais ce ne serait pas ce plaisantin d'apprenti Gon-je-ne-sais-quoi le fautif ?

— Sûrement pas, ça n'a servi à rien de l'arrêter puisque la cloche continue de sonner ! Alors, on a commencé par laisser Gon retourner chez son patron.

Tandis que le responsable racontait par le menu le déroulement des faits, Hanshichi réfléchissait, les yeux fermés.

— Je n'ai encore aucune idée, moi non plus, mais bon, on va essayer de trouver une solution. J'aurais préféré m'occuper de cette histoire plus tôt, mais j'avais d'autres affaires urgentes à traiter, c'est pourquoi j'ai pris du retard malgré moi. Avant tout, j'aimerais que vous me montriez cette fameuse cloche, je peux monter voir ?

— Oui, oui, évidemment, par ici…

Le préposé de garde passa devant lui, et tous deux sortirent dans la rue. Hanshichi resta un moment à réfléchir, les yeux fixés sur l'échelle de la guérite, puis il grimpa lestement, examina le lieu, redescendit aussitôt et scruta de nouveau les environs. Non loin de l'échelle se trouvait le passage où vivait Okita, la femme entretenue victime d'un être surnaturel. Au fond de la venelle, il y avait un vaste terrain vague où un enfant du quartier jouait à la toupie, et dans un coin, un vieux sanctuaire shintô dédié au dieu Inari[1]. Hanshichi découvrit, accroché devant la maison d'Okita, un écriteau *A louer*. Selon le responsable du poste, trois jours après son agression, la jeune femme fragile avait déménagé.

L'enquêteur se rendit ensuite jusque chez le forgeron. Depuis la rue, il regarda discrètement à l'intérieur et vit un homme d'une quarantaine d'années, visiblement le patron, qui donnait des ordres, et trois apprentis artisans qui faisaient jaillir des gerbes d'étincelles du levier en fer chaud. Le responsable du poste lui apprit que celui qui actionnait distraitement le soufflet était ce Gontarô qui en avait vu de toutes les couleurs l'autre jour. Le visage au menton carré du jeune garçon était noir de fumée. Hanshichi trouva qu'avec ses grands yeux brillants, le garçon avait bien à première vue la tête d'un petit plaisantin.

Finalement, Hanshichi prit congé du préposé de garde :

— Je vous remercie pour tout. J'ai encore du travail en cours, je ne pourrai donc pas revenir avant deux ou trois jours.

En réalité, compte tenu du nombre d'affaires qu'il avait à traiter, Hanshichi ne fut de retour dans le quartier que cinq jours plus tard. Entre-temps, il s'était passé des choses effrayantes pour les habitants.

---

1. Divinité shintô des céréales. Son messager est le renard.

La première victime fut Osaki, la fille du marchand de tabac âgée de dix-sept ans. La jeune fille était allée chez des parents à Honjo, et quand elle prit le chemin de retour vers sept heures du soir, le soleil hivernal était couché depuis longtemps, mais le paysage semblait blanc en dépit de l'obscurité, à cause du vent du nord chargé de sable fin. Plus elle approchait de son quartier, siège de tant d'événements mystérieux, plus elle avait des palpitations. Tout en regrettant de ne pas être rentrée plus tôt, Osaki se pressait à petits pas, le corps penché en avant, les deux bras croisés fermement dans ses manches, quand elle perçut, à peine audible, un bruit qui la suivait à son rythme. Les jambes coupées, Osaki eut l'impression de recevoir une douche d'eau glacée, mais, sans une once de courage pour se retourner, elle se força à accélérer. A peine eut-elle tourné à l'angle de son quartier que le sable blanc tourbillonna du sol jusqu'au niveau de sa poitrine, et la chose mystérieuse qui semblait la suivre se précipita sur elle au moment précis où elle se protégeait la figure avec ses manches, et la poussa violemment.

Au cri de la jeune fille, les voisins accoururent et virent Osaki tombée à terre, évanouie. Son chignon *shimada* était affreusement défait. Elle n'avait pas d'autre blessure que des éraflures aux genoux, mais sous le choc elle ne recouvra pas les idées claires, même une fois revenue à elle. Ensuite, elle resta alitée trois jours avec de la fièvre.

Etre surnaturel ou être humain ? La question se posa à nouveau. Or, qui avait déclaré avoir vu l'apprenti franchir la haie du prêteur sur gages ? C'était bien Osaki ! Un doute se répandit parmi les habitants : le jeune homme n'aurait-il pas agi par vengeance, après avoir été malmené au poste de surveillance ? Rumeur aussitôt démentie : son patron vint témoigner que Gontarô se trouvait dans l'atelier au moment précis de l'agression, et quelqu'un d'autre également l'avait aperçu en train de travailler ce soir-là. Farceur, d'accord, mais doté du don d'ubiquité, sûrement pas. Faute de trouver une explication, on ne pensa plus trop à cette histoire concernant ce garçon.

— Dès qu'il fait nuit, on ne met plus le pied dehors ! s'écrièrent les femmes et les enfants, qui prirent l'habitude d'éviter toute sortie après le coucher du soleil.

La seconde et inattendue victime s'appelait Sahei, le chef du poste de surveillance. L'hiver qu'il ne supportait pas le faisait de nouveau souffrir de maux d'estomac chroniques, et les troubles dus à ses longues réunions quotidiennes entre officiers municipaux accentuaient un mal qu'il s'évertuait à endurer. La douleur lui était insupportable ; dans la journée, il la calmait avec une sorte de pierre chauffante, mais le soir venu, le froid lui pénétrait les entrailles. Blotti près du four, il se tenait le ventre, les mains croisées.

— Vous ne voulez pas qu'on appelle le médecin ? lui demandaient ses subalternes Denshichi ou Chôsaku, qui ne tenaient plus en place.

— Non, non, ça peut encore aller.

Nombreux étaient les vieux des postes de surveillance et les gardes qui épargnaient sou après sou. Craignant des frais médicaux élevés, Sahei voulait se contenter de remèdes achetés sans prescription, mais la douleur qui le prenait et s'amplifiait la nuit lui devint insupportable. Rechignant à faire venir le docteur, par avarice ou par souci d'économie, il se résolut à se rendre lui-même à son cabinet dans le quartier voisin.

Il fut décidé que Denshichi l'accompagnerait. Quand ce dernier sortit dans la rue en soutenant Sahei, incapable de marcher correctement à cause de fortes crampes, le givre nocturne avait recouvert tout le quartier. Denshichi tint le malade par la main pour l'aider à passer la porte du médecin. Lequel donna des médicaments en lui conseillant de rester couché au chaud. Il était déjà près de dix heures quand ils quittèrent le praticien, après l'avoir remercié.

— On dit que votre quartier est dangereux ces temps-ci, alors faites bien attention en route.

Cette aimable mise en garde au moment de leur départ accentua l'inquiétude des deux hommes. Et sur le chemin du retour, Sahei ne lâcha pas la main de Denshichi.

— Dépêchons-nous avant la fermeture de la porte de notre rue. Ce serait embêtant de demander au garde de l'ouvrir.

C'était une nuit calme, sans vent, sans lune, on avait l'impression d'entendre le givre parler. Les lumières étaient rares. Sahei marchait penché en avant pour réprimer ses crampes. Les deux hommes pénétrèrent dans leur quartier, et à peine avaient-ils dépassé trois maisons qu'une forme noire surgit dans l'ombre du baquet d'eau de pluie du prêteur sur gages. Sans leur laisser le temps de comprendre de quoi il s'agissait, cette chose noire se mit en quelque sorte à ramper à toute allure sur le sol et, tout à coup, elle fit un croc-en-jambe à Sahei. Lui qui marchait courbé ne put éviter de tomber par terre, et Denshichi, terrifié, s'enfuit en poussant des cris.

En entendant le rapport de ce poltron, Nagasaku s'en alla voir presque à reculons, muni d'un bâton, suivi de Denshichi, lui aussi armé. Mais à leur arrivée sur les lieux, ils ne virent plus l'ombre noire. En tombant, Sahei s'était fait mal aux genoux, en outre il était légèrement blessé au front sur le côté gauche, comme si on l'avait tapé avec un caillou, à moins que ce ne fût tout simplement dû à sa chute.

Après enquête, on eut la preuve formelle que Gontarô n'était pas sorti cette nuit-là non plus. Ainsi, les doutes concernant l'apprenti plaisantin s'atténuèrent, tandis que le mystère s'épaississait. Selon les impressions de ce poltron de Denshichi, il s'agissait d'un *kappa*, un génie habitant les eaux, mais personne n'y croyait car, de l'avis général, il ne pouvait y en avoir dans un quartier d'habitations.

C'est sûrement un être humain, se disait-on.

A cette époque, bon nombre de maisons étaient victimes de vols de nourriture. Compte tenu de la méthode utilisée pour effrayer Osaki et bousculer Sahei, les gens s'accordaient à penser qu'une créature surnaturelle avait pris progressivement une apparence humaine.

Aucun doute, le plaisantin, qui n'était pas Gontarô, venait d'ailleurs. Une surveillance renforcée dans le quartier fut donc décidée pour chaque nuit.

Par la suite, la cloche ne sonna plus du tout. Elle restait immobile dans le ciel hivernal, arborant un air innocent.

Un couple emménagea dans la maison d'Okita, mais dès le lendemain matin il la quitta précipitamment. On sut qu'une lanterne s'était brusquement éteinte dans la nuit, que quelque chose ou quelqu'un avait saisi les cheveux de l'épouse et l'avait tirée vigoureusement hors du lit. Pourtant, rien de particulier n'avait disparu. On fouilla la maison en présence du responsable du poste de surveillance, pour voir ce qui aurait bien pu s'y cacher pendant qu'elle était inhabitée, mais en vain, il n'y avait rien ni personne.

Et si c'était une créature surnaturelle finalement ?

Telle était la rumeur qui reprit de l'ampleur. Les gens du quartier se creusèrent la cervelle pour trouver le moyen de se débarrasser de cette énigmatique calamité : être surnaturel ? être humain ? Des mystères ne cessaient de se produire sur la terre ferme, prenant en quelque sorte la relève de la cloche qui, elle, se taisait.

C'est Okura, la femme du garde, qui fut la victime suivante de la « chose ».

— Le garde… Les jeunes ne doivent pas connaître, commença le vieil Hanshichi qui entreprit de m'expliquer. Celui qu'on appelait comme ça, autrefois, eh bien… pour résumer, c'était un homme qui assurait les menues besognes du quartier, son rôle quotidien consistait à marcher en faisant retentir son claquoir en bois pour donner l'heure. Sa maison était en général voisine du poste de surveillance, et dans sa boutique il vendait un peu de tout : sandales en paille, bougies, boulets de charbon de bois, ou encore simples éventails. En somme, une boutique d'articles de base. En outre, il vendait des poissons rouges l'été, des patates douces grillées l'hiver. Ce n'était pas un commerce très brillant, au point que l'on plaisantait en disant que c'était là que se voyait la différence entre Hachiman Tarô[1] et le *bantarô*, nom officiel du garde. Mais à force de proposer un peu de tout à leurs clients, certains finissaient par amasser pas mal d'argent.

A côté de sa boutique, il y avait un petit marchand de pinceaux. Un soir, au crépuscule, à six heures passées, sa femme ressentit soudain les premières douleurs de l'accouchement. Le mari ne faisait que tourner en

---

1. Personnage ayant réellement existé (1041-1155) : Minamoto no Yoshie. Guerrier dont les exploits militaires firent l'objet de nombreuses légendes, mis en scène dans le kabuki.

rond dans leur maison de commerçants ; Okura partit aussitôt appeler la vieille accoucheuse. C'était le côté lucratif de son rôle d'épouse de garde que de recevoir quelques pièces quand on la chargeait de ce genre de message. Okura était une femme courageuse et la surveillance était rigoureuse ces temps-ci dans le quartier ; comme le soleil venait de se coucher, elle enfila prestement ses socques et sortit sans crainte. Le domicile de l'accoucheuse se trouvait à cinq îlots de maisons et Okura avançait d'un bon pas. Ce soir-là, il y avait un ciel voilé par le givre, mais deux rangées de lampes projetaient une faible lumière dans les ruelles étroites. Dès qu'elle vit la vieille accoucheuse, Okura lui demanda de l'accompagner et elles repartirent ensemble.

La vieille femme, âgée de plus de soixante ans, marchait à pas lents. Elle avançait péniblement, le visage couvert d'un capuchon. Okura retenait son inquiétude et s'accordait au rythme de sa voisine, qui se mit à raconter longuement des choses ennuyeuses. Impatiente d'arriver à destination, Okura entraînait sa vieille compagne en lui répondant de temps à autre, l'esprit ailleurs. Devant elle apparurent les lumières de son quartier.

A la « frontière » d'avec celui d'où elle venait, s'élevaient deux entrepôts mitoyens en terre à l'abri du feu et, tout de suite après, le grand chantier du marchand de bois de construction. Aucune lueur n'éclairait cette partie-là de la rue, et l'obscurité s'étalait comme la laque sur un espace de plus de dix *ken* (un peu moins de deux cents mètres). Pour pénétrer dans son quartier, Okura devait absolument traverser cette zone sombre. Tout en songeant que c'était sûrement dans ce secteur que, quelques nuits plus tôt, la fille du marchand de tabac avait subi un malheur, elle pressait la vieille femme d'avancer. Tout à coup, une sorte d'animal sortit de l'ombre des tas de bois en rampant.

— Oh là ! Qu'est-ce que c'est ?

Impossible pour Okura de s'enfuir à toutes jambes car elle tirait la vieille femme qui se traînait, mais, courageuse comme elle l'était, elle essayait de percer l'obscurité pour savoir ce que pouvait bien être cette chose mystérieuse quand celle-ci s'aplatit sur le ventre, puis sauta brusquement aux hanches d'Okura et s'y agrippa.

— Oh, ça va pas, non !

Elle repoussa violemment le premier assaut, mais au second sa ceinture obi fut arrachée, se dénoua et glissa à terre. Perdant un peu de son calme, Okura appela à l'aide. La vieille femme aussi cria, d'une voix éraillée. En entendant les gens accourir, la chose mystérieuse parut également perdre son sang-froid, elle griffa la joue droite d'Okura et s'enfuit. La jeune femme la poursuivit sur une courte distance, mais avec agilité la silhouette avait disparu.

— Ce n'est pas un être surnaturel, j'en suis sûre, c'est un être humain. Je n'ai pas bien vu à cause de l'obscurité, mais c'était un garçon qui avait dans les seize ans, affirma la vaillante Okura.

Sa déposition fit qu'on pencha à nouveau pour un être humain. Qui ? Cela, on ne savait toujours pas.

Mais si tel était le cas, les officiers municipaux réunis au poste de surveillance se disaient qu'ils avaient les moyens de l'appréhender, et ils cherchaient ensemble comment dénicher ce mauvais plaisantin quand leur parvint l'information qu'une nouvelle et étrange affaire avait eu lieu une heure environ après l'énigmatique agression d'Okura. La femme du marchand de sceaux qui s'était fait dérober du linge sur son séchoir entendait sans cesse du bruit au-dessus de la cuisine et, certaine qu'il s'agissait d'un chat ou d'un rat, elle était sortie de la cuisine en braillant : « Allez ouste, va-t'en d'ici ! », mais le bruit sur le toit ne s'était pas arrêté. Elle frissonnait à la pensée de tout ce qui se passait ces derniers temps dans le quartier, mais la curiosité l'emportant sur la peur, elle dénoua doucement la corde qui maintenait la lucarne fermée. Et alors, que vit-elle ? Elle poussa un cri et dégringola se cacher au fond de sa maison.

D'après ce qu'elle raconta, encore tremblante, deux grands yeux brillants étaient apparus par l'ouverture de la lucarne quand elle avait voulu regarder discrètement sur le toit, et tout courage pour en apprendre davantage l'avait abandonné sur-le-champ.

Mis au courant, les gens étaient de nouveau perplexes.

— Ce que dit la femme du garde n'est pas fiable. Rien ne prouve que c'est un être humain, décrétèrent-ils, et les délibérations de ce soir-là concernant la nature véritable de la chose mystérieuse se terminèrent encore dans le flou.

Tandis qu'anxiété et confusion se prolongeaient, Hanshichi termina une de ses enquêtes. Enfin, il allait pouvoir se consacrer à l'affaire de la cloche. Une visite impromptue chez lui à Kanda le retint jusqu'à deux heures de l'après-midi, et quand il pénétra dans le quartier dominé par la cloche maléfique, il le trouva bien sombre.

Ce n'est peut-être qu'une impression, mais c'est vraiment lugubre ici, songea-t-il…

C'était un jour sans vent, il faisait un froid pénétrant. A peine les pâles rayons du soleil filtraient-ils qu'ils disparaissaient aussitôt, comme si on leur soufflait dessus. Même en pleine journée, les corbeaux semblaient eux aussi désorientés par la semi-obscurité et se hâter vers leur nid en croassant. Les mains dans les poches, Hanshichi se tint d'abord devant la maison du forgeron, où il vit les enfants attroupés pour ramasser les mandarines qui jaillissaient une à une de la boutique. C'est vrai, on est le 8 du onzième mois aujourd'hui, c'est la fête du Soufflet[1], se rappela-t-il aussitôt. Derrière le groupe d'enfants, il aperçut le patron qui lançait énergiquement les fruits sur la chaussée. Au fur et à mesure, les apprentis artisans, aidés de Gontarô, s'empressaient d'apporter de nouveaux paniers en bambou pleins de mandarines.

Hanshichi s'approcha du poste de surveillance et, tout en causant de choses et d'autres avec le responsable, attendit la fin des réjouissances. Comme il était convenu que cet homme devait rester sans faute à son poste et assurer la garde en alternance jusqu'à éclaircissement complet de l'affaire, il insistait sur la gêne qu'elle lui occasionnait et son désir de voir une solution apportée au plus vite.

— Ne vous en faites pas. Vous allez voir, ça va se décanter rapidement, le tranquillisa Hanshichi.

— Je vous en prie, faites tout pour réussir. Le temps froid et sec arrive, et avec cette histoire de cloche à Edo où on craint tout de suite un incendie, moi, je suis rongé d'inquiétude, ajouta le responsable, visiblement à bout de forces.

— Je vous comprends, mais… encore un peu de patience. Est-ce que vous pourriez faire venir l'apprenti dès que la fête du Soufflet sera terminée ?

— Ce garçon serait suspect, en fin de compte ?

---

1. Fête célébrée chez les forgerons et les fondeurs entre les artisans qui utilisent cet instrument essentiel de la manipulation du feu. A cette occasion, on offre au Soufflet toutes sortes de choses, en particulier des mandarines que l'on répand ensuite devant les enfants.

— Oh, je n'ai pas dit ça, mais j'aurais quelques questions à lui poser, aussi, je vous demande de l'amener ici discrètement sans l'affoler.

Les enfants ramassèrent les dernières mandarines devant la boutique du forgeron, puis se dispersèrent, et le préposé à la surveillance du quartier alla chercher Gontarô. Hanshichi observait la rue en fumant, tandis que le ciel couleur muraille s'épaississait graduellement de nuages noirs démoniaques. Un vendeur d'holothuries vantait sa marchandise d'une voix éraillée par le froid.

— Voici l'enquêteur Hanshichi de Kanda. Salue-le poliment, ordonna le responsable à Gontarô qu'il était allé chercher, avant de le faire asseoir.

En raison sans doute de la fête du Soufflet, l'apprenti avait échangé son habituelle tenue de travail toute noire pour un kimono à rayures à fils doubles, et aujourd'hui il n'avait pas le visage barbouillé de charbon.

— Tu vas bien, Gontarô ? Que fait ton patron ? demanda Hanshichi.

— Il a commencé à boire le saké de la fête.

— Dans ce cas, tu n'as rien à faire pour le moment. Tu as eu des mandarines, toi aussi ?

— Oui, une dizaine, répondit Gontarô en agitant sa manche alourdie.

— Oh, je vois. Bon, de toute façon, on ne peut pas parler ici. Viens avec moi jusqu'au terrain vague derrière.

Quand ils sortirent dans la rue, quelques grêlons se mirent à tomber.

— Ah, zut ! s'exclama Hanshichi en levant les yeux vers le ciel noir. Bah, ce n'est pas très grave. Allez, on y va tout de suite.

Gontarô suivit docilement Hanshichi dans un passage jusqu'au terrain vague devant le temple d'Inari.

— Alors, Gonta. Tu ne l'as vraiment jamais fait sonner, cette cloche ?

— Je sais rien, moi, répondit Gontarô d'un ton paisible.

— Tu ne te souviens pas non plus d'avoir fait une blague avec le kimono qui séchait chez le marchand de sceaux ?

Gontarô secoua la tête pareillement.

— Et tu n'as jamais fait peur à la concubine, dans la petite maison de derrière ?

Gontarô répondit encore qu'il ne savait rien.

— Tu as des frères et sœurs, des amis proches ?

— J'ai pas des amis proches, comme vous dites, mais j'ai mon frère aîné.

— Quel âge a-t-il ? Où est-il ?

Hanshichi ne pouvait plus rester là, car la chute de grêle s'était intensifiée. Il entraîna Gontarô sous l'auvent de la maison vide, l'habitation d'Okita avant son agression. Comme le loquet n'était pas baissé, la porte donnant sur l'extérieur coulissa sans efforts. L'enquêteur entra là où l'on se déchausse, et s'assit aussitôt sur la marche d'entrée – une latte de plancher démontable – qu'il essuya avec sa serviette.

— Pose-toi à côté de moi. Alors, ton frère est à la maison ?

— Il a dix-sept ans, il travaille chez un marchand de socques.

Gontarô expliqua que ce marchand se trouvait à cinq ou six *chô* de là (dans les cinq cents mètres). En racontant que, peu après la mort de leur père, sa mère était partie, les laissant seuls comme des orphelins, lui et son frère, l'apprenti avait un accent mélancolique dans la voix. Hanshichi se sentit gagné par la compassion.

— Dans ce cas, vous êtes seuls au monde tous les deux ? Ton frère aîné est gentil avec toi ?

— Oh ouais. Quand on a congé, on va toujours ensemble fêter Enma[1], et il m'offre à manger plein de choses, dit Gontarô avec fierté.

— C'est un bon frère, dis donc, t'en as de la chance ! l'interrompit Hanshichi avant de changer subitement de ton. Il fixa des yeux menaçants sur Gontarô : Qu'est-ce que tu dirais, si moi, maintenant, je l'arrêtais ?

Gontarô se mit à pleurer.

— De grâce, mon bon monsieur…

— C'est normal d'être arrêté quand on fait quelque chose de mal.

— On m'a arrêté, moi, et j'avais rien fait de mal. Ça m'a fichu en rage !

— Et qu'est-ce que tu as fait à cause de cette rage, hein ? Avoue ! Raconte-moi tout franchement. J'ai une arme de service dans ma poche ! Tu étais tellement énervé que tu as demandé quelque chose à ton frère. Allez, parle !

— J'ai rien demandé, mais lui, il était furieux… Il a dit que c'était pas juste de me punir pour des choses où j'étais pour rien.

— C'est parce que tu es tout le temps en train de faire des bêtises. Tu as bien essayé de voler des kakis, non ? cria Hanshichi.

— Ça, quand on est enfant, c'est pas grave comme faute. Une bonne engueulade et c'est terminé. Je

---

1. Fête se déroulant le jour de l'an et le 16 du septième mois lunaire, lors du *Bon*, la fête des Morts. Les employés, qui avaient congé précisément à ces deux dates, allaient prier, s'amuser, regarder la fête dans un temple qui célébrait Enma, le dieu des Enfers, en divers endroits.

comprends même que le patron me frappe, mais les vieux du poste de surveillance, ils m'ont attaché les mains derrière le dos et donné de grands coups de bâton. C'est grave de ligoter quelqu'un, mon frère a dit qu'on ne pouvait pas faire ça à la légère, fit Gontarô avec des sanglots dans la voix... Au point où j'en suis, poursuivit-il, je vais tout dire : mon frère était tellement en colère qu'il a voulu me venger pour me soutenir. Celle qui m'a dénoncé en racontant que j'étais passé par-dessus la haie, c'est la gamine bavarde du marchand de tabac. Celui qui m'a cassé la figure et ligoté, c'est le vieux gâteux du poste. Mon frère a dit qu'il leur en ferait voir de toutes les couleurs, et il les prenait tout le temps pour cibles.

— Alors, celui qui a fait les farces à ces trois-là, la fille du marchand de tabac, Sahei du poste de sur-veillance et la bonne femme du garde, c'est ton frère...

— De grâce, mon bon monsieur ! cria Gontarô en se remettant à pleurer. C'est pas de sa faute. C'était pour me venger. Il s'est toujours occupé de moi. Si vous avez l'intention de l'arrêter, arrêtez-moi à sa place, ça m'est égal. Vous voulez bien, monsieur ? Pardonnez à mon frère et arrêtez-moi, hein ?

L'apprenti pleurait en se cramponnant à Hanshichi.

Lequel était ému. Ce jeune plaisantin notoire dans le quartier cachait ainsi au fond de son petit cœur une belle et touchante humanité.

— Bon, bon, si c'est comme ça, je pardonne à ton frère, fit gentiment Hanshichi. Ton histoire, je serai le seul à l'avoir entendue, je ne la raconterai à personne, je te le promets. En échange, tu vas faire tout ce que je te dis.

Gontarô répondit évidemment qu'il jurait de tout accepter. L'enquêteur approcha la bouche de son oreille pour lui murmurer quelque chose. Le jeune apprenti hocha la tête en signe d'acquiescement et sortit aussitôt.

Après une longue averse, la grêle s'était enfin arrêtée de tomber, mais le ciel semblait de plus en plus bas, et une ombre froide s'étendit sur la surface de la terre. Il régnait un profond silence dans toutes les maisons, même en plein jour. Les chiens qui cherchaient d'habitude à manger dans les ordures ne se montraient pas. Après avoir quitté furtivement la maison vide, Gontarô marcha sans bruit jusqu'au temple d'Inari, prit dans sa manche plusieurs mandarines de la fête du Soufflet, qu'il fit rouler doucement à l'intérieur du bâtiment par les interstices du fin treillis en bois. Puis il s'allongea à plat ventre par terre, comme l'une de ces araignées toutes plates qui tissent leurs toiles dans les maisons, et respira le plus discrètement possible.

Hanshichi attendit un bon moment, assis dans la maison inhabitée, mais, sans nouvelles de Gontarô, il en eut assez d'attendre et sortit un peu la tête.

— Hé, Gonta, ça ne donne rien ? chuchota-t-il de loin.

A sa déception, le garçon, toujours à plat ventre, releva à peine la tête pour lui faire signe que non.

Lorsque la grêle se remit à tomber avec force, Hanshichi se protégea en hâte de sa serviette, et le spectacle de Gontarô qui restait imperturbable, allongé sous les grêlons, lui fit peine à voir. Quand il l'invita du menton à venir, le jeune garçon se releva doucement et alla jusqu'à lui.

— Tu n'as rien entendu dans le temple d'Inari ? Même pas un petit bruit de chute ? demanda Hanshichi.

— Non, non, aucun bruit. Je crois bien qu'il n'y a rien, murmura Gontarô d'une voix déçue.

Ils retournèrent dans la maison inhabitée.

— Tu as encore des mandarines ?

Gontarô prit dans sa manche ses trois derniers fruits qu'il lui donna. Puis Hanshichi se retourna et ouvrit doucement la porte. L'entrée était un minuscule espace surélevé, à côté duquel se trouvait une toute petite chambre, celle d'une servante sans doute. Hanshichi monta à quatre pattes sur cet espace et fit coulisser la seule porte face à lui : derrière, il y avait une pièce de six tatamis aux finitions soignées et, malgré l'obscurité, il discerna la fenêtre coulissante qui ouvrait sur la véranda. L'ossature était cassée par endroits et le papier translucide déchiré, comme si on l'avait décollé. Hanshichi fit rouler deux mandarines au beau milieu de la pièce. Puis il ouvrit la cloison de la chambre de la servante pour en jeter une à l'intérieur. Il referma hermétiquement la porte de l'entrée et redescendit là où il s'était déchaussé à l'arrivée.

— Ne parle pas ! ordonna-t-il à Gontarô.

Les deux hommes retenaient leur souffle ; à l'extérieur, le bruit de la grêle cessa de nouveau. Comme on n'entendait aucun bruit dans la maison non plus, Gontarô commença à se lasser d'attendre.

— Il n'est pas là non plus, on dirait.

— Tais-toi donc !

Soudain ils se regardèrent : ils venaient d'entendre un faible frottement du côté de la véranda, comme si quelque chose se glissait par la fenêtre déchirée dans la pièce de six tatamis. Cela ressemblait à un chat se déplaçant, un frottement de griffes sur les nattes de paille se rapprochait peu à peu. En dressant l'oreille, ils crurent entendre une bête dévorer la mandarine lancée par Hanshichi.

— Nom d'un chien !

Hanshichi fit un clin d'œil à Gontarô d'un air entendu. D'un seul geste, les deux hommes ouvrirent la porte de l'entrée, leurs sandales à la main. D'un coup de pied, ils ouvrirent la porte suivante et bondirent dans la pièce de six tatamis : une bête se dissimulait dans la pénombre. Hanshichi lui courut après au moment où elle bondissait dans la véranda après avoir cassé la fenêtre en poussant des cris étranges, et lui frappa la tête avec sa sandale, imité par Gontarô. Affolée, la bête sauta sur le jeune garçon, babines retroussées. Dans ce genre de situation, ses habitudes de gamin déluré lui rendaient grand service, et, au mépris du danger, il se jeta dans un corps à corps avec le monstre qui poussait des cris effrayants.

— Tiens bon, Gonta ! l'exhorta Hanshichi derrière lui. Il saisit sa serviette et l'enroula autour de la gorge de l'ennemi. Serré de la sorte, le monstre allait forcément suffoquer. Il se débattit des pieds et des mains, en pure perte ; Gontarô réussit à le maîtriser et à le mettre à terre. Il eut le réflexe de dénouer sa ceinture pour ligoter la bête. Pendant ce temps, Hanshichi forçait le volet à pluie de la véranda et les faibles rayons du soleil voilé pénétrèrent dans la maison vide.

— Nom de nom, je m'en doutais !

Le monstre capturé par Gontarô était un grand singe. Sur les joues, les bras et les jambes du garçon, des marques de griffes témoignaient de sa lutte.

— Oh, ça ne fait pas mal ! dit le jeune apprenti, visiblement fier de lui en contemplant sa proie.

Le singe n'était pas mort, et ses yeux lançaient des éclairs menaçants.

— S'il avait été maître d'armes comme Miyamoto Musashi[1], peut-être aurait-on parlé de l'extermination du babouin et serait-il devenu célèbre au théâtre ou chez les conteurs, dit en riant le vieil Hanshichi. Quand on l'a traîné jusqu'au poste de surveillance, les gens n'en revenaient pas, tout le quartier est venu voir le spectacle. Par quel hasard ai-je deviné qu'il s'agissait d'un singe ? Tout simplement parce que j'avais vu des traces de griffes sur l'échelle de la guérite, quand j'étais remonté examiner la cloche. Ce n'était visiblement pas un chat. Soudain l'idée m'était venue que cette bête pouvait être un singe facétieux. Ce genre d'animal me semblait tout à fait capable de sauter sur le parapluie d'une concubine ou de s'emparer d'un kimono rouge sur son séchoir. Mais où se cachait-il ? Je subodorais plus ou moins que c'était dans le temple d'Inari, mais là, je me suis un tout petit peu trompé. Peut-être qu'au début, il se dissimulait effectivement dans le bâtiment, se nourrissant des offrandes faites aux morts, et puis, peu à peu, prenant de l'assurance, il s'est lancé dans toutes sortes de blagues. Comme la maison de la femme entretenue s'est bientôt retrouvée inhabitée, il a changé de tanière et recommencé ses méfaits. C'est Gontarô qui était à plaindre, car sa réputation de farceur lui a porté préjudice. Mais à part moi, personne n'était au courant de la réaction de son frère aîné. Il a été décidé que ces mauvais tours étaient tous le fait du singe. Après avoir vaincu le « monstre », Gontarô a gagné l'estime de tous les voisins. Et finalement, il est devenu un artisan accompli.

— Mais d'où venait ce singe ? demandai-je.

---

1. Personnage du XVIIᵉ siècle qui se disait vainqueur dans soixante combats. Ses exploits furent portés sur la scène de kabuki et devinrent le sujet d'un roman célèbre de Yoshikawa Eiji.

— Ça, c'est le plus drôle. L'animal faisait partie d'une troupe de singes savants à Ryôgoku. Comment avait-il fait pour s'enfuir, par quels toits, sous quelles vérandas était-il passé ? On n'en sait rien. Toujours est-il qu'il avait débarqué dans ce quartier et provoqué une belle agitation. Au fil de l'enquête, on a découvert qu'il était dressé pour jouer le rôle de Yaoya Oshichi, une jeune marchande de légumes amoureuse qui sonne la cloche d'incendie de son quartier pour pouvoir rejoindre tranquillement son amant à la faveur de la nuit et de la confusion. Si ce n'est pas amusant, ça ? Pour le spectacle, on lui avait appris à grimper à une tourelle pour y frapper un tambour dont le son se répercutait alentour. Il semble que cette scène était sa préférée et que, pour cette raison, il se régalait d'escalader l'échelle de guet et d'y faire sonner la cloche à toute volée. C'est incroyable qu'un singe ait été à l'origine de toutes ces farces. Hahahaha ! Quant à moi, j'en ai mené à bien des enquêtes, au cours de longues années, mais en arrêtant un singe j'ai été la risée de tous !

— Que lui est-il arrivé ? demandai-je de nouveau, piqué par la curiosité.

— Son maître s'est vu infliger une amende d'un kan-mon[1] et l'animal a été condamné à l'exil pour trouble de l'ordre public, relégué dans une île avec les criminels. On l'a embarqué sur un bateau au pont Eitai[2] et envoyé à Hachijô-jima. Il était sûrement plus heureux là-bas, où il jouissait de toute sa liberté, qu'à l'étroit dans une

----

1. Equivaut à mille mons, et quatre kanmons à un ryô d'or. Le mon était une pièce en cuivre.

2. Point de départ (en aval de la Sumida) du bateau qui emmenait deux fois par an, au printemps et en automne, les prisonniers condamnés à perpétuité sur l'île de Hachijô-jima, au large de la presqu'île d'Izu, lieu de relégation des criminels à l'époque Edo.

baraque foraine ! Ce n'était qu'un animal, les fonctionnaires de l'île n'allaient pas le laisser croupir en prison.

Un singe exilé sur une île lointaine ! Après avoir
écouté cet extraordinaire récit, je me suis félicité d'avoir,
cette fois encore, rendu visite à ce bon vieil Hanshichi.

LA DAME DE COMPAGNIE

La canicule d'août régnait encore quand je rentrai à Tôkyô, après un voyage d'une quinzaine de jours pour fuir les grandes chaleurs. Je me rendis chez le vieil Hanshichi lui porter un petit souvenir, et le trouvai alors qu'il revenait tout juste des bains publics. Assis confortablement en tailleur sur une natte en jonc, il agitait son éventail qui bruissait dans la véranda donnant sur le petit jardin. Le vent du soir apportait un peu de fraîcheur, et l'on entendait les *kirigirisu*, sorte de sauterelles chanteuses, crisser sur le bord d'une fenêtre de la maison voisine.

— Parmi tous les insectes, les *kirigirisu* sont les plus représentatifs d'Edo, dit le vieil homme. Ils ne valent pas cher, et ce sont sûrement les plus communs des insectes, mais je ne sais pas pourquoi ces bestioles me donnent l'impression d'être beaucoup plus liées à Edo que les *matsumushi* ou les *suzumushi*. Quand je marche dans la rue et que j'entends ces sauterelles partout sur les fenêtres et les avant-toits, ça me rappelle l'été dans la grande cité du shôgunat. Peut-être que le marchand d'insectes me détesterait s'il m'entendait affirmer que des grillons comme les *matsumushi* et les *kusahibari* sont non seulement hors de prix, mais qu'en plus ils ne sont pas du tout typiques de cette ville. Pour parler le langage actuel, la sauterelle est très simple, comme le peuple d'Edo autrefois.

La *kirigirisu* à trois sens que glorifiait Hanshichi n'était plus de nos jours qu'un jouet pour les enfants. Dans le cas où, moi aussi, je souhaiterais m'offrir un insecte à la maison, il me pria d'arrêter mon choix sur la sauterelle. La conversation porta ensuite sur les clochettes suspendues sous l'auvent, qui tintaient à chaque souffle de vent. Puis il fut question de la soirée du 15 août, selon le nouveau calendrier solaire.

— Maintenant que nous avons changé de calendrier, le mois d'août est extrêmement chaud, comme tu le vois. Du temps de l'ancien, la température était très basse le matin et le soir.

Le vieil homme commença à me parler des soirées où l'on admirait le clair de lune. Puis il se mit à me raconter l'histoire suivante, et moi, j'ajoutai un chapitre dans mon carnet.

C'était le soir du 14 août de l'an 2 de Bunkyu (1863). Hanshichi était rentré chez lui plus tôt que d'habitude et, son dîner terminé, il eut envie de faire une apparition chez le *mujin*[1], quand se présenta une femme d'une quarantaine d'années, à l'air soucieux, coiffée du chignon unique et rond des femmes mariées.

— Excusez-moi, enquêteur, de ne pas vous avoir donné de nouvelles depuis si longtemps. Vous êtes toujours en bonne forme à ce que je vois, mes félicitations.

— Okame-san ! Voilà un bail que je ne t'avais pas vue. La petite Ochô doit être une jeune fille maintenant. Elle gagne sa vie sagement, je crois, ça doit te rassurer, toi qui es sa mère.

---

1. « Inépuisable », système financier des classes populaires, sorte de petite caisse utilisée pour des prêts d'entraide, pour financer les réparations des bâtiments religieux, fournir des capitaux aux entrepreneurs, etc.

— Non, à dire vrai, si je me permets de venir vous déranger ce soir, c'est à propos de ma fille, je suis complètement désemparée.

Le front ridé de cette femme de quarante ans suffit à Hanshichi pour se faire une idée de ses soucis. Avec Ochô qui venait d'avoir dix-sept ans, Okame avait ouvert une petite boutique de thé près du pont Eitai, où l'on offrait thé et gâteaux aux gens qui venaient s'y reposer. Ochô était une jolie fille distinguée, et mis à part son côté taciturne et trop calme, elle avait suffisamment d'attraits pour retenir les jeunes clients. Okame s'enorgueillissait d'avoir donné naissance à cette beauté. Même sans posséder les talents de Hanshichi, on pouvait deviner ce qui tracassait Okame. Si dévouée fût-elle à sa mère, Ochô devait avoir dans la vie quelqu'un de plus important encore. Ce métier étant ce qu'il était, Hanshichi pensa qu'il manquerait de délicatesse s'il s'en mêlait.

— Alors, qu'y a-t-il ? La jeune Ochô s'est trouvé un petit ami, et ça inquiète sa mère ? Allons, mieux vaut fermer les yeux sur les petites choses de ce genre. Il faut bien que les jeunes s'amusent, sinon quel intérêt auraient-ils à travailler ? Toi, la mère, tu dois bien t'en souvenir ! Ne sois pas trop sévère avec elle, dit Hanshichi en riant.

Okame dévisagea son interlocuteur sans esquisser le plus petit sourire.

— Non, voyez-vous, ce n'est pas du tout ça… Si elle avait une aventure sentimentale avec un amoureux, comme vous dites, je saurais fermer les yeux, mais dans cette affaire ce qui me tracasse vraiment, vous voyez… c'est quand Ochô se met à trembler, en pleurs…

— C'est bizarre, en effet. Que se passe-t-il donc ?

— Ma fille disparaît parfois…

Hanshichi écouta, un sourire aux lèvres. La jeune fille d'une boutique de thé qui se cache de temps à autre... voilà qui n'avait rien de bien inquiétant à ses yeux, mais devant sa réaction, Okame s'énerva quelque peu :

— Je vous assure que ce n'est pas une simple histoire d'amoureux ! Faites-moi la faveur de m'écouter. C'était juste avant la fête du Fleuve [1] en mai de cette année. Un élégant guerrier est passé devant ma maison et, soudain, quand il a vu ma fille à l'intérieur, il est entré tout flageolant. Il s'est reposé pendant un moment et a bu du thé, et en partant il a laissé un shu d'argent pour régler les consommations. C'était vraiment un bon client. Trois jours plus tard, l'homme est revenu, mais cette fois il était accompagné d'une femme à l'allure raffinée d'une dame d'honneur, de trente-cinq ans environ. Je n'ai pas l'impression qu'il s'agissait de son épouse. Cette dame a demandé son nom à Ochô, puis son âge, et finalement ils sont partis en laissant encore un shu d'argent. Trois jours plus tard, Ochô a disparu.

— Allons bon...

Hanshichi jugea en expert qu'on devait avoir affaire à un enlèvement. L'homme s'était déguisé en samouraï et la femme en dame de haute condition pour kidnapper la jeune fille aux beaux traits fins.

— Ta fille n'est pas revenue ?

— Si, au bout d'une dizaine de jours, le visage tout pâle, à la nuit tombée. J'ai poussé un soupir de soulagement, je peux vous l'assurer, et je lui ai demandé de me raconter en détail ce qui lui était arrivé. Voilà ce qu'elle m'a expliqué :

---

1. Fête du dieu de l'Eau. Sous le pont Ryôgoku de la Sumida, on faisait un grand feu d'artifice visible de toute la ville.

La première fois qu'elle a disparu, c'était au crépuscule. Moi, j'étais restée dans la boutique pour ranger et elle rentrait avant moi à la maison, quand trois hommes sont sortis de l'ombre du chantier de pierres du quai à Hama-chô, sur la rive droite de la Sumida où se trouvent les entrepôts du shôgunat et des seigneurs. Ils se sont emparés d'Ochô, l'ont bâillonnée, lui ont attaché les mains, mis un bandeau sur les yeux, puis ils l'ont poussée dans un palanquin de haut rang avant de l'emmener. Ballottée et à moitié consciente, ma fille ne sait absolument pas où ni comment on l'a conduite jusqu'à ce qui lui a semblé une grande et riche demeure... Elle est tout aussi incapable de dire si c'était loin ou près.

Ochô avait ensuite été introduite dans une pièce au fond de la maison, la partie réservée aux femmes. Elles étaient venues à plusieurs lui ôter son bandeau, son bâillon et dénouer la corde qui lui liait les mains. Peu après était arrivée la dame de l'autre jour, qui l'avait traitée avec gentillesse. « J'imagine que vous devez être surprise, lui avait-elle dit, mais ne vous inquiétez pas, n'ayez pas peur, restez calme, contentez-vous de faire ce qu'on vous demande. » Cette femme consola avec des mots aimables la jeune Ochô épouvantée qui ne pouvait pratiquement pas répondre. Elle lui recommanda de se reposer un moment, lui fit apporter du thé et des gâteaux. Puis elle lui dit d'aller se laver, et on la guida vers le bain, toujours à moitié consciente.

Quand elle eut fini de se laver, on la conduisit vers une autre vaste pièce. Là, était posé un beau et épais coussin de forme carrée. Dans le vase de l'alcôve destinée à recevoir des objets décoratifs, se trouvaient de discrets œillets de Chine et, rangé le long d'un mur, il y avait un *koto*, une cithare à treize cordes. Prise de vertige, Ochô ne comprenait plus ce qu'elle avait autour d'elle, ni ce qui se passait.

La dame de l'autre jour revint et demanda à Ochô de relever ses cheveux. D'autres femmes s'approchèrent pour lui faire une nouvelle coiffure puis, décrochant d'un portant un kimono à longues manches de jeune fille, élégamment décoré, elles le mirent sur les épaules d'Ochô pétrifiée de peur. Elles lui nouèrent une ceinture obi épaisse comme du brocart. Devenue une tout autre personne, Ochô ne savait trop que faire de son corps, et comme elle restait plantée là, en extase, les femmes la prirent par la main pour la faire asseoir sur le coussin. Elles installèrent devant elle une petite table pliante sur laquelle étaient posés plusieurs beaux livres. Elles apportèrent encore un brûle-parfum qu'elles placèrent à côté de la table. Une légère fumée mauve s'en échappa, tremblotante, et Ochô fut peu à peu grisée par l'odeur agréable qui imprégnait son corps. La lampe à huile de la lanterne en soie décorée de fleurs automnales répandait une douce lumière sur la jeune fille, assise dans une attitude déférente ; elle avait la sensation d'être projetée dans un rêve.

Les femmes ouvrirent l'un des livres et lui dirent de le lire, la tête un peu inclinée. Elle qui ne disposait déjà plus de tous ses esprits n'eut pas la force de résister. Telle une marionnette de théâtre, elle ne pouvait plus qu'obéir. Tandis qu'elle restait penchée sagement sur l'ouvrage, on lui fit remarquer qu'elle devait avoir chaud, et une femme vint à ses côtés agiter faiblement un éventail en soie.

— Ne prononcez pas un mot ! lui intima la dame de l'autre jour à voix basse.

Plutôt mal à l'aise, Ochô perçut de légers bruits de pas le long de la véranda. Trois, peut-être quatre personnes semblaient s'approcher discrètement. La jeune fille reçut de nouveau l'ordre de ne surtout pas relever la tête. Peu après, elle crut entendre la cloison de la véranda s'entrebâiller doucement.

— Ne regardez pas ! murmura la femme d'un ton menaçant.

Ochô rentra la tête dans les épaules en se demandant quelle était la chose effrayante en train de l'épier, et elle gardait les yeux rivés à la table quand la cloison se referma dans un souffle, et les bruits de pas sur la véranda s'éloignèrent progressivement. Ochô respira de soulagement et sentit une sueur froide couler sur ses aisselles.

— Merci de m'avoir écoutée, dit la dame avec ménagement. A présent, vous pouvez vous détendre pendant quelque temps.

On raviva la lumière de la lanterne restée faible jusqu'à maintenant, et la pièce s'éclaircit subitement. Les femmes apportèrent une petite table individuelle avec le dîner. « Il est tard, vous devez avoir faim », lui dirent-elles poliment en l'invitant à s'asseoir devant cette jolie table basse laquée, peinte d'or et d'argent. Mais Ochô avait la poitrine oppressée, la gorge serrée. Elle eut du mal à manger normalement les plats magnifiques et variés alignés devant elle. Quand elle reposa ses baguettes après avoir enfin terminé son repas, la dame lui conseilla de se reposer encore un peu, puis se leva tranquillement. Les autres femmes retirèrent la petite table et disparurent à leur tour.

Laissée seule, Ochô, qui se sentait un peu mieux pour la première fois depuis son arrivée, avait l'impression de vivre dans un rêve, sans la moindre idée de ce qui lui arrivait. Serait-ce par hasard un esprit-renard[1]

---

1. Animal mythique dans les légendes populaires, on lui attribue le pouvoir de se transformer en femme ou en religieux pour nuire aux humains.

qui lui jouait un tour ? Quelles pouvaient bien être les intentions de ces gens qui l'avaient amenée ici, vêtue d'un somptueux kimono, nourrie de mets délicats, installée dans une pièce superbe ? Et pourquoi tous ces domestiques l'entouraient-ils d'attentions et la servaient-ils comme quelqu'un d'important ? Ochô en vint même à se demander si on n'allait pas la décapiter par erreur à la place de quelqu'un d'autre, comme cela se passe dans les pièces de kabuki et les *jôruri*.

Elle n'avait qu'une envie : s'échapper au plus vite de cet endroit lourd de menaces. Mais quelle direction prendre, et comment faire ?

A l'idée que si elle sortait dans le jardin, elle trouverait peut-être un chemin pour s'enfuir, Ochô rassembla tout le courage nécessaire à sa survie et, évitant de respirer, traversa la pièce à petits pas glissants sur les tatamis. Mais au moment où elle posait le bout de ses doigts tremblants sur le papier de la cloison, elle se figea : une femme venait d'arriver sans bruit. « Si vous voulez aller aux cabinets d'aisance, je me permettrai de vous y conduire », dit la domestique en se plaçant devant elle. La véranda ouvrait sur un vaste jardin. Par cette nuit sans lune, quelques lucioles voletaient entre les bouquets d'arbres sombres. Au loin, se faisait entendre le hululement triste d'une chouette.

De retour dans la belle pièce où elle se trouvait avant, elle découvrit qu'en son absence on avait préparé un lit et installé une moustiquaire blanche et fraîche sur laquelle étaient cousues des oies sauvages. La dame réapparut.

— Maintenant, vous devez vous coucher. Je vous préviens, quoi qu'il arrive dans la nuit, ne relevez surtout pas la tête.

On prit Ochô par la main et on l'allongea sous la moustiquaire, enveloppée dans un kimono de nuit blanc comme neige. La cloche de dix heures du soir sonna quelque part. Et les femmes fantomatiques s'esquivèrent à nouveau furtivement et disparurent en silence.

Cette nuit-là fut effrayante.

Les nerfs à fleur de peau, Ochô ne put absolument pas dormir paisiblement. La douceur du kimono molletonné et le moelleux du matelas de coton, confort qu'elle n'avait jamais connu ne fût-ce qu'une fois depuis sa naissance, lui procuraient une sensation paradoxale, une sorte d'angoisse comme si elle flottait dans l'air. De surcroît, la nuit était étouffante, des gouttes de sueur moite coulaient de son front et sur sa nuque. Ochô tournait et retournait sa tête lourde sur l'oreiller orné d'un long cordon rouge décoratif.

Combien d'heures s'écoulèrent ainsi ? Ochô ne s'en souvenait pas, bien sûr. Mais dans la maison où régnait un silence de mort, à une heure tardive, lui sembla-t-il, soudain son sang se figea : de faibles bruits de pas effleurant les tatamis de l'antichambre s'étaient fait entendre. Elle se détourna aussitôt, le front sur l'oreiller, recouverte de son vêtement de nuit. Il lui sembla que la grande porte bordée de noir coulissait sans efforts et un bruit léger, rappelant le frottement d'un bas de kimono, parvint jusqu'à ses oreilles. Ochô retint sa respiration.

La présence restait là, près de la faible lueur de la lanterne, comme si elle guettait le visage endormi de la jeune fille à travers la moustiquaire blanche. Morte de peur, Ochô se demanda si on était venu boire son sang ou lui sucer les os. Elle serra l'étoffe de son kimono avec désespoir, mais bientôt le bruissement lui sembla s'éloigner vers la pièce suivante. Comme si elle se réveillait d'un cauchemar, Ochô ouvrit un œil et, tout en épongeant la sueur de son front avec la manche pendante de son vêtement de nuit, regarda la grande porte coulissante : elle était fermée ; on n'entendait même pas les moustiques voler à l'extérieur de la moustiquaire.

Un peu de fraîcheur vint avec l'aube. Ochô finit par s'assoupir, épuisée par tant d'heures de veille. Quand elle rouvrit les yeux, les femmes de la veille se tenaient à son chevet très respectueusement ; elles l'aidèrent de nouveau à changer de kimono. Elles avaient apporté une cuvette laquée aux motifs d'or et d'argent pour lui permettre de se laver le visage. Une fois terminé son repas du matin, la jeune fille vit réapparaître la dame.

— Cette situation t'est sûrement désagréable, mais je te demande encore un peu de patience. Tu dois t'ennuyer, viens donc faire quelques pas dans le jardin. Nous allons t'y conduire.

Entourée par les femmes, Ochô descendit dans le vaste jardin, chaussée de socques. Derrière des massifs, on lui montra un étang impressionnant encombré de plantes aquatiques et bordé d'herbes *susuki* et de roseaux. C'est là que résidait le « maître des lieux », un énorme poisson-chat, lui expliqua-t-on. Ochô en eut la chair de poule.

— Attention ! la mit soudain en garde l'une des femmes, ne quittez pas des yeux l'étang. Ne tournez surtout pas la tête.

Sentant quelqu'un l'épier, la jeune fille se raidit. Les yeux fixés sur l'inquiétant miroir d'eau, elle resta un moment immobile, puis la vigilance des femmes se relâcha et elles reprirent leur marche, détendues.

De retour dans la magnifique pièce, Ochô se vit octroyer quelques instants de repos. Les femmes lui prêtèrent un livre d'images qu'elles avaient apporté. Après son repas de midi, l'une d'elles vint lui jouer du *koto*. Par une journée aussi chaude, il fallait impérativement laisser les fenêtres de la véranda bien fermées, ainsi que la porte coulissante. Ochô passa cette longue journée en recluse. Le soir venu, comme la veille, on la conduisit dans le bain et, à son retour, elle dut enfiler un autre kimono. On éclaira faiblement la pièce, on la fit de nouveau asseoir devant la table, la tête penchée sur un ouvrage. Au cours de la soirée, Ochô ne sentit pas quelqu'un l'épier en cachette, malgré tout elle resta sur le qui-vive.

Est-ce que quelqu'un allait encore venir cette nuit ? se demandait-elle.

Les sens toujours en alerte, elle se glissa sous la moustiquaire vers dix heures du soir. Une pluie fine se mit à tomber doucement dans la nuit, les grenouilles de l'étang coassaient avec vigueur. Ochô ne s'endormit pas plus facilement que la veille. Et vers ce qui lui sembla le milieu de la nuit, naturellement ou par artifice, voilà que sa lampe de chevet faiblit peu à peu. La jeune fille entrouvrit un œil : une silhouette toute blanche, comme si elle s'était glissée à travers la porte, se profilait, telle une apparition, derrière la moustiquaire.

Un fantôme !

En hâte, Ochô s'enveloppa dans son kimono. A voix feutrée, elle adressa une ardente prière à Kannon, dont elle était une fidèle croyante, et à Suitengû [1]. Moins d'une heure plus tard, elle jeta un œil furtif : la forme blanche avait disparu ! Quelque part se fit entendre le chant d'un coq.

---

1. Considéré comme la divinité de l'eau, dont le temple est situé dans un quartier proche, l'actuel Chuô-ku.

La journée suivante se déroula de la même manière : elle se lava le visage, releva ses cheveux, se maquilla, et après le repas du matin on l'emmena dans le jardin. A la nuit, on la fit asseoir devant la table laquée, puis elle entra sous la moustiquaire, et cette fois-là encore la chose fantomatique vint errer à son chevet. Nuit et jour, elle était ainsi harcelée par l'ennui et la frayeur, et au cours des sept ou huit jours qui suivirent, la jeune fille maigrit au point de ne plus être que l'ombre d'elle-même.

Je préfère mourir que de souffrir comme ça, se dit Ochô, résolue à en finir si cette situation perdurait, et à la dame elle demanda en pleurant de la ramener à tout prix dans sa maison, même brièvement. La femme prit un air soucieux, et le dixième soir, visiblement ébranlée par la détermination d'Ochô qui menaçait de se jeter dans le vieil étang, elle l'autorisa enfin à rentrer chez elle.

— Mais ne révélez à personne ce qui vous est arrivé. Il se peut que nous revenions bientôt vous chercher et, à ce moment-là, je vous prierai de bien vouloir me suivre… Je vous le demande instamment dès maintenant.

Ainsi prévenue que c'était là l'impérative condition pour s'en aller, Ochô accepta à contrecœur et jura qu'elle reviendrait. Ajoutant qu'elle était désolée de lui procurer tant d'inquiétude, la femme lui donna de l'argent enveloppé dans une feuille de papier de très belle qualité. Les yeux bandés et la bouche bâillonnée, Ochô fut installée dans un palanquin semblable à celui du soir de son arrivée. Ainsi ballottée, on la conduisit jusqu'au quai de Hama-chô en choisissant un chemin peu fréquenté, puis on la fit descendre devant le chantier de pierres, et les porteurs repartirent à vide en filant comme des fuyards.

Ochô restait sans bouger, n'y comprenant plus rien, comme prisonnière d'un méchant renard, puis soudain libérée mais saisie par la peur, elle s'élança à toutes jambes. Et jusqu'à ce qu'elle pénètre dans la maison et voie le visage de sa mère, ce sentiment de rêve ne la quitta pas. Okame pensait qu'un renard avait joué un mauvais tour à sa fille, mais ce n'était pas une feuille d'arbre[1] qui était glissée dans le col de son kimono, c'était une feuille de papier contenant dix pièces d'or neuves d'une valeur d'un ryô chacune. De forme ovale, plutôt longue et mince, elle ressemblait à cette petite plaque en cuivre attachée à la ceinture des enfants et portant inscrits leurs nom et prénom pour faciliter leur identification au cas où ils se seraient perdus.

— Eh bien ! Il y a dix ryôs là-dedans ! s'exclama Okame, les yeux écarquillés.

Si honnêtes qu'elles soient, les personnes désintéressées sont rares. A cette époque-là, gagner un ryô était rare, y compris pour une concubine débutante, mais la jeune fille avait été rémunérée à raison d'un ryô par jour, sans rien faire de spécial, sinon enfiler un magnifique kimono et déguster les mets délicieux qu'on lui apportait. Okame se réjouit à l'idée qu'il n'existait pas commerce plus agréable, mais Ochô, elle, en frissonnait d'épouvante. Même pour dix ryôs par jour, elle refusait de retourner dans un endroit aussi effrayant, et les quinze jours suivants elle présenta le visage livide d'une malade. Au premier abord, l'aspect des pièces d'or avait exalté Okame, mais à la réflexion elle sentit bien qu'Ochô n'avait pas tout à fait tort de répugner à continuer ce travail.

---

1. En référence au renard capable de faire croire que les feuilles d'arbre sont des fines feuilles d'or.

— Puisque nous avons dix ryôs d'or d'avance, tant pis si les affaires marchent moins bien. Tu devrais te cacher quelque temps dans la maison.

Ne sachant à quel moment sa fille risquait d'être enlevée de nouveau, Okame décida que celle-ci ne devait plus paraître dans la boutique. Mais un soir, à la fin du mois, elle ne trouva pas Ochô à la maison en rentrant. Elle questionna les voisins, mais ils ne savaient rien. De toute évidence, on l'avait emmenée au même endroit que la dernière fois. Mais où ? Elle n'avait pas davantage de précision à ce sujet. Okame vivait dans une angoisse perpétuelle quand, dix jours plus tard, Ochô réapparut, les idées embrouillées. Dans sa poche intérieure, on avait glissé une enveloppe de dix ryôs, exacte répétition de la fois précédente.

— A première vue, ce travail ne m'a pas l'air trop dur, mais c'est tout de même curieux. En tout cas, on peut comprendre que la petite Ochô répugne à faire ça, dit Hanshichi en fronçant les sourcils après avoir écouté cette étrange histoire.

— Et depuis la fin du mois dernier, ma fille n'est pas revenue. C'est comme si on choisissait toujours le moment où je ne suis pas là pour l'emmener de force… Un palanquin de haut rang attend dehors et on la fait monter les yeux bandés, elle n'a donc aucune idée de sa destination.

— Et cette fois, elle n'est pas rentrée ?

— Non, répondit Okame dont le visage s'assombrit. Voilà plus de dix jours que j'étais sans nouvelles, je me faisais un souci d'encre, et ce matin, une femme est venue de bonne heure chez moi… C'était la même que l'autre fois, aux allures de dame d'honneur. Elle m'a dit que, pour certaines raisons, elle souhaiterait que ma fille reste avec elle et que je lui promette d'accepter de ne pas entendre parler d'Ochô pendant quelque temps. Elle a ajouté qu'en échange, elle me remettrait évidemment une somme conséquente, deux cents ryôs. Et moi, j'étais bien embêtée. Car, bien sûr, il n'est pas question pour moi de vendre ma fille chérie, et c'est d'autant plus cruel pour Ochô qui répugne tant à faire ce travail. Alors, j'ai refusé. Mais cette dame si élégante a insisté, elle s'est prosternée les deux mains sur le tatami et m'a priée d'accéder à sa requête même si cette situation me paraissait extraordinaire. J'étais vraiment hésitante ; comme de toute façon je ne pouvais pas donner de réponse immédiate, je lui ai demandé de me laisser réfléchir, disons un ou deux jours, et elle a fini par partir… D'après vous, enquêteur, qu'est-ce que ça veut dire ?

Okame avait la voix tremblante, l'air complètement perdue.

— Il y a de quoi s'inquiéter, en effet. Celui qui est derrière toute cette histoire est vraisemblablement un daimyô ou hatamoto, mais pourquoi agir de la sorte ? Il est fort possible qu'on ait été séduit par la beauté de la fille d'une maison de thé et qu'on veuille faire d'elle une concubine, mais dans ce cas, pourquoi ne pas t'avoir mise dans la confidence et demandé ton avis pour la prendre à son service ? Je ne saisis vraiment pas pourquoi on ne le fait pas, murmura Hanshichi, pensif. La jeune Ochô est au cœur de cette histoire et on la retient là-bas contre son gré. Mais là-bas, où est-ce ? On ne sait même pas où se trouve la demeure. Je suis bien embêté, j'avoue ne pas savoir par où commencer mon enquête, reconnut Hanshichi en croisant les bras.

Ces derniers mots achevèrent de décontenancer Okame.

— Qu'est-ce que je vais faire si ma fille ne revient plus ? gémit-elle en s'essuyant les yeux avec sa manche de kimono, dont le crêpe de coton sans apprêts se mouilla de larmes.

— Mais cette soi-disant dame de compagnie doit revenir bientôt, dans un ou deux jours, n'est-ce pas ? Je pourrais être là comme par hasard, pour voir à quoi elle ressemble. Cela devrait nous mettre sur une bonne piste, la réconforta Hanshichi.

— Vous ne savez pas combien je me sentirais rassurée, enquêteur, si vous aviez l'amabilité d'être là. Vous allez me trouver sans gêne, mais je vous en prie, j'ose insister, venez à la maison demain.

Après avoir renouvelé plusieurs fois sa demande, Okame rentra chez elle. Le lendemain, au soir du 15, un vent d'automne rafraîchissant soufflait haut dans le ciel dégagé. Depuis tôt le matin, on entendait les voix des vendeurs d'herbes *susuki* que l'on achetait quand on allait contempler la lune. Hanshichi, après avoir réglé d'autres affaires dans la matinée, se rendit chez Okame sur le coup de deux heures de l'après-midi. Sa maison se trouvait au fond d'un passage près du quai de Hamachô, des paquets de *susuki* et de soja en branches encombraient la ruelle où se tenait le marchand des quatre saisons. Les cigales d'automne chantaient dans une grande demeure à proximité.

— Oh ! enquêteur, je vous suis tellement reconnaissante, le remercia Okame en accueillant Hanshichi qu'elle attendait visiblement avec impatience. Et je me dépêche de vous l'annoncer : ma fille est revenue hier soir !

La veille, en l'absence d'Okame qui était allée chez Hanshichi, Ochô avait été emmenée dans le palanquin habituel et déposée au chantier de pierres sur la rive. La dame lui avait affirmé que tout était réglé avec sa mère, qu'il ne lui restait plus qu'à rentrer chez elle pour discuter des détails.

C'était vraiment faire preuve de compréhension que de la laisser partir dans de telles circonstances, signe que la partie adverse n'avait pas de mauvaises intentions. Ayant fait venir Ochô qui s'était endormie, épuisée par tant d'émotions, dans la minuscule pièce au fond de la maison, Hanshichi l'écouta de nouveau raconter son histoire par le menu ; cependant, il n'arrivait pas à se faire d'idée précise. A la réflexion, d'après le récit d'Ochô, les lieux correspondaient bien à la résidence d'un daimyô à Edo, mais il ne savait dans quel quartier ni dans quelle direction chercher.

— Quelqu'un va peut-être arriver d'ici peu, attendons pour voir, dit posément Hanshichi qui décida de rester.

En cette période, les jours raccourcissaient de plus en plus, et avant même que ne sonnent six heures du soir, il commença à faire sombre dans les recoins de la petite habitation. Okame apporta sur la véranda un flacon à saké d'offrande, des *dango*, ces boulettes faites avec de la farine de riz, et des *susuki* que la brise du soir agita légèrement. Vêtu d'un kimono d'été en toile de chanvre, Hanshichi sentit un peu le froid le pénétrer. Comme c'était déjà l'heure du dîner, il pria Okame de demander au marchand d'à côté de livrer des anguilles. Tout naturellement, il invita la mère et la fille à partager son repas.

Puis il fit quelques pas le long de la véranda en mâchonnant un cure-dents ; entre les avant-toits de toutes tailles qui se superposaient dans le passage, il apercevait le bleu du firmament semblable à la surface de la mer découpée de manière irrégulière. Le bas des nuages scintillait de jaune, annonçant la pleine lune. On aurait dit que des gouttelettes de rosée étaient tombées subrepticement, les feuilles fanées de deux belles-de-jour abandonnées dans leur pot au bout du jardin comme deux plantes encombrantes brillaient d'un blanc éclatant.

— La lune va apparaître d'un moment à l'autre, venez dehors vous aussi pour l'admirer, leur dit Hanshichi.

A cet instant, on entendit un bruit de pas sur la planche recouvrant la rigole. Un homme se tenait devant la porte. Okame sortit aussitôt voir de qui il s'agissait, mais elle ne connaissait pas le samouraï qui demanda si cette maison était bien celle d'Ochô et de sa mère. Avant de repartir, il annonça l'arrivée imminente d'une dame.

— Bon, tu fais comme si je n'étais pas là, dit Hanshichi en saisissant à la hâte ses sandales pour aller se cacher avec Ochô dans la minuscule pièce. Il épia discrètement par l'entrebâillement de la cloison. Celle qui entra, la trentaine, avait bien l'air d'une femme au service d'une grande maison.

— Je suis très honorée, madame, d'avoir le plaisir de vous connaître, dit-elle à Okame en la saluant très poliment.

Okame lui rendit son salut comme il convenait, non sans une certaine crainte.

— Je me permets d'entrer dans le vif du sujet, mais une dame de chez nous a dû venir hier vous parler en détail de la situation de mademoiselle votre fille. Si, en tant que mère, vous y consentez, je l'emmène dès cette nuit dans notre demeure, dit-elle sèchement.

Surprise par son autorité, Okame, dans sa confusion, se trouva incapable de lui répondre clairement.

— Si, à présent, vous me dites que vous n'acceptez pas, je ne pourrai pas m'acquitter de ma mission. Je vous prie instamment de bien vouloir consentir à notre requête.

— A son retour hier soir, ma fille ne se sentait pas bien, et comme elle n'a pas quitté son lit aujourd'hui non plus, nous n'avons pas encore eu l'occasion d'en parler convenablement…

Okame espérait se tirer de la situation grâce à ce subterfuge, mais son interlocutrice refusa de l'entendre. Haussant le ton, elle reprit :

— Cela ne peut pas se passer de la sorte ! Je me suis donné la peine de la laisser repartir hier soir pour que vous ayez le temps de discuter sérieusement, et vous m'apprenez maintenant que vous n'avez parlé de rien. C'est à croire que vous sous-estimez notre bienveillance, je ne peux pas me contenter de cette excuse et repartir tranquillement. Faites venir mademoiselle votre fille, nous allons discuter ensemble. Tout de suite, s'il vous plaît.

Devant une telle fermeté, Okame ainsi réprimandée sentait fondre son assurance, quand la femme sortit des paquets de pièces d'or enveloppées dans un petit carré de soie, et en disposa deux devant elle à la faible lueur de la lanterne.

— Je vous remets deux enveloppes cachetées de cent ryôs pour sceller votre engagement. A présent, appelez mademoiselle votre fille, je vous prie.

— Euh…

— Vous persistez à refuser ? Sachez que si je ne peux mener ma tâche à bien, il ne me restera plus qu'à me donner la mort, là, devant vous.

La femme prit une sorte de stylet dans une pochette cachée sous son obi. L'éclair perçant de ses pupilles fit trembler Okame. Les négociations se trouvaient dans une impasse.

— Cette femme, tu la connais ? demanda à voix basse Hanshichi à Ochô qui fit non de la tête. Il réfléchit un instant, puis se glissa en silence hors de la petite pièce vers la cuisine, avant de s'éclipser discrètement à l'extérieur par une porte qui ouvrait sur le puits, plus loin.

La lune éclairait la venelle. Devant l'entrepôt en terre du prêteur sur gages, quelques maisons après l'angle de rue, il y avait un palanquin posé à terre, deux porteurs et un homme qui ressemblait au samouraï venu se présenter tout à l'heure. Cette constatation faite, Hanshichi fit demi-tour et entra dans la maison d'Okame en empruntant cette fois la porte principale en treillis de bois. Sans un mot, il alla s'asseoir en face de la visiteuse. Elle avait le visage légèrement maquillé, un menton volontaire, de grands yeux limpides et un nez pointu. Rehaussés par un chignon souligné d'une large boucle traversée sur le côté par une épingle à cheveux ornementale, selon le style des dames d'honneur, ses traits trahissaient un caractère de maîtresse femme.

— Je vous souhaite le bonsoir, salua innocemment Hanshichi.

La visiteuse inclina légèrement le buste sans répondre, avec des airs de grande dame.

— Je suis un parent d'Okame, et si j'ai bien compris, vous envisageriez d'emmener sa fille. Vous n'êtes pas sans savoir qu'Ochô est son enfant unique, qu'elle devrait se marier, et que par conséquent son mari deviendrait le fils adoptif de cette maison. Mais puisque vous souhaitez l'emmener à tout prix pour servir dans votre demeure, nous pourrions envisager éventuellement de vous la confier.

Surprise par les propos de Hanshichi, Okame le dévisagea tandis qu'il poursuivait :

— Vous avez, certes, d'excellentes raisons, mais si nous nous engageons à accepter de ne plus entendre parler de notre jeune fille, il est dans la nature humaine d'une mère de vouloir connaître au moins le nom de la maison qui va la prendre à son service. Pourriez-vous nous révéler ce nom ?

— Je suis désolée, mais cela m'est impossible. Tout au plus puis-je divulguer qu'il s'agit d'un grand seigneur de la région de Chûgoku…

— Et quelle est votre fonction, madame ?

— Je fais ici office d'intermédiaire.

— Fort bien, fit Hanshichi avec un petit sourire. Dans ce cas, j'ai le grand regret de vous dire que nous devons refuser cette discussion.

La femme lança un regard interrogateur.

— Mais pourquoi donc ?

— Veuillez m'excuser, mais les coutumes de votre maison me déplaisent quelque peu.

— Voilà qui est curieux… Quel hasard fait que vous connaissiez les coutumes de notre demeure ? demanda la femme sur ses gardes, d'un ton autoritaire.

— Si une dame de compagnie servant dans les appartements privés de l'épouse d'un daimyô a le cal d'une joueuse de *shamisen* à l'auriculaire droit, cela prouve à quel point cette maison est désorganisée et manque de tenue.

La femme blêmit d'un coup.

— Bonsoir, pourrais-je entrer ? fit une voix féminine à l'extérieur.

— Soyez la bienvenue, madame. Par ici, je vous prie.

209

Okame n'avait plus toute sa tête quand elle accueillit la nouvelle visiteuse qui, soudain, hésita.

— Oh, mais vous avez du monde… me semble-t-il.

— Oui, en effet.

— Alors, je me permettrai de revenir.

A ce moment-là, Hanshichi éleva la voix pour la retenir alors qu'elle s'apprêtait à repartir.

— Veuillez m'excuser, mais pourriez-vous attendre un instant ? Il se trouve qu'une personne se faisant passer pour vous est ici, je vous prierais de bien vouloir l'examiner de près.

La première visiteuse pâlit de nouveau, mais, face à la situation, elle réagit avec un sourire.

— Je m'excuse de ne pas vous avoir reconnu, enquêteur. Je pensais bien depuis tout à l'heure que vous ne m'étiez pas inconnu, et en effet, vous êtes l'enquêteur de Mikawa-chô. Inutile d'insister, je tombe le masque.

— Je m'en doutais, dit Hanshichi riant à son tour. En fait, quand je suis sorti discrètement tout à l'heure, j'ai trouvé curieux que l'émissaire d'un feudataire utilise un palanquin de louage. Et qu'une dame de compagnie ait le cal d'une joueuse de *shamisen* à l'auriculaire droit. Tout cela n'était pas même digne d'une pièce de théâtre. Alors, d'où viens-tu dans cet accoutrement ? Prétendue intermédiaire ou fausse émissaire de daimyô, la comédienne que tu es mérite nettement mieux comme scène à interpréter !

— Je suis vraiment désolée, dit la femme en inclinant légèrement la tête. Je me disais que mon rôle serait un peu difficile, mais je pensais que je le tiendrais avec courage, et j'ai fait mon possible pour l'assumer vaille que vaille. Mais depuis que je vous ai vu, enquêteur, j'ai pris conscience que je n'étais pas de taille à lutter contre vous. Puisqu'il en est ainsi, je vais tout vous avouer : je suis née à Fukagawa, et ma mère était professeur de *nagauta*[1].

Cette jeune femme s'appelait Otoshi, et sa mère, qui souhaitait la voir lui succéder, la formait au chant depuis son enfance. Mais la fille avait commencé à courir très jeune après les hommes, alors qu'elle ne portait pas encore les manches longues du kimono des adultes. Elle avait fait beaucoup pleurer sa mère et fini par déserter sa maison natale de Fukagawa à Edo, pour devenir geisha itinérante au hasard des circonstances entre Jôshu, Shinshû[2] et Echigo. De retour à Edo il y a deux, trois ans, on lui avait annoncé la mort de sa mère à Fukagawa. Comme il lui restait des connaissances d'autrefois dans les environs, elle s'était mise à enseigner le *nagauta* et ses cours avaient connu de plus en plus de succès. Mais, avide de plaisirs et dévergondée, elle se révélait incapable de s'assagir. Un homme peu recommandable avait réussi à la convaincre de se livrer au chantage à la séduction pour lui procurer de l'argent facile. Elle volait aussi dans les maisons de bains. Un jour, elle entendit parler de la jeune Ochô par le marchand de poisson voisin.

Ce commerçant était très lié à la famille d'Otoshi, et sa fille entretenait de bonnes relations avec Okame. C'est ainsi qu'Otoshi avait appris qu'Ochô était régulièrement emmenée par une mystérieuse dame. Connaissant la beauté de la jeune fille, l'idée lui était venue quelques jours plus tôt de profiter de cette affaire suspecte en enlevant la fille pour son propre compte. A

---

1. Chant accompagné au *shamisen* (sorte de luth à trois cordes), notamment dans le théâtre kabuki.

2. Régions montagneuses situées au nord d'Edo. Actuellement préfectures de Gunma, Nagano et Niigata, au climat et à la vie autrefois très difficiles.

un dénommé Yasuzô, indic de son état, elle avait donné l'instruction de rôder autour de la maison d'Okame et de lui rapporter tout ce qu'il pouvait voir à l'intérieur. De cette manière, elle avait su où en étaient les négociations avec la maison du grand feudataire qui souhaitait l'avoir à son service. En apprenant qu'Ochô était rentrée la veille au soir, elle avait fait de Yasuzô son homme d'armes, son samouraï, et, déguisée en dame d'honneur, s'était présentée pour venir chercher la jeune fille. Il va de soi que les deux cents ryôs d'or qu'elle avait étalés devant la mère n'étaient que fausse monnaie de cuivre…

— Je reconnais que notre mise en scène était bâclée. C'est qu'il fallait faire au plus vite, faute de quoi la véritable émissaire risquait de se présenter avant nous. Jusqu'au palanquin censé transporter une personne de haut rang, qui aurait dû être en bois laqué et peint, dont on n'a pas eu le temps de s'occuper.

Un proverbe affirme qu'un manant pris dans le sac avoue tout, et c'est ce que venait de faire Otoshi, consciente qu'elle n'échapperait pas à la risée générale.

— Tout est clair désormais, conclut Hanshichi. Cela ne doit pas te réjouir d'aller en taule pour une histoire pareille, mais maintenant que, moi, l'enquêteur, je suis au courant, je ne peux tout de même pas te dire : « Bon, au revoir, et porte-toi bien ! » Désolé, mais tu vas devoir me suivre, je t'embarque.

— Je n'ai pas d'autre solution, de toute façon… Mais merci de me ménager.

En effet, s'il l'emmenait accoutrée comme elle l'était, on la prendrait pour une actrice de théâtre de rue. Otoshi souhaita donc qu'on aille lui chercher un de ses kimonos légers en coton. Hanshichi accepta, puis décida que dans l'immédiat, il allait la conduire au

212

poste. Il s'apprêtait à l'emmener, quand la femme qui se tenait sur le seuil depuis tout à l'heure pénétra à l'intérieur.

— Si ce méfait est révélé en place publique, le nom de notre maison en sera affecté. Par chance, cette femme a commis une faute qui n'a causé de préjudice à personne. Dans ces conditions, je vous prie de bien vouloir lui faire grâce et de la dispenser de châtiment.

Devant une telle insistance, Hanshichi ne voyait comment refuser. Devinant l'embarras qu'il pouvait épargner à son interlocutrice, il accorda le pardon à Otoshi.

— Je vous remercie infiniment, enquêteur. Tôt ou tard, je vous témoignerai ma reconnaissance.

— Ce n'est pas la peine de revenir me voir, mais fais en sorte de ne plus jamais me causer d'ennuis.

— Oui, oui…

Otoshi partit à reculons, la tête basse. Ainsi avait-on découvert qui était la fausse dame de compagnie, sans pour autant connaître l'identité de la vraie. La situation étant déjà suffisamment complexe, celle-ci jugea le moment opportun pour révéler son secret, faute de quoi la suspicion de l'enquêteur n'en serait que plus vive, et ses négociations pour tenter de convaincre la jeune fille plus hasardeuses encore. Elle se confessa donc en toute franchise à Okame et Hanshichi.

Contrairement à Otoshi, elle était bien dame de compagnie dans une demeure de grand feudataire à Edo. Ce seigneur avait quitté la grande cité pour regagner son domaine féodal. En effet, dans le Nord, un daimyô était obligé par le shôgunat d'entretenir une résidence à Edo et d'y séjourner une année sur deux, y laissant femmes et enfants à demeure en son absence. Leur fille bien-aimée était une jeune personne dotée du caractère le plus aimable qui fût, mais avant même de fêter ses dix-sept printemps, le mauvais génie de la variole l'avait conduite sous la pierre tombale du temple de ses ancêtres. De chagrin, la mère en perdit la raison, et aucun exorcisme, aucun remède ne purent soulager sa peine. De l'aube au crépuscule, elle appelait sa fille, versant des torrents de larmes et suppliant qu'on l'aide à la revoir une fois au moins. Bouleversée par tant de chagrin et de douleur insupportable, sa domesticité ne savait que faire. Anciens domestiques et vieilles femmes se réunirent alors, et de la discussion naquit l'idée de chercher une jeune fille qui ressemblerait le plus possible à la défunte. Le fait de l'apercevoir aurait peut-être la vertu d'apaiser l'esprit de l'épouse éplorée. Toutefois, c'eût été la honte de toute la demeure si cette affaire venait à s'ébruiter. Il fallait donc mener dans le plus grand secret la mission de trouver cette jeune fille, et deux, trois personnes de la maison partirent à pied à sa recherche.

A l'époque, les gens étaient patients. Tandis que se poursuivait la quête avec acharnement, un valet découvrit Ochô par hasard dans une boutique de thé près du pont Eitai. Comme son âge et les traits de son visage correspondaient très précisément à la demande, il revint avec la dame de compagnie Yukino pour qu'elle la voie elle-même. Sans le savoir, pour son bonheur ou sa malchance, Ochô passa brillamment l'épreuve.

Une fois découverte la jeune personne idoine, au sein des membres de la demeure les avis divergèrent sur la façon de l'amener jusqu'à la résidence. Certains envisageaient d'un mauvais œil de s'emparer de la fille sans son consentement, de l'enlever de la sorte, et pensaient nécessaire de la mettre posément et discrètement au courant de la situation. Ce à quoi d'autres rétorquaient

que l'on avait affaire à de simples marchandes de thé et
que leur demander le silence était fort risqué. De plus,
la mère et la fille pourraient se montrer extrêmement
exigeantes par la suite. Ceux-là plaçaient au-dessus de
tout l'honneur de la maison. Bref, agir par surprise et
par la force n'avait rien de bien louable, certes, mais
poserait moins de problèmes. En définitive, ce fut l'avis
du deuxième groupe qui l'emporta, et il fut décidé que
les samouraïs chargés de cette tâche réitéreraient régulièrement l'enlèvement de la fille, un acte pourtant
indigne de leur statut.

Ils furent récompensés de s'être donné tant de mal,
car le stratagème réussit à merveille. La maîtresse des
lieux qui avait perdu la raison venait voir Ochô de
temps à autre, de nuit comme de jour, et apparemment
elle pensait que l'âme de sa fille défunte avait été rappelée sur terre. Chaque fois, elle retrouvait son calme,
comme si elle avait oublié toute la série des événements.
Mais l'apaisement était de courte durée, et quand Ochô
restait invisible plusieurs jours d'affilée, la mère retom-
bait dans la folie et réclamait de voir sa princesse chérie.
Cependant, on ne pouvait pas retenir indéfiniment prisonnière la jeune fille et les gens de la demeure se
retrouvèrent à nouveau dans l'embarras.

Les choses en étaient là quand surgit un autre problème : depuis le mois de juillet de cette année-là, un
nouveau décret avait été publié selon lequel les épouses
de daimyôs étaient désormais libres de regagner leur
région natale, là où se trouvait leur fief, ce dont toutes
se réjouirent. Elles qui étaient contraintes, avec leurs
fils, de vivre de longues années à Edo comme des otages
dans leur résidence, se précipitèrent dans leur province
d'origine comme si elles s'enfuyaient de la grande cité.
Bien sûr, la mesure s'appliquait également à la maîtresse

des lieux. Mais qu'adviendrait-il de cette femme perturbée si son état mental venait à s'aggraver soudain au cours du voyage ? Et que cela se prolongeât une fois revenue dans son domaine ? Tout cela pesait dans le cœur de chacun son poids de soucis. On tint conseil à nouveau. La seule solution envisageable consistait à emmener coûte que coûte Ochô jusqu'au lointain pays de l'épouse.

Il n'était plus question de quelques jours désormais, mais d'une période indéfinie ; par conséquent, il fallait absolument obtenir le consentement de la jeune fille en lui promettant un emploi à vie, après discussion avec sa mère. La dame de compagnie Yukino fut chargée d'exposer la requête, et c'est dans ce but qu'elle était venue, la veille au soir, chez la marchande de thé. Si elle s'était confiée franchement dès le début, la mère et la fille auraient pu se faire une idée précise de la situation, mais leur méfiance n'avait fait que s'accroître face à une femme toute à son désir de négocier au plus vite et de préserver par le secret la réputation de sa maison. De surcroît, l'arrivée de la fausse émissaire Otoshi avait encore compliqué les choses.

En l'entendant exposer les raisons qui les avaient poussés à envisager un enlèvement, Hanshichi se sentit pris de pitié. Une mère que la disparition de son enfant rendait folle, des serviteurs dévoués qui s'évertuaient à calmer son immense douleur... comment se montrer sévère face à de tels sentiments ?

Ochô sortit doucement de la pièce où elle était cachée. Essuyant ses yeux qui avaient pleuré au spectacle des larmes de la femme, elle dit :

— Je comprends tout maintenant. Mère, si quelqu'un comme moi peut être utile, je vous en prie, laissez-moi partir pour le pays natal de cette épouse.

— Comment ! Vous accepteriez de venir ? la remercia Yukino en lui prenant les mains comme si elle recevait un cadeau précieux.

La pleine lune apparut au sud, sa clarté envahit le jardin et pénétra dans la maison.

— Okame a finalement accepté que sa fille entre au service de cette maison, dit le vieil Hanshichi. Mais l'histoire n'est pas finie. On en est venu à se demander si elle ne devrait pas accompagner sa fille. Elle n'avait pas de parents proches à Edo, prenait naturellement de l'âge : pourquoi ne resterait-elle pas aux côtés d'Ochô ? Voilà ce qu'ils se sont dit. Et ensemble, elles ont fait leurs bagages. Il paraît qu'on a attribué à la mère une maison au pied du château et qu'elle a fini sa vie dans une paisible retraite. Peu après l'avènement de l'ère Meiji, l'épouse du daimyô est morte, Ochô a donc quitté ses fonctions. On raconte que toute la demeure lui a fait don de cadeaux magnifiques pour sa nouvelle vie ; elle s'est mariée dans une famille assez aisée, où elle se trouve sûrement encore. Quant à Otoshi, je me suis laissé dire qu'ayant perdu tout moyen de subsistance à Edo, elle s'est retrouvée à Sumpu, et que d'autres affaires lui ont valu d'être punie par la loi.

L'ÉTANG DE LA CEINTURE-VOLEUSE

— A présent, il est totalement comblé et on n'en trouve plus trace, mais autrefois, par ici, il y avait l'étang de la Ceinture-voleuse. A l'époque Edo, il existait encore. Tiens, je l'ai trouvé, regarde.

Le vieil Hanshichi avait déroulé un plan de la ville d'Edo édité sous l'ère Man'en (1860). Teinté en vert d'eau, l'étang, plutôt vaste, figurait sous la propriété seigneuriale de la maison Bishû, à l'ouest du temple Gekkei-ji à Ichigaya.

— Il y aurait des vestiges similaires à Kyôto, en tout cas, au vu des cartes d'Edo, celui-là existait vraiment. C'est à une mystérieuse légende que l'étang de la Ceinture-voleuse doit son nom. Une légende fort ancienne selon laquelle un voyageur aperçut un obi de brocart flottant à la surface. Sans se méfier, il s'approcha pour saisir cette longue et magnifique ceinture de kimono, et soudain, il fut happé et disparut dans les profondeurs. L'histoire raconte que l'ancien maître des lieux s'était transformé en obi et qu'il attirait ainsi les promeneurs.

— Ce n'était pas plutôt un grand serpent de la famille des boïdés, dont les écailles ressemblent à cette étoffe ? dis-je en faisant le savant.

— Il se peut que ce soit quelque chose comme ça, acquiesça le vieil Hanshichi sans me contrarier. Mais il paraît qu'un boa constrictor ne peut pas vivre au fond de l'eau. On a parlé aussi d'un bandit, excellent nageur, qui se cachait au fond de l'eau. Il attirait vers le fond les voyageurs qui s'aventuraient sur cette route en se servant d'une ceinture en brocart comme appât, puis les dépouillait du contenu de leurs poches et de tous leurs vêtements. Quoi qu'il en soit, le lieu était lugubre, et on dit que le très vaste étang d'autrefois avait déjà diminué de surface à l'époque Edo. De nos jours, ce n'est plus qu'un bourbier peu profond où poussent de simples roseaux en été. Mais en ce temps-là, cette légende sinistre de la Ceinture-voleuse lui était resté attachée et plus personne n'allait y pêcher ni s'y baigner. Si bien que le jour où une ceinture de femme a été aperçue à la surface de l'eau, ce fut la panique générale.

Cela s'est passé au début de mars, en l'an 4 de l'ère Ansei (1859). Le froid persistant de cette année-là avait retardé l'éclosion des bourgeons de roseaux aux abords de l'étang. En passant, un habitant du voisinage découvrit une superbe ceinture de femme, étalée sur toute sa longueur depuis la rive peu profonde à cet endroit jusqu'au beau milieu de l'eau. Sur un étang quelconque, la présence d'une telle bande de tissu eût déjà été énigmatique, à plus forte raison quand cette étendue d'eau était marquée par la légende de la Ceinture-voleuse. La rumeur s'amplifia et tout le quartier s'émut de la nouvelle, mais face à l'incertitude sur le sort horrible réservé aux curieux qui approcheraient de la rive, chacun se contenta d'observer de loin, et par conséquent de façon très imprécise, l'objet flottant.

Peu après, trois hommes d'armes de la maison Bishû se rendirent sur les lieux. Ils relevèrent au niveau des hanches le bas de leur *hakama*, une sorte de longue jupe-culotte qu'ils coincèrent dans leur ceinture, puis descendirent sur la rive boueuse et firent glisser vers eux le tissu suspect qui ne présenta pas le moindre mouvement particulier et s'étira comme une traîne sous la lumière du printemps. L'obi n'était pas « le maître des lieux » de l'étang. En définitive, il s'agissait d'un modèle aux couleurs voyantes, tel qu'en portent d'ordinaire les jeunes femmes ; sur du crêpe teint en trois couleurs, bleu, rouge et violet, les motifs pommelés blancs représentaient des feuilles de chanvre.

Mais qui pouvait l'avoir oublié dans un endroit pareil ?

C'était la deuxième interrogation. De fort belle qualité et toute neuve, la ceinture valait un certain prix, même à l'époque, et on se demandait qui avait pu l'abandonner ainsi sans hésitation. Toutes sortes d'avis plus ou moins farfelus furent avancés. Quelqu'un suggéra qu'un voleur avait laissé là ce butin trop encombrant, pour éviter qu'il constitue une preuve contre lui. Une autre personne affirma que jeter intentionnellement un obi dans l'étang ne pouvait être que le fait d'un mauvais plaisantin décidé à mettre la population en émoi. Mais ce genre de farce était bien passé de mode, car à cette époque rares étaient désormais les gens susceptibles de monter patiemment leur coup et d'investir autant d'argent pour le simple plaisir de rire sous cape de leurs concitoyens perturbés. Par conséquent, c'est la solution du voleur qui finit par l'emporter.

Mais ce bandit, personne ne le connaissait. Aucune victime ne s'était présentée. On décida que la ceinture suspecte serait gardée provisoirement au bureau du poste de surveillance. Et au bout de deux jours seulement, on découvrit avec surprise qu'elle appartenait à une jolie fille du nom d'Omiyo, qui habitait à l'arrière de la maison du marchand de saké de Kappazakashita, en bas de la pente d'Ichigaya : elle venait d'être assassinée par étranglement. La notoriété de la ceinture n'en fut que renforcée.

Omiyo avait dix-huit ans. Avec sa mère Ochika, elle vivait dans une de ces habitations collectives, longues et étroites, qu'on appelait à cette époque « longues baraques », avec un puits et des lieux d'aisances communs à la propreté déplorable. Mais en fait leur logement était plutôt coquet, composé de quatre petites pièces identiques avec une petite entrée, alors que d'ordinaire une famille habitait dans une unique pièce. La mère avait la réputation d'aimer la propreté, la porte d'entrée à claire-voie, par exemple, était toujours impeccable. Mais qui donc envoyait à cette femme et à sa fille l'argent nécessaire pour habiter un endroit aussi propret ? Les voisins ne comprenaient pas. Le frère d'Omiyo travaillait dans un grand magasin de la ville basse, où se trouvaient les quartiers commerçants, et sa mère Ochika affirmait qu'il lui envoyait tous les mois une somme d'argent. Mais dans le voisinage on n'y croyait guère car le supposé frère ne mettait jamais les pieds chez sa mère et sa sœur. La rumeur se répandit qu'Omiyo était probablement une femme entretenue en secret. Elle avait de beaux traits, et il n'était pas déraisonnable de soupçonner quelque chose de ce genre, mais la mère et la fille ne se souciaient apparemment pas du qu'en-dira-t-on et entretenaient de bonnes relations avec le quartier.

La veille du jour où la ceinture d'Omiyo flottait sur le fameux étang, Ochika avait annoncé qu'elles avaient eu un décès dans leur famille du côté de Nerima et qu'il leur fallait y aller passer plusieurs nuits pour aider aux funérailles. Elles étaient parties après avoir demandé aux voisins de surveiller la maison en leur absence. Le loquet de la porte d'entrée était baissé et personne n'avait essayé de regarder à l'intérieur quand, quatre jours plus tard, la mère revint seule. Elle salua ses voisins de gauche et de droite, et à peine venait-elle d'ouvrir la porte qu'ils entendirent des hurlements de douleur et la virent tomber à la renverse.

— Venez, vite ! Omiyo est morte !

Les voisins se précipitèrent chez elle et découvrirent avec stupeur la jeune fille, allongée sur le dos, dans la pièce du fond de six tatamis. En les entendant crier, le propriétaire accourut. Le médecin fut bientôt là également, qui diagnostiqua un étranglement. Autre mystère : la ceinture d'Omiyo aux motifs de feuilles de chanvre avait disparu alors qu'elle portait exactement la même tenue que le jour de son départ avec sa mère. Le fait que ses vêtements n'étaient pas du tout en désordre laissait supposer qu'on l'avait d'abord étranglée, puis que son corps avait été placé dans cette position.

A quel moment Omiyo-san était-elle donc revenue ?

C'était la première chose incompréhensible. D'après les explications d'Ochika, elle avait perdu sa fille de vue sur la route de Nerima. Comme c'était à contrecœur que celle-ci l'accompagnait, sa mère s'était dit qu'elle lui avait faussé compagnie pour rentrer à la maison. Pressée d'arriver dans sa famille en deuil, elle ne pouvait plus faire demi-tour pour aller vérifier et avait continué sans trop se soucier de la disparition de sa fille. Elle avait passé trois jours à veiller le mort et préparer les funérailles, et tôt le matin du quatrième, avait quitté Nerima. Une fois devant sa porte, elle avait vu que le loquet de l'entrée était levé. Sûre que sa fille était revenue avant elle, elle était entrée mais, à l'intérieur, la maison était aussi sombre qu'en pleine nuit. Elle avait ouvert la fenêtre en rouspétant, et là, ses yeux étaient tombés sur le cadavre pitoyable de sa fille ! Le choc l'avait projetée en arrière.

— Je ne comprends pas… Je ne comprends pas… C'est un mauvais rêve… répétait Ochika effondrée, pleurant toutes les larmes de son corps sans plus s'occuper de son apparence.

Autour d'elle, les gens n'arrivaient pas à y croire non plus. Quand Omiyo était-elle revenue, quand avait-elle été tuée ? Même les proches voisins n'avaient rien vu. Après bien des investigations pour savoir qui avait dénoué l'obi d'Omiyo, le surlendemain matin on comprit enfin que c'était lui qui flottait sur ce fameux étang de la Ceinture-voleuse. Dès qu'on le lui montra, Ochika confirma avec des sanglots dans la voix qu'il s'agissait bien de celui de sa fille. Quelqu'un avait donc étranglé Omiyo, puis défait son obi pour aller le jeter dans cet étang. Mais dans quel but ? Un assassin cupide aurait plutôt choisi de dérober des objets de valeur, ou encore le kimono lui-même. Il fallait un mobile sérieux pour ne s'intéresser qu'à la ceinture, et qui plus est choisir cet étang pour l'immerger. Ce n'était tout de même pas le « maître des lieux » qui avait été fasciné par la belle Omiyo ! Tourner la question dans tous les sens ne permit pas de trouver la solution.

Les voisins ainsi que tous les locataires du long bâtiment subirent les interrogatoires menés par les habitants de garde au poste de surveillance du quartier. Les soupçons se portaient surtout sur Ochika, la mère, qui avait peut-être étranglé sa fille avant de s'absenter de la maison sous un bon prétexte. C'est elle qu'on interrogea le plus sévèrement, mais elle maintint ses déclarations, à savoir son ignorance absolue concernant cette mort tragique. Et les voisins certifièrent qu'ils avaient vu eux-mêmes la mère et sa fille partir ensemble. D'ailleurs, elles s'entendaient bien en temps normal, personne ne voyait le moindre motif à ce meurtre. De même que la légende effrayante de l'étang, ce mystère restait entier.

Une semaine plus tard, un soir, l'indic Matsukichi arriva en courant chez Hanshichi de Mikawa-chô à Kanda.

— On a trouvé, chef ! Les voisins racontaient que la fille Omiyo avait un protecteur, c'était vrai ! Il s'agit d'un hatamoto à la retraite chez qui elle se rendait parfois en cachette. Sa mère n'en parlait jamais, mais j'ai réussi à lui faire cracher le morceau. Alors, qu'est-ce que vous en dites, c'est un bon indice, non ?

— Mouais… ça peut aider à se faire une idée, acquiesça Hanshichi. Seulement, tu as menacé la mère, et là, sache que ce n'est pas vraiment un exploit… Mais, bon, tu t'es pas mal débrouillé, Matsu-le-grand-échalas. Même si elle paraît douce et paisible, une fille entretenue peut connaître par ailleurs des ennuis de toutes sortes. Que comptes-tu faire maintenant ?

— Eh bien, comme j'en savais rien, je suis venu vous demander conseil. C'est quand même pas possible que ce seigneur à la retraite l'ait tuée. Un vassal direct du shôgun ! Qu'est-ce que vous en pensez, chef ?

— La même chose que toi, mais il faut rester très prudent, le monde réserve bien des surprises… commenta Hanshichi, hochant toutefois la tête avec incrédulité. Comment s'appelle sa demeure, et où se trouve la résidence où il s'est retiré ?

— C'est le domaine d'Okubo Shikibu, qui aurait une valeur de mille *koku* de riz, et il se serait retiré à Zôshigaya.

225

— Dans ce cas, allons voir de ce côté-là. On pourrait tomber sur quelque chose d'inattendu.

Le lendemain matin, Matsukichi passa prendre Hanshichi à Kanda et ils partirent ensemble. C'était une journée radieuse, idéale pour aller admirer les cerisiers en fleur de la mi-mars ; le front des deux marcheurs perlait la sueur. Arrivés à Zôshigaya, ils se rendirent dans la résidence annexe de la demeure Okubo Shikibu. Destinée au temps de la retraite d'un seigneur important, c'était une vaste construction, et à l'avant il y avait un fossé où coulait un petit cours d'eau.

— Elle est bien isolée, fit remarquer Matsukichi.

Il n'y avait effectivement qu'une autre maison derrière cette propriété et sur la gauche et la droite s'étalaient des terres agricoles. Les gens du coin leur apprirent que vivait là un seigneur à la retraite d'une soixantaine d'années, avec à son service des domestiques : valets, samouraïs jeunes et confirmés, et aussi deux servantes. Hanshichi se faufila à travers les champs de colza aux fleurs jaunes et se plaça de côté pour parcourir des yeux le domaine.

— Impossible que l'assassin soit celui qui règne sur un endroit pareil !

— C'est ce que vous pensez ?

— Oui, c'est une propriété tellement vaste ! Et en plus, il n'y a quasiment aucune habitation alentour. S'il avait le désir de se débarrasser de sa maîtresse, il l'aurait fait ici, dans sa maison, ou sur le trajet du retour. Pourquoi prendre le risque d'aller chez elle ? Tout le monde serait d'accord avec cette analyse.

— C'est vrai, ça. Alors, on est venus pour rien aujourd'hui ? demanda Matsukichi, l'air déçu.

— Mais non, ça fait longtemps qu'on n'était pas

montés jusqu'ici, on pourrait en profiter pour aller prier Kishibojin[1], puis déjeuner au Myôgaya.

Les deux hommes dépassèrent les sentiers des rizières, et quand ils débouchèrent sur une longue route devant le temple Kishibojin, l'écorce d'un grand orme scintillait au soleil printanier comme pour symboliser l'esprit des lieux. Il y avait moins de monde qu'en automne, pour la cérémonie en mémoire du fondateur de la secte Nichiren, bien que depuis l'ère Tempô le nombre de pèlerins ait commencé à diminuer. Mais on s'y pressait tout de même pendant la saison des cerisiers en fleur et les éventails froufroutaient dans les petites échoppes où l'on vendait des *dango*, ces boulettes faites avec de la farine de riz. Hors de saison à cette période, les hiboux fabriqués avec des épis de *susuki* ne montraient pas leur bec. Les ailes des moulins à vent, une spécialité de l'endroit, étaient agitées par une brise printanière, et sur des tiges de bambou piquées dans des bottes de paille, autre spécialité, étaient suspendues des poupées en paille également, représentant des courtisanes de haut rang qui laissaient flotter leurs manches rouges, et les ailes blanches des papillons en papier qui s'enchevêtraient au gré du vent créaient des ombres douces et agréables. Les deux hommes passèrent entre l'orme et les cerisiers et arrivèrent devant le pavillon principal du temple.

— Il y a quand même pas mal de pèlerins, chef.

— C'est la saison des cerisiers en fleur, il doit y avoir aussi des visiteurs occasionnels comme nous. Puisqu'on s'est donné la peine de venir jusqu'ici, prie bien les mains jointes.

---

1. Divinité bouddhique « donneuse d'enfants », le plus souvent représentée comme une belle femme tenant une grenade et un enfant.

Matsukichi fit sa prière avec sérieux. Comme ils ne voyaient trace du Kôkôtei ou du célèbre Yabusobaya, spécialisé dans les nouilles au sarrasin complet, les deux hommes allèrent au Myôgaya manger quelque chose pour midi. Se joignant à Matsukichi qui prenait du saké, Hanshichi but une ou deux coupes. En sortant, les joues roses, ils tombèrent sur une jeune femme proprette d'un peu moins de vingt-cinq ans. La fillette qui l'accompagnait, qui avait l'air d'être sa sœur cadette, tenait au bout d'une ficelle un sac de bonbons du Kiriya et portait sur le dos une grande poupée en paille de Sumiyoshi-odori, la danse de plantation du riz, accrochée à une tige de bambou.

— Oh, mais c'est vous, enquêteur de Mikawa-chô, quel plaisir de vous rencontrer ! fit la femme avec un sourire aimable.

— Tiens, tu es une fidèle ? s'étonna Hanshichi en s'inclinant légèrement.

L'adolescente le salua en souriant.

— Vous venez déjeuner, vous aussi ? Si vous étiez arrivées un peu plus tôt, vous nous auriez servi le saké, quel dommage ! dit Hanshichi avec le même air réjoui.

— En effet, répondit la jeune femme. Cela m'ennuyait de m'absenter de chez moi aujourd'hui avec la petite, mais j'étais obligée de venir au temple pour prier à la place de quelqu'un qui m'a suppliée de le faire. Si j'avais demandé deux choses à moi toute seule dans mes prières, j'aurais semblé trop exigeante. Alors, on a décidé de se répartir les rôles : moi, j'ai prié pour moi, et ma sœur, pour l'autre.

— Ce qui signifie que cette personne-là est malade ?

Matsukichi leva le pouce en allusion à un éventuel amoureux. Ce geste fit rire la jeune femme qui rejeta légèrement la tête en arrière.

— Oh ! Vous plaisantez, n'est-ce pas ? Pauvre de moi, je ne suis pas encore mariée. C'est la patronne d'une boutique de kimonos d'occasion de mon quartier qui m'a demandé de venir prier à sa place… Ça fait un peu fille de la campagne de chercher à me justifier comme ça, mais je la connais par la cadette qui apprend le chant chez moi.

— Alors, cette patronne est croyante ? demanda Hanshichi sans trouver à y redire.

— Pour être croyante, elle l'est, mais elle a de gros soucis en ce moment : cela fait dix jours qu'elle ne sait pas où est passé son fils. Il paraît qu'elle a demandé partout à des diseuses de bonne aventure, on lui aurait déclaré qu'il était menacé par une arme ou de l'eau. C'est pourquoi sa mère est de plus en plus inquiète. Je viens de tirer une prédiction écrite[1] au temple, mais c'est encore un malheur qu'on annonce, expliqua la jeune femme en fronçant ses fins sourcils, l'air soucieux.

Elle s'appelait Kineya Otoku, était professeur et vivait dans une rue de derrière, au nord de Naitô Shinjuku. Connaissant l'activité des deux hommes, elle profita de la rencontre pour les prier instamment de lui faire savoir dès qu'ils auraient une idée de l'endroit où pouvait se trouver le fils de la marchande de kimonos. Hanshichi lui donna volontiers sa parole.

— Je la plains, vous savez, compatit Otoku. Sa fille cadette est encore une enfant, et si son fils, qui gagne l'argent de la maison, disparaît, elle se retrouvera sans ressources.

---

1. Inscrite sur un morceau de papier, elle est choisie en tirant une baguette de bambou d'une boîte que l'on secoue. La bande de papier est ensuite attachée à une branche d'arbre dans le temple. Prédictions classées en « Très grand bonheur », « Grand bonheur » et « Malheur ».

— Voilà qui fait pitié. Quel genre de garçon est ce fils, et quel âge a-t-il à peu près ?

Avec force détails, Otoku lui raconta qu'il s'appelait Senjirô et qu'à neuf ans, il était entré au service du prêteur sur gages de Kappazakashita à Ichigaya. C'était un apprenti modèle, et après ses trois années de post-apprentissage non rémunérées, il avait ouvert au printemps dernier une petite boutique de vêtements d'occasion à Shinjuku. Il vivait avec sa mère et sa sœur, et gagnait honnêtement sa vie. C'était un garçon pâlot de petite taille, âgé de vingt-quatre ans, mais qui en paraissait bien deux de moins. Hanshichi essayait de lire dans les yeux de la jeune femme, mais il la laissa parler avant de reprendre posément la parole :

— Il va sans dire que ce serait bien ennuyeux si on ne retrouvait pas rapidement ce fils.

— Oh oui, le plus tôt sera le mieux. Je me permets encore d'insister, mais sa mère est affreusement inquiète, dit Otoku, le regard implorant. Sur son visage à peine maquillé se devinait nettement l'ombre de l'angoisse.

— J'aimerais te poser d'autres questions, mais puisque de toute façon tu avais l'intention d'entrer ici, je te propose d'y retourner pour vous tenir compagnie.

— Mais, on va prendre de votre temps.

— C'est égal. Allez, je fais le guide !

En tête du petit groupe, Hanshichi pénétra de nouveau avec Matsukichi au Myôgaya. Après avoir commandé du saké et de quoi l'accompagner en quantité suffisante, il invita Otoku et la fillette à partager cette collation avec eux. Puis, saisissant le moment propice, il emmena la jeune femme dans une pièce à part.

— Je ne parlerai de rien d'autre que de l'affaire concernant ce Senjirô… Puisque tu m'as demandé de m'en occuper, je voudrais que tu me confies tout, car il me sera difficile de travailler si tu restes aussi discrète…

Un sourire moqueur aux lèvres, Hanshichi dévisageait Otoku, dont le rose des joues avait viré au rouge sous l'effet de l'alcool. Elle baissa la tête tout en se cachant les lèvres derrière une feuille de papier représentant une fleur de chrysanthème.

— Hé, tu me parais aussi timide qu'une fille de la campagne ! Sache qu'il m'a suffi de t'écouter tout à l'heure pour comprendre l'essentiel de cette affaire, et… comment dire, je te sens vraiment concernée par l'avenir de ce marchand de vêtements, j'ai même l'impression que ça ne te déplairait pas de manipuler la règle à mesurer le tissu à ses côtés. Le jeune garçon n'est pas vilain, il est honnête, il gagne bien sa vie, tu ne devrais pas le trouver si mal comme mari, pas vrai ? Toi, tu es une artiste, lui, c'est un commerçant, rien n'empêche votre mariage, alors, pourquoi te cacher et avoir peur ? Personnellement, j'irais volontiers célébrer vos noces en offrant un poisson comme cadeau traditionnel de la part d'un ami de longue date. Allez, vide ton sac, et tant pis si tu en rajoutes. Voilà, maintenant je me tais et je t'écoute. Je suis ton confident.

— Je vous prie de m'excuser.

— Tu n'as pas besoin de t'excuser ! C'est de la comédie, ça, dit Hanshichi en riant comme toujours. Alors, ce garçon, Senjirô, tu es la seule qu'il voit en secret, bien sûr ? Il n'est pas du genre volage ?

— Ça, je n'arrive pas à le savoir, répondit Otoku, l'air jaloux. Je ne l'ai pas surpris en flagrant délit, mais depuis l'époque où il était chez le prêteur sur gages, il y a quelque chose qui cloche chez lui. Ça me met mal à l'aise. Et quand je l'interroge durement parfois, il fait l'innocent et m'assure que non, il n'y a absolument rien de la sorte.

Senjirô n'était pas du genre noctambule et ne pensait nullement à se distraire en dehors de son travail de commerçant. Depuis l'époque où il était en apprentissage à Kappazakashita, c'était un fidèle du culte de Kishibojin et il allait sans faute prier au temple deux ou trois fois par mois. Bref, il faisait preuve d'un comportement irréprochable, à une exception près toutefois, le jour où il avait été surpris par Otoku, une lettre – de femme certainement – à la main. Senjirô l'avait aussitôt déchirée, si bien qu'elle n'en avait jamais connu la teneur. Depuis, elle l'observait de près et le devinait agité intérieurement, comme s'il avait quelque chose à lui cacher. Ce qui ne lui plaisait pas du tout. Une quinzaine de jours plus tôt, elle s'était disputée avec lui, exigeant qu'il l'épouse sur-le-champ. Peu de temps après, il avait disparu.

— Vraiment ? Ce n'est pas bon signe, ça ! lança Hanshichi. Mais alors, tu as voulu me faire marcher, et en beauté, en me racontant que c'était parce que tu avais pitié de la mère folle d'inquiétude ! Tu es sacrément coupable. Tu ferais bien de t'en souvenir. Hahahaha !

Otoku devint écarlate et se fit toute petite, l'air puéril.

Hanshichi laissa repartir chez elles Otoku et la fillette, emportant avec elles la nourriture enveloppée dans des feuilles de bambou qu'il leur avait offerte, pendant qu'il restait encore un moment au Myôgaya.

— Hé ! Matsu-le-grand-échalas, quand on bouge, on se cogne, c'est le cas de le dire ! Ça n'a pas été inutile de se déplacer jusqu'à Zôshigaya. On dirait bien qu'on est tombés sur un début de piste pour notre affaire de Kappazakashita. Fais venir un instant la servante.

Matsukichi frappa dans ses mains, et une femme d'un certain âge apparut aussitôt.

— Excusez-moi de vous obliger à m'appeler.

— Tout va bien, j'aimerais te demander une chose. Le dénommé Senjirô, l'ancien commis du prêteur sur gages d'Ichigaya, il vient ici de temps en temps ?

— Oui, monsieur.

— Deux, trois fois par mois, je suppose.

— Vous êtes bien renseigné, dites donc !

— Et il vient toujours seul ? demanda Hanshichi avec des yeux rieurs. Jamais avec une jeune et jolie fille ?

La servante sourit sans répondre. Mais, pressée de questions, elle finit par préciser que depuis trois ans Senjirô venait deux ou trois fois par mois en compagnie d'une belle jeune fille, aussi bien en pleine journée que dans la soirée. Il y a une dizaine de jours, Senjirô était arrivé le premier, et cette fraîche jeune fille, vers midi. Ils étaient repartis ensemble au coucher du soleil. Elle expliqua que personne jusqu'à aujourd'hui ne connaissait le nom de sa compagne, car en présence des servantes ils avaient l'air gênés et n'ouvraient pas la bouche.

— La dernière fois que tu l'as vue, est-ce qu'elle portait une ceinture rouge à motifs pommelés de feuilles de chanvre, par hasard ? demanda Hanshichi.

— Oui, j'en suis sûre.

— Ah ah ! Merci, mam'zelle, je reviendrai bientôt te remercier.

Hanshichi lui remit quelques pièces dans une feuille de papier pliée, et sortit du Myôgaya, suivi de Matsukichi qui murmura :

— On dirait qu'on commence à marquer des points, chef. Il faut absolument choper ce Senjirô.

— Ouais, acquiesça Hanshichi. Mais on a affaire à un amateur. Il ne pourra pas se cacher indéfiniment.

233

Quand la fièvre sera redescendue, je peux t'assurer qu'il sortira de sa cachette comme si de rien n'était. Maintenant, je veux que tu ailles à Shinjuku tous les jours et que tu gardes à l'œil la boutique de vêtements d'occasion, la maison d'Otoku et les alentours.

— D'accord, chef, je vous le promets.

Hanshichi pensait rentrer directement chez lui à Kanda, mais comme il n'avait pas encore vu le lieu du drame, il décida de faire à tout hasard un détour par Ichigaya. Lorsqu'il arriva en bas de la pente, à Kappazakashita, le soleil était déjà sur le point de se coucher. Il entra à l'arrière de la maison du marchand de saké et, debout devant la porte d'entrée, regarda discrètement ce qui se passait chez Omiyo. Puis il se rendit chez le marchand de saké. L'homme était à sa caisse, et en apprenant que Hanshichi était en mission officielle, il joua la carte de la politesse :

— Je vous remercie infiniment de votre visite. Que puis-je faire pour vous aider ?

— Eh bien, depuis cette terrible affaire, il ne s'est rien passé d'étrange chez la jeune fille qui habitait ce logement ?

— Ecoutez, pas plus tard que ce matin, j'ai vu l'enquêteur Chôgorô, et justement je lui en ai parlé…

Ce Chôgorô était un enquêteur de la ville haute dont le territoire s'étendait de Yotsuya à cette zone. Hanshichi savait qu'il n'avait pas le droit d'intervenir dans un endroit ne relevant pas de sa compétence, mais comme il s'était donné la peine de venir, il pouvait tout de même s'informer sur ce que savait le propriétaire.

— Et qu'est-ce que vous avez raconté à Chôgorô ?

— Que cette Omiyo n'a pas été tuée. En découvrant le drame, sa mère a perdu la tête et, sur le coup, elle n'a rien remarqué de particulier. Et puis, hier matin, elle a voulu ouvrir le tiroir du grand brasero. Comme il résistait, elle a trouvé ça bizarre et l'a forcé. Et effectivement, un morceau de papier avec des inscriptions était coincé à l'intérieur. Elle l'a tiré vers elle et l'a lu : c'était un message d'adieu de sa fille ! Une courte lettre griffonnée qui expliquait qu'elle devait mourir pour un cas de force majeure, où elle lui demandait pardon de partir avant elle. Sa mère était bouleversée, elle s'est précipitée chez moi avec le papier. J'ai reconnu l'écriture de sa fille. Et sa mère aussi est certaine que c'est elle qui a écrit ce mot. Cette Omiyo se serait donc pendue pour une raison inconnue. Pour le moment, on a fait la déclaration au poste, et quand j'ai vu l'enquêteur Chôgorô ce matin, je lui ai raconté tout ça en détail.

— C'est quand même inattendu, cette histoire ! Et qu'a dit Chôgorô ? demanda Hanshichi.

— Lui aussi n'en revenait pas, mais il a dit que l'affaire était close puisque c'était un suicide…

— Evidemment. On ne peut pas faire d'enquête s'il s'agit d'un suicide.

Après quelques brèves questions sur le comportement habituel d'Omiyo, Hanshichi sortit. Mais il n'était pas convaincu. Même si la jeune fille s'était pendue, qui avait allongé correctement sa dépouille ? Il ne savait pas ce que Chôgorô en pensait, mais, selon lui, accepter la thèse du suicide sans pousser plus avant l'investigation, c'était aller un peu vite en besogne. Pourtant, la lettre d'Omiyo n'était pas un faux, elle avait effectivement projeté de se donner la mort. Pourquoi était-elle si pressée de mourir ? Après avoir imaginé toutes sortes de raisons, Hanshichi eut soudain une idée. Il rentra chez lui directement à Kanda et attendit des nouvelles de Matsukichi, qui ne réapparut que cinq jours plus tard, l'air embêté.

— Ça ne va pas du tout, chef. J'ai gardé l'œil tous les jours sur les deux logements en question, mais le type ne s'est pas pointé. Qui sait, il s'est peut-être fait la malle !

D'après le rapport de Matsukichi, les deux jeunes gens habitaient l'un et l'autre des rez-de-chaussée exigus. Il était donc peu probable qu'on pût s'y cacher. La mère passait ses journées assise dans la boutique. Et la jeune femme donnait ses cours de chant quotidiens dans sa maison. Il n'avait noté aucun changement.

— Les cours continuent donc comme d'habitude… Mais sa représentation mensuelle, elle a eu lieu quand ? demanda Hanshichi.

— Il paraît que c'est le 20 de chaque mois, mais cette fois-ci, elle ne l'a pas donnée, pour cause de grippe, paraît-il.

— Le 20, c'était avant-hier, dit Hanshichi en réfléchissant. Quel genre de nourriture mange-t-elle ? Les marchands de poisson et de légumes doivent passer régulièrement chez elle. De quoi s'est-elle nourrie ces trois derniers jours ?

Matsukichi n'avait pas pris la peine de se renseigner, mais il raconta ce qu'il savait : à midi, l'avant-veille, elle avait commandé une marmite de loches pour une personne au restaurant spécialisé d'à côté. La veille, elle s'était fait préparer des sashimis pour midi chez le marchand de poisson.

— Et ça ne te suffit pas pour comprendre ce qui se passe ! lui reprocha vertement Hanshichi. Le coquin se cache dans sa maison, cela va de soi ! Ça m'étonnerait qu'un professeur qui donne des leçons dans un quartier excentré, même si Shinjuku n'est pas très loin, puisse de nos jours s'offrir le luxe d'un repas livré à domicile tous les jours et se goinfrer de sashimis. Je suis sûr qu'elle racle le fond de sa bourse pour régaler son petit chéri. La preuve la plus évidente, c'est qu'elle a annulé sa représentation mensuelle lors des inscriptions d'élèves, le moment où elle peut escompter le plus de bénéfices. D'ailleurs, il y a certainement un plancher surélevé qui sert de scène dans cette maison.

Le logement comptait deux pièces, l'une de quatre tatamis et demi, et l'autre de six. Matsukichi assura que dans la plus grande du fond se trouvait un plancher surélevé de deux *ken* (neuf mètres carrés environ), dissimulant sûrement un placard. Hanshichi estima que c'était là que se cachait le disparu.

— Viens, Matsu, on fonce là-bas. Qui sait ce qu'ils vont encore fabriquer ces deux-là quand ils n'auront plus un sen ?

Et ils partirent pour le nord de Shinjuku.

— Oh, enquêteur de Mikawa-chô ! Je vous remercie de bien avoir voulu m'écouter l'autre jour. Si je ne vous ai pas encore rendu visite pour vous témoigner toute ma gratitude, c'est que la pauvre femme que je suis travaille beaucoup et n'était pas en très bonne santé ces derniers temps.

Kineya Otoku sourit à Hanshichi en rajustant le col de sa veste ample sans revers. Sans remarquer la présence de Matsukichi resté à la porte de derrière, elle fit entrer Hanshichi qui s'assit devant une petite console adossée au mur. Cette première pièce contenait le brasero de forme oblongue, la commode de vêtements et le buffet pour la vaisselle. La bibliothèque et les *shamisen* se trouvaient dans la plus grande, où se donnaient les cours. Il était à peine deux heures de l'après-midi, ce qui pouvait expliquer l'absence des élèves, qui n'étaient pas encore sortis de leur cours de calligraphie.

— Où est la fillette ?

— Eh bien, aujourd'hui encore, elle est allée prier.

— Prier Kishibojin, la divinité de la mère et de l'enfant ? ironisa Hanshichi tout en buvant une infusion à la fleur de cerisier servie par Otoku. Elle est sûrement très pieuse, mais elle ferait peut-être mieux de me vénérer, moi, car je sais parfaitement où se cache Senjirô.

Otoku haussa légèrement les sourcils, puis elle éclata de rire pour se mettre à son diapason.

— C'est vrai ce que vous dites, enquêteur ? Si je pouvais tout vous demander, je serais plus rassurée, mais…

— Ce n'est pas une blague ! Je sais parfaitement où il se trouve, et je suis monté spécialement de la ville basse pour te l'apprendre. Il n'y a personne d'autre ici, n'est-ce pas ?

— Non, dit Otoku en se raidissant, les yeux braqués sur lui.

— Cela m'est un peu pénible d'en parler devant toi, mais quand il travaillait chez le prêteur sur gages, Senjirô fricotait déjà avec la jeune Omiyo. Elle vivait avec sa mère à l'arrière de la maison du marchand de saké, à Ichigaya. C'est cette fille qui te tourmentait tant, n'est-ce pas ? J'ignore quelle en est la cause, mais Senjirô et Omiyo avaient bel et bien décidé de se suicider en amoureux, et il a commencé par étrangler la jeune fille.

— Non ! s'exclama Otoku, livide. Ils projetaient vraiment de mourir ensemble ?

— Oui. Mais un homme qui voit une jeune fille mourir devient lâche. Il s'est ravisé tout à coup et s'est enfui, puis il s'est caché quelque part. La fille est morte, quel malheur pour elle ! J'imagine qu'elle doit sacrément lui en vouloir.

238

— Vous avez la preuve formelle qu'ils voulaient se tuer ensemble ?

— Ça ne fait aucun doute : on a découvert une lettre de la fille.

A ces mots, il remarqua que les yeux limpides d'Otoku s'emplissaient de larmes.

— S'il pensait aller jusqu'au suicide par amour pour cette fille, alors, je me suis fait avoir, en un mot.

— Je suis désolé pour toi, mais en poussant la logique jusqu'au bout, c'est la conclusion que l'on pourrait en tirer.

— Mais pourquoi ai-je été aussi stupide ?

Otoku semblait à bout et, toute tremblante, elle dissimula son visage derrière la manche de son sous-kimono. De l'autre côté de la porte de derrière, Matsukichi tentait de calmer à voix basse un chien qui aboyait après lui, sans être entendu d'Otoku apparemment. S'essuyant les yeux, elle demanda :

— Et si on retrouvait Senjirô, que lui arriverait-il ?

— La fille étant morte, l'affaire ne peut aller sans conséquences.

— Si vous pouviez le retrouver, enquêteur, vous l'arrêteriez ?

— C'est un rôle que je n'aime pas, mais j'y serais bien obligé.

— Alors, attrapez-le maintenant !

Otoku se leva brusquement et ouvrit d'un geste sec le placard sous le plancher. Dans un coin apparut le visage blême du jeune homme. A peine Hanshichi eut-il le temps de se dire qu'il avait vu juste qu'Otoku saisit la main du garçon et le tira vigoureusement hors de sa cachette.

— Tu m'as bien eue, Senjirô ! D'abord, tu m'as demandé de te cacher quelque temps, sous prétexte que tu t'étais trouvé compromis dans une affaire catastrophique de vente d'articles de mauvaise qualité. Tu es ici depuis trois jours, et j'apprends que tout ça n'est que tromperie ! J'apprends aussi que tu as raté ton suicide avec la fille d'Ichigaya. Tu n'as jamais cessé de me raconter des mensonges, et à présent, encore pire, voilà cette histoire de suicide ! Je suis folle de rage et si je t'ai fait sortir de ta cachette, c'est pour te livrer à l'enquêteur. Et s'il t'arrête ou te jette en prison, je m'en fiche complètement, il peut faire de toi ce qu'il veut !

Les yeux inondés de larmes de dépit et d'indignation, Otoku fixait l'homme qui détourna la tête pour fuir son regard. Il tomba sur celui de Hanshichi qui le transperça. Prostré, comme saisi par l'envie de disparaître, Senjirô plaqua son visage sur le vieux tatami hérissé de brins de paille.

— Au point où tu en es, Senjirô, tu ne peux plus reculer, dit Hanshichi pour lui faire entendre raison. On en est déjà à la scène du dénouement, non ? Lance-toi, dis-moi tout franchement. Je t'écouterai ici, car j'ai horreur de traîner les gens jusqu'au poste et de leur taper dessus. Allez, vas-y, parle !

— Excusez-moi, commença Senjirô, d'une pâleur cadavérique.

— Tu voulais te tuer avec Omiyo, hein ? Et tu l'as étranglée, elle ?

— Non, enquêteur, jamais de la vie, ce n'est pas moi qui ai tué Omiyo !

— Tu mens ! Ce n'est tout de même pas la même chose que d'abuser une femme ! Si tu lâches huit cents mensonges à la suite devant un agent du gouvernement au service du shôgun, ça va barder ! Regarde à qui tu as affaire avant de raconter des bobards. Concrètement, il y a le testament d'Omiyo.

240

— Omiyo ne parle pas de suicide à deux dans son testament. Elle est morte toute seule, insista Senjirô d'une voix tremblante.

Hanshichi se trouvait presque dans une impasse. Il était le seul à juger qu'il s'agissait d'un suicide d'amoureux et, effectivement, dans sa lettre Omiyo n'en parlait pas. Mais il avait le sentiment que la jeune fille et ce garçon n'étaient pas étrangers l'un à l'autre.

— Alors, comment se fait-il que tu connaisses le contenu de sa lettre puisque tu n'étais pas à ses côtés quand elle est morte ? Et d'abord, qu'est-ce qui te fait dire qu'elle est morte toute seule ? Allez, parle ! le somma Hanshichi du haut de son autorité.

— Je vais tout vous dire.

— Vas-y, vas-y, grouille-toi !

Debout à leur côté, Otoku posait un regard chargé de rancœur sur Senjirô qui hésitait encore, mais, pressé de répondre, il finit par avouer d'une traite. A l'époque où il travaillait chez le prêteur sur gages à Ichigaya, il s'était lié avec Omiyo qui habitait à proximité. Mais comme elle appartenait déjà à un seigneur issu d'une famille de samouraïs, il redoutait un éventuel châtiment si leur liaison était découverte. Tous deux prenaient d'infinies précautions et se rencontraient en cachette dans une maison de thé de Zôshigaya deux ou trois fois par mois. Ils continuèrent à se voir quand Senjirô ouvrit un commerce de vêtements d'occasion à Shinjuku. Peu après, sa sœur cadette lui donna l'occasion de connaître Otoku, car elle venait prendre des leçons de chant chez elle. Le jeune homme se retrouva l'amant des deux femmes, car il fréquentait toujours Omiyo à l'insu d'Otoku évidemment.

Au cœur de cette situation déjà bien délicate surgit une complication supplémentaire. Un jour que Senjirô et Omiyo s'étaient retrouvés dans la maison de thé habituelle, ils furent surpris par un membre de la maison Okubo. Or, Omiyo savait par la rumeur ce qu'il était advenu de la concubine précédente du seigneur et maître, à la suite d'une relation illicite : il l'avait froidement tuée d'un coup de sabre. Voilà pourquoi la pauvre Omiyo, douce jeune fille terrorisée par cette idée, avait faussé compagnie à sa mère sur la route de Nerima et couru retrouver Senjirô à leur maison de thé. Puis elle s'était lamentée, disant qu'il lui fallait mourir puisque son secret était découvert.

En entendant ce récit, le fragile Senjirô prit peur. Il craignait que non seulement Omiyo soit emmenée de force à la demeure du seigneur samouraï, mais lui aussi, en tant que partenaire d'une liaison illicite. Allez savoir quel malheur s'abattrait sur eux ! Mais il ne pouvait pas non plus se résoudre à mourir avec elle. Il fit de son mieux pour calmer la jeune fille, qui suggérait un double suicide, et la persuada tant bien que mal de rentrer chez elle ce soir-là, à Ichigaya. Sur le chemin du retour, l'inquiétude le saisit et, soudain, il décida de passer chez Omiyo. Mais il arriva trop tard : elle avait accroché à la poutrelle de la cuisine son obi aux motifs de feuilles de chanvre et s'était pendue. A côté du brasero traînaient deux testaments dont l'un lui était adressé et l'autre à sa mère. Sans doute avaient-ils été écrits dans la précipitation, car aucun n'était cacheté, et il les lut tous les deux.

Senjirô suffoqua de surprise et, pendant quelques instants, il resta hébété de douleur, mais bientôt il reprit ses esprits et recueillit dans ses bras le corps inerte d'Omiyo. Il le transporta au fond de la maison, dénoua l'obi autour du cou, l'allongea selon les rites, la tête orientée au nord. Puis, en pleurs, il pria les mains jointes. Ensuite, il mit le testament adressé à sa mère dans le tiroir du brasero et fourra le sien dans sa poche intérieure. Il était résolu à s'étrangler auprès de la jeune fille, mais il se dit que si on le retrouvait mort ici avec elle, ce serait impardonnable vis-à-vis de la pauvre Otoku et, à demi conscient, il fila discrètement en emportant l'obi d'Omiyo. Où et comment avait-il erré ? Il l'ignorait. A la recherche d'un endroit pour mourir, il s'était égaré du côté de l'étang de la Ceinture-voleuse. Alors qu'il réfléchissait à la façon de mourir, soit se pendre avec l'obi, soit se jeter dans l'étang, le destin voulut que des gens passent par là à plusieurs reprises, l'empêchant d'accomplir tranquillement son acte. Par cette nuit voilée, quelques étoiles brillaient faiblement, et tandis qu'il restait là immobile, subjugué par ces lueurs, le vent frais de la nuit de printemps le fit frissonner. Tout à coup, il eut peur de mourir. Il lança dans l'étang la ceinture qu'il serrait contre lui et se sauva à toutes jambes dans les ruelles sombres.

Mais, poursuivi par une sorte d'angoisse, il ne put rentrer directement chez lui. Même s'il n'avait pas tué de sa main, il craignait d'être compromis d'une manière ou d'une autre dans la mort d'Omiyo. Et craignait aussi le châtiment du seigneur d'Okubo. Lui revint alors en mémoire le nom d'un ancien compagnon apprenti du temps où il travaillait chez le prêteur sur gages, qui vivait à proximité de Horinouchi, et il se rendit directement chez lui. Il inventa une histoire plus ou moins crédible et se cacha là une dizaine de jours, mais comme il ne pouvait pas lui demander l'hospitalité indéfiniment, il retourna à Edo après lui avoir emprunté quelques pièces pour le trajet. C'était le lendemain soir qu'Otoku avait rencontré Hanshichi à Zôshigaya.

Ni à sa mère ni à Otoku, il n'eut le courage d'avouer la vérité. Il échafauda un nouveau mensonge, racontant qu'il ne pouvait pas se montrer en public pendant quelque temps parce qu'il avait des ennuis, considéré comme complice dans une affaire d'articles douteux qu'il avait achetés. Après avoir consulté sa mère, Otoku cacha son amoureux chez elle. Mais quand Hanshichi perça son secret et qu'elle comprit qu'elle avait été trahie par Senjirô, elle en éprouva une immense amertume. Aveuglée par une jalousie qu'elle ne pouvait plus maîtriser, devant l'enquêteur elle avait extirpé de sa cachette ce Senjirô qu'elle entourait de tant de prévenances.

— Et comment tout cela s'est-il terminé ? demandai-je à Hanshichi.

— Oh, sans vraiment de problème, répondit-il en riant. S'il s'était agi d'un double suicide manqué, Senjirô aurait fait figure de meurtrier, mais puisque la jeune femme s'était suicidée seule, il n'avait pas trop de souci à se faire. Si cette histoire avait été connue sur la place publique, après une remontrance sérieuse je l'aurais remis aux officiers municipaux, mais j'ai eu pitié de lui, je lui ai chauffé les oreilles, et l'affaire a été oubliée. Le plus drôle, c'est qu'un mois plus tard, Otoku et Senjirô sont venus ensemble chez moi pour me remercier. Ils s'étaient réconciliés ! Il a eu la chance de ne pas tomber entre les mains des autorités, qui l'auraient sûrement déclaré coupable d'un crime grave, car là sa situation aurait été sans espoir. J'ai taquiné Otoku en soulignant qu'elle avait pris le risque de le perdre, mais de l'air le plus sérieux du monde, elle m'a dit : « C'est comme ça, les femmes… » Hahahaha !

LA FONTE DES NEIGES AU PRINTEMPS

— Comme je sais que tu aimes le théâtre, tu dois connaître cette pièce de kabuki en sept actes, *Kôchiyama*, dans laquelle un daimyô corrompu cherche à séduire une jeune fille aimée du héros. La courtisane de haut rang Michitose se repose dans un pavillon à Iriya, où Naozamuraï vient la voir en cachette. Quel est donc le titre de ce morceau de musique avec *shamisen* et tambours ? Ah oui, c'est *Rendez-vous clandestin au printemps à la fonte des neiges.* Chaque fois que j'assiste à ce spectacle, une histoire me revient en mémoire, dit Hanshichi qui poursuivit d'un trait : Bien sûr, l'intrigue en est complètement différente, mais la scène se passe également dans les rizières d'Iriya et par une soirée où la neige tombe en légers flocons. Un masseur aveugle, tel le personnage déguisé en moine joué par Matsusuke, apparaît en scène coiffé d'un capuchon, et l'atmosphère de ce moment-là ressemble tout à fait à la pièce de kabuki. Bon, je vais te raconter. Je me contenterai de parler et ne peux prétendre te faire entendre la voix sensible d'un maître de *kiyomoto*[1] du quartier de Hamachô, mon récit sera donc sans éclat.

---

1. Sorte de récitation chantée accompagnée de *shamisen.* Son chant est caractérisé par un timbre nasal particulier, et met l'accent sur le début et la fin des phrases musicales.

C'était en l'an 1 de Keiô (1865), à la fin janvier. Parti de Kanda pour s'occuper d'une petite affaire devant le temple à Ryûsenjimae, Hanshichi quitta l'endroit à plus de cinq heures de l'après-midi. Il commençait déjà à faire sombre dans les ruelles et on avait bien du mal à croire que le printemps serait bientôt là. Le ciel était désespérément gris et froid depuis le matin, menaçant de laisser tomber un duvet blanc et donnant d'autant plus l'impression de la tombée imminente du jour. La personne que Hanshichi était allé voir avait proposé sans succès de lui prêter un parapluie, et il était parti les mains dans les poches avec l'espoir que le temps se maintiendrait jusqu'à son retour à la maison. Mais tandis qu'il approchait des rizières d'Iriya, de petites formes blanches semblables à des ailes de grues déplumées se mirent à miroiter çà et là devant lui. Il sortit alors sa serviette pour se protéger la figure et fendit le vent froid.

— Dis donc, Tokuju-san, tu es têtu, toi ! Je te demande juste de venir un moment…

Au son de cette voix féminine, Hanshichi tourna la tête et vit, devant la porte du jardin d'entrée d'une résidence, un pavillon de campagne apparemment, une jeune femme soignée de vingt-cinq ans environ à l'allure d'une bonne, qui essayait de retenir un aveugle par la manche de son kimono.

— Je vous dis que ce n'est pas possible, Otoki-san ! Excusez-moi, mais j'ai promis d'aller aujourd'hui dans le quartier réservé, dit l'aveugle que cette fille tirait en arrière comme il tentait de s'échapper.

— Mais je suis bien embêtée, moi ! Il y a beaucoup de masseurs, mais ma maîtresse la courtisane dit que tu es son préféré et que les autres ne lui conviennent pas, alors, je t'en prie, suis-moi gentiment.

— Je suis très honoré que votre maîtresse me considère comme son favori et je l'en remercierai toujours. Quoi qu'il en soit, j'ai un rendez-vous pris depuis longtemps…

— Tu veux rire ! Tu dis ça tous les jours, ces temps-ci. Tu penses vraiment qu'on te croit l'une et l'autre ? Allez, ne rouspète pas, viens avec moi. Qu'est-ce que t'es agaçant !

— Mais je ne peux vraiment pas, juste aujourd'hui, pardonnez-moi.

Ils semblaient aussi têtus l'un que l'autre, et comme cette situation sans grand intérêt risquait de se prolonger, Hanshichi continua son chemin sans plus prêter attention à leurs paroles. La neige n'était qu'une toile de fond qui tombait faiblement, et à son arrivée chez lui, elle s'était arrêtée. Deux jours durant, le ciel resta très couvert, et le troisième, Hanshichi dut se rendre à nouveau à Ryûsenjimae, près du temple, pour régler une autre affaire.

Aujourd'hui, il faut se méfier, se dit-il au vu du temps en quittant sa maison, cette fois muni d'un parapluie. Et la neige tomba à gros flocons comme annoncé. Là encore, il était plus de cinq heures de l'après-midi quand il prit le chemin du retour, et comme l'autre fois, les rizières d'Iriya avaient disparu sous une couche blanche. Au niveau du pavillon, son parapluie alourdi par la neige, il sentit que l'attache de l'un de ses socques aux taquets en bois peu élevés – de ceux que l'on enfile par beau temps – s'était cassée malencontreusement. Contrarié, il s'approcha du mur d'enceinte pour la réparer provisoirement. Il entendit alors un bruit de pas sur la neige. La femme de l'autre jour descendait avec précaution la petite allée du jardin ponctuée de pierres plates et passa la porte.

— C'est incroyable ce qu'il est tombé comme neige tout à coup… marmonna-t-elle en restant debout à l'extérieur, l'air d'attendre quelqu'un. Mais n'ayant pas pris de parapluie, elle était gênée par les flocons dans ses cheveux et fit bientôt demi-tour vers la maison.

Les mains engourdies par le froid, Hanshichi mit du temps pour rafistoler son socque avant de pouvoir l'enfiler, et tandis qu'il frottait ses mains maculées avec de la neige, l'aveugle aperçu précédemment arriva d'un pas rapide, en habitué. Au bruit de son pas, la fille jaillit de la maison comme si elle l'attendait avec impatience. L'expérience de tout à l'heure avait dû lui servir de leçon. Cette fois, elle avait pris la précaution de prendre un parapluie, mais pressée de rentrer au plus vite dans la maison, elle l'avait à peine ouvert, évitant tout juste de se mouiller les cheveux.

— Aujourd'hui, Tokuju-san, je ne te laisserai pas t'échapper ! s'écria-t-elle.

De surprise, le masseur aveugle s'arrêta net, et la femme tenta à nouveau de le persuader alors qu'il cherchait à s'esquiver en invoquant toutes sortes de raisons. Hanshichi trouvait un peu curieux de voir se répéter le même genre de scène et, faisant semblant de tripoter ses socques boueux, il observa du coin de l'œil l'homme qui, refusant toujours avec obstination, se sauva comme un fuyard.

— Il est vraiment pas possible ! grommela la femme en rentrant dans la maison.

Hanshichi la suivit du regard, puis s'empressa de rattraper la silhouette au parapluie blanc de neige du masseur à quelques pas devant lui.

— Hé, Tokuju-le-masseur ! lança-t-il.

— Oui ?

L'aveugle, à qui la voix de l'enquêteur était inconnue, s'arrêta la tête légèrement penchée, l'air interrogateur. Hanshichi vint coller son parapluie contre le sien.

— Quel froid, hein, Tokuju-san, c'est fou ce qu'il tombe ! Tu t'es occupé de moi deux ou trois fois dans le quartier des maisons closes. L'autre jour encore, c'était au premier étage du Omiya.

— Ah, c'est donc ça ? Avec l'âge, je perds peu à peu mon instinct, et il m'arrive d'être impoli avec mes clients, excusez-moi. Vous vous rendez aussi dans le quartier réservé, mon bon monsieur ? Quel plaisir de passer la soirée là-bas par un temps pareil ! *Je sais qu'elle est mienne, la neige sur mon parapluie, si fine si légère,* plaisanta-t-il avec ce haïku.

Savait-il ou non que Hanshichi lui racontait des mensonges et qu'il ne le connaissait pas ? Tokuju, en tout cas, entrait dans son jeu avec habileté.

— On se gèle, hein !

— Oui, ça fait bien plusieurs jours que le froid est revenu.

— C'est pas facile de traverser les rizières avec cette neige. Qu'est-ce que tu dirais de se donner du courage en avalant un bol de *soba* bien chaud ? Tu ne m'accompagnerais pas ? Il est un peu tôt pour se rendre dans le quartier des maisons closes.

— Oh oui, je vous remercie beaucoup de votre invitation. Je ne suis pas porté sur l'alcool, mais ceux qui ont l'habitude de boire auraient du mal à traverser ces rizières sans un bon coup de saké. Oh oui, je vous remercie.

Après avoir fait demi-tour sur un *chô* environ (une centaine de mètres), Hanshichi et son compagnon passèrent sous le rideau servant d'enseigne d'un petit marchand de nouilles au sarrasin *soba*, et tout en époussetant la neige de son capuchon, Tokuju se colla frileusement au vieux brasero carré. Hanshichi commanda des *tanemono*, des nouilles dans un bouillon avec beignets de légumes et de poisson ou des œufs, et un flacon de saké.

— Il y a des grains de riz gonflés, hein ? Ce sont les meilleures soupes *tanemono* préparées dans le style d'Edo. Et ces feuilles d'algues séchées *nori* sentent tellement bon, dit Tokuju dont le visage n'était plus qu'une bouche, humant avec contentement l'odeur tiède des nouilles de sarrasin.

La femme du marchand de *soba* alluma la lanterne à la porte d'entrée et la faible lueur laissa deviner à travers le petit rideau la neige qui tombait à gros flocons comme autant de pétales. Après avoir siroté la moitié d'un flacon de saké, Hanshichi se mit à parler.

— Tokuju-san, quel est ce pavillon devant lequel je t'ai entendu parler tout à l'heure ?

— Oh, vous étiez dans les parages, mon bon monsieur ! Je ne m'en étais pas rendu compte. Hahahaha ! Eh bien, c'est le pavillon de la maison Tatsuise du quartier des maisons closes.

— Quelqu'un essayait de te retenir, et toi, tu voulais t'enfuir à tout prix, non ? Pourtant, si c'est un pavillon de ce quartier, ce sont de bons clients ?

— Oui, mon bon monsieur, mais je n'aime pas tellement l'ambiance là-bas. Oh, ça ne signifie pas qu'ils ne me paient pas ou quelque chose comme ça. Mais cette maison, comment vous dire, eh bien, je la trouve lugubre.

Hanshichi posa la coupe de saké qu'il venait de porter à ses lèvres.

— Lugubre ! Qu'est-ce que tu entends par là ? Que ce serait une maison hantée ?

— Non… en tout cas, je ne l'ai jamais entendu dire, mais pour moi, c'est un endroit vraiment sinistre… Quand on m'y fait venir, j'ai la chair de poule, et je n'ai qu'une envie, c'est de repartir au plus vite, expliqua Tokuju en essuyant avec sa paume les gouttes de sueur qui perlaient au bout de son nez.

— Curieux comme histoire, fit Hanshichi. Je ne comprends pas pourquoi elle serait lugubre.

— Moi non plus. Mais sans en connaître la raison, je frissonne comme si on m'aspergeait d'eau dans le cou. Je ne sais pas ce qui se passe, parce que mes yeux ne peuvent rien voir, mais j'ai l'impression, eh bien, qu'une chose bizarre est assise à côté de moi… C'est vraiment étrange.

— Qui donc va dans ce pavillon ?

— Une courtisane qu'on appelle Tagasode[1]. Une jeune femme dans la fleur de l'âge, d'une vingtaine d'années. Il paraît qu'elle est incroyablement belle et depuis le onzième mois lunaire de l'an passé, elle a trouvé un prétexte pour venir se reposer dans ce pavillon.

— Si elle s'est retirée de son établissement dans le quartier réservé pendant tout ce temps-là, c'est qu'elle doit être drôlement malade.

— Elle n'a pas l'air si malade que ça ! rétorqua Tokuju.

Bien sûr, un aveugle ne pouvait pas tout savoir, mais il lui semblait qu'en fait de maladie, c'était surtout de paresse qu'il s'agissait. Néanmoins, Hanshichi n'arrivait pas à comprendre ce qui rendait ce pavillon du Tatsuise aussi lugubre. Et après avoir insisté pour que Tokuju reprenne du *soba* qu'il avait commencé par refuser

---

1. Littéralement « La manche de qui ? », en référence à un *waka*, un poème classique du X siècle du monde aristocratique. Ce qui signifie que cette femme fait partie des prostituées de haut rang.

poliment parce qu'il n'avait plus faim, l'enquêteur tenta patiemment de lui extirper davantage de précisions tout en sirotant du saké.

— Comment dire, je ne peux pas vous expliquer, murmura Tokuju en se renfrognant. Ecoutez, mon bon monsieur, quand on me conduit dans une pièce de la maison et que je masse les épaules de la courtisane, la plupart du temps c'est la nuit ou le soir que ça se passe, et alors... j'ai l'impression que quelque chose vient s'asseoir à côté d'elle... Pas une de ces jeunes servantes de courtisane ou servantes ordinaires. Parce que ce genre de femmes, ça n'arrête pas de jacasser, mais je n'ai jamais rien entendu de tel, la pièce est tellement calme que ça en devient sinistre. Bon, en un mot, je me demande si ce ne serait pas un revenant qui reste silencieux dans son coin... J'en ai la chair de poule, vous ne pouvez pas savoir ! C'est pourquoi, même si je plains la pauvre Otoki, la petite bonne, ces temps-ci je fais tout pour lui échapper et je me sauve... C'est plus fort que moi, et tant pis si je perds un client.

Après avoir entendu cet étrange récit dans lequel il semblait y avoir une certaine cohérence et en même temps ne pas y en avoir du tout, Hanshichi réfléchit en silence. La neige continuait de tomber ; les pétales blancs passaient parfois sous le petit rideau et, en tourbillonnant, venaient s'étaler sur le sol en terre battue de l'entrée sombre.

Tout compte fait, les dires de l'aveugle ne constituaient pas la preuve concrète de ce qu'il avançait, et il n'était pas question que Hanshichi se satisfasse sans réagir d'une soi-disant histoire de fantôme. Il tenait vraiment à découvrir la véritable nature de ce mystère.

Quand il eut quitté Tokuju ce soir-là, il rentra directement chez lui à Kanda, mais le lendemain matin il fit venir son subalterne Shôta qui habitait Umamichi, à Asakusa.

— Ecoute, Shôta, le quartier des maisons closes est le territoire de Jûbei de Tamachi, mais j'ai quelques bonnes raisons pour y fourrer mon nez. Tu vas faire un boulot pour moi. A Edo-chô, il doit y avoir une maison de prostitution qui s'appelle Tatsuise. Je veux que tu ailles fouiner là-bas au sujet d'une certaine Tagasode.

— Mais Tagasode est dans le pavillon d'Iriya, à ce qu'il paraît, fit remarquer Shôta d'un air entendu.

— Je te dis de te renseigner ! En fait, quelque chose m'échappe… En un mot, est-ce que cette fille aurait un amant, est-ce qu'elle subirait la vengeance de quelqu'un ? Débrouille-toi pour en savoir plus. Montre-toi discret, mais tu me fais une enquête sommaire sur les coulisses de cette maison Tatsuise.

— Entendu. D'ici deux à trois jours, j'aurai examiné tout ça, promit Shôta à Hanshichi avant de le quitter.

Au bout de cinq jours, il n'était toujours pas revenu. Qu'est-ce qu'il peut bien trafiquer ? se demandait l'enquêteur sans pour autant s'inquiéter, car ce travail n'avait pas de caractère d'urgence, quand, début février, Shôta arriva chez lui à l'improviste.

— Excusez-moi, chef, mais mon gosse a la rougeole.

— Oh, c'est pas bon ça ! Ce n'est pas trop grave, au moins ?

— Non, il ne l'a pas forte, heureusement. Maintenant, chef, au sujet de cette affaire du Tatsuise, eh bien, je suis allé voir ça d'assez près.

D'après Shôta, l'établissement travaillait pas mal dans le quartier d'Edo-chô, mais on racontait que, lors du grand tremblement de terre de Ansei (1855), les filles de joie s'étaient toutes retrouvées prisonnières dans la cave et avaient brûlé vives ; depuis ce mauvais coup du sort, le commerce ne marchait pas trop bien. Cependant, comme il s'agissait d'un vieil établissement dans le quartier des plaisirs de Yoshiwara et que la patronne possédait d'autres lieux et maisons de rapport, ses affaires s'étaient maintenues. Cette patronne, du nom d'Omaki, avait la responsabilité de son fiston Eitarô, tout juste vingt ans cette année, mais contrairement à son mari défunt, sa compassion envers les gens lui valait une excellente réputation. Tagasode, une jeune beauté, était devenue très populaire dès ses débuts dans la profession, et elle se reposait dans le pavillon d'Iriya depuis le deuxième jour du Coq du onzième mois lunaire de l'an passé. Selon la rumeur, c'était une grande buveuse et l'alcool lui aurait ravagé la santé. La mère maquerelle disait qu'elle était âgée de vingt et un ans et qu'elle était née à Kanasugi dans Shitaya.

— Bien, merci de tes efforts. Ça me permet de comprendre plus ou moins, le félicita Hanshichi. Maintenant, tu sais si cette fille a un amoureux ou un quelconque ami ? Pour quelqu'un d'aussi populaire, cela n'aurait rien d'étonnant.

— La maquerelle dit qu'elle n'arrive pas à se faire une idée… Bien sûr, la Tagasode a une foule de clients réguliers, mais apparemment c'est une séductrice très habile et personne dans la maison ne peut dire lequel est éventuellement son amoureux. Je suis bien embêté moi aussi avec cette question.

Hanshichi n'avait pas d'avis non plus avec si peu d'informations.

— Aujourd'hui, ma femme est absente, je l'enverrai t'apporter un cadeau pour ton petit malade plus tard, mais tu dois te faire du mouron si tu as du mal à te rendre disponible pour le travail. Tiens, pour le moment, prends ça.

Hanshichi donna quelques pièces à Shôta. Puis lui proposa de déjeuner avec lui, ce que l'autre accepta volontiers.

Au cours du repas où il se régala d'anguilles, Shôta raconta encore ceci :

— Il y a une autre jeune fille de Kanasugi qui vient chaque jour vendre ses oracles à Yoshiwara. Elle a dans les dix-sept ans et, avec son joli minois et sa belle voix, elle est assez réputée et émoustille les passants dans tout le quartier de plaisirs. Mais on ne sait pas pourquoi, on ne la voit plus du tout depuis la fin de l'année et ceux qui se mêlent de tout ont fait toutes sortes de suppositions, sans y voir plus clair. Ils sont arrivés à la conclusion qu'elle s'était probablement enfuie avec un amoureux. Il paraît que Jûbei de Tamachi a ordonné à ses subalternes de rechercher la jeune fille. Une piste a peut-être été trouvée.

— Allons bon… dit Hanshichi en marquant un temps d'arrêt. J'en savais rien du tout, moi ! Jûbei a eu le coup d'œil parce qu'il est du coin. Cette jeune marchande d'oracles est jolie, hein ? Elle a seize ou dix-sept ans… Je vois, c'est l'âge où l'on fait des bêtises. Quel est son nom ?

— Il paraît qu'elle s'appelle Okin. Vous avez une idée, chef ?

— Je n'en suis pas encore certain, mais… qui sait… ? Bon, on va à Kanasugi, quitte à se casser le nez. Je t'en donne du boulot, mais viens avec moi !

— Je vous suis, chef.

Leur repas terminé, ils se rendirent à Kanasugi. Il faisait doux ce jour-là et la brume s'étirait au-dessus du bois d'Ueno.

255

— La maison natale de Tagasode se trouve aussi à Kanasugi, dit Hanshichi en chemin. On commence par quoi ? Oh, finalement, commençons par cette marchande d'oracles. Tu sais où habite cette Okin, toi ?

Shôta l'ignorait, mais les deux hommes étaient décidés à trouver coûte que coûte. Ils traînèrent dans tout le quartier, le dos réchauffé par un bon soleil. Soudain, Hanshichi s'arrêta. Avait-il découvert quelque chose ?

— Hé ! Tokuju-san, qu'est-ce qui t'arrive ? demanda-t-il.

Le masseur aveugle cramponné à son bâton réfléchit un bref instant, mais avec sa perspicacité habituelle il reconnut la voix du bon monsieur qui lui avait offert l'autre jour un bol de *soba*, et lui fit maintes courbettes en guise de remerciement.

— Quel temps agréable, n'est-ce pas ? Il fait beau aujourd'hui. Si je puis me permettre, mon bon monsieur, vous allez de quel côté ?

— Eh bien, je te trouve pile au bon moment. Tu es d'ici, je crois. Je me demandais si la maison d'Okin, la marchande d'oracles, n'était pas par là ?

— Si, mais elle a quitté notre quartier, elle est partie on ne sait où à la fin de l'année.

— Même si elle n'est plus là, elle doit avoir ici des parents, des frères, des sœurs. Elle n'est pas seule au monde.

— Ça, monsieur, je vais vous expliquer, répondit Tokuju qui semblait connaître des détails. Okin vivait avec son frère aîné, mais ce frère, Toramatsu, est un fainéant qui joue de grosses sommes d'argent, voyez-vous. On n'avait plus de nouvelles d'Okin, et voilà que quinze jours plus tard c'est lui qui disparaît à son tour, comme s'il s'était enfui dans la nuit. A ce qu'on dit, il se serait disputé avec d'autres joueurs et aurait eu des ennuis, même qu'il aurait blessé quelqu'un. Donc, la maison est vide à présent et, d'ici quelques jours, des gens devraient y emménager.

Hanshichi supposa que l'affaire qui retenait l'attention de Jûbei de Tamachi concernait la disparition de Toramatsu plutôt que celle d'Okin.

— Et cette fille, Tagasode, demanda-t-il de nouveau à Tokuju, celle qui est dans le pavillon de la maison Tatsuise, elle ne serait pas aussi du quartier de Kanasugi ? Tu saurais ça, toi ?

— Oui, bien sûr. Il paraît en effet que Tagasode, la courtisane, est également née à Kanasugi et qu'elle a grandi dans le voisinage d'Okin, mais ses deux parents sont décédés et on n'a plus entendu parler d'elle.

Toutes les pistes de Hanshichi semblaient bouchées. Malgré sa déception, il s'obstina à en trouver de nouvelles auprès de l'aveugle. Que ce soit autrefois ou maintenant, ce métier exige beaucoup de persévérance.

— Dis-moi, Tokuju-san, j'ai entendu l'autre jour que cette Tagasode te considérait comme son masseur favori et qu'aucun autre ne pouvait te remplacer. Je vais te poser une question qui te paraîtra curieuse, mais pourquoi lui plais-tu autant ? Ce n'est pas seulement à cause de ton excellente pratique du métier ? Il doit bien y avoir une autre raison.

— Oui ! rit Tokuju d'un air entendu.

Hanshichi regarda Shôta. A quoi pensait-il ? Quelle idée lui était venue à l'esprit ? Il sortit une pièce d'argent de sa pochette et la glissa dans la main de l'aveugle, puis lui demanda de le suivre à l'écart dans une rue sur la gauche. Ensemble ils passèrent entre la demeure de la famille Yanagiwara, construite au milieu d'un grand terrain, et le temple Anraku-ji, et découvrirent alors une vaste étendue de rizières. Après s'être assuré qu'il n'y avait personne, hormis quelques enfants qui pêchaient des loches au carrelet dans l'eau peu profonde coulant en bordure des plantations de riz, Hanshichi lança d'un ton autoritaire :

— Allez, vide ton sac ! J'ai horreur de parler d'une chose aussi vulgaire, mais sache que j'ai dans ma poche mon arme de police.

Tokuju pâlit d'un coup et se courba un peu, comme si un poids s'abattait sur ses épaules.

— Je vais vous dire tout ce que je sais, répondit-il, la voix chevrotante.

— Bien, parle franchement. Tu ne serais pas le passeur des lettres confidentielles que te confie Tagasode, par hasard ?

— Oh oui, je suis confus, dit Tokuju en baissant ses yeux clos qui ne pouvaient voir. Vous avez deviné juste.

— Et à qui sont destinés ces messages ?

— Au jeune maître du Tatsuise.

Hanshichi et Shôta se regardèrent.

Voici ce que raconta Tokuju :

Depuis l'avant-dernier automne, Tagasode avait des rendez-vous clandestins avec Eitarô, le fils de sa patronne. Or, dans le quartier des maisons closes, toute forme de liaison personnelle était interdite, si bien que la découverte de leur secret lui aurait valu les pires ennuis. Sous prétexte de soigner sa maladie, Tagasode fréquentait régulièrement le pavillon d'Iriya où Eitarô la retrouvait en cachette. La patronne n'étant pas dépourvue d'humanité, contrairement aux tenancières de ces maisons en général, et Tagasode étant populaire, on la laissait partir là-bas sans trop faire d'histoires. En dehors de la bonne Otoki qui avait tout compris, personne n'était au courant.

Eitarô, le jeune maître, était dans la situation du fils légitime qui n'a pas encore hérité de l'établissement familial ; il ne pouvait donc pas en sortir pour se promener à sa guise, et encore moins rejoindre systématiquement Tagasode lors de ses séjours au pavillon. S'il se passait deux jours sans qu'elle le voie venir, la jeune femme dévorée d'impatience lui écrivait une lettre. Tokuju jouant le rôle du porteur de message, il était naturel qu'elle ait une préférence pour lui.

— Alors, pourquoi t'éloignes-tu d'elle comme si tu avais de la répulsion, puisque tu es son masseur adoré ? demanda encore Hanshichi. Tu penses avoir des ennuis plus tard à te laisser impliquer dans cette histoire ?

— Il y a de ça aussi… mais je ne crois pas que ce serait si terrible si on les découvrait, car la patronne est gentille. Non, il y a une autre raison… je vous l'ai déjà dit l'autre fois : quand je vais dans ce pavillon et que je suis assis à côté de la courtisane, quelque chose me donne la chair de poule et je ne supporte pas de rester là. Je n'arrive vraiment pas à m'expliquer pourquoi, précisa Tokuju visiblement désemparé.

— Ce quelque chose, ce ne serait pas le fantôme d'une fille de la maison morte récemment ?

— Je n'ai jamais entendu parler d'une histoire de ce genre. Je sais que de nombreuses femmes ont péri là-bas lors du grand tremblement de terre, mais je ne crois pas qu'il y ait eu d'autres morts depuis. En tout cas, à la différence du mari défunt, la patronne et le jeune maître sont des gens bien, il n'existe pas de rumeur disant qu'ils auraient tourmenté les filles qui dépendent d'eux, ni que l'une d'elles se serait suicidée avec son amoureux.

— Je vois… Bon, tu ne rapportes à personne notre conversation d'aujourd'hui.

Sur ces recommandations impératives, Hanshichi quitta Tokuju.

— Maintenant, dit-il à Shôta, il faut absolument trouver ce type qui s'appelle Toramatsu.

Ils se rendirent à l'arrière de la « longue baraque », où étaient censés habiter Toramatsu et sa sœur, et y rencontrèrent le taulier. Ce dernier n'avait pas davantage de leurs nouvelles, mais il raconta que vers la fin de l'année le bruit courait que le frère était revenu en cachette d'on ne savait où et qu'il avait offert quelques pièces d'or au temple bouddhique tout proche. Les deux hommes s'y rendirent aussitôt et, après quelques réponses évasives, on leur avoua que Toramatsu était en effet arrivé, de manière inopinée, une quinzaine de jours avant la fin de l'année et qu'il avait fait un don de cinq ryôs.

— Les parents de Toramatsu sont enterrés là, expliqua le supérieur, mais un jeune oisif tel que lui faisait rarement des offrandes pour la fête des Esprits des défunts le 15 du septième mois lunaire ou à la fin de l'année, même s'il habitait à proximité. En apportant à l'improviste une somme de cinq ryôs pour dire des prières à l'intention des morts, il avait sûrement une idée en tête, souligna le moine intrigué. De plus, il nous a dit comme ça : « Je suis sans nouvelles de ma sœur qui a disparu depuis plusieurs jours, je ne sais pas où elle est, alors je voudrais que vous ayez la bonté de dire des prières comme si c'était le jour anniversaire de sa mort, et non une fugue… » J'ai accepté. Toramatsu a paru très content, il m'a remercié puis il est reparti.

— C'est vrai, ça, ce Toramatsu est bizarre, murmura Shôta une fois qu'ils furent sortis du temple.

— Ouais, il faut absolument mettre la main sur lui. Il doit avoir des compagnons de jeu, puisqu'on dit qu'il est joueur. Arrange-toi pour savoir où il crèche. Trouve-le !

— Bon, je vais me débrouiller.

Sur cette promesse, les deux hommes se séparèrent. Le lendemain matin, l'épouse de Hanshichi fit une visite chez Shôta à Umamichi, mais contrairement aux prévisions, la rougeole de son enfant s'était aggravée, et ni lui ni la mère du petit ne pouvaient quitter son chevet. En l'apprenant, Hanshichi se dit que l'affaire Toramatsu allait forcément traîner en longueur et, en effet, Shôta ne réapparut pas. Depuis début février, des journées chaudes et agréables se succédaient, laissant croire à l'arrivée définitive du printemps, mais cinq jours s'étaient écoulés quand, dans le courant de la nuit, le froid tomba brusquement. Le matin, tout était blanc.

C'est la neige de printemps. Ça ne durera pas longtemps, se dit Hanshichi.

La neige s'arrêta effectivement de tomber, et vers dix heures du matin elle semblait vouloir fondre au plus vite et tomber des toits. N'ayant pas d'autres affaires en cours, Hanshichi sortit de chez lui sitôt fini son déjeuner. Il ne pouvait pas attendre indéfiniment l'aide de Shôta en se tournant les pouces et partit donc pour Kanasugi le long des ruelles couvertes de neige à moitié fondue. A son arrivée chez Tokuju, ce dernier se montra dès qu'il l'entendit l'appeler discrètement.

— Ecoute, ça m'embête de te faire sortir par des rues aussi glissantes, mais tu peux venir avec moi jusqu'à l'endroit de la dernière fois ? Ne t'en fais pas, je te donnerai la main.

— Mais non, il n'y a pas de danger.

Passant entre la demeure et le temple, les deux hommes parcoururent le chemin des rizières encore enneigées.

— Je rentre tout de suite dans le vif du sujet : est-ce que tu es retourné au pavillon du Tatsuise ces temps-ci ? demanda Hanshichi.

— Non, pas du tout, répondit l'aveugle en secouant la tête. Et apparemment, Otoki a fini par abandonner, car elle n'essaie plus de me faire entrer de force. Tant mieux pour moi. D'ailleurs, d'après ce que j'ai entendu dire par ceux de la maison Tatsuise, elle sera bientôt congédiée. Mais elle n'est pas du genre à se laisser faire, à ce qu'il paraît, et j'ai vaguement l'impression qu'il y a de la dispute dans l'air.

— Elle habite où, cette Otoki ?

— A Honjo, je ne sais pas très bien où.

— Merci en tout cas. Désolé de t'avoir fait sortir par des rues aussi mauvaises. Mais c'est une mission officielle, je travaille pour le gouvernement, tu comprends. Pardonne-moi…

Après avoir ramené Tokuju chez lui, Hanshichi s'arrêta un moment. Des réflexions de toutes sortes affluaient à son esprit, mais il était incapable de les classer et d'en tirer une idée directrice. Que recherchait-il au fait ? Lui-même l'ignorait. Il y avait l'enquête sur le pavillon à partir du récit à moitié incohérent de l'aveugle et l'histoire de la prétendue fuite de la jeune marchande d'oracles avec son amoureux. Ces deux éléments étaient-ils liés ou sans le moindre rapport entre eux ? Là encore, cela dépassait son imagination. Est-ce que son enquête, même bien menée, déboucherait sur quelque chose ? Il n'était sûr de rien. Mais curieusement, Hanshichi n'avait absolument pas envie de baisser les bras, non pas seulement par simple curiosité, mais il pressentait que cette affaire recelait des profondeurs insoupçonnées.

Ce serait peut-être peine perdue, mais il allait creuser encore un peu.

Il était allé faire une petite course jusqu'à Yamashita, à Ueno dans la ville basse, avec l'intention de rentrer ensuite chez lui, quand il se ravisa et dirigea ses pas vers les rizières d'Iriya. Après la chute de neige, le froid pénétrait ses vêtements, et lorsqu'il déboucha sur les rizières, le jour était complètement tombé. Il trimbalait son parapluie devenu encombrant et marchait en soulevant bien les pieds pour éviter la neige fondue. A son arrivée aux abords du pavillon du Tatsuise, une femme sortait tout juste de la maison. Sans voir distinctement son visage, il reconnut la silhouette d'Otoki. Aussitôt, il la fila à son insu. La femme entra chez le marchand de *soba* de l'autre jour.

Se disant qu'elle ne pouvait pas le reconnaître, Hanshichi attendit quelques instants avant de passer sous le rideau de l'entrée, et il pénétra dans la petite échoppe où se trouvait déjà un client. A la vue de cet homme vêtu dans un style plutôt recherché – une veste ample et sans revers, dans un tissu bleu foncé à rayures fines et brodé de fils rouges, laissant apparaître en dessous un obi plus étroit qu'une ceinture ordinaire légèrement remonté sur la poitrine – Hanshichi pensa immédiatement qu'il ne menait pas la vie d'un honnête travailleur, mais plutôt celle d'un joueur ou de quelque chose de ce genre. Vingt-cinq ans environ, le teint foncé, un authentique natif d'Edo. L'homme avait manifestement rendez-vous avec Otoki. Assis face à elle, il buvait du saké. Hanshichi s'installa dans un coin et commanda un plat quelconque.

L'homme et la petite bonne jetaient parfois un regard indifférent de son côté et ne semblaient pas se préoccuper particulièrement de lui. Tout en dialoguant à voix basse, ils se réchauffaient les mains au-dessus du brasero.

— Voilà où on en est maintenant, c'est comme ça, dit la fille.

— C'est vrai, si je m'en mêle pas, on risque de jamais en finir, réfléchit l'homme.

— Ne traîne pas… on va tout perdre s'ils nous font le coup de se suicider ensemble, murmura sa compagne d'une voix qui paraissait menaçante.

Hanshichi ne put saisir la suite des paroles, mais en entendant parler de double suicide, son cœur s'était mis à battre plus vite. Et si cette femme, Tagasode, se suicidait avec son amoureux ? Voilà l'impression qu'il venait d'avoir soudain.

L'affaire se corsait. Hanshichi retint son souffle et tendit l'oreille, mais le sujet de leur discussion était apparemment complexe et la femme, qui parlait de plus en plus bas, garda son secret hors de portée des oreilles de Hanshichi pourtant assez proche. Il s'efforçait de rester calme et de guetter la tournure que prendraient les événements, quand le couple, qui semblait s'être mis d'accord, régla l'addition et sortit.

Hanshichi se leva après leur avoir laissé le temps de s'éloigner et, tout en payant son bol de nouilles, il interrogea la patronne :

— Dis-moi, patronne, la fille qui vient de sortir à l'instant, ce ne serait pas Otoki du pavillon du Tatsuise, par hasard ?

— C'est bien elle.

— Et celui qui l'accompagne, qui est-ce ?

— Lui, c'est quelqu'un qui s'appelle Tora.

— Tora, répéta Hanshichi, les yeux brillants. Ce ne serait pas Toramatsu, le frère aîné de la petite Okin, la marchande d'oracles ?

— Vous êtes drôlement au courant, dites donc !

Tout à coup, cela devenait intéressant. Hanshichi prit congé précipitamment et, une fois dehors, il aperçut, se reflétant sur la route blanche et rectiligne, les silhouettes sombres qui s'éloignaient côte à côte. Il les suivit en faisant attention où il posait les pieds dans cette neige à moitié fondue pareille à du gros radis blanc râpé, les vit s'arrêter devant le pavillon du Tatsuise et se murmurer quelques mots. Puis leurs deux silhouettes se séparèrent rapidement et la femme disparut derrière la porte donnant sur le jardin de l'entrée.

Hanshichi attendit de voir ce que faisait l'homme. Celui-ci revint sur ses pas dans sa direction et se retrouva face à l'enquêteur qui le filait en douce. Alors que l'autre s'apprêtait à le croiser comme si de rien n'était, Hanshichi l'interpella :

— Hé, mon vieux Tora !

Toramatsu s'arrêta net.

— Ça fait un bail que je ne t'ai pas vu, hein ? Tu te planquais où ? poursuivit Hanshichi en l'abordant avec familiarité.

— T'es qui, toi ? demanda Toramatsu qui le dévisageait dans l'obscurité avec méfiance.

— Bah ! Quelle importance ! On s'est vus quelquefois au premier étage de la longue baraque du Kujaku.

— Espèce de menteur ! cria Toramatsu, prêt à se battre. Tu es le type de tout à l'heure chez le marchand de *soba* ! Je me disais bien : « Celui-là, il a une tronche qui ne me revient pas. » Tu n'as pas la tête d'un subalterne de l'enquêteur Jûbei de Tamachi. C'est pas par des mecs comme toi que je me laisserai avoir. Si tu veux m'embarquer, appelle d'abord Jûbei !

— Eh bien, mon vieux, quelle énergie ! railla Hanshichi. Allez, c'est pas grave, tu m'accompagnes jusque là-bas.

— Tu racontes des conneries ! Si j'allais maintenant à la prison de Tenma-chô, je serais foutu. Tu t'imagines que je supporterais d'être embarqué par un petit enquêteur comme toi ? Si tu as l'intention de chasser le paon aux gluaux, ça colle pas, tu te mets le doigt dans l'œil ! Pour m'arrêter, il te faudrait une arme de police et une corde pour m'attacher les mains dans le dos.

Vu l'agressivité de l'individu, Hanshichi comprit qu'il allait devoir se battre, qu'il le veuille ou non. Ça ne l'enchantait guère de patauger dans toute cette neige fondue, mais après tout, ce n'était pas bien difficile de mettre la main sur un petit fêtard de son espèce. Le menacer avec des paroles ne servirait à rien, il allait l'emmener en utilisant la force.

Bon, il était temps d'en terminer avec lui.

— Ecoute, Tora ! cria Hanshichi, ça m'emmerde de me faire éclabousser par la boue parce que je dois m'occuper d'un petit délinquant de rien du tout comme toi. J'ai fait preuve de patience jusqu'à présent, mais je n'ai aucune envie de discuter éternellement. Tu dépasses les bornes maintenant. J'ai une arme de service, je te la montrerai quand je t'aurai ligoté. Allez, suis-moi, ne fais pas d'histoires.

Hanshichi avança d'un pas vers lui. Reculant d'autant, Toramatsu glissa une main dans sa poche intérieure comme pour prendre une arme blanche. Oser intimider ainsi un enquêteur de police n'était pas un comportement de professionnel, mais celui d'un voyou inconscient et bravache.

Et aussi dangereux quand, hurlant, il menaça Hanshichi.

— Toramatsu, je suis en mission officielle. Rends-toi !

A cet instant, quelqu'un qui s'était approché silencieusement dans le dos de Hanshichi lui appliqua ses deux mains en bandeau sur les yeux. D'abord décontenancé, il devina presque aussitôt qu'il s'agissait de mains féminines. Et la femme, c'était Otoki, évidemment. Il baissa les épaules, saisit les deux mains et, d'une prise rapide, la jeta à terre. Toramatsu l'enjamba d'un bond et l'éclat d'une lame de poignard brilla dans la nuit.

— Je suis en mission officielle ! cria de nouveau Hanshichi.

L'arme blanche s'abattit une fois, deux fois dans le vide avant de tomber à terre, lâchée par Toramatsu sous l'effet d'un coup donné sur sa main droite par Hanshichi, qui s'empressa de lui ficeler le poignet gauche. Comprenant alors qu'il n'avait pas affaire au premier venu, le jeune homme confia d'une voix faible :

— Je vous ai sous-estimé. Je suis vraiment désolé, je ne sais comment m'excuser de vous avoir donné tout ce mal. Pardonnez-moi, je vous en prie.

— Bon, maintenant, je vais pouvoir me présenter : je suis Hanshichi de Kanda. Mais on ne peut pas rester comme ça dans la rue. Et toi, Otoki, tu es aussi complice, conduis-moi chez ta maîtresse.

Traînant de force Toramatsu ligoté et Otoki qui s'était relevée avec difficulté, couverte de boue, Hanshichi pénétra dans le pavillon du Tatsuise. Une jeune servante se précipita vers eux, les joues ruisselantes de larmes.

— Le jeune maître et la courtisane Tagasode ! cria-t-elle en éclatant en sanglots.

Dans la grande pièce de huit tatamis, où l'on voyait la face décorée d'un grand paravent, se trouvaient le fils du Tatsuise et Tagasode, l'un et l'autre égorgés au rasoir.

— J'étais abasourdi, raconta le vieil Hanshichi. A vrai dire, j'avais entendu Otoki évoquer une sorte de suicide d'amoureux, mais jamais je n'aurais imaginé que le drame se produirait dans l'immédiat. Toujours est-il que d'un côté, j'avais arrêté deux personnes, et que de l'autre, je me retrouvais avec deux cadavres faisant l'objet d'une enquête. Le pavillon du Tatsuise était sens dessus dessous, et jusqu'à la nuit les gens prévenus par le bouche à oreille se rassemblèrent devant la porte d'entrée.

— Pourquoi le fils du Tatsuise et Tagasode se sont-ils suicidés ensemble ? Existait-il un lien avec Otoki et Toramatsu ?

Je n'arrivais toujours pas à comprendre. Hanshichi éclaira ma lanterne avec force détails :

— En fait, c'était Tagasode l'assassin. Le meurtre d'Okin, la jeune marchande d'oracles, c'était son œuvre. Pourquoi a-t-elle fait ça ? vas-tu me demander. Comme je te l'ai dit précédemment, la courtisane avait une liaison avec Eitarô, le fils de la patronne. Elle était vraiment folle de lui, ce n'était pas histoire de l'épouser pour ne pas avoir à rembourser sa dette la liant par contrat à la maison de prostitution. Or, il se trouve qu'Eitarô avait des relations intimes avec la petite vendeuse des rues. Tagasode l'a appris. Cela la mit dans une rage terrible. Chez une courtisane, la jalousie peut atteindre des sommets inconnus des autres femmes. Alors elle fit cette chose horrible. Elle donna ses instructions à sa bonne, Otoki, qu'elle appréciait depuis toujours. Celle-ci attira Okin dans le pavillon, alors qu'elle rentrait tard dans la nuit du quartier des maisons closes. La courtisane l'abreuva d'insultes et de reproches, et puis, ce qu'elle fit, tu sais… c'est affreux. Elle frappa, griffa et étrangla Okin avec la cordelette de son obi. Jamais Otoki n'aurait imaginé une telle abomination, mais cette fille solide sut garder son sang-froid et, ne l'oublions pas, elle avait une liaison de longue date avec ce fêtard de Toramatsu, le frère d'Okin.

— C'est étonnant le destin, tout de même…

— Voilà comment Okin, connaissant Otoki depuis longtemps, s'était laissé entraîner sans méfiance dans le pavillon du Tatsuise pour y perdre la vie. Alors, Otoki appela Toramatsu, le frère d'Okin, elle lui raconta tout et discuta avec lui sur l'attitude à adopter. Lui était stupéfait, mais en apprenant qu'il y avait une forte somme d'argent à empocher s'il gardait le secret à la demande de sa maîtresse, cet homme sans morale se contenta d'accepter, sans manifester la moindre intention de venger sa sœur cadette. C'est lui qui creusa un trou profond dans le sol du pavillon, où il ensevelit en cachette la dépouille d'Okin, puis il afficha un air innocent. Il paraît qu'une somme de cent ryôs passa des mains d'Otoki à celles de Toramatsu pour acheter son silence.

— Et d'où sortait cet argent ? insistai-je, me faisant inquisiteur.

— Cet argent venait d'Eitarô, répondit le vieil Hanshichi. Tagasode l'avait fait venir dès le lendemain pour lui avouer que, sous l'effet de la rage, elle avait tourmenté à mort cette Okin. En tête à tête elle lui dit que s'il pensait qu'elle avait mal agi, eh bien, qu'il fasse d'elle ce qu'il voudrait. Eitarô était livide et tremblant comme une feuille, mais après tout lui aussi avait sa part de responsabilité et si les voisins venaient à connaître cette affaire, la réputation du Tatsuise risquait d'en pâtir. Voilà pourquoi, obéissant aveuglément à la courtisane, il accepta l'idée de fournir cent ryôs à Toramatsu pour arranger l'affaire à l'amiable. Mais, dit le proverbe, bien mal acquis ne profite jamais, et cette somme, le garçon la joua et la perdit au tripot. Par-dessus le marché, il blessa le vainqueur au cours d'une dispute. Bref, il ne lui restait plus qu'à disparaître. Fut-il alors pris de remords, ou bien ses sentiments fraternels refirent-ils soudain surface ? Avec ses dernières pièces en poche, il se rendit au temple de ses ancêtres, lieu qu'il ne fréquentait plus depuis des lustres, et donna cinq ryôs avec la vague intention de faire dire des prières en mémoire de sa sœur. Ensuite, il alla se cacher pendant un mois dans les environs de Sôka[1], mais comme un citadin d'Edo ne peut vivre à la campagne, il revint clandestinement trouver Otoki qu'il menaça de chantage pour un peu de monnaie. Un jour qu'il traînait dans les parages, Jûbei de Tamachi les aperçut, et sa liaison avec Otoki fut découverte. N'ayant aucune envie de devoir accuser de complicité la maison Tatsuise qui faisait partie de son secteur, l'enquêteur leur enjoignit discrètement de congédier Otoki au plus vite. Sans succès. Au contraire…

— La fille n'a pas accepté, elle n'est pas partie sans faire d'histoires ?

— Evidemment non. Otoki connaissait le secret d'Eitarô et de Tagasode, et les tenait à sa merci. Sous peine de tout révéler, elle exigeait deux cents ou trois cents ryôs pour le prix de son départ. Et ni Eitarô, encore à la charge de sa mère, ni Tagasode, déjà plusieurs fois rançonnée, ne pouvaient se procurer une telle somme, même en se saignant à blanc. Alors qu'ils

---

1. Sur la route d'Oshû. Longue de 786 km, elle reliait Edo à Aomori, dans l'extrême nord du Honshû, la principale île de l'archipel.

étaient tous les deux au bout du rouleau, la patronne de la maison Tatsuise, qui n'était pas au courant de leur histoire, mais redoutait par-dessus tout d'être compromise dans une quelconque affaire, décida de congédier promptement Otoki. Laquelle demanda à son amant Toramatsu de l'aider, et elle réitéra ses menaces de dénonciation, tout en se déclarant « désolée pour eux s'ils n'acceptaient pas ses conditions ». Quelle autre issue pour le couple dans ces conditions que de se donner la mort ? Mais Otoki se doutait plus ou moins de leurs intentions, elle harcela Toramatsu, le prévint du risque de tout perdre au cas où ils se suicideraient. Et c'est au moment où elle allait enfin, selon ses vœux, installer Toramatsu à la caisse de la maison Tatsuise que je les ai attrapés. Il valait sans doute mieux pour Tagasode qu'elle mette fin à ses jours, car de toute manière elle aurait été exécutée pour son meurtre. Quant à Eitarô, si j'étais intervenu un tout petit peu plus tôt, il aurait été sauvé, et là, c'est bien regrettable.

Le mystère du pavillon du Tatsuise n'avait plus de secrets pour moi désormais, à un détail près :

— Le masseur, Tokuju, il n'était au courant de rien ?

— C'était un honnête homme, et hormis sa fonction de porteur de missives, il ne savait absolument rien.

— Mais pourquoi répugnait-il autant à entrer dans le pavillon du Tatsuise ? Comment, malgré sa cécité, devinait-il une présence ?

— Ça, je n'en sais trop rien. Quand les choses prennent un tour aussi complexe, tu es meilleur que moi pour avancer des hypothèses. Le cadavre d'Okin était enseveli sous le plancher, tout près de lui.

Le vieil Hanshichi n'ajouta pas de commentaires. Si j'ai intitulé cette histoire : « La fonte des neiges au printemps », c'est pour reprendre les formules du vieil Hanshichi, mais en fait, j'ai l'impression qu'elle est plus effrayante et va plus loin que la simple histoire d'amour entre Naozamuraï et la courtisane Michitose.

HIROSHIGE ET LA LOUTRE

Si on me demandait de raconter cette histoire à la façon d'une pièce de kabuki, je commencerais par planter le décor ainsi :

Scène centrale légèrement surélevée. De face : la porte principale d'un temple, peinte en rouge, avec de chaque côté une divinité gardienne *niômon*. A l'arrière-plan : l'enceinte du Sensô-ji, le temple de Kannon à Asakusa. A un endroit bien déterminé : un ginkgo. L'ensemble du décor évoque la longue allée bordée d'échoppes dans le parc de ce temple. Ouverture du rideau au son de la musique de l'école de nô Kanze du sixième arrondissement… A l'aile droite : entrée d'un vieil homme qui arrive apparemment de chez le petit traiteur Okada. A l'aile gauche : entrée d'un jeune homme. Ils se rencontrent devant la porte du temple. Ils se saluent.

— Tiens ! Tu vas admirer les cerisiers en fleur ?

— Je n'ai rien prévu de spécial… Je suis juste sorti de chez moi parce qu'il fait beau.

— Ah bon ! Moi, je vais jusqu'à Hashiba prier au temple. Si je ne m'y montre pas au moins une fois par mois, ma défunte femme est triste. C'est que, mine de rien, on s'entendait plutôt bien de son vivant. Hahaha ! Au fait, tu as déjeuné ?

— Oui, j'ai déjà mangé.

— Alors, si t'as rien de spécial à faire, on pourrait aller du côté de Mukôjima… J'ai envie de m'offrir une petite promenade digestive… Ça te dit ?

— D'accord. Je vous accompagne.

Ils marquent un temps de réflexion. Mimique expressive du malin jeune homme qui se dit : Tiens, j'aurais dû prendre mon carnet de notes. Il emboîte le pas du vieil homme. Musique de l'école de Kanze pour accompagner le changement de lieu.

La scène se passe sur la berge à Mukôjima. En toile de fond : la Sumida. Sur la rive proche : cerisiers avec fleurs sur le sol et feuilles printanières. Bruit à peine audible de l'eau. On entend chanter des airs populaires à la mode. Arrêt de la scène tournante. Changement de scène. A l'aile droite : entrée des personnages. Etonnement devant les fleurs des cerisiers tombées à leur insu. Répliques du genre : Après tout, tant mieux ! Comme ça, au moins, il n'y a pas trop de monde. Ils se dirigent vers l'aile gauche.

A ce stade de la lecture de cette pièce, n'importe qui aura deviné que le personnage du vieil homme, c'est le célèbre Hanshichi, et que l'autre, le jeune, c'est moi. Chaque fois que je l'en priais, Hanshichi me racontait les vieilles légendes du quartier d'Asakusa et des alentours. Ce jour-là, la conversation roula d'abord sur Shôden-sama et Sodesuri-Inari [1], puis s'anima peu à peu, et finalement j'amenai le vieil homme à me raconter l'une de ses enquêtes.

— Décidément, il y avait toutes sortes de choses mystérieuses autrefois. Je viens de me souvenir de cette

---

1. Shôden : « La joie sans restriction », double divinité (mâle et femelle), surtout vénérée par ceux qui fréquentaient les quartiers de plaisirs tels qu'Asakusa à l'époque Edo. Inari, comme on l'a déjà dit, est la diviné shintô des céréales, puis des fonderies et du commerce, ainsi que le gardien des maisons ; son messager traditionnel est le renard.

affaire à cause de ce Sodesuri-Inari... Bon, je vais te raconter ça en marchant.

L'histoire débute le 17 janvier de l'an 5 de l'ère Ansei (1858) avec la découverte du cadavre d'une fillette âgée de trois ou quatre ans, étendu à plat ventre sur le toit principal de la demeure d'un hatamoto du nom de Kuronuma Sonpachi, qui se trouvait près de Sodesuri-Inari à Tamachi dans Asakusa. Compte tenu de l'endroit où reposait le corps, les habitants de la demeure ne pouvaient le voir. Paradoxalement, c'est quelqu'un de la résidence voisine qui l'aperçut le premier. Cela provoqua une émotion intense quand, sur le coup de huit heures du matin, la maison Kuronuma apprit la nouvelle. Valets d'armes et serviteurs apportèrent la grande échelle pour accéder au toit encore recouvert de gelée blanche matinale, et ils constatèrent qu'il s'agissait bien d'une toute petite fille dont la tenue restait décente et le visage intact. On la descendit pour examiner ses vêtements. Mais à l'étonnement de tous, elle ne portait pas de bourse à la ceinture, ni de petite plaque en cuivre permettant d'identifier les enfants perdus. Bref, pas le moindre indice pour connaître son origine.

Plus encore que d'ignorer l'identité de l'enfant, ce qui tourmentait les esprits, c'était de ne pas savoir pourquoi son cadavre se trouvait sur le grand toit de cette demeure. La famille Kuronuma était riche de l'un des rares fiefs de hatamoto ayant un revenu annuel de mille deux cents *koku* de riz. Y travaillaient des samouraïs de haut et bas rang : intendant, guerriers s'étant fait attribuer une terre par le seigneur féodal, valets, simples guerriers à pied armés de deux sabres, serviteurs sans armes de la classe des « petits ». Côté femmes, on trouvait les nourrices, les suivantes, les servantes employées dans les cuisines, et ainsi de suite. L'étonnant, c'est que parmi les vingt et quelque hommes et femmes de tous rangs qui habitaient là, personne ne reconnut le visage de la petite. Et parmi tous les familiers de la demeure, aucun ne lui ressemblait. Comment avait-elle réussi à grimper sur le toit ? On n'arrivait pas à se l'expliquer. Certes, l'édifice ne comportait pas d'étage, mais le bâtiment principal d'une résidence seigneuriale telle que celle-ci est toujours beaucoup plus haut que la maison ordinaire d'un marchand. Et même si la longue échelle avait été oubliée contre le mur, comment une petite de trois ou quatre ans aurait-elle pu en gravir tous les barreaux ? Alors, était-elle tombée du ciel ? Ou bien avait-elle été enlevée dans les airs par un monstre *tengu* au visage rougeaud affublé d'un long nez, qui l'avait abandonnée là ? De l'été à l'automne, de grandes choses lumineuses passaient parfois dans le ciel d'Edo. Quelqu'un affirma qu'il en avait aperçu une ayant la forme d'un bœuf. Un autre, qui faisait l'intelligent, expliqua que l'enfant avait sûrement été enlevée par une de ces choses mystérieuses, puis son cadavre lâché dans les airs. Mais Kuronuma Sonpachi, le maître des lieux, ne se satisfaisait pas de ces explications. Guerrier intrépide, il refusait de croire à l'existence de génies ou d'êtres surnaturels.

— Il doit bien y avoir une explication, déclara-t-il, ajoutant que de toute façon on ne pouvait pas laisser les choses en l'état. Et il donna l'ordre de faire immédiatement une déclaration au Bureau du gouverneur de la ville. Quand une affaire de cette importance se produisait dans la demeure d'un grand samouraï, elle pouvait être réglée dans la plus grande discrétion sans être rendue publique. Mais Kuronuma, lui, décida de faire appel au Bureau du gouverneur de la ville et à ceux qui y travaillaient pour résoudre cette énigme, et par conséquent de la divulguer.

— Une enfant aussi jeune a forcément des parents, des frères, des sœurs qui, aujourd'hui, se lamentent d'une telle perte. Je veux que tout soit mis en œuvre pour connaître son identité et permettre au moins de rapporter à la famille sa dépouille. Ce n'est pas le moment de penser à préserver notre réputation. A tous ceux qui fréquentent la maison, donnez le maximum de détails sur la physionomie et les vêtements de la petite fille, et interrogez-les scrupuleusement s'ils ont une suggestion.

Certes, personne n'aurait osé s'opposer à la volonté du maître, mais l'intendant Fujikura Gunemon prit sur lui de se rendre sur-le-champ à Kyôbashi, chez Koyama Shinbei, officier de police à Hatchôbori, dans sa résidence de Yaneya-shinmichi, « la route nouvelle des couvreurs de toits en jonc, bardeaux et tuiles ». Cet homme à l'ouïe sensible avait déjà entendu parler de l'affaire. Gunemon lui fournit le plus possible de détails et le pria instamment de bien vouloir rechercher par tous les moyens l'identité de la petite fille. Il précisa que le maître des lieux souhaitait porter la nouvelle à la connaissance publique, mais que, de son point de vue, il était primordial de prendre en grande considération la réputation de la demeure seigneuriale. La mystérieuse chute d'un corps humain sur un toit, si tôt au mois de janvier, était non seulement préjudiciable au renom de la maison, mais aussi de mauvais augure.

— De plus, dit-il, les gens sont très bavards, ils se chuchotent tout et n'importe quoi en exagérant vérités ou contre-vérités ainsi semées, et mon seigneur ne récoltera que des ennuis. Ne pourrait-on garder cette affaire secrète et néanmoins mener des investigations ? Ce n'est pas de bon gré que mon seigneur souhaite répandre la nouvelle. Connaître l'identité de l'enfant et porter la dépouille à ses proches suffirait à rassurer mon maître, par conséquent cela me conviendrait parfaitement. Si vous acceptiez de mener l'enquête en secret, le supplia Gunemon, je vous en serais vivement reconnaissant.

— C'est entendu. Je vais m'arranger pour agir au mieux, accepta aisément Shinbei.

Dès le départ de Gunemon, Shinbei fit venir Hanshichi de Kanda et le mit au courant des principaux aspects de cette affaire.

— Ecoute, ce n'est peut-être pas sur ton territoire, mais va tout de même y jeter un œil. Pour ce genre de travail, tu es le meilleur. Je ne cherche pas à te flatter, mais c'est un peu compliqué d'enquêter dans une demeure seigneuriale, on ne peut pas se fier à n'importe qui. Je sais, ce n'est pas drôle par ce froid, mais je te le demande.

— C'est d'accord. Je vais essayer de trouver un moyen de dérouler le fil, dit Hanshichi, déjà intéressé.

— Les histoires d'enlèvements par un méchant *tengu* ne sont plus en vogue de nos jours, s'esclaffa Shinbei. Il doit y avoir une explication. Quand tu auras approfondi la question, tu trouveras peut-être une piste intéressante.

— C'est bien possible. En tout cas, je vais dès maintenant à Tamachi rendre visite à l'intendant.

Hanshichi sortit de Hatchôbori et dirigea ses pas vers Asakusa. Il pénétra dans la demeure de Kuronuma par le portail ordinaire et se rendit chez l'intendant Gunemon qui l'introduisit dans son logis, visiblement impatient de le voir.

278

— On vient de m'apprendre qu'un événement malheureux s'est produit chez vous, et je partage votre embarras, commença Hanshichi après s'être présenté.

— C'est vrai, mettez-vous à ma place, dit Gunemon qui fronça les sourcils, laissant apparaître de profondes rides sur son front un peu dégarni. La logique de cette affaire nous échappe totalement. Nous n'avons aucun indice nous permettant de savoir comment ce corps est arrivé jusqu'ici et pour quelle raison il a été jeté sur notre toit. Sans l'insistance de mon seigneur pour découvrir son identité et le remettre à sa famille, l'affaire serait rapidement classée, mais ce n'est pas le cas. Nous sommes très ennuyés et comptons beaucoup sur le spécialiste que vous êtes pour trouver une piste.

— En effet, le sieur Koyama m'en a touché mot, et j'ai décidé de m'en occuper personnellement… Mais où se trouve la dépouille à présent ? On l'a déjà déposée dans un temple ?

— Non, jusqu'au soir, elle repose dans notre logis. Venez la voir, je vous prie.

Le logement de l'intendant ne comportait que trois pièces, de trois, six et huit tatamis. Dans un coin de la plus grande reposait la dépouille de la petite fille, la tête tournée vers le nord. On avait mis de l'eau en offrande et allumé de l'encens près du corps. Hanshichi s'approcha, le prit délicatement dans ses bras et l'examina. Puis il le replaça dans sa position d'origine et dit à l'intendant en se relevant :

— Merci, j'ai pu l'examiner avec soin.

L'enquêteur sortit sur la véranda pour se purifier en se lavant les mains à une écuelle et resta un long moment silencieux à réfléchir.

— Vous comprenez ? le pressa Gunemon, n'en pouvant plus d'attendre.

— Non, c'est trop tôt… Je voudrais d'abord vous poser quelques questions : vous n'avez rien remarqué de spécial entre hier soir et ce matin ?

— Absolument rien, répondit Gunemon sans la moindre hésitation.

La veille au soir, la maison avait connu une grande animation. On y jouait encore aux cartes[1] à plus de dix heures du soir. Des parents, des enfants et des filles de demeures avoisinantes, en tout une vingtaine de personnes, s'étaient réunis. Comme toute la maisonnée avait ensuite sombré dans un profond sommeil, personne ne pouvait dire si on était monté sur le toit ou si quelqu'un y était tombé. Et ce matin, quand on avait appris la nouvelle par un voisin, qui pouvait dire si l'événement avait eu lieu dans la soirée, la nuit ou à l'aube ?

— Et il ne s'est pas trouvé une seule personne susceptible de reconnaître les traits de cette petite ? insista Hanshichi.

— Moi, en tout cas, je ne l'ai jamais vue. On a interrogé tous les membres de la maison sans exception, personne ne la connaît. D'après sa tenue, on dirait bien qu'il s'agit de la fille d'un marchand ou d'un artisan…

— Vous avez raison. Elle n'a pas du tout l'allure d'une enfant de demeure de samouraï. Et puis, excusez-moi de vous importuner, mais pourriez-vous me montrer où est tombé le corps sur le toit ?

— Bien volontiers.

---

1. Les jeux de cartes furent introduits au Japon par les Portugais au début du XVIᵉ siècle. Mais il s'agit ici du *Hyakunin Isshu*, « Poèmes de cent poètes », un jeu encore pratiqué le jour de l'an dans les familles et les écoles. Il consiste à deviner la fin d'un poème de cette anthologie en écoutant la première partie du *waka* figurant sur une carte illustrée et en choisissant la carte blanche correspondante portant la seconde partie du poème.

Gunemon passa devant lui et sortit du logis pour conduire Hanshichi devant le vestibule du bâtiment principal. Il ordonna à deux serviteurs de remettre la grande échelle en place. L'enquêteur rajusta ses vêtements et monta prestement sur le toit, où il se redressa d'un coup. D'un signe de la main, il demanda à un homme posté en bas de le rejoindre. Un serviteur de petite taille monta à sa suite et lui montra l'endroit précis où le corps avait été découvert. Hanshichi inspecta les lieux, puis l'ensemble du toit, et redescendit.

Après avoir pris congé, il se dirigea vers Umamichi pour interroger son subalterne Shôta qui résidait là, afin de savoir si certaines rumeurs ne couraient pas sur cette demeure.

— Je n'ai aucun témoignage dans ce sens, répondit l'autre, la maison Kuronuma jouit d'une solide réputation dans le quartier, tous les employés sont de bonne moralité.

Ce qui confirma Hanshichi dans l'idée que cette maison n'était pas directement impliquée dans cette affaire.

— Bon, bon, tant pis, dit Hanshichi, les yeux levés vers le ciel bleu et dégagé de janvier. Il fait beau aujourd'hui, le vent froid et sec n'est pas trop méchant. Que dirais-tu, Shôta, de m'accompagner du côté de Jûmantsubo, « les cent mille *tsubo* » ?

— Jûmantsubo ! répéta Shôta en faisant une drôle de tête. Qu'est-ce que vous voulez faire dans un endroit pareil ?

— Ça m'est revenu à l'esprit tout à coup : voilà bien longtemps que je ne suis pas allé prier Inari à Sunamura. Je me sentais un peu perdu dans l'affaire qui m'occupe à présent, et soudain ma foi s'est réveillée. Si ça ne t'ennuie pas, viens donc avec moi.

— C'est d'accord. Je vous accompagne où vous voulez car, de toute façon, je suis sans emploi.

Les deux hommes partirent aussitôt. Il était déjà plus de deux heures de l'après-midi et Shôta se demandait vraiment ce qui poussait Hanshichi à se donner la peine d'aller là-bas à Fukagawa, sur la rive est de l'embouchure de la Sumida, mais il le suivit sans mot dire. Ils traversèrent le pont Azuma, dépassèrent Honjo, et c'est après avoir entendu la cloche de Yawata sonner quatre heures qu'ils parvinrent à Inarimae, devant le temple de Sunamura-shinden, près des nouvelles rizières. On avait beau évoquer le printemps proche, les jours étaient encore courts, et le vent du soir faisait trembler frileusement les dernières feuilles fanées des roseaux au bas de la berge.

— On se gèle, chef, dit Shôta en relevant son col.

— C'est vrai, il fait froid à la tombée du jour.

Après avoir prié dans le sanctuaire shintoïste d'Inari, les deux hommes s'arrêtèrent au bord du chemin dans une petite cabane précaire en treillis de roseaux.

A la vue de clients, la femme qui s'apprêtait à baisser son store arbora un visage souriant.

— Oh, vous venez de loin par ce froid, il ne me reste pas grand-chose, mais je vais au moins vous réchauffer des *dango*.

— N'importe quoi, pourvu que nous ayons une tasse de thé bien chaud, dit Shôta qui s'affala sur un tabouret, l'air épuisé.

La femme s'affaira à agiter son éventail de cuisine pour ranimer les braises sous la bouilloire et faire griller les boulettes de pâte de riz.

— Dis-moi, patronne, l'interpella Hanshichi, il y a beaucoup de pèlerins ces temps-ci ?

— C'est qu'il fait froid, vous savez, répondit-elle en apportant le thé. Le mois prochain, ce sera beaucoup plus animé.

— Mais c'est vrai, on est presque en février, ce sera bientôt le premier jour du Cheval, la fête d'Inari. On mange des *dango* et les enfants jouent du tambour, rappela Hanshichi en tirant une bouffée sur sa pipe. Combien de personnes fréquentent le temple chaque jour en général ? Vingt... trente ?

— Oui, quand il y a du monde, mais aujourd'hui il y en a eu une douzaine, pas plus. Et la moitié, ce sont des gens qui viennent tous les jours.

— Ah bon ! Des pèlerins viennent chaque jour ici ? C'est terrible, la foi ! Moi, par exemple, une seule visite me suffit pour me décourager de revenir, s'exclama Shôta, vraiment admiratif, tout en reprenant une grosse bouchée de *dango* grillés.

— Il y a toutes sortes de croyants, mais certains me font pitié. Tenez, ce matin, une jeune épouse qui venait du côté de Kiba, le quartier des marchands de bois, m'a vraiment émue. Par ce froid, elle ne portait qu'un kimono léger en coton, et en plus, voilà qu'elle était venue prier pieds nus ! Ça saute aux yeux qu'elle est trop maigre et de santé fragile, alors je m'inquiète, j'espère qu'elle ne va pas prendre mal. Evidemment, c'est la foi qui la porte, mais quand on en fait trop, on ne dure pas longtemps au final.

— D'où vient cette jeune épouse et pourquoi aurait-elle besoin de former des vœux ? demanda Hanshichi comme s'il compatissait lui aussi.

— Elle me fait vraiment pitié, vous savez, reprit la patronne en levant les yeux sur son interlocuteur tout en versant l'eau chaude dans la théière en terre. Elle est mariée au premier commis d'un grossiste en bois d'œuvre de Kiba. Elle n'a que dix-neuf ans et elle l'a épousé à l'automne dernier. Mais son mari, lui, est veuf et il a un enfant de sa première épouse, âgé de trois ans cette année. Hier soir, elle est allée avec cet enfant chez ses parents qui habitent vers les nouvelles rizières, à Hachirobei-shinden, et sur le chemin de retour, alors qu'il commençait à faire sombre, il a soudain disparu de sa vue. Elle l'a cherché partout sans comprendre ce qui s'était passé. En vain, impossible de le retrouver. Elle a beau porter la coiffure à gros chignon des femmes mariées, elle est très jeune, vous comprenez, alors elle est rentrée chez elle en larmes, toute désemparée, mais son mari n'a pas voulu entendre ses explications. Elle est vraiment fautive, c'est sûr, et il ne peut admettre un tel manque d'attention de sa part. C'est d'autant plus grave que l'enfant est celui d'un premier mariage et qu'il était sous sa responsabilité. Elle n'a donc pas rempli son devoir. De là à imaginer, avec un peu de méchanceté, qu'en qualité de belle-mère elle l'a abandonné inten-tionnellement... C'est d'ailleurs de cela que son mari semble la suspecter. Quand il s'est mis en colère, il lui aurait dit quelque chose comme : « Tu l'as poussé exprès dans la rivière ! » La jeune femme a eu le cœur meurtri d'entendre ça, et ce soir-là, folle de douleur, elle est sor-tie de la maison pour se précipiter dans la rivière ou le canal proche, et prouver ainsi son innocence. Mais au dernier moment, elle s'est ravisée et a fait demi-tour. C'est dès le lendemain matin qu'elle s'est mise à venir prier Inari. En plus, pour son malheur, au moment d'emmener l'enfant se promener, elle lui avait enfilé un kimono de sortie en omettant de mettre sa plaque d'identité sur la ceinture. Ce qui incite à la soupçonner de l'avoir oublié délibérément dans le but d'effacer toute trace de son origine. Ce n'est pas facile de connaître le

284

fond de la pensée d'une personne, mais quand on voit ce visage blême, ces yeux gonflés de chagrin, même si on avait des suspicions, on a du mal à imaginer qu'elle mente ou qu'elle déforme la vérité. Moi, je pense vraiment que cette jeune dame est victime de la malchance, mais tant que l'enfant n'aura pas été retrouvé sain et sauf, qu'est-ce qu'on peut faire, sinon la suspecter, elle ?

L'ayant laissée longuement parler, Hanshichi et Shôta se regardèrent d'un air entendu.

— Patronne ! Cet enfant ne serait pas une petite fille ? demanda Shôta, impatient de poser sa question.

— On dirait bien que si. J'ai cru entendre qu'elle s'appelait Ochô et que le papa, c'était Jirohachi ou quelque chose comme ça. Un enfant de cet âge n'aurait pas pu aller très loin s'il s'était perdu, et s'il était tombé dans la rivière, son corps serait déjà remonté à la surface. Qu'est-ce qui a bien pu lui arriver ? soupira la femme. Nous formons des vœux auprès d'Inari pour qu'il ait la bonté de nous permettre d'avoir des nouvelles au plus vite.

— Oui, oui, bien sûr. Mais grâce à notre dévotion, nous aussi, on finira bien par comprendre.

Hanshichi fit un clin d'œil à Shôta, donna quelques pièces de monnaie pour le thé et se leva. Une fois dehors, quelques pas plus loin, son compagnon tourna la tête en arrière et murmura :

— On est tombés pile sur la bonne adresse, chef !

— C'est tout à fait ça. Comme on dit : qui reste à la maison ne rencontre jamais la chance. On a tapé juste, sourit Hanshichi.

— Il y a encore quelque chose que je ne comprends pas, reprit Shôta, pensif. Maintenant, on connaît l'identité de la victime, mais pourquoi est-elle tombée sur le grand toit de la demeure Kuronuma ? Ça, c'est vraiment incompréhensible. Quand vous avez décidé d'aller dans ce genre d'endroit à une heure pareille, je me suis demandé ce qui vous prenait, chef ! Mais en me proposant d'aller à Jûmantsubo et de prier à Sunamura, vous aviez quelque chose en tête depuis le début, non ?

— Pas forcément, mais c'est une affaire tellement nébuleuse que je ne voulais pas prendre le risque de me ridiculiser devant toi, voilà pourquoi je me suis tu jusqu'à présent ; en fait, en t'entraînant ici, je comptais aussi un peu sur le hasard.

— Comment avez-vous deviné que c'était là qu'il fallait venir ?

— Ça, c'est amusant. Bon, écoute-moi, sourit de nouveau Hanshichi. Quand je me suis rendu dans la demeure de Kuronuma pour qu'on me montre le cadavre de la petite fille chez l'intendant, à première vue je n'ai remarqué aucune trace de blessures particulières, je me suis donc dit qu'on avait peut-être transporté en cachette une enfant morte de maladie. Toutefois, en y regardant de plus près, j'ai décelé sur la nuque de petites marques d'ongles très légères. Mais pas des ongles d'un être humain, cela ressemblait plutôt à des griffes d'oiseau ou d'animal. Ça ne pouvait pas être l'œuvre d'un *tengu*, tout de même ! Je suis sorti de la maison, j'ai réfléchi à la question, et quand je me suis baladé jusque dans ton quartier, une peinture a soudain attiré mon attention dans la boutique d'un marchand de livrets illustrés. Le paysage signé Hiroshige[1] représentait Jûmantsubo sous la neige, l'un des *Cent sites célèbres d'Edo*. Ça te dit quelque chose, à toi ?

---

1. Célèbre peintre (1797-1858), né à Edo dans une famille de samouraïs, il dessina dans sa vie plus de dix mille sujets (non compris ses illustrations de livres).

— Non. J'ai horreur de ce genre de trucs ! répondit Shôta avec un rire forcé.

— Ça ne m'étonne pas. J'apprécie pas trop, moi non plus, mais dans notre métier, on a l'œil sur tout. J'ai donc regardé cette peinture sans m'appesantir. Dans le ciel de ce paysage tout blanc planait un grand aigle aux ailes déployées. Intéressant, me suis-je dit, bien dessiné. C'est alors que j'ai pensé à l'affaire de Kuronuma. Et si la créature qui avait transporté la petite fille n'était pas un *tengu*, mais un aigle ? Et les traces d'ongles, des griffures de serres ? Cette idée n'a fait que me traverser l'esprit et je la trouvais hasardeuse. Je suis donc venu te voir, et à ma demande tu m'as parlé de la maison Kuronuma que la rumeur publique considère comme irréprochable. Toi, de ton côté, tu n'avais pas la moindre idée. Soudain, j'ai ressenti le besoin d'aller faire un tour dans ce coin de Jûmantsubo, où je t'ai entraîné. Bien sûr, l'oiseau du dessin ne nichait pas forcément là, c'était peut-être un aigle d'Oji ou d'Okubo, impossible de savoir. Pour n'avoir rien à me reprocher, j'ai voulu qu'on pousse vers Sunamura, et là, on ne s'est pas donné trop de mal. On n'a pas perdu notre temps, hein ? Une sacrée veine, quand j'y pense ! Résumons : cette petite Ochô perd de vue sa « mère », elle erre dans l'obscurité, quand un grand aigle fond sur elle, la saisit par la ceinture ou la nuque, et l'enlève dans les airs. Comme il y a peu de maisons d'habitation depuis Hachirobei-shinden – là où habitent les parents de la jeune épouse – jusqu'aux alentours de Jûmantsubo, et que la seule demeure voisine est la deuxième résidence des Hosokawa, rarement habitée, personne n'a rien vu. D'autant plus que cela s'est passé à une heure où il fait noir dehors. Personne n'a rien entendu non plus, ni battements d'ailes ni aucun autre bruit suspect. Je ne connais pas la suite, bien sûr, mais la petite fille qui a dû perdre connaissance sous l'effet de la peur n'a même pas pleuré. Comme ce sale aigle ne savait pas quoi faire de son fardeau, il aura plané dans les parages et finalement l'aura lâchée dans les airs. Le corps sera tombé juste au-dessus, sur le toit de Kuronuma. Si on l'avait découverte immédiatement, peut-être aurait-elle survécu. Le lende-main matin, il n'y avait plus aucune chance de la sau-ver. C'est une histoire invraisemblable, une véritable calamité, c'est cruel pour un être qui avait une longue vie devant elle. Mais, bon, on ne peut plus rien faire, elle est morte, et il est essentiel d'informer au plus vite ses parents et de leur faire accepter l'idée qu'ils ne la retrouveront pas vivante. Vu les circonstances, eh bien, des problèmes de toutes sortes peuvent encore survenir : il n'est pas exclu que la jeune « mère » fasse des bêtises. Avant de penser aux morts, pensons d'abord à sauver les vivants, c'est pourquoi il faut filer tout de suite à Kiba.

— Vous avez raison, s'empressa d'acquiescer Shôta. On ne peut plus rien faire pour cette fillette, mais puisque celle qu'on appelle sa mère n'a que dix-neuf ans, ce serait vraiment dommage qu'elle mette fin à ses jours.

— Ne la protège pas sous prétexte que c'est une jeune épousée, dit Hanshichi en riant. Si tu continues à dire des bêtises, c'est toi que l'aigle va enlever.

— Me fichez pas la frousse ! Il fait bien sombre tout à coup.

Les deux hommes pressèrent le pas vers Kiba en lon-geant le bord de l'eau où flottait un train de troncs d'arbres que conduisait à la gaffe un batelier jusqu'au chantier de bois d'œuvre en aval du fleuve.

— Voilà dans les grandes lignes le déroulement de cette histoire, conclut le vieil Hanshichi. Pour peu qu'on ait rattrapé de justesse la jeune mariée se jetant à l'eau, cela aurait donné une superbe pièce de théâtre. Malheureusement, dans la réalité, les choses ne se passent pas comme on le voudrait, de façon aussi théâtrale. Hahahaha ! En tout cas, je suis allé à Kiba, j'ai réussi à découvrir la maison du dénommé Jirohachi, le père de l'enfant disparue, et je leur ai fait part de ce malheur absurde ; lui et sa jeune femme ont été terriblement choqués. J'ai aussitôt emmené ce Jirohachi et l'ai présenté à l'intendant de la maison Kuronuma. Lequel lui a remis avec un grand soulagement le corps, qui était bien celui de sa fille. Un peu plus, et on transportait la dépouille dans un temple bouddhique. Cette enquête n'avait rien de classique, bien sûr, mon explication n'était pas forcément la bonne, mais comme aucun expert n'était en mesure de la contredire, il fut décidé que la petite fille avait été enlevée par un aigle. Ce qui prouve qu'un rien peut nous mettre sur la voie, comme ce fut le cas avec la peinture de Hiroshige. D'ailleurs, bizarrement, l'artiste est mort de l'épidémie de choléra à l'automne de cette année-là.

Tout en devisant, nous avions dépassé Mimeguri. Les cerisiers sur la berge perdaient déjà leurs fleurs. Les gens étaient fort peu nombreux pour un dimanche, mais le calme ambiant faisait au contraire notre bonheur. Je m'arrêtai, sortis une blague à tabac de ma manche et me roulai une cigarette Tokiwa « Eternelle », la marque alors en vogue, que j'allumai et offris au vieil Hanschichi. Il me remercia d'une légère inclinaison de la tête et la fuma du bout des lèvres, lui trouvant manifestement une odeur bizarre.

— Si on se reposait quelque part ? proposai-je, compatissant.

— Je veux bien, oui.

Nous fîmes halte dans une petite boutique de thé au bord du chemin. Comme ce n'était déjà plus l'époque des cerisiers en fleur, nous étions les seuls clients. Le vieil homme sortit sa tabatière, bourra le petit fourneau de sa fine et longue pipe, puis en aspira une bouffée avec un air de contentement.

Des gouttes de sueur perlaient sur mon front, et la brise de la rivière qui secouait légèrement la cime des arbres en cette mi-journée me fit du bien tout en menaçant de faire tomber sur moi les chenilles qui s'y accrochaient.

— Il paraît qu'autrefois, on voyait des loutres par ici.

— En effet, acquiesça le vieil homme. Il y avait des loutres, et aussi des renards et des ragondins. Dès qu'on parle de Mukôjima, tout le monde imagine une atmosphère de théâtre avec une scène élégante et raffinée très appréciée du public où l'on interprète la fuite de deux jeunes amants ou leur double suicide, dans des histoires racontées au son des *shamisen* et des tambours de *kiyomoto* et *tokiwazu* ; mais ce n'était pas que cela dans la réalité. La nuit, c'était un endroit assez inquiétant.

— Alors, ce serait un mauvais présage si une loutre apparaissait, là, maintenant ?

— Oui, car cet animal est capable de jouer des mauvais tours.

Quelles que fussent les questions que je lui posais, le vieil homme était toujours prêt à me répondre. D'une façon générale, c'était un homme bavard qui, de plus, semblait bien aimer la jeunesse. C'est vrai qu'il aimait raconter ses exploits d'autrefois, mais sans la moindre vantardise. Faire plaisir à son auditeur suffisait à le mettre en joie, et il pouvait parler des heures durant. Ce jour-là, je l'avais mis dans l'obligation d'évoquer les loutres.

— Apparemment, ça n'a guère de rapport avec notre enquête, mais il est frappant de constater à quel point, depuis qu'Edo est devenue Tôkyô, le nombre de loutres, de renards et de ragondins a diminué. Pour ces deux derniers, rien de plus normal, mais pourquoi les loutres sont-elles devenues si rares, et pas seulement à Mukôjima et Senju ? Ces animaux-là vivent à proximité des cours d'eau plus ou moins fangeux, et aujourd'hui elles n'hésitent pas à creuser leurs terriers dans des endroits tels que les berges de la rivière Sakura, au pied de la colline Atagoyama, et, de temps à autre, elles effraient la population. Quand les gens se plaignent de *kappa*, ces mauvais génies qui vivent dans l'eau, ce sont en général des loutres qui ont fait le coup. Je vais donc te raconter l'histoire de l'une de ces farceuses.

C'était en septembre en l'an 4 de l'ère Kôka (1847), dans le quartier des fabricants de tuiles de Nakanogô à Honjo, alors que la pluie d'automne ne cessait de tomber depuis plusieurs jours. Il devait être dans les huit heures du soir quand un homme fit coulisser précipitamment la porte tendue de papier translucide d'une boutique d'articles de ménage. On aurait pu penser qu'il venait acheter des bougies, mais... « De l'eau ! » demanda-t-il hors d'haleine. En apercevant son visage à la lueur de la lampe, la femme du commerçant poussa un cri. Du sang frais coulait du front, des joues, jusqu'à la nuque, et on aurait dit qu'on lui avait arraché des cheveux sur les tempes. Il y avait vraiment de quoi paniquer devant cette coiffure défaite et ce visage couvert de sang soudain surgis de la rue sombre. A ses cris, son mari se précipita du fond de la boutique.

— Oh, qu'est-ce qui vous arrive ? commença-t-il par demander, au lieu de s'affoler comme le font généralement les femmes.

— Je ne sais pas ce qui m'a fait ça, mais je passais près du pont Genmori quand quelque chose a surgi de l'obscurité et sauté sur mon parapluie qui s'est déchiré. Et voilà le résultat.

Ces mots apaisèrent l'inquiétude des deux commerçants.

— C'est sûrement la loutre, dit le mari. Il y en a une méchante par ici, et parfois elle joue de mauvais tours. C'est souvent le soir, quand il pleut, qu'elle fait le coup. Elle a sauté sur votre parapluie et vous a griffé la figure ?

— C'est possible, mais j'étais tellement surpris que je n'ai rien compris.

Le gentil couple s'empressa d'aller chercher de l'eau pour laver le sang sur son visage. Puis ils appliquèrent sur ses plaies un onguent qu'ils avaient sous la main. L'inconnu était un bourgeois citadin – un marchand ou un artisan –, la bonne cinquantaine, et correctement habillé.

— Quelle histoire incroyable ! Où alliez-vous à cette heure ? demanda la patronne tout en allumant une pipe qu'elle lui tendit.

— Eh bien, je venais dans le coin.

— Vous habitez à… ?

— A Shitaya.

— Mais c'est ennuyeux, votre parapluie est tout déchiré.

— Je trouverai bien une chaise à porteurs pour me ramener, de l'autre côté du pont Azuma. Je vous remercie infiniment pour tout ce que vous avez fait pour moi.

L'homme donna une pièce d'un shu d'argent en guise de remerciement à la femme, qui refusa de la prendre. Mais face à son insistance elle finit par accepter, et lui se vit offrir une bougie neuve pour sa lanterne en papier, et il s'enfonça dans la pluie noire, son parapluie pointé devant lui. Quelques instants plus tard, il revint sur ses pas jusqu'à l'entrée de la boutique et dit à voix basse :

— Excusez-moi, mais je vous demanderais de bien vouloir ne raconter à personne ce qu'il m'est arrivé ce soir.

— C'est entendu, répondit le patron.

Le lendemain de cette affaire, une plainte fut déposée au poste de surveillance du quartier par Jûemon, brocanteur à la retraite dans la rue Onarimichi à Shitaya. Il déclara que quelqu'un l'avait poursuivi la veille au soir alors qu'il passait sur la berge à Nakanogô, et qu'en plus de s'être fait dérober sa bourse, il avait été blessé en plusieurs endroits à la figure. Un officier du gouvernement shôgunal et des agents de garde au Bureau du gouverneur de la ville étaient donc partis faire montre d'autorité à Shitaya. L'agression s'étant produite selon le plaignant à proximité de l'imposante demeure du seigneur du fief de Mito, lié au shôgun Tokugawa d'Edo, on mena des investigations d'autant plus rigoureuses. Et résultat : Jûemon fut convoqué au poste pour y subir un interrogatoire.

— Interroge-le, et bien ! dit le sergent de police à Hanshichi venu avec lui.

— Entendu. Monsieur le brocanteur à la retraite, n'oubliez pas que vous êtes face à des fonctionnaires. Veillez à faire correctement votre déposition, en détail et sans omission ! précisa Hanshichi pour s'assurer d'être bien compris. Maintenant, dites-moi où vous alliez hier soir, et pour quoi faire ?

— Je me suis présenté au nom de mon fiston chez le seigneur hatamoto Otsuki Gondayû à Nakanogô Motomachi, où j'ai reçu cinquante ryôs en règlement d'un meuble qu'il a fourni l'autre jour.

— Si vous reveniez de Motomachi, il me semble que vous deviez passer par le pont Genmori, mais vous avez fait un détour en route ?

— Oui. C'est gênant, mais je dois reconnaître que je suis passé chez une fille qui s'appelle Ogen, dans le quartier des fabricants de tuiles de Nakanogô.

— Cette Ogen, vous l'entretenez ?

— Oui, c'est exact.

L'ancien brocanteur expliqua qu'il fréquentait cette fille depuis plus de trois ans, mais que celle-ci avait une moralité douteuse et lui réclamait souvent de l'argent. En fait, quand il s'était arrêté chez elle la veille au soir, il y avait un jeune homme du nom de Masakichi qu'elle lui avait présenté comme étant son cousin, et qui l'avait invité instamment à boire du saké. N'étant pas porté sur l'alcool, il avait refusé tout net. « Alors, alors... vous me l'achetez ce kimono de nouvelle saison, réclamait avec insistance Ogen, les jours de froid arrivent... » Mais l'état de ses finances ne lui permettait pas cette dépense. Et c'est sur le chemin de retour qu'il avait été victime de l'attaque, le long de la berge de Nakanogô. Sur le coup, lui aussi avait cru que c'était la loutre qui hantait le secteur, mais une fois chez lui, il s'était aperçu qu'il n'avait plus sa bourse avec les fameux cinquante ryôs. Et là, il voyait mal comment on pouvait soupçonner une loutre. Voilà pourquoi il faisait tout de même une déclaration, ajouta timidement Jûemon.

— Quel âge a cette Ogen ?

— Elle a dix-neuf ans et vit seule avec sa mère.

— Et ce cousin, Masakichi ?

— Il doit avoir dans les vingt-deux ans. Il m'a donné le sentiment de fréquenter assidûment la maison d'Ogen, mais comme je le voyais pour la première fois hier soir, je ne sais pas bien ce qu'il fait.

Cet interrogatoire sommaire terminé, Jûemon fut libéré. A la suite de ses déclarations, les soupçons se portèrent naturellement sur cette fille de dix-neuf ans, Ogen. Le cousin Masakichi était sûrement son amant de cœur, il devait savoir que Jûemon avait cinquante ryôs dans sa poche et l'avait suivi pour les lui arracher de force. Les fonctionnaires partageaient tous cette interprétation des faits. Et Hanshichi ne pouvait faire autrement que de penser la même chose. Mais dans cette affaire, il ne fallait quand même pas soupçonner aussitôt Ogen sous prétexte qu'elle était à court d'argent. Peut-être que la bourse était tout simplement tombée du cou du brocanteur, ou bien, ce qui était fort improbable, l'avait-il oubliée dans la chaise à porteurs ? Hanshichi se dit qu'il devait en tout cas se rendre à Nakanogô pour en savoir plus sur cette fille. Ensuite, on verrait.

Pour commencer, il se rendit chez le médecin qui avait soigné Jûemon. S'agissant des blessures, l'homme n'avait pas de certitudes. Est-ce que la victime avait été lacérée par des griffes pointues, ou balafrée à plusieurs reprises avec la lame émoussée d'une petite arme blanche ? Il n'arrivait pas à se faire une idée. Comme les praticiens avaient tendance à ne pas se prononcer pour éviter les ennuis, surtout dans les affaires criminelles, Hanshichi se retira sans la moindre information.

— De nos jours, ce ne serait pas aussi compliqué, mais autrefois ça ne simplifiait pas notre tâche, commenta le vieil Hanshichi.

Soit Jûemon avait été blessé par un voleur, le jeune amant d'Ogen, soit une loutre l'avait attaqué et sa bourse était tombée toute seule. L'une des deux explications était la bonne. Hanshichi se rendit donc à Nakanogô. A entendre parler les voisins, Ogen ne semblait pas être une mauvaise fille, comme le prétendait Jûemon. Son frère aîné était mort l'année précédente et le bruit courait qu'elle subvenait aux besoins de sa vieille mère en se faisant entretenir par un retraité de Shitaya, mais cette situation ne convenait pas à une jeune fille de sa condition, extrêmement sérieuse et sage dans le fond. Hanshichi était perplexe.

Ayant jugé nécessaire d'aller voir lui-même l'intéressée à Kawara-machi, il fut reçu par une jeune personne de petite taille à la peau blanche. C'était Ogen.

— Le sieur retraité de Shitaya ne serait pas venu chez vous, hier soir ? demanda innocemment Hanshichi.

— Si.

— Il a passé pas mal de temps ici ?

— Non… juste sur le seuil… répondit de manière ambiguë Ogen dont le visage rosit.

— Il est donc reparti sans rentrer dans la maison ? C'est toujours comme ça ?

— Non.

— Un garçon du nom de Masakichi est également venu chez vous hier soir, c'est votre cousin ?

Ogen hésita et resta silencieuse.

Il valait mieux l'interroger ouvertement. Hanshichi se présenta :

— J'enquête pour le gouvernement shôgunal, alors il ne faut rien me cacher. Après le départ du sieur retraité, Masakichi est sorti lui aussi, n'est-ce pas ?

Ogen se taisait toujours, visiblement anxieuse, ce qui lui semblait prévisible.

— Parle, ne dissimule rien. Je t'informe que ce retraité de Shitaya a été blessé par quelqu'un sur la berge à Nakanogô et qu'on lui a volé la bourse qu'il portait autour du cou. C'est là l'objet de mon enquête. Ne me fais pas de cachotteries, sinon tu vas te prendre une sacrée accusation de complicité dans la figure. Si tu ne me dis pas tout ce que tu sais, ce ne sera pas bon pour toi !

Ogen blêmit sous le regard menaçant de Hanshichi. Puis, la voix tremblante, elle répéta que Masakichi n'était allé nulle part la nuit dernière. A son air craintif, Hanshichi devina qu'elle mentait. « En es-tu vraiment sûre ? » insista-t-il. Ogen affirma que oui. Mais son visage virait peu à peu au gris et prenait la teinte d'un mort vivant. Ce qui retint l'attention de Hanshichi, maintenant incapable de croire les dires de cette fille.

— Je te le demande encore une fois : tu ne sais vraiment rien ?

— Non, monsieur.

— Bon, tant pis pour toi, puisque tu t'obstines à refuser de parler, tu viens avec moi, je ne peux pas poursuivre mon enquête ici.

Il allait saisir la main d'Ogen pour l'entraîner quand, du fond de la maison, arriva une femme d'une cinquantaine d'années qui s'accrocha à sa manche. C'était Oishi, la mère d'Ogen.

— Attendez, enquêteur, je vous en prie ! Je vais tout vous raconter, je vous en prie, pardonnez-lui.

— Si tu me parles franchement, les autorités sauront faire preuve de mansuétude, déclara Hanshichi.

— En fait, ce Masakichi est mon neveu, il travaille dans une fabrique de tuiles. Il était prévu de longue

297

date qu'il partagerait la vie de ma fille, mais toutes sortes de raisons nous ont empêchées de tenir cette promesse, et à l'heure actuelle ma fille est entretenue par quelqu'un. Masakichi est venu hier soir, nous avons bavardé devant le brasero tous les trois... A la vérité, ce monsieur de Shitaya est très économe, et comme il ne donne pas un sou de plus que la somme mensuelle fixée une fois pour toutes, ma fille et moi, nous étions en train de nous lamenter sur le froid qui arrivait et sur le fait qu'on n'avait pas de vêtements chauds, quand il est arrivé juste à ce moment-là. Est-ce qu'il a entendu notre conversation ou a été surpris par la présence de Masakichi ? Je n'en sais rien, mais après quelques mots échangés sans franchir le seuil, il est reparti. En tout cas, il avait l'air de mauvaise humeur, et je me suis inquiétée à l'idée que ce serait grave si on ne le voyait plus revenir. Masakichi aussi se faisait du souci pour nous, car il craignait d'avoir provoqué les soupçons et la colère du monsieur de Shitaya. Alors, il a dit qu'il allait le rattraper pour lui faire entendre, qu'il le veuille ou non, les raisons de sa présence chez nous. Et sans m'écouter alors que j'essayais de l'en empêcher, il est sorti en emportant la lanterne en papier.

— Mmm... je vois. Et ensuite, que s'est-il passé ?

— Il est revenu très vite, répondit Oishi qui hésita un instant avant de poursuivre sur un ton résolu : Il a expliqué que la pluie tombait, qu'il faisait tout noir et qu'il l'avait perdu de vue. Puis il nous a raconté qu'il avait ramassé en route quelque chose par terre. C'étaient deux pièces d'or !

Masakichi, qui avait écouté avec compassion les plaintes d'Ogen et de sa tante, leur avait montré ces pièces en les priant de les dépenser pour s'acheter ce dont elles avaient besoin en ce changement de saison.

Mais, toutes deux honnêtes, la mère et la fille éprouvaient de l'appréhension, ne pouvant se résoudre à les prendre. Masakichi se tuait à leur répéter que cette trouvaille était un don du ciel, les deux femmes s'obstinaient dans leur refus. Finalement Masakichi, dans un accès de colère, avait repris les pièces et était parti sans plus leur adresser la parole. Si elles avaient vraiment cru qu'il les avait trouvées, comme il le disait, l'affaire en serait restée là, mais, assez préoccupées par cette histoire, les deux femmes discutaient depuis le matin de la provenance possible de ces deux pièces d'or de forme ovale et mince d'une valeur d'un ryô chacune, quand Hanshichi était arrivé pour enquêter.

— Je vois. Tu as bien fait d'exposer les faits. Bon, je te laisse ta fille. On ne sait jamais quel genre d'interrogatoire on vous ferait subir, alors, restez tranquilles, leur recommanda-t-il à toutes deux pour les convaincre.

Il comprenait maintenant les raisons qui poussaient Ogen à couvrir Masakichi. Alors qu'ils étaient promis l'un et l'autre au mariage, la jeune fille avait trahi son fiancé, à cause de difficultés économiques, et s'était laissé entretenir. Néanmoins, elle le protégeait et persistait à dire qu'elle ne savait rien, sans se soucier d'être accusée elle-même de commettre un délit. Hanshichi était touché par cette attitude. D'ailleurs, les deux femmes avaient l'air honnêtes et il n'y avait pas de risques, selon lui, à les laisser en liberté. Il passa donc voir les officiers municipaux et leur demanda de surveiller discrètement la mère et la fille, puis il rentra chez lui.

Le lendemain matin, Masakichi fut arrêté à la grand-porte du quartier de plaisirs au moment où il sortait de Yoshiwara, trempé par la pluie. C'est Shôta d'Umami-chi, dont on a déjà parlé, qui l'appréhenda. Hanshichi attendait au poste avec les officiers municipaux et le questionna dès son arrivée, mais concernant l'origine des deux pièces d'or, l'homme réitéra son récit de la veille à sa tante Oishi.

— J'étais à la poursuite du retraité de Shitaya et je longeais la rive vers le pont Genmori quand, soudain, j'ai vu quelque chose briller devant mes socques. J'ai approché la lanterne, et par terre, sous la pluie, il y avait deux pièces d'or ovales, et pas un passant. J'aurais dû faire une déclaration, mais comme je connaissais les pénibles conditions de vie de ma cousine et ma tante, j'ai eu envie de les faire profiter de l'aubaine. Mais, honnêtes comme elles sont et tout de même perturbées par cette histoire, ni l'une ni l'autre n'a voulu accepter. En désespoir de cause, je me suis écrié : « Dans ce cas, tant pis pour vous ! » J'ai repris les pièces et je suis parti à Yoshiwara m'amuser avec des filles jusqu'à ce matin. C'était de l'argent trouvé, absolument pas volé.

On sentait bien que cet artisan était quelqu'un d'honnête. Ses allégations ne semblaient rien dissimuler. Ce n'est pas pour autant que, même à cette époque, on pouvait garder un objet trouvé : la loi shôgunale exigeait de faire aussitôt une déclaration au poste de surveillance dont on dépendait. Ne pouvant croire le jeune homme sur parole, Hanshichi le traîna au poste de Shitaya pour une confrontation avec Jûemon, désireux de voir ce que cela donnerait.

Jûemon et Masakichi dirent qu'ils se connaissaient de vue. Mais quand on l'avait attaqué, affirma le brocanteur, il était dans le brouillard, et il serait bien incapable de reconnaître son agresseur et d'expliquer comment cela s'était passé. Ces propos n'arrangeaient pas les affaires de Hanshichi. Tout à coup, l'enquêteur se souvint d'un détail. Il questionna Jûemon :

300

— Quelqu'un de votre établissement m'a dit que vous aviez de sérieuses blessures au visage et au cou. Or, quand vous êtes arrivé chez vous, il n'y avait pratiquement plus de traces de sang. Qui donc vous a soigné et lavé entre-temps ?

— Quand je suis parti pour Asakusa, j'ai demandé au loueur de chaises à porteurs d'aller me chercher de l'eau.

— Ce ne serait pas plutôt dans une boutique d'articles de ménage qu'on vous aurait procuré de quoi vous rincer ?

Jûemon eut l'air ébahi. Il baissa la tête sans répondre.

— Pourquoi me cachez-vous la vérité ? Je ne comprends pas. Dans le quartier, c'est le seul commerçant qui reste ouvert tard le soir. J'y suis allé hier, j'ai demandé au couple si quelque chose d'anormal s'était produit récemment chez eux. Au début, ils ne m'ont pas trop répondu, mais ils ont fini par tout raconter. La patronne a même dit que vous lui aviez donné un shu. Cette pièce, vous l'aviez dans votre bourse ?

— Non, dans ma pochette. La bourse, elle, était suspendue à mon cou avec un cordon.

— Ah bon ? Alors, pourquoi avez-vous demandé à ces deux commerçants de garder le silence ?

— Je ne voulais pas que les gens apprennent ce qui m'était arrivé là où je me trouvais, cela aurait été mauvais pour ma réputation… Je suis désolé d'avoir causé des tracas aux autorités, mais sans l'argent de ma bourse, je ne suis plus rien.

Tandis qu'il parlait, il jeta un coup d'œil hostile à Masakichi. Hanshichi remarqua cet éclair de jalousie dans son regard et en déduisit qu'il avait une arrière-pensée quand il s'obstinait à soutenir que cette affaire était un vol. Il voulait faire en sorte que Masakichi soit accusé du délit. La jalousie d'un homme d'âge mûr vis-à-vis de sa jeune maîtresse... là était sûrement l'origine de cette accusation, jugea Hanshichi.

Malgré tout, il existait une preuve indubitable que l'objet de sa plainte n'était pas complètement faux : Masakichi avait réellement ramassé deux ryôs d'or. Jusqu'où l'accusation de Jûemon était-elle vraie, jusqu'où les déclarations de Masakichi l'étaient-elles ? Hanshichi ne parvenait pas à trouver la règle à mesurer le mensonge. Faute d'éclaircissements sur cette question ce jour-là, Jûemon fut renvoyé chez lui et Masakichi provisoirement adressé au poste de police principal à Hatchôbori.

Laisser les choses en l'état était extrêmement défavorable à Masakichi. Il avait beau protester de son innocence, la preuve qu'il détenait deux pièces d'or ne plaidait pas en sa faveur. Mais il avait de la chance. Un témoin apparut en aval du pont Genmori et dévoila toute la vérité sur cette énigme.

C'était une loutre. Une grosse loutre morte flottant entre deux eaux, le cou étroitement serré par le cordon d'une bourse. Et dans cette bourse se trouvaient... des pièces d'or de forme ovale pour un peu plus de quarante ryôs.

Le couple en articles de ménage avait vu juste : l'agression de Jûemon sous la pluie et dans l'obscurité était bien le fait d'une loutre de la rivière. L'animal facétieux avait bondi sur le parapluie qui s'était déchiré, et lacéré de coups de griffes le visage et le cou du pauvre homme. En se contorsionnant, la loutre s'était pris les pattes dans le cordon, et la bourse, arrachée du cou de Jûemon, avait fini autour du sien. C'est probablement à ce moment-là que deux pièces d'or s'étaient échappées par l'ouverture. Quand la loutre avait replongé dans la rivière, le poids de l'or avait dû la tirer vers le fond, et en cherchant à se débarrasser de cette entrave à grands coups de pattes nerveux, elle n'avait fait que resserrer peu à peu le cordon jusqu'à l'étouffement.

La bourse autour du cou de l'animal avait empêché le corps de remonter à la surface. Il avait fallu attendre l'arrêt des pluies incessantes qui tombaient depuis plusieurs jours pour que le niveau de la rivière baisse peu à peu, laissant apparaître les pattes et la queue de la loutre sur la rive peu profonde. Ainsi fut apportée la preuve formelle de l'accusation injuste lancée à l'encontre de Masakichi, qui fut sermonné puis relâché.

Au début, Jûemon doutait que son agresseur fût une loutre. Mais au moment où il avait donné un shu de remerciement à la commerçante, et en même temps constaté la disparition de sa bourse, une idée lui était venue à l'esprit. Mû par une sorte de désir de vengeance provoqué par sa jalousie vis-à-vis d'Ogen et de Masaki-chi, il avait imaginé une machination vraiment cruelle, celle d'assister de loin à leurs tourments et leurs épreuves quand, soupçonnés de vol, on les convoquerait au poste, les mains liées dans le dos, même si finalement on ne les reconnaissait pas coupables...

Tant qu'il ne possédait pas de preuves, Hanshichi ne pouvait afficher sa certitude que Masakichi était innocent. Mais une fois blanchi, celui-ci en voulut à Jûemon qu'il harcela de reproches. Lequel finit par reconnaître ses fautes et, pour se faire pardonner, offrit les quarante et quelques ryôs à Ogen en compensation de leur séparation.

Les époux Ogen et Masakichi firent d'ailleurs une visite de remerciement à Hanshichi.

— J'ai beaucoup parlé, comme d'habitude. Ici, à Mukôjima, il y a encore des enquêtes policières autour des génies des eaux et des serpents. Je te les raconterai une autre fois. Non, laisse-moi payer le thé. Il ne faut pas faire honte à un vieil homme, dit Hanshichi en prenant dans sa pochette en perse quelques pièces de monnaie qu'il posa sur la table.

La jeune fille du marchand de thé et moi-même remerciâmes en même temps d'une inclinaison de la tête.

— Allez, on s'en va. Ce quartier de Mukôjima a vraiment changé.

Claquement de planchettes annonçant la fermeture du rideau de scène. Regard circulaire du vieil homme qui se lève. On entend la sirène d'une usine et le frottement du rideau coulissant… Autrefois, une pièce de théâtre traditionnel ne pouvait comporter ce genre de bruitages. En effet, me dis-je, Mukôjima a bien changé…

LA DEMEURE BELLES-DE-JOUR

— Je me souviens du 16 novembre… l'an 3 de l'ère Ansei (1856). A quatre heures du matin, un incendie s'était déclaré à proximité de la berge de Yanagiwara, à Kanda. Bah, quatre ou cinq maisons seulement avaient brûlé, mais je connaissais une famille dans le coin, je suis donc allé leur rendre visite. Le jour n'était pas levé, j'ai échangé quelques mots avec ces gens, puis, de retour chez moi, je me suis plongé avec délice dans mon bain matinal. Il était près de huit heures quand, au cours de mon repas, est arrivé l'émissaire d'un monsieur de la police de Hatchôbori du nom de Makihara, me demandant de venir tout de suite. Que pouvait-il se passer si tôt le matin ? Je me suis préparé et suis parti sur-le-champ.

Le vieil Hanshichi fronça légèrement ses yeux expressifs et reprit haleine, comme si ce qu'il avait vécu ce jour-là refaisait surface dans son esprit.

— La maison du monsieur de la police se trouvait à Tamagoya-shinmichi. Dans le vestibule de l'entrée m'attendait le serviteur Tokuzô dont le visage m'était familier. Il me dit que son maître était pressé et me conduisit immédiatement à l'intérieur où, face à Makihara-san, était assis un homme distingué issu d'une famille de guerriers, la quarantaine environ. C'était l'intendant du seigneur Sugino, petit feudataire au revenu annuel de huit cent cinquante *koku*, qui avait une demeure dans le quartier militaire, à Urayonban-chô. L'hôte de mon supérieur me tendit sa plaque d'identité qui portait le nom de Nakajima Kakuemon. Je me présentai selon les règles de politesse en vigueur quand on rencontre quelqu'un pour la première fois, puis Makihara prit la parole, comme dévoré d'impatience. « Il s'agit d'une affaire dont ce monsieur ici présent m'a prié de garder le secret. Il est désolé de vous charger d'une tâche à effectuer d'ici la fin de l'année, mais il serait fort malvenu que cette affaire soit portée au grand jour, par conséquent il souhaiterait que vous entrepreniez une enquête aussi discrète qu'approfondie. » Ce que j'acceptai car il s'agissait d'une mission officielle. J'ai écouté l'histoire de cet homme, Kakuemon, dont voici le résumé.

Cela s'était passé huit jours plus tôt. Comme chaque année se tenait l'examen de lecture à haute voix des classiques chinois à l'académie confucianiste Gakumonjo d'Ochanomizu. Cette épreuve était destinée aux fils des vassaux directs du shôgun des deux rangs : les hatamotos, petits feudataires ayant le privilège d'être reçus par le shôgun, et ceux du rang le moins élevé, qui lui servaient de garde personnelle et constituaient la base de son armée. En ce temps-là, la coutume voulait que lorsque ces fils de la classe des guerriers atteignaient les douze, treize ans, sans distinction de rang, ils se rendent obligatoirement à l'académie Gakumonjo où ils devaient lire sans la moindre hésitation les textes des neuf classiques chinois. Tant qu'un jeune garçon n'avait pas réussi cette épreuve, il ne pouvait, disait-on, accéder à l'âge adulte. Toute candidature devait être déposée au moins un mois à l'avance auprès du chef du poste de surveillance de la communauté, qui remettait à la famille la convocation pour tel jour à l'académie Gakumonjo, au plus tard à neuf heures du matin. Selon l'année, des dizaines, voire des centaines de garçons se retrouvaient ainsi dans l'imposant pavillon sud. L'un après l'autre, ils étaient appelés devant les examinateurs confucéens sous la direction du président de la bibliothèque Hayashi. Pour l'épreuve de lecture, ils devaient s'asseoir devant une imposante table chinoise, et les meilleurs se voyaient gratifiés, en fonction de leur rang, soit d'une pièce d'étoffe, soit d'une pièce d'argent de trois suns enveloppée dans une feuille de papier de qualité.

Selon une habitude ancienne, les candidats arrivaient à l'académie Gakumonjo avant six heures du matin, ce qui obligeait ceux qui habitaient loin à se lever bien avant l'aube. Sur place, il leur fallait attendre leur tour parfois jusqu'à onze heures. Même s'il s'agissait de fils de samouraïs, à cet âge-là on a envie de chahuter, et dans la salle où ils attendaient, l'agitation était extrême. Les surveillants, modestes fonctionnaires de service à Edo, avaient beau les sermonner, ils avaient toutes les peines du monde à les calmer. Les jeunes garçons étaient vêtus, conformément à leur rang, d'un kimono de cérémonie en soie unie noire de qualité, orné du blason de la famille. Par-dessus le kimono, les fils issus des familles de classe supérieure *omemie-ijo*, jouissant de la possibilité d'accéder directement au shôgun lors des audiences, portaient une veste sans manches aux larges épaules et une très longue jupe-culotte, le haut et le bas étant de couleur et de matière différentes, tandis que pour les rejetons de classe inférieure *omemie-ika*, c'était le lin ordinaire.

307

Le jeune Sugino Daizaburô, fils de l'intendant Kakuemon, âgé de treize ans, avait déposé cette année sa candidature à l'épreuve de lecture. Daizaburô était réputé dans toute sa communauté pour sa beauté. Vêtu d'une très longue jupe de cérémonie vert clair, sur une veste noire, et portant encore les cheveux sur le front [1], il avait belle allure, comme Rikiya dans la pièce de kabuki *Chûshingura* [2], « Le trésor des vassaux fidèles ». Etant fils d'un homme de qualité, il était parti escorté d'un valet de vingt-sept ans qui s'appelait Yamazaki Heisuke et d'un serviteur du nom de Matazô. C'est à un peu plus de quatre heures du matin ce jour-là, par un froid vif picotant les yeux, qu'ils avaient quitté la demeure d'Urayonban-chô. Matazô marchait en tête avec la lanterne en papier frappée du blason de la famille qui se balançait au rythme de ses pas. Les sandales en paille crissaient sur la gelée blanche de l'aube.

Quand ils traversèrent le pont Suidô, la nuit hivernale s'attardait encore. Les étoiles brillaient faiblement comme gelées au sommet des pins noirs, et on ne distinguait pas le moindre reflet sur le cours d'eau d'Ochanomizu enveloppé par la brume. Il semblait qu'à cet endroit la gelée était épaisse et les herbes fanées et couchées sur la haute berge étaient comme ensevelies sous de la neige. Des cris de renards se faisaient entendre quelque part. Tandis que les trois marcheurs longeaient la berge en soufflant de la buée, l'attache des lanières de la sandale pourtant neuve de Heisuke se rompit sur le devant, au moment où il retenait son pied de glisser sur la terre glacée.

---

1. Au passage à l'âge adulte, on rasait le haut du crâne des garçons.
2. Drame qui raconte l'histoire des quarante-sept valeureux samouraïs d'Akô (voir la note p. 73). Le peuple d'Edo en fit des symboles de loyauté, d'honneur et de courage.

— Ah ça, zut alors ! Matazô, éclaire-moi.

A la lumière de la lanterne, Heisuke s'accroupit pour rafistoler tant bien que mal sa sandale. Il venait de finir quand, jetant un regard derrière lui, il ne vit plus Daizaburô censé être debout à ses côtés. Les deux hommes étaient étonnés de ne plus le voir, mais, s'agissant presque d'un enfant, ils se dirent qu'il les avait sans doute plantés là pour les devancer. Ils se lancèrent à sa poursuite en appelant leur jeune maître, mais au bout d'un demi-*chô* (une cinquantaine de mètres) parcouru pour rien, pas la moindre trace de sa présence. Ils avaient beau hurler son nom, pas de réponse. Seul résonnait par moments le cri d'un renard.

— C'est quand même pas un esprit-renard qui lui aurait joué un mauvais tour ? fit Matazô visiblement angoissé.

— Sûrement pas ! ricana Heisuke. Mais lui non plus ne comprenait rien à la situation. Il était accroupi en train d'arranger sa sandale, le serviteur éclairait avec la lanterne, tête baissée, et Daizaburô avait disparu on ne savait quand. Impossible qu'il ait pu aller loin en si peu de temps, et impensable qu'il ne réponde pas quand on l'appelait. A cette heure de la nuit où il n'y avait personne dehors, qui aurait pu enlever ce jeune et beau garçon ? Bref, cela dépassait l'entendement de Heisuke.

— N'oublions pas qu'il s'agit d'un enfant. Il s'est peut-être mis à courir sans réfléchir parce qu'il faisait trop froid.

Comme il ne servait à rien de rester là à se poser des questions, ils se hâtèrent jusqu'à l'académie Gaku-monjo. Une mauvaise nouvelle les attendait : le fonctionnaire chargé de la journée leur annonça que leur jeune seigneur, Sugino Daizaburô-dono, n'était pas encore là. Il ne restait plus aux deux hommes qu'à revenir sur leurs pas en cherchant tout au long du chemin. Daizaburô était introuvable.

Un renard lui aura joué un mauvais tour, ou bien il a été caché par les esprits divins ? se demandait Heisuke qui commençait à douter peu à peu.

C'était chose courante à cette époque-là de croire que les esprits divins pouvaient enlever des gens. Il arrivait souvent que, non seulement un enfant, mais aussi une personne d'un certain âge, disparaisse brutalement et que l'on reste sans nouvelles pendant une dizaine ou une quinzaine de jours. Dans certains cas, l'absence pouvait durer six mois, voire un an. Puis, un beau jour, la personne revenait d'on ne savait où, comme si de rien n'était. Parfois, on la retrouvait allongée devant sa porte, ou plantée à l'entrée de derrière. Et le comble : riant aux éclats sur son toit ! Même accueillis avec ménagement et bien soignés, nombreux étaient les disparus qui ne se souvenaient de rien ou croyaient avoir rêvé. L'un d'eux raconta qu'il avait été emporté dans les airs par un étrange ermite-sorcier[1] jusqu'à une montagne lointaine. On pensa qu'il s'agissait plutôt d'un méchant *tengu* au visage rond affublé d'un long nez. Je suis samouraï, se disait Heisuke, je ne vais tout de même pas croire au surnaturel. Mais dans le cas présent, l'inquiétude commençait à poindre en lui au point de se demander si le fils de son maître n'avait pas été la proie d'un *tengu* des montagnes.

En tout cas, l'affaire était très grave. Comment les deux hommes allaient-ils oser rentrer sans honte chez leur seigneur ? Pour le serviteur Matazô, cela pouvait

---

1. Traditionnellement représenté vêtu d'une tunique en lambeaux, pantalon large serré aux chevilles, portant pompons, grelots, calotte noire, bâton de pèlerin avec anneaux sonnants, chapelet, cheveux longs !

encore aller, mais compte tenu des circonstances, Heisuke, lui, n'avait plus qu'à se faire *seppuku*. L'un et l'autre étaient blancs de peur.

— Tant pis... On est bien obligés de rentrer et de raconter la vérité, ne cessaient-ils de soupirer.

Prenant leur courage à deux mains, Heisuke et Matazô rebroussèrent chemin. Ils avaient perdu beaucoup de temps à cause de toutes ces allées et venues. Quand ils retraversèrent, le pas traînant, et presque à reculons, le pont Suidô, la bougie de leur lanterne était presque consumée. Le cri des renards s'était changé en croassement.

Dans la demeure, à l'annonce de cette mystérieuse disparition, supérieurs et inférieurs furent bouleversés. Le seigneur Sugino Dainoshin imposa le silence à toute la maison, ordonnant de ne rien divulguer de cette affaire. Il fut décidé qu'on allait présenter à l'académie Gakumonjo une justification écrite de l'absence de Daizaburô à l'épreuve de lecture des neuf classiques chinois pour cause de maladie soudaine. Heisuke et Matazô se firent réprimander, sévèrement bien sûr, pour leur manque d'attention, mais leur maître étant un homme compréhensif, il ne jugea pas nécessaire de les accabler. Et se limita à leur ordonner à tous deux de retrouver la trace de son fils le plus rapidement possible, en y mettant toute leur énergie.

Il va sans dire qu'en tant que responsables directs, Heisuke et Matazô devaient absolument se mettre en quête du jeune seigneur. Mais tout le personnel se lança lui aussi dans des investigations approfondies pour le trouver. Dame Sugino, la maîtresse des lieux, envoya quelqu'un prier au sanctuaire de Hachiman [1] à

---

1. Divinité de la Guerre et du Bien-être.

311

Ishigaya et au temple shintô de Sannô à Nagata-chô, dont elle pratiquait le culte quotidiennement. Une servante courut chez un devin très réputé. A l'extérieur, on s'obstinait à garder le secret, mais au sein du domaine régnait une émotion intense. Trois jours s'écoulèrent ainsi, puis cinq jours encore, et personne n'avait réussi à savoir ce qu'il était advenu du beau Daizaburô ; le seigneur et sa maisonnée se trouvaient à bout de ressources. Constatant que leurs investigations ne menaient à rien, l'intendant Kakuemon avait décidé ce matin-là de se rendre en cachette chez Makihara, l'officier de police à Hatchôbori, pour le prier instamment de bien vouloir enquêter discrètement.

— Vous comprenez, la réputation de la maison aussi est en jeu. J'insiste pour que vous agissiez avec discrétion, répéta Kakuemon à plusieurs reprises.

— C'est entendu.

Pour faciliter ses recherches, Hanshichi réclama une description complète de Daizaburô. S'agissant de son caractère et de son comportement, on lui répondit qu'il avait commencé la calligraphie à cinq ans et qu'il apprenait les idéogrammes des classiques chinois depuis l'âge de sept ans. Kakuemon insista avec fierté sur les dons de l'enfant pour les études et précisa que, dans le courrier de candidature, il avait été demandé qu'on veuille bien lui accorder l'autorisation de passer l'épreuve avec un livre des neuf classiques chinois sans ponctuation. Mais au ton de Kakuemon, on comprenait aussi que Daizaburô avait un côté efféminé auquel ce genre de garçon semblait échapper difficilement. C'était apparemment un être doux au caractère docile et doté de traits d'une grande finesse.

— Votre jeune seigneur n'a pas de frère et sœur ?

— C'est un fils unique, comprenez-vous, le seul héritier, et c'est une raison de plus pour que notre maître, et nous tous, nous inquiétions davantage encore de cette affaire.

Le front du loyal intendant s'assombrissait de plus en plus.

Enlevé par les esprits divins... Né à cette époque, Hanshichi ne niait pas systématiquement l'existence d'un tel mystère ici-bas. Si l'enlèvement était véritablement le fait des dieux, cela dépassait largement ses compétences, mais si, par hasard, il existait une autre explication, il était suffisamment sûr de lui pour penser qu'il la découvrirait tôt ou tard, à condition d'y mettre les moyens. Il quitta Kakuemon sur la promesse de faire de son mieux, quoi qu'il arrive.

Sur le chemin du retour, il réfléchit à la situation. Depuis toujours, chez les petits feudataires, on dissimulait des secrets de toutes sortes qui ne franchissaient jamais les murs de la demeure. On y donnait l'impression de tout dire ouvertement, mais à l'évidence, les intendants ne divulguaient pas ce qui était susceptible de porter préjudice à leur seigneur. En conséquence, il n'était pas exclu que cet événement cachât quelque affaire complexe. S'il se contentait des dires de l'intendant pour tenter de se faire une idée exacte, il risquait de faire fausse route. Hanshichi décida que, dans un premier temps, il devrait aller enquêter dans le coin d'Urayonban-chô pour essayer d'en apprendre plus sur la demeure du seigneur Sugino, de façon à savoir vers où orienter ses recherches. Il repassa donc chez lui à Kanda, avant d'en ressortir et de monter à Kudan.

Quand il vit le terrain en remblai à côté de la pente, il pénétra dans Urayonban-chô, le quartier militaire des résidences des samouraïs. Celle de Sugino paraissait plutôt grande. Le soleil hivernal de l'après-midi éclairait les fenêtres de part et d'autre du portail monumental exposé au sud. Profitant du fait que le marchand de saké du coin en sortait tout juste après avoir livré sa marchandise, Hanshichi lui demanda, l'air de rien, ce qui se passait à l'intérieur de la demeure, mais il ne récolta aucun indice intéressant. Par ailleurs, il connaissait quelqu'un à la maison des pompiers. Pourquoi ne pas y aller pour y obtenir des renseignements ou des idées à creuser ? Il n'avait fait que quelques pas quand il aperçut une jeune porteuse de repas quitter une grande demeure voisine.

— Oh, mais c'est Oroku ! s'exclama Hanshichi.

A son nom, la fille s'arrêta. Plutôt grosse et de petite taille, elle avait le visage plâtré avec une pâte à base d'oxyde de plomb et du rouge aux lèvres et aux joues qui la faisaient ressembler à un crapaud. Un bout de tissu, rouge également, couvrait ses cheveux sur le front.

— Tiens, l'enquêteur de Mikawa-chô ! Ça fait longtemps que je ne vous ai pas vu, le salua Oroku tout en minaudant.

— Tu m'as l'air bien en forme à cette heure !

— Oh, oh ! rit Oroku en collant sur sa joue le bout de sa manche qu'elle maintenait entre ses doigts. Je suis si rose que ça ? C'est qu'on vient de me forcer à boire du saké dans une tasse à thé.

C'était une habituée des chambres du personnel des résidences de guerriers. Le carré de tissu qu'elle tenait à la main enveloppait des boîtes superposées contenant sushis et gâteaux bon marché variés, mais elle n'avait pas que ça à vendre. Rarement jolies, ces filles, porteuses de

314

repas, ou prostituées occasionnelles, se maquillaient
outrageusement de manière à aguicher les serviteurs en
manque de femmes. C'était une chance inespérée de
croiser Oroku. Hanshichi s'approcha tout contre elle
pour lui souffler à l'oreille :

— Dis donc, toi, tu fréquentes aussi la chambre du
seigneur Sugino, hein ?

— Non, non, je suis jamais allée là-bas, moi !

— Ah bon ? fit Hanshichi quelque peu déçu.

— Oui, car c'est une maison hantée bien connue.

— Allons bon, une maison hantée ! répéta Hanshichi, l'air incrédule. Et… quel en serait le fantôme ?

— J'en sais rien, mais j'aime pas ça ! Dans le quartier, dès qu'on parle de la demeure Belles-de-jour, tout
le monde connaît.

A l'évocation de ce nom, Hanshichi se souvint d'avoir
entendu parler d'une histoire de fantômes dans une certaine demeure Belles-de-jour du côté d'Urayonban-chô,
mais impossible d'affirmer qu'il s'agissait de celle de
Sugino. Spécificité de cette époque, les récits de maisons
hantées, comme celui de la demeure des Assiettes dont
on a déjà parlé, étaient innombrables dans le quartier.
Selon la rumeur populaire, un lointain seigneur de la
demeure Belles-de-jour avait décapité une concubine
pour quelque obscure raison, et il avait accompli son
geste en plein été, alors que la jeune femme portait un
kimono léger de coton imprimé de belles-de-jour.
Depuis, on disait que ces fleurs attiraient mystérieusement le malheur sur la vaste propriété. Si bien que, de
l'été à l'automne, l'ensemble des serviteurs devaient scruter sans relâche les moindres recoins du jardin, jusqu'au
terrain attenant, pour débusquer tout volubilis, belle-de-
jour liseron ou autre liane de la même espèce, et l'arracher impitoyablement. On racontait aussi qu'on avait

interdit l'accès de la demeure à un marchand parce qu'il était venu offrir en cadeau de visite, pour se protéger de la chaleur estivale, des éventails décorés... de belles-de-jour. Cette histoire, Hanshichi la connaissait depuis longtemps, mais c'était la première fois qu'il entendait dire qu'elle concernait la maison Sugino.

— C'est donc celle-là, la demeure Belles-de-jour ?

— Les gens qui viennent de l'extérieur, ils s'en fichent, mais si on doit fréquenter ce genre d'endroit qu'on dit hanté depuis tant d'années, y a de quoi s'inquiéter, grimaça Oroku.

— Ça, c'est sûr.

La conversation roulait depuis peu de temps quand Hanshichi aperçut soudain derrière lui un samouraï sortant par la grand-porte de la demeure Belles-de-jour, et qui prenait tranquillement la direction de Kudan. A coup sûr, c'était le valet d'une maison de guerriers.

— Tu le connais cet homme, là ? demanda Hanshichi à Oroku en le montrant du menton.

— Je n'ai jamais parlé avec lui, mais il paraît qu'il s'appelle Yamazaki.

A tous les coups, c'était Yamazaki Heisuke. Hanshichi lâcha en vitesse Oroku pour le rattraper. A l'extérieur du mur d'enceinte de la propriété, dans une rue peu passante, il héla Heisuke.

— S'il vous plaît ! Veuillez m'excuser, mais ne feriez-vous pas partie de la demeure du seigneur Sugino ?

— Si, en effet, répondit le samouraï en se retournant vers lui.

— En fait, j'ai rencontré monsieur votre intendant ce matin ; il semble qu'il s'est produit quelque chose de préoccupant chez vous, sachez que je partage votre anxiété.

Devant le regard méfiant de l'homme, Hanshichi expliqua qu'il avait rencontré l'intendant Kakuemon.

Quand il lui demanda s'il ne serait pas le sieur Yamazaki, l'autre lui répondit que oui d'un signe de tête.
Mais les yeux toujours empreints d'inquiétude, il dévisageait l'enquêteur face à lui.

— Vous n'avez toujours pas idée de l'endroit où se
trouve votre jeune seigneur ?

— C'est très ennuyeux, nous n'avons aucun indice,
répondit Heisuke de manière laconique.

— Il n'aurait pas été enlevé par des esprits divins, à
tout hasard ?

— Eh bien, ce n'est pas totalement exclu.

— Si c'est le cas, on ne peut rien faire, mais sinon,
vous ne voyez pas d'autre explication ?

— Non, aucune.

Interrompant sèchement ce bref interrogatoire, Heisuke donna l'impression à Hanshichi de fuir questions
et réponses. Or, l'intendant Kakuemon l'avait presque
imploré de résoudre l'énigme de cette disparition, dont
Heisuke était considéré comme responsable. Il eût été
logique que ce dernier prît en charge les préliminaires de
l'enquête, tout en considérant l'enquêteur comme son
allié. Pourquoi ce samouraï était-il sur la défensive et
parlait-il le moins possible ? Hanshichi n'arrivait pas à
comprendre. Il trouvait vraiment étrange l'attitude d'un
homme que cette affaire pouvait mener, en dernière
extrémité, à s'ouvrir le ventre selon le rituel des guerriers.

Plutôt petit, Heisuke avait dans les vingt-six ans, la
peau claire, l'air plutôt aimable, et malin pour un valet
travaillant dans ce genre de maison. Au premier coup
d'œil en tout cas, et fort de sa longue expérience, Hanshichi avait compris qu'il avait face à lui un homme à
l'esprit vif qui ne pouvait rester indifférent à la situation, après la disparition de son jeune maître. Les soupçons de l'enquêteur s'accrurent encore.

— Comme je viens de vous le dire, sauf s'il s'agit d'une intervention divine, soyez tout à fait rassuré, je compte bien retrouver votre jeune maître, déclara tout net Hanshichi comme s'il cherchait à pénétrer les pensées de son interlocuteur.

— Alors, vous auriez une idée en vue ? l'interrogea en retour Heisuke.

— Ecoutez, pour l'instant je n'ai aucune piste, mais je travaille pour le gouvernement shôgunal depuis de nombreuses années, je vais bien découvrir quelques indices. S'il est vivant, je suis certain de le trouver.

— Vous croyez ? dit Heisuke, l'air à nouveau distant.

— Oui, oui. Et vous alliez où exactement ?

— Je n'avais pas de but précis, mais j'ai l'intention de sillonner Edo tous les jours et de retrouver notre jeune maître le plus rapidement possible… Vous aussi, je vous en fais la demande…

— C'est entendu.

Heisuke s'éloigna d'un bon pas, mais il se retourna plusieurs fois en jetant derrière lui un œil vaguement inquiet. Cette attitude étrange, tel un renard aux aguets, augmenta d'autant les soupçons de Hanshichi qui se demanda s'il n'allait pas filer Heisuke, mais il remit sa décision à plus tard. En pleine journée, ce n'était pas approprié.

L'enquêteur s'était arrêté à l'angle d'une ruelle, hésitant sur la direction à prendre, quand Oroku qu'il venait juste de quitter et une autre jeune fille apparurent en poussant des petits gloussements.

— Encore vous ! dit Oroku, en riant comme à son habitude.

La fille qui l'accompagnait le salua légèrement de la tête.

— Mais oui, quel hasard, n'est-ce pas ! s'exclama Hanshichi.

La compagne d'Oroku était une fille svelte de dix-sept, dix-huit ans, également porteuse de repas. Elle était vêtue d'un kimono propret à fils mélangés, probablement en coton *kuchiwata*, et portait autour de ses cheveux fraîchement noués un tissu rouge gaufré à motifs. En dehors d'un nez trop plat, elle avait des traits beaucoup plus agréables que ceux d'Oroku.

— Enquêteur, mon amie que voici a ses entrées dans la demeure Belles-de-jour ! railla Oroku en donnant une claque dans le dos de sa compagne.

— Hé, ça va pas ? fit la fille secouée de rires.

— Comment s'appelle cette jeune fille ?

— Yasu-chan… euh, Oyasu-san, rectifia Oroku qui prit la main de sa voisine pour la pousser délibérément devant Hanshichi. Vous pourriez lui dire de se calmer un peu, enquêteur, on ne peut plus l'arrêter, il n'y en a plus que pour son histoire d'amour.

— Quoi ? Mais c'est pas vrai ! Hohoho !

Même dans ce quartier peu passant des résidences de samouraïs, Hanshichi trouvait déplaisant de devoir écouter en pleine rue des vendeuses se vanter de leurs conquêtes. Mais, pour la bonne cause, il se devait de supporter leurs sornettes.

— Tu m'as l'air de bien t'amuser, en tout cas. Et alors, ta conquête, elle se trouve dans la demeure Belles-de-jour ?

— Oui, répondit Oroku à sa place. C'est un gars tout beau, tout élégant, il s'appelle Matazô et habite une chambre près du grand portail.

Au nom de Matazô, Hanshichi sursauta.

— Vous le connaîtriez ? demanda Oyasu un peu gênée.

— Il ne m'est pas totalement inconnu, répondit Hanshichi en se mettant au diapason. Mais cet homme m'a l'air d'être un joyeux luron, fais attention qu'il ne te promette pas la lune.

— Ça, vous avez bien raison, approuva la jeune fille maintenant sérieuse. Il m'avait promis un nouveau kimono pour le changement de saison, mais c'étaient des boniments, parce que, vous voyez, la fin de l'année, on y est presque. Alors, si c'est un kimono de printemps qu'il veut m'offrir, il n'a qu'à me donner au moins un ryô, sinon comment pourrai-je verser des arrhes au marchand de tissu, moi ? Il raconte n'importe quoi… qu'il va me donner l'argent demain, ou après-demain. Il se défile tout le temps, c'est écœurant !

Qu'est-ce qu'elle avait à déverser ainsi sa rancune, il n'y pouvait rien, lui ! Toutefois Hanshichi répondit avec le sourire :

— Allez, allez… pardonne-lui. Ça m'ennuie de te le dire, mais pour quelqu'un qui touche une paye de trois ryôs par an, c'est pas facile d'en mettre un ou deux de côté pour un cadeau. C'est ton petit chéri, tout de même. Si tu ne comprends pas ça, c'est que tu es bigrement méchante !

— Mais, d'après ce qu'il dit, mon Matazô aura bientôt en poche une somme importante. Alors, c'est normal que je compte dessus, non ? Ou bien il mentirait ?

— Je ne sais quoi te répondre, mais le connaissant un peu, il ne doit pas complètement mentir. Ecoute, tu n'as qu'à attendre encore un peu.

Volant au secours de Hanshichi embarrassé, Oroku intervint :

— Allez, Oyasu ! Lâche-le un peu. Tu vois bien que l'enquêteur est embarrassé. Quant à Matazô, sois tranquille, je m'en charge.

Le moment parut opportun à Hanshichi pour mettre un terme à la discussion, mais il ne pouvait le faire sans quelque amabilité. Il prit deux shus d'argent dans sa pochette, les enveloppa dans une feuille de papier qu'il donna à Oroku.

— Ce n'est pas grand-chose, mais avec ça, vous pourrez au moins vous offrir un bol de nouilles *soba* toutes les deux.

— Oh, vous êtes trop aimable ! Merci, merci beaucoup.

Laissant les deux femmes se confondre en remerciements, Hanshichi s'échappa en hâte, sans plus leur prêter attention. Puis il se creusa la cervelle pour essayer de relier les trois éléments suivants : l'inquiétude dans le regard de Heisuke, la rumeur concernant Matazô selon laquelle il allait bientôt disposer d'une somme rondelette et l'histoire de fantôme dans la demeure Belles-de-jour. Mais rien de cohérent n'émergeait pour l'instant dans son esprit. Les mains dans les poches, il descendait la pente de Kudan, la tête ailleurs.

De retour chez lui, il s'assit devant le brasero et laissa libre cours à ses pensées, les yeux fixés sur les braises tandis que le soleil de cette courte journée d'hiver commençait à décliner. Il dîna de bonne heure, puis remonta encore une fois la longue pente de Kudan, et quand il arriva près d'Urayonban-chô, les toits en tuiles des belles résidences luisaient tous de la teinte froide du soir. La grand-porte de la demeure maudite, selon la légende, était fermée comme si la maison était inhabitée. Hanshichi s'adressa discrètement au vieux gardien de Belles-de-jour :

— Est-ce que Matazô-san serait là ?

— Il vient juste de me prévenir qu'il sortait en ville, mais, ajouta le vieil homme, c'était sûrement pour aller boire au Fujiya, un mastroquet tout proche.

— Et le valet Yamazaki-san ?

— Il est sorti dans la journée, mais il n'est pas encore rentré.

Hanshichi le remercia. Il faisait tout noir dans la rue au bout de laquelle se distinguait la lanterne rouge pâle du poste de surveillance. Quand il eut trouvé le troquet en question, il jeta un regard discret à l'intérieur et aperçut un jeune homme à l'allure de samouraï, qui buvait du saké dans un gobelet carré en bois, accompagné de feuilles fraîches aromatiques de *sanshô* dans une petite assiette.

L'enquêteur se couvrit la tête avec sa serviette et se dissimula derrière un tas de bûches à proximité, épiant l'homme un long moment. Il le vit discuter en riant avec le patron, puis sortir sans payer la note.

— Fais-moi encore crédit pour aujourd'hui, ne t'affole pas, d'ici deux ou trois jours, je te refilerai le tout avec intérêts. Hahahaha !

Déjà passablement ivre, il partit en fredonnant, l'air bienheureux dans le vent froid du soir. Etouffant le bruit de ses sandales en paille, Hanshichi suivit l'homme qui ne rentra pas chez lui, mais, en haut de la pente Kudan, passa sur le côté, au sud de Katagawa-chô, le quartier résidentiel des hatamotos, et déboucha sur le terrain situé au bord du sinistre fossé de Chidori. Là, Hanshichi aperçut la silhouette d'un autre homme, debout dans la clarté de la lune hivernale du vingt-sixième jour, qui venait juste d'apparaître au-dessus des pins de la haute berge d'en face. Au premier coup d'œil, Hanshichi devina qu'il s'agissait de Yamazaki Heisuke.

De quoi pouvaient bien discuter en secret les deux hommes ? Dans ce genre de situation, la présence de la lune facilite les choses, mais en même temps, les complique un peu. Hanshichi alla se cacher à proximité de la grande demeure qui faisait face au terrain vague. Voyant que l'égout longeant la porte principale était vide, il s'y glissa discrètement en rampant comme un animal et, le visage dissimulé derrière une borne pour attacher les chevaux, il tendit l'oreille vers les deux hommes en grande discussion.

— Que voulez-vous que je fiche avec deux bus seulement, Yamazaki-san ? Démerdez-vous pour m'aider, quand même !

— Pour ça, j'ai fait tout ce que je pouvais, « droit sur mes étriers ». Où sont donc passés les cinq ryôs de l'autre fois ?

— Je suis allé à la maison des pompiers, ils m'ont tout pris.

— Arrête de jouer, alors ! Tu n'es qu'une pousse de bambou en bordure de chemin, on va te peler jusqu'au trognon, espèce d'imbécile !

— C'est vrai, j'ai rien à dire. Euh… je sais bien que c'est pas le moment de vous parler de ça quand vous me houspillez, mais cette Oyasu, vous la connaissez, elle n'arrête pas de me réclamer un kimono de printemps depuis l'autre jour. Je suis un homme, hein, faut bien que je trouve un moyen de me procurer des sous.

— Oh, oh… quel type épatant ! ricana Heisuke. Offre-lui donc un kimono de printemps, et pendant que tu y es, fais-lui faire une livrée, comme un maître à son serviteur !

— C'est que pour ça que, eh bien… faut que je vous demande un coup de main…

— En voilà un rôle agréable ! Mais je ne suis pas un riche guerrier vivant des revenus de ses terres, moi. Tu crois que je peux prendre les gens en charge juste avant le nouvel an ?

— C'est pas à vous que je demande d'arranger les choses. Vous ne pourriez pas poser la question à dame Sugino ?

— On ne peut pas demander trop souvent à Madame. L'affaire de l'autre jour a été réglée avec dix ryôs. Et là, pas d'objection, en tout bien tout honneur, on a partagé moitié-moitié, toi et moi !

— Pour ça, j'ai rien à dire, acquiesça Matazô, sans baisser les bras pour autant. Mais je vous en prie… faites quelque chose, insista-t-il, c'est pas tenable d'être harcelé par une fille. Ça vous est déjà arrivé à vous aussi, non ? Allez… soyez compréhensif…

Comme son interlocuteur restait de marbre sans tenir compte de sa requête, brusquement Matazô s'énerva sous l'emprise de l'alcool :

— Alors, vous voulez pas m'aider ! Dans ce cas, je n'ai plus qu'une solution. Il paraît que l'intendant est allé ce matin à la police de Hatchôbori, j'y vais de ce pas, moi aussi ! Je vais leur dire que notre jeune seigneur se trouve à…

— Ah non ! le coupa Heisuke avec un sourire sarcastique, pas de chantage, s'il te plaît. Toi, tu as appris ton rôle en allant voir une pièce dans une petite salle de Ryôgoku, tu te débrouilles pas mal dans le genre menaces. Mais ces propos, va les tenir à quelqu'un d'autre. Désolé pour toi, mais tu n'as pas frappé à la bonne porte, le poste de surveillance, c'est pas ici.

Il était encore tôt le soir, mais dans le silence ambiant un échange si vif parvenait aisément aux oreilles de Han-shichi, comme s'ils s'étaient trouvés tous trois dans la même pièce. Il se doutait que la discussion orageuse prendrait cette tournure et se terminerait en pugilat. En effet, il vit les deux silhouettes s'agiter et se mêler car Matazô, qui n'était pas de taille à lutter avec des paroles, en était venu aux mains. Mais Heisuke, rompu à quelques techniques guerrières de par sa formation aux arts militaires, l'immobilisa, lui tordit le bras pour le plaquer à terre, puis, enlevant une de ses sandales dont la semelle de cuir était fixée au talon à l'aide d'attaches métalliques, il l'en frappa de toutes ses forces à plusieurs reprises.

— Espèce de *kappa*[1], de monstre des rivières ! Va donc à Hatchôbori ou à Genbeibori. On est employés au contrat, on est de passage, quoi. Si jamais l'affaire est découverte, on n'aura qu'à se tirer de cette demeure, et après nous, advienne que pourra, on n'en a rien à fiche ! Et si ça te plaît pas, démerde-toi tout seul.

Heisuke enleva la boue de son kimono, puis s'éloigna sans se presser. Le séducteur de la vendeuse de rue était par terre, anéanti après une telle agression physique et verbale.

— Quelle tête, mon vieux, c'est horrible ! le plaignit Hanshichi en s'extirpant du fossé.

— Qu'est-ce que tu racontes ? Ça te regarde pas ! lança Matazô qui s'était relevé, la figure toute gonflée. Fous-moi la paix, sinon le prochain, ce sera toi !

— Allez, allez, tout va bien… C'est idiot de s'énerver comme ça, plaisanta Hanshichi. Si on allait boire un coup pour te remettre sur pied, hein, qu'est-ce que tu en dis ? Je t'ai vu une ou deux fois à la maison des pompiers. Tu vas sûrement me reconnaître.

---

1. Génie des eaux de petite taille, représenté avec des pieds et des mains palmés, un corps verdâtre couvert d'écailles, des cheveux hirsutes, le haut du crâne en forme de coupe contenant de l'eau qui, si elle vient à s'écouler, fait disparaître son pouvoir.

A la clarté de la lune, Matazô découvrit, ébahi, le visage de Hanshichi qui venait de retirer sa serviette.

— Non ! Z'êtes de Mikawa-chô !

Le lendemain matin, Hanshichi se rendit chez Makihara à Hatchôbori. Kakuemon, l'intendant de la maison Sugino, s'y trouvait déjà. Tout entier dévoué à son maître, il était venu demander si on avait trouvé une piste quelconque depuis la veille. Makihara trouvait la démarche un peu trop précipitée, mais l'inquiétude de son hôte l'incita à répondre avec sérieux. C'est alors que Hanshichi apparut…

— Monsieur l'intendant ne cesse de s'inquiéter. Auriez-vous découvert quelque indice ? demanda aussitôt Makihara.

— Oui, oui, j'ai tout compris. Soyez rassuré, fit Hanshichi d'un air dégagé.

— Vous avez… compris ? répéta Kakuemon, dévoré de curiosité. Alors, où est le jeune seigneur ?

— Sur sa propriété.

Kakuemon le dévisagea, bouche bée. Makihara fronça les sourcils.

— Dans la demeure Sugino ! Qu'est-ce à dire ?

— Vous connaissez le valet Yamazaki Heisuke, n'est-ce pas ? C'est lui qui accompagnait votre jeune maître, l'autre matin. Il habite, je suppose, dans les logements proches du grand portail.

Kakuemon acquiesça machinalement de la tête.

— Votre jeune seigneur doit être caché dans un placard de l'une de ces pièces. Il paraît qu'une petite vendeuse de rue qui s'appelle Oyasu apporte trois fois par jour de la nourriture dans de belles boîtes laquées superposées, expliqua Hanshichi.

Mais cette seule explication ne suffit pas aux deux hommes pour comprendre.

— Pourquoi cacherait-on le jeune maître dans le logis du personnel ? s'étonna Makihara. Qui donc aurait imaginé une chose pareille ?

— Je me suis laissé dire que c'était sur les instructions de dame Sugino.

— Madame ! s'écria Kakuemon abasourdi.

Tout était tellement incroyable que Makihara, pourtant riche en expériences diverses, en resta pantelant de surprise et ne dit mot, les yeux écarquillés. Hanshichi poursuivit :

— Je vous prie instamment de m'excuser, mais j'ai eu connaissance que dans votre demeure, on abhorrait les belles-de-jour. La « demeure Belles-de-jour »... Or, cet été, l'une de ces fleurs, blanche, a fleuri dans votre jardin.

Kakuemon acquiesça à contrecœur, sourcils froncés.

— En résumé, c'est une fleur qui est à l'origine de l'affaire qui nous occupe, expliqua Hanshichi.

Comme on prétendait qu'un événement funeste se produirait à coup sûr si une belle-de-jour venait à éclore dans la propriété, toute la maisonnée affichait un air sombre. Avec son scepticisme habituel vis-à-vis de ce genre de choses, le maître des lieux s'était contenté d'en rire. En revanche, cette histoire tourmentait affreusement dame Sugino qui s'inquiétait jour et nuit de l'imminence d'une catastrophe. Et vers la fin du mois précédent, un fait pourtant insignifiant avait mis ses nerfs à mal.

Ce jour-là, le jeune seigneur Daizaburô était allé rendre visite à des membres de sa famille à Akasaka, escorté du serviteur Matazô. Au retour, non loin de la maison Sugino, ils passèrent devant des habitations de guerriers vassaux du shôgun, mais du rang le moins élevé, qui levaient un impôt ne dépassant guère plus de trente à soixante sacs de riz. Quelques enfants jouaient dans la rue, avec à leur tête un garçon d'une douzaine d'années. Tout à son jeu et courant comme un fou, il bouscula Daizaburô et l'entraîna à terre avec lui. A l'évidence, son geste n'avait rien de prémédité. Mais Matazô l'attrapa par les cheveux et, sous prétexte qu'il avait renversé son jeune maître, le bourra de coups de poing sur la figure, se disant avec mépris que ce n'était qu'un enfant de basse condition. Grave erreur de sa part, car ces garçons étaient tous fils de samouraïs. « Qu'est-ce que t'as à me frapper comme ça, tu cherches même pas à comprendre ce qui s'est passé ! » cria le garçon, blessé dans son honneur pour avoir été traité comme un inférieur et, de plus, devant un jeune seigneur comme Daizaburô. En représailles, tous les fils de samouraïs volèrent à son secours. Sabre de bois ou bambou au poing, voilà une quinzaine de garçons lancés à la poursuite de Daizaburô et de son serviteur en poussant des cris de guerre. L'un d'eux, qui faisait figure de grand frère, brandit même une lance utilisée pour l'entraînement. Matazô fut saisi d'effroi, mais comme il n'était pas question pour lui de s'excuser, son salut et celui du jeune maître ne pouvaient résider que dans la fuite. Rassemblé devant la porte principale de la demeure Sugino, le groupe de poursuivants continua longtemps de hurler :

— T'es pas prêt de nous oublier ! On va se venger ! On aura ta peau le jour de l'examen !

Daizaburô avait réussi à passer la porte, blême de peur. Cette mésaventure fut évidemment rapportée à dame Sugino qui en trembla d'angoisse, car tous ces garçons allaient participer à l'épreuve de lecture du mois suivant. Depuis toujours, cette journée passée à l'académie Gakumonjo révélait à quel point les fils de vassaux de haut rang détestaient ceux de classe inférieure, et réciproquement. Les premiers insultaient les seconds en les traitant de « calmars ». Les calmars rétorquaient inévitablement en les traitant de « poulpes ». D'année en année, le conflit s'amplifiait et les protagonistes en venaient parfois à s'écharper, au grand désespoir des fonctionnaires en charge de la journée et de leurs hommes d'escorte, impuissants à les contenir. Il suffisait que des représentants des deux groupes se croisent dans la rue pour déclencher une nouvelle rixe, et les calmars en particulier nourrissaient une haine farouche à l'encontre des fils de familles supérieures, attendant avec impatience que vienne pour eux l'heure de la revanche. C'était bien cela qui inquiétait en premier lieu Daizaburô et sa mère. D'autant que, tout naturellement, les poulpes étaient de loin les moins nombreux le jour de l'épreuve de lecture. Si seulement le fils de dame Sugino avait été robuste et fougueux ! Mais ce n'était pas le cas. Un naturel doux et un physique gracile ajoutaient encore à l'angoisse maternelle. Décidément, le mauvais présage de la belle-de-jour lui laissait augurer quelle serait la victime cette année-là.

Il était trop tard pour retirer sans motif la candidature à l'examen. Dame Sugino savait fort bien que s'en ouvrir à son époux ne servirait à rien car, compte tenu du caractère qui était le sien, il n'accorderait aucune attention à ces balivernes. La mère gardait donc ses tourments pour elle et, au fur et à mesure qu'approchait le jour fatidique, soucis et cauchemars se multipliaient. Quand elle consulta les dieux au temple en tirant au hasard une prédiction écrite, le sort indiqué se révéla mauvais. Désespérée, dame Sugino demanda discrètement conseil à l'un de ses serviteurs, le valet Heisuke, cherchant un moyen d'éviter que son fils se présente à l'examen.

Des ressources défaillantes d'une femme et de l'intelligence rusée d'un valet résulta cette comédie jouée à plusieurs. Impliqué dans cette pénible affaire, Matazô fut recruté sans qu'on lui demande son avis. Quant au doux Daizaburô, on le persuada d'accepter la fatalité. En route pour passer l'épreuve de lecture, il fit donc demi-tour et, avant le lever du jour, se retrouva dans la chambre de Heisuke à la résidence Sugino. Restait à choisir le moment opportun pour le faire réapparaître et donner le change, en évoquant auprès des habitants de la demeure et à l'extérieur le fameux enlèvement par les esprits divins. Aux deux hommes qui avaient exécuté ce travail, dame Sugino remit un paquet de vingt-cinq ryôs, mais le malin Heisuke en préleva quinze en douce, avant de partager en deux la somme restante avec Matazô.

— Seulement dix ryôs chacun, après tout ce qu'elle nous a fait faire, c'est minable… grogna Matazô.

— Ça ne sert à rien de râler. Et puis, c'est toi, mon cher, qui as déclenché cette bagarre, l'amadoua Heisuke.

Matazô se doutait bien qu'une part de l'argent avait été détournée par Heisuke et il ne cessait de le tarabuster en inventant toutes sortes de prétextes. Mais il n'était pas de taille à lutter contre lui. Habile à jouer la comédie, l'autre trouvait chaque fois la réplique appropriée pour repousser sa demande d'argent. Exaspéré par le valet et en même temps harcelé par la porteuse de repas, Matazô se fit de plus en plus pressant et menaçant auprès de Heisuke, qu'il commençait à agacer sérieusement.

— En tout cas, c'est dangereux de discutailler là où on loge. Ce soir, on se retrouve au bord du fossé.

Les deux hommes fixèrent le coucher du soleil comme heure de rendez-vous. Il en résulta cette fameuse empoignade et le piège tendu par Hanshichi quand il emmena Matazô à l'étage d'un troquet. Incité à dire la vérité et poussé par la rage, Matazô raconta toute l'histoire sans difficulté.

— Voilà ce qu'il en est, conclut Hanshichi à ses deux interlocuteurs, je m'en remets à votre compétence... Mais, poursuivit-il après une courte pause, du fait que dame Sugino est de connivence dans cette affaire, il serait dangereux d'envenimer la situation. Grâce à vos bons offices, les choses peuvent se régler en douceur.

— Merci infiniment pour tout ce que vous avez fait, dit Kakuemon avec un soupir de soulagement, comme s'il s'éveillait d'un mauvais rêve. Tout est clair à présent. Mais concernant cette disparition, je me demande bien quelle serait la meilleure explication à fournir pour la satisfaction générale ?

Makihara réfléchit avec les deux autres.

— Finalement, pourquoi pas l'enlèvement d'un esprit divin ? proposa-t-il.

Il n'était pas souhaitable que le seigneur fût informé de ce secret. En poussant jusqu'à son terme le plan de dame Sugino, Makihara jouait la prudence. Il valait mieux pour la réputation de la maison qu'on étouffe l'affaire sous le couvert d'une intervention des dieux.

— Vous avez raison.

Kakuemon exprima sa profonde reconnaissance, puis rentra chez lui. Trois jours s'étaient écoulés quand il rendit visite à Makihara, chargé de cadeaux de remerciement, en l'informant que le jeune maître Daizaburô était revenu sans encombre.

— Alors, demandai-je, le seigneur Sugino n'a rien su en fin de compte ?

— Non, l'explication officielle lui a suffi, répondit le vieil Hanshichi. Mais Matazô, que l'intendant et Yamazaki regardaient de travers depuis cette histoire, se sentait tellement mal à l'aise qu'il a fait ses bagages et s'est enfui avec Oyasu, la vendeuse de rue.

— Et Yamazaki, il est resté au service de la maison Sugino ?

— Eh bien… il paraît que le maître des lieux l'a exécuté de sa main un an plus tard.

— Le secret aurait été dévoilé ?

— Il a fait bien pire encore, dit le vieil Hanshichi avec un sourire forcé. Beaucoup de ces employés temporaires des petits feudataires étaient des gens peu recommandables. Quand ces individus connaissaient votre point faible, ils ne vous lâchaient plus. Yamazaki est mort et, à ce que l'on sait, l'épouse a été congédiée et renvoyée dans sa maison natale. Elle avait eu l'esprit ensorcelé par ce vilain Yamazaki qui avait gagné sa confiance en profitant de sa peur pour son fils, et elle a fini sa vie en réprouvée. Ça fait vraiment pitié, tu ne trouves pas ?

— Dans ce cas, la belle-de-jour a porté davantage malheur à la mère qu'au fils ?

— Sans nul doute. Cette demeure est restée debout un temps après la Restauration de Meiji (1868), puis un jour, elle a été démolie, et à sa place s'élèvent maintenant de nombreux petits pavillons de location.

CHATS EN RÉBELLION

Dans la maison du vieil Hanshichi, il y avait un petit chat trois-couleurs. Par une chaude journée de février, comme j'arrivais chez lui à l'improviste, le vieil homme, installé sur la véranda orientée au sud, caressait le doux pelage de l'animal blotti sur ses genoux.

— Qu'il est mignon, ce chat !

— Parce que c'est un chaton, fit gaiement le vieil homme. Il n'est pas encore assez intelligent pour attraper les souris.

Le soleil radieux éclairait les vieilles tuiles du toit voisin et on entendait des chats en chaleur se quereller bruyamment. L'ancien enquêteur tourna un regard amusé vers l'endroit d'où semblaient venir les miaulements.

— Lui aussi sera bientôt comme eux, et des gens tels que toi composeront quelque haïku commençant par « les amours du chat », par exemple. Cet animal, vois-tu, est adorable tant qu'il est petit. Mais à l'âge adulte, quand on sent qu'il pourrait se métamorphoser, alors, il devient plus que désagréable, vaguement inquiétant. Depuis toujours, on dit que le chat se métamorphose, tu crois que c'est vrai, toi ?

— Eh bien… on a toujours raconté des histoires de chat-fantôme, mais de là à dire que ça existe vraiment… répondis-je en restant évasif. Car avec un interlocuteur tel que le vieil Hanshichi, on ne savait jamais quelle preuve tangible il pourrait apporter. Si je niais bêtement l'existence de ce genre de phénomène et qu'il me prenne en défaut de manière inattendue, en me démontrant le contraire, ce serait vexant pour moi.

Mais même lui ne semblait pas connaître d'exemple de chat métamorphosé. Tout en faisant descendre le trois-couleurs de ses genoux, il poursuivit :

— On n'est sûr de rien, en effet. De génération en génération, on se transmet de nombreuses histoires sur le sujet, mais personne n'en aurait vu réellement. Pourtant, moi, j'ai vécu une fois une chose bizarre. Oh, tu sais, je n'en ai pas été le témoin direct, mais ce coup-là, je crois bien que c'était authentique. Car, vois-tu, deux personnes sont mortes à cause de chats en rébellion. Rien qu'à y songer, j'en ai froid dans le dos.

— Elles ont été dévorées par un chat ?

— Non, on ne peut pas dire ça. Mais l'histoire est tout de même ahurissante. Tiens, je vais te la raconter.

Repoussant le chaton qui voulait rester pelotonné sur ses genoux, le vieil homme commença tranquillement.

L'automne de l'an 2 de Bunkyû (1862) arrivait à son terme et l'événement se produisit le soir du 22 septembre. La veille, avait pris fin le marché au gingembre du Shinmei-gû à Shiba. Une vieille femme nommée Omaki était morte soudainement. Elle habitait non loin de ce sanctuaire shintô dédié à Amaterasu, dans une maison en location donnant sur une rue de derrière. Née l'année du Singe de l'ère Kansei (1799), elle venait d'avoir soixante-six ans. Son dernier fils, plein d'attentions pour elle, s'appelait Shichinosuke. Ayant perdu son mari à la quarantaine, elle avait élevé seule ses cinq enfants. Tombée dans les bras d'un amant sur son lieu de travail, sa fille s'était enfuie quelque part avec lui. Son fils aîné s'était noyé au cours d'une baignade dans la baie de Shibaura. La rougeole avait emporté son deuxième fils. Et comme son troisième était porté sur le vol depuis l'enfance, Omaki l'avait chassé de sa maison.

— J'en ai eu du malheur avec mes enfants... ne cessait-elle de se plaindre.

Pourtant Shichinosuke, le petit dernier, était resté vivre à ses côtés sans créer d'histoires. En outre, comme pour faire preuve à lui seul de tout le dévouement dont manquaient ses frères et sœurs vis-à-vis de leur mère, il travaillait déjà de toutes ses forces avant d'avoir atteint l'âge adulte et entourait de prévenances la vieille femme.

— Tu en as de la chance, Omaki-san, d'avoir un fils aussi dévoué !

Elle qui s'était lamentée sur ses enfants à problèmes faisait au contraire l'envie des voisins désormais. Shichinosuke était marchand de poisson. Chaque jour, il partait livrer ses clients aux quatre coins du quartier, les deux plateaux de sa palanche remplis de produits frais. Il allait avoir vingt ans et, le teint hâlé, les mains noires, sans souci de son apparence ni de sa tenue, il gagnait bien sa vie malgré la modestie de son activité de petit vendeur ambulant. Doté d'un tempérament facile et calme, sans rapport avec son métier normalement dévolu aux hommes rudes, il était très apprécié du voisinage et s'entendait parfaitement avec sa mère.

A l'inverse, la réputation d'Omaki se dégradait sérieusement. Non pas qu'elle se montrât méchante avec les voisins, mais les gens ne supportaient plus sa passion dévorante pour les chats. Toute petite déjà, c'était son animal favori, mais avec l'âge cet amour l'avait amenée à en avoir une bonne quinzaine, chats et chatons réunis. Bien sûr, elle était libre d'élever des chats et personne n'avait rien à y redire. Et même si ces animaux qui traînaient partout dans la petite maison inspiraient de la répulsion ou mettaient en émoi les voisins qui les apercevaient, cela ne suffisait pas pour porter plainte contre l'habitante des lieux. Le problème, c'est que loin de rester cantonnées chez elle, les bestioles se répandaient dans le quartier et dévastaient les cuisines. La vieille femme avait beau les nourrir abondamment, les chats raffolaient surtout de ce qu'ils pouvaient voler.

Face à cette situation, les protestations, bien fondées, se multipliaient. Chaque fois, Omaki s'excusait, et avec elle, Shichinosuke. Mais les miaulements ne cessaient pas pour autant, et le surnom de « vieille aux chats » fut lancé par quelques mauvaises langues du coin. On ne savait trop si cette appellation dérangeait Omaki, mais entendre parler de sa mère en ces termes attristait Shichinosuke. Cependant, sa gentillesse foncière l'empêchait de lui faire des remarques désobligeantes ou de se quereller avec les voisins. Il se contentait de dormir et de se réveiller au milieu de cette horde, et de travailler sagement sans rien dire.

Mais ces temps derniers, quand Shichinosuke rentrait de sa tournée, les gens du quartier trouvaient bizarre qu'il reste toujours plusieurs poissons sur ses plateaux.

— Alors, Shichinosuke-san, t'as pas eu beaucoup de clients aujourd'hui ? demanda l'un d'eux.

— Si, si, mais ceux-là, je les rapporte pour les chats de la maison… répondit Shichinosuke, un peu embarrassé. Sur la marchandise achetée en gros à la halle, raconta-t-il, sa mère lui demandait d'en mettre de côté pour nourrir ses animaux.

« Des poissons aussi chers comme pâtée pour chats ! C'est vraiment pas raisonnable de la part d'une vieille femme », murmuraient les gens.

Et la rumeur gagnait du terrain.

« C'est sûr, dévoué comme il est, ce garçon écoute sa mère, mais vous allez voir, il gagne peut-être bien sa vie, mais à force de garder tous les jours tant de beaux poissons, il finira par perdre beaucoup d'argent, je vous le dis. C'est à se demander si, au fond, cette femme ne préfère pas ses bêtes à l'enfant qu'elle a mis au monde. Quel malheur tout de même ! »

Le voisinage montrait de la compassion pour le gentil Shichinosuke et, à l'inverse, éprouvait de l'antipathie pour Omaki. Ainsi détestée, elle s'attirait de plus en plus la haine des gens du quartier. Les méfaits de ses chats qui s'introduisaient dans les maisons avec une audace grandissante n'arrangeaient pas les choses. Papier tendu des cloisons lacéré à coups de griffes et poissons volés dans les cuisines étaient monnaie courante. Les miaulements à longueur de jour et de nuit poussèrent les voisins du côté sud à déménager. Et le charpentier qui habitait côté nord ne cessait de répéter qu'il allait faire de même tant sa femme était poussée à bout par ces animaux.

— Si on s'en débarrassait, hein ? proposa l'un des habitants de la longue baraque, excédé. Le fils fait pitié, mais nous, on n'en peut plus.

L'ensemble des locataires se rallia aussitôt à son point de vue. A l'évidence, engager la discussion avec la vieille aux chats ne mènerait à rien ; aussi envoya-t-on un délégué chez le propriétaire se plaindre de la situation. Il exigea qu'Omaki se débarrasse des chats sans faire d'histoires, sinon, s'écria-t-il, excédé, qu'on lui balance un avis d'expulsion ! Le propriétaire ne prit évidemment pas le parti de la vieille aux chats. Il la convoqua aussitôt et lui signifia de se séparer de ses chats qui occasionnaient de la gêne aux voisins. Faute de quoi, ajouta-t-il, tu vas où tu veux mais tu libères les lieux sur-le-champ, compris ?

Poussée par cet homme autoritaire à donner sa réponse, Omaki s'empressa d'accepter.

— Oui, oui, je m'en débarrasse immédiatement. Je suis vraiment désolée de vous créer autant d'ennuis.

Mais l'idée d'abandonner des animaux qu'elle avait élevés avec amour jusqu'à maintenant l'attristait tellement, gémit-elle, qu'elle suppliait le propriétaire de demander aux voisins, même si cela leur causait du dérangement, de bien vouloir les abandonner dans la nature à sa place. Trouvant sa requête compréhensible, il transmit ce souhait aux voisins, et ce fut le charpentier, accompagné de deux hommes, qui vint récupérer les chats dans la maison d'Omaki. Une chatte ayant tout juste donné naissance à des petits, en tout, cela en faisait vingt.

— Je vous remercie de vous être dérangés. Entrez, je vous en prie.

Sans afficher de regrets, Omaki appela les chats dans toute la maison et les remit aux trois hommes. Lesquels divisèrent les animaux en trois groupes et les fourrèrent dans des sacs à charbon de bois qu'on recouvrit avec un grand carré de tissu. Un sourire ironique aux lèvres, Omaki les regarda partir dans le passage, leur paquet sous le bras.

Mais après leur départ, Ohatsu, la femme du charpentier, chuchota à l'oreille des voisins :

— Je l'ai vue, et je peux vous affirmer que son sourire à cet instant-là était vraiment effrayant.

Les trois hommes prirent des directions différentes et abandonnèrent les chats dans des endroits qu'ils avaient choisis les plus déserts possible.

« On devrait avoir la paix maintenant », se félicitaient les habitants de la longue baraque. Quelle ne fut pas leur surprise en entendant la femme du charpentier leur dire le lendemain matin :

— Les chats de la voisine sont revenus ! Je ne sais pas quand ni comment, mais on a entendu leurs miaulements en pleine nuit.

— C'est vrai, ça ?

Un coup d'œil dans la maison d'Omaki laissa les voisins stupéfaits. La famille des chats au grand complet était revenue et miaulait partout dans la maison comme pour se moquer de la stupidité des humains. On avait beau demander des explications à Omaki, ses réponses restaient vagues. Elle dit qu'elle ne savait pas bien non plus, mais qu'ils avaient dû rentrer chez elle les uns après les autres dans la nuit en se glissant entre les lattes du treillis de la fenêtre de la cuisine et sous la véranda. Assurant qu'ils allaient cette fois les abandonner dans un endroit d'où ils ne pourraient jamais revenir, car une légende veut que les chats reviennent toujours dans leur maison, les trois mêmes hommes, poussés par les circonstances, prirent un jour de congé et emportèrent de nouveau les chats tout au bout de Shinagawa, le premier relais de la route du Tôkaidô, et à l'extrémité d'Oji, dans la direction opposée.

Les deux jours suivants, on n'entendit plus le moindre miaulement dans la maison d'Omaki.

C'était la nuit de la fête des rituels de Shinmei, dédiée à Amaterasu. La femme d'un artisan, réparateur de petite chaudronnerie et serrurerie, qui vivait dans la même longue baraque, était allée prier au sanctuaire avec sa petite fille de sept ans à peine, et à son retour, un peu avant dix heures du soir, la lune brillait dans un ciel limpide et la rosée faisait luire les toits.

— Maman, regarde !

Qu'avait donc vu la petite fille ? Elle restait figée sur place, sa main tirant la manche de sa mère. La femme s'arrêta net elle aussi. Une petite forme blanche errait sur le toit de la vieille aux chats. En regardant mieux, elle faillit s'étrangler de surprise en découvrant que c'était un chat blanc et qu'il se tenait debout sur les pattes de derrière comme un homme, les pattes de devant levées haut. Elle observa discrètement l'animal pendant quelque temps, soufflant à sa fille de ne pas bouger : le chat avançait au hasard d'une démarche de danseuse, sa longue queue traînant sur le toit de bardeaux. Cette vision lui donna la chair de poule. Puis le chat traversa le toit, et la femme vit de ses propres yeux la forme blanche disparaître derrière la lucarne de la maison d'Omaki. Serrant fortement la main de sa fille, elle se jeta pratiquement dans sa maison et ferma hermétiquement fenêtres et volets.

De retour tard dans la nuit, son mari frappa à la porte. La femme se leva sans bruit et lui raconta la scène étrange à laquelle elle venait d'assister. Mais, ivre du saké bu à la fête du sanctuaire, il refusa de croire à son histoire.

— Arrête tes sornettes, s'écria-t-il, ça peut pas exister ces choses-là !

Et, sans écouter sa femme qui voulait l'en empêcher, il se glissa furtivement dans la cuisine d'Omaki pour épier ce qui s'y passait. Bientôt, il entendit la vieille s'exclamer d'une voix réjouie :

— Oh ! Te voilà, toi ! T'en as mis du temps, dis.

Des miaulements de chat qui semblaient lui répondre dégrisèrent quelque peu le mari, saisi d'épouvante. Il rentra chez lui sur la pointe des pieds et demanda à sa femme :

— Tu es sûre qu'il marchait dressé sur ses pattes de derrière ?

— Mais oui, je t'assure, notre petite Oyoshi et moi, on l'a vraiment vu, murmura-t-elle d'un ton fâché.

La petite fille confirma en tremblant qu'elle l'avait bien vu.

Le mari trouvait ça plutôt inquiétant, et il se sentait d'autant plus mal à l'aise qu'il avait fait partie de l'expédition destinée à perdre les chats. Buvant à nouveau force saké jusqu'à en rouler par terre, il laissa sa femme et sa fille terrorisées, sans pouvoir fermer l'œil avant le lever du jour, blotties l'une contre l'autre.

Les chats de la maison d'Omaki étaient tous revenus dans la nuit. Au récit de la femme du serrurier, les habitants de la longue baraque se regardèrent, perplexes. Un chat ordinaire ne pouvant marcher debout sur deux pattes, on en conclut que l'un de ceux élevés par la vieille femme était certainement un chat fantôme. La rumeur parvint aux oreilles du propriétaire, qui s'en inquiéta. Quand il se rendit chez Omaki et son fils pour leur intimer l'ordre de vider les lieux immédiatement, la mère exprima toute la peine qu'elle aurait à quitter une maison où elle vivait déjà du vivant de son mari. Elle gémit, les yeux pleins de larmes, implorant le propriétaire d'avoir la bonté de la dispenser de cette expulsion ; quant à mes chats, affirma-t-elle, vous pouvez vous en débarrasser comme vous l'entendez. Touché par sa réaction, l'homme ne se sentit pas le courage de renvoyer la mère et son fils, et expliqua :

— Ils reviennent parce qu'on se contente de les abandonner. Ce qu'il faut, c'est les noyer dans la mer avec un poids attaché au sac pour les faire couler. Car si on laisse la vie sauve à ces chats-fantômes, on ne sait pas quel malheur ils vont nous apporter.

Sur la proposition du propriétaire, on décida donc d'enfourner les bestioles dans plusieurs sacs de jute, de les attacher à une grosse pierre et de les balancer dans la mer à Shibaura. Cette fois, tous les locataires mâles participèrent à l'opération et allèrent ensemble récupérer les vingt chats chez Omaki. Ayant apparemment accepté l'idée de la disparition définitive de ses chats, elle supplia :

— Je vous en prie, attendez un peu, je voudrais leur donner un dernier repas, nous allons être séparés pour toujours.

Elle appela les vingt chats auprès d'elle. Shichinosuke s'était mis en congé ce jour-là et, à la demande d'Omaki, il l'aida à faire cuire des petits poissons. Elle remplit plusieurs assiettes de riz et de poissons qu'elle disposa devant chaque animal. Serrés les uns contre les autres, les chats plongèrent leur nez dans la nourriture et se mirent à manger en chœur. Ils dévorèrent le riz. Dévorèrent la chair. Sucèrent les arêtes. Avec un seul chat, le spectacle eût été banal, mais vingt chats se goinfrant avec des bruits de gorge et les babines retroussées rendaient la scène impressionnante, et même assez inquiétante pour des gens sensibles. Omaki, épais cheveux blancs et pommettes hautes, observait fixement ses animaux, essuyant furtivement quelques larmes.

Inutile de décrire ce qu'il advint des chats une fois enlevés à Omaki. Selon le plan fixé à l'avance, ils furent engloutis vivants dans les profondeurs de la mer de Shibaura. Plusieurs jours s'écoulèrent sans qu'aucun d'eux ne se manifestât ; dans la longue baraque, on respirait de soulagement.

Bizarrement, cette séparation ne semblait pas attrister Omaki. Sa palanche à l'épaule, Shichinosuke partait chaque matin vendre ses poissons. Brusquement, le soir du septième jour suivant la noyade, Omaki décéda.

C'est Ohatsu, la femme du charpentier, qui la découvrit. Son mari n'était pas encore rentré du travail et elle était allée faire une course dans le quartier après avoir, selon son habitude, baissé le loquet de la porte à claire-voie. Le logement voisin côté sud était vide à ce moment-là. Personne ne connaissait les circonstances de la mort, mais selon les dires d'Ohatsu, elle revenait de ses courses et se dirigeait vers le fond du passage quand son regard avait été attiré par les plateaux de poissons et la palanche par terre devant la maison d'Omaki. Tiens, Shichinosuke est déjà rentré ! se dit-elle, et debout sous l'auvent elle l'appela, mais sans obtenir de réponse. En automne, la nuit tombe de bonne heure, pourtant il n'y avait pas de lampe allumée. La maison obscure était plongée dans le silence, on se serait cru dans un cimetière. Assaillie par une sorte d'angoisse, Ohatsu jeta un œil discret à l'intérieur. Elle aperçut quelqu'un allongé sur la terre battue de l'entrée. Tremblant de peur, elle fit un pas pour scruter l'obscurité : c'était Omaki, la vieille aux chats !

— Au secours !

A son cri, les voisins se précipitèrent aussitôt vers elle. A l'intérieur de la longue habitation et jusque dans la rue de derrière, la rumeur se répandit que la vieille était morte. Le propriétaire accourut lui aussi. Mais cette mort subite était-elle le fait de la maladie ou d'un meurtre ? Là-dessus, personne ne pouvait encore se prononcer.

— Où a bien pu passer son fils, tout de même ?

Les plateaux de poissons et la palanche jetés à terre laissaient penser que Shichinosuke était déjà rentré, mais où était-il, que faisait-il ? Bizarre qu'il ne se montrât pas au milieu de toute cette agitation. En tout cas, on fit venir le médecin. Il examina la dépouille qui, selon lui, ne présentait rien d'anormal, à l'exception d'une blessure un peu à l'avant du crâne. Omaki avait-elle été frappée par quelqu'un ou par un objet dans sa chute depuis le plancher surélevé de l'entrée ? Le médecin, lui non plus, ne savait pas avec certitude ce qu'il en était et finalement il décréta qu'elle était tombée à la suite d'une attaque d'apoplexie. Cette explication parut rassurer le propriétaire qui craignait les complications ultérieures. Mais où donc était passé Shichinosuke ?

Alors que cette question était sur toutes les bouches autour de la dépouille d'Omaki, Shichinosuke arriva, pâle et désemparé. L'accompagnait Sankichi, marchand ambulant de poisson comme lui, qui habitait le quartier voisin. La bonne trentaine, on voyait bien qu'il était vif d'esprit et énergique.

— Oh, *arigatô gozaimashita*, merci beaucoup à vous tous, dit Sankichi en saluant l'assistance. En fait, Shichinosuke s'est précipité chez moi tout à l'heure à son retour du travail. Le visage décomposé, il m'a fait comme ça : « Ma mère est tombée dans l'entrée, elle est morte ! Que dois-je faire ? » « Ça alors ! j'ai crié, et tu cours jusqu'ici pour me demander conseil ! Mais pourquoi tu n'as pas prévenu tout de suite le propriétaire et tes voisins, ils auraient pu s'occuper de tout ça ! » Voilà comment je l'ai houspillé, mais c'est encore un jeunot, vous savez. Il m'a expliqué que, pris de panique, il avait filé chez moi sans réfléchir. « Bon, c'est naturel, je lui ai dit, la première chose à faire maintenant, ce serait d'aller là-bas et de prier toutes ces personnes de bien vouloir prendre les choses en main. » Et c'est ainsi que nous sommes revenus ensemble. Mais qu'est-il arrivé au juste ?

— Oh, on n'a pas de détails. La mère de Shichino-suke est morte subitement. Selon le diagnostic du médecin, il s'agit d'une attaque d'apoplexie, répondit le propriétaire avec assurance.

— Une attaque d'apoplexie ? Tiens donc, quand on pense que sa mère ne buvait jamais une goutte d'alcool ! Mais, c'est vrai, qu'est-ce qu'on peut faire face à une mort subite, hein ? Puis il s'adressa directement à Shi-chinosuke : Ça ne sert à rien de pleurer, tu sais, allez, résigne-toi, dis-toi que c'est le destin.

Le jeune homme se faisait tout petit, l'air mal à l'aise, le dos voûté, les deux mains pressées sur ses genoux, et il avait les yeux remplis de larmes. Connais-sant son dévouement pour sa mère, l'assistance était pleine de compassion et, plutôt que de déplorer la mort de la vieille aux chats, pensait au chagrin de son fils. Les visages reflétaient la tristesse, on entendait renifler des femmes, le regard humide.

Les voisins veillèrent tous ensemble la nuit entière. Toujours aussi désemparé, Shichinosuke restait recro-quevillé dans son coin, prononçant à peine quelques mots. Gagnés par l'émotion, les habitants prirent la décision de régler eux-mêmes tout ce qui concernait la cérémonie pour le repos de l'âme de la défunte. Shichi-nosuke surmonta sa timidité pour les remercier vive-ment.

— Ne t'en fais pas, tout se passera bien, tout le monde est tellement gentil avec toi. Et puis, ajouta San-kichi, il vaut peut-être mieux que ta mère qu'on appe-lait la vieille aux chats ne soit plus de ce monde.

Maintenant, tu vas gagner de quoi être indépendant et te trouver une gentille femme avec l'aide de tous, dit-il à voix haute d'un ton presque enjoué.

L'infortunée Omaki avait à ce point perdu la considération des voisins que pas un ne songea à blâmer ces propos lancés pourtant sans ménagement devant sa dépouille. Personne n'aurait osé exprimer ouvertement des pensées qu'au fond d'eux-mêmes ils partageaient avec Sankichi. Comme c'était un être humain, malgré tout, la vieille aux chats n'eut pas droit à la cruelle immersion de son cadavre en pleine mer, contrairement au sort subi par ses bêtes. Son cercueil fut suivi par ses voisins, et l'enterrement eut lieu dans le petit temple bouddhique d'Azabu, dès le lendemain dans la soirée.

Les nappes de brouillard étaient si denses qu'on eût dit de la bruine. Quand le cercueil d'Omaki arriva au temple, une autre cérémonie funéraire misérable venait de s'y dérouler et les gens du cortège s'apprêtaient à repartir. Or, nombre d'entre eux venaient aussi de Shiba et reconnurent des visages familiers parmi ceux qui attendaient leur tour devant le pavillon principal où se célébraient les rites.

— Oh, vous venez pour une cérémonie ?

— Oui, mais vous aussi, à ce que je vois.

Les échanges de salutations allaient bon train, quand un homme de haute taille et aux grands yeux s'adressa au jeune charpentier, le voisin d'Omaki.

— Quelle tristesse ! Tu viens enterrer qui, toi ?

— La vieille aux chats, qui habitait à côté de chez moi.

— Quoi, la vieille aux chats ? En voilà un nom ! Et qui est-ce ? demanda l'homme.

Il se fit raconter l'histoire à l'origine de ce surnom et les circonstances de sa mort, en ayant l'air de se poser certaines questions. Puis il prit congé du charpentier et sortit aussitôt du temple. L'homme, c'était Kuma, l'indic de la maison de bains.

— C'est vraiment bizarre la manière dont est morte cette vieille, non ?

Kumazô de la maison de bains du même nom s'était rendu le soir même à Mikawa-chô dans Kanda, pour parler de cette affaire à l'enquêteur Hanshichi, qui l'écouta en silence.

— Qu'est-ce que vous en pensez, chef, c'est pas bizarre ?

— Si, si, un peu. Mais en général, tu me présentes des affaires qui ne valent pas un clou. Comme celle de ces clients qui venaient tous les jours chez toi à l'étage, y compris au nouvel an. J'en ai sué à grosses gouttes avec celle-là ! Avec toi, il vaut mieux y regarder à deux fois. Ecoute, tu vas creuser un peu plus cette histoire avant de m'en reparler. La vieille aux chats était un être humain comme tout le monde. Et un être humain, ça vit, et ça peut crever de maladie à tout instant.

— D'accord, je vais être sérieux, là, je vais rattraper le coup du nouvel an.

— Alors, vas-y, t'as intérêt à bien t'en tirer !

Après le départ de Kumazô, Hanshichi réfléchit. Ce que venait de dire son indicateur n'était pas si absurde. L'autorité du propriétaire et la force du grand nombre avaient fini par arracher sans ménagement à la vieille et par noyer les nombreux chats qu'elle chérissait plus que son propre enfant. Et elle était morte de manière inattendue, sept jours plus tard exactement. On pouvait évoquer la vengeance de chats pleins de rancune ou l'on ne sait quelle fatalité, toujours est-il qu'il y avait matière

347

à soupçons. Ce n'était pas possible de laisser ce tête en l'air de Kumazô seul en charge de cette enquête, et dès le lendemain matin Hanshichi se rendit dans sa maison de bains à Atagoshita.

Il était de bonne heure et aucun client n'était encore monté au premier étage, où Kumazô et Hanshichi prirent place.

— Vous venez rudement tôt, dites donc ! Vous êtes en mission officielle ? demanda l'homme de main à voix basse.

— En fait, je viens pour l'affaire dont tu m'as parlé hier soir ; effectivement, je trouve ça un peu bizarre.

— Ah, vous voyez !

— Alors, tu as dégoté quelque chose ?

— Pas déjà, quand même ! Vous savez bien que j'ai entendu parler de cette histoire seulement hier soir, répondit Kumazô en se grattant la tête.

— Si la vieille aux chats était vraiment morte de maladie, on ne se poserait pas de questions, mais sa blessure au crâne cache quelque chose. Qui peut avoir fait ça, à ton avis ?

— Sûrement un de ses voisins.

— Oui, peut-être bien. Puis, après un temps de réflexion, Hanshichi demanda : Son fils, il a quelque chose de suspect ?

— Dans le quartier, on dit qu'il s'occupait de sa mère avec dévouement.

Hanshichi ne voyait pas comment un fils jouissant d'une telle réputation pourrait commettre un crime de cette nature. Cela lui paraissait invraisemblable. Mais en même temps, pour quelle raison un habitant de la longue baraque aurait-il tué cette femme, puisqu'elle avait accepté sans faire d'histoires de se séparer de ses chats ? En conséquence, si ce n'était pas l'œuvre du fils, ni celle des voisins, seule l'attaque d'apoplexie permettait d'expliquer le décès, ce qui confirmait le diagnostic du médecin. Pourtant, Hanshichi n'arrivait pas à se défaire de son soupçon. Il ne comprenait absolument pas pourquoi ce fils de vingt ans n'avait prévenu personne dans le voisinage à la découverte de la mort de sa mère et avait couru aussi loin chez son collègue du quartier voisin. A l'inverse, pourquoi un fils aussi dévoué à sa mère l'aurait-il assassinée cruellement ? Décidément, c'était incompréhensible.

— En tout cas, permets-moi d'insister, fais-moi une enquête sérieuse, Kumazô. D'ici cinq ou six jours, je viens te demander ton rapport.

Hanshichi rentra chez lui. A la fin du mois de septembre, il pleuvait quotidiennement. Cinq jours plus tard, Kumazô vint le voir.

— Qu'est-ce qu'il tombe ! Je vous le dis tout de suite, chef, j'ai rien trouvé à propos de l'affaire qui nous occupe, celle de la vieille aux chats. Le fils continue d'aller travailler régulièrement. Il paraît qu'il finit tôt et qu'à son retour il va sans faute prier au temple où on a enterré sa mère, alors tous ses voisins disent du bien de lui. D'ailleurs, les locataires ne cherchent pas à en savoir plus, ils se disent simplement que si la vieille est morte, c'est aussi bien comme ça. Le propriétaire et les gens du poste de surveillance ne flairent rien de particulier. Alors, vous comprenez pourquoi je n'ai rien appris de nouveau...

Hanshichi en claqua la langue de dépit.

— Mais ce n'est pas à la police de se débrouiller pour trouver quelque chose ? N'importe quoi ! Je ne peux plus te laisser t'en occuper tout seul. Demain, j'y vais moi-même, et c'est toi qui me conduiras là-bas.

Le lendemain, il tombait une petite pluie maussade, mais comme promis, Kumazô vint le chercher.

Parapluies ouverts côte à côte, les deux hommes prirent la direction de Katamonmae.

Le passage était plus large que prévu. Ils y pénétrèrent, contournèrent sur leur gauche un grand puits. Sur le côté droit, se succédaient plusieurs longues baraques. A gauche, le terrain semblait être devenu le séchoir d'un teinturier, et les petites fleurs d'automne qui poussaient çà et là ruisselaient de pluie. Un chien errant cherchait sa nourriture, l'air frigorifié.

— C'est là, chuchota Kumazô en montrant l'endroit du doigt.

La maison côté sud, voisine de celle de la vieille aux chats, était encore inhabitée apparemment. Les deux hommes entrèrent chez le charpentier, le voisin côté nord, que connaissait Kumazô.

— S'il vous plaît ! Il fait tellement mauvais.

En entendant quelqu'un appeler de l'extérieur, l'épouse Ohatsu apparut. Kumazô s'assit sur le plancher surélevé de l'entrée pour la saluer. Ayant convenu en route avec Hanshichi qu'il le présenterait comme nouveau venu dans le quartier, il dit que son compagnon aurait besoin de son mari, maître charpentier, pour quelques réparations, car la maison qu'il venait de louer était en assez mauvais état.

Hanshichi renchérit poliment :

— Je viens en effet d'emménager par ici et, ne connaissant pas de charpentier, j'ai prié Kumazô-san de m'accompagner pour vous faire cette demande.

— Oh, vous venez pour cela ? Je ne sais si nous pourrons vous être d'une grande utilité, mais sachez que nous serions heureux que vous nous accordiez votre confiance dans l'avenir.

A l'idée qu'elle pourrait augmenter sa clientèle d'une maison, Ohatsu les accueillait avec force sourires aimables. Elle invita les deux hommes à entrer et posa près d'eux un petit plateau à tabac et du thé. Le bruit de la pluie n'avait toujours pas cessé. On entendait des souris courir partout dans la cuisine plongée dans la pénombre.

— Tiens, chez vous aussi, il y a des souris… fit Hanshichi, mine de rien.

— C'est une vieille maison, comme vous le voyez, alors, dès qu'il y en a, elles nous dérangent vraiment, expliqua Ohatsu, les yeux tournés vers la cuisine.

— Et si vous aviez un chat ?

— Oui, pourquoi pas… répondit évasivement Ohatsu qui pâlit légèrement.

— A propos de chat, intervint Kumazô en se mêlant soudain à la conversation, qu'est-ce qui est arrivé chez la vieille voisine ? Son fils travaille toujours autant ?

— Oh oui, il gagne très bien sa vie.

— J'en parle entre nous, mais… – Kumazô baissa la voix – … une drôle de rumeur circule dans le quartier, paraît-il.

— Ah bon ? Je ne suis pas au courant.

Ohatsu pâlit encore.

— Oui, on dit que le fils aurait assommé et tué sa mère avec sa palanche.

— Ça, alors !

Epouvantée, Ohatsu les observa l'un après l'autre.

— Voyons, on ne parle pas comme ça à la légère, le mit en garde Hanshichi. Ce serait un matricide, le plus grave des crimes. A la moindre erreur d'interprétation, l'intéressé, bien évidemment, mais aussi toutes les personnes impliquées risqueraient de passer de mauvais moments. Fais attention à ce que tu dis.

Décontenancé par le regard appuyé de Hanshichi, Kumazô ferma la bouche. Ohatsu aussi se tut tout à coup. Ces paroles avaient jeté un froid dans l'assistance. Hanshichi en profita pour se lever et prendre congé :

— Veuillez m'excuser de vous avoir dérangée. En voyant le temps aujourd'hui, je m'étais dit que le maître charpentier serait peut-être resté chez lui, mais bon, je me permettrai de repasser plus tard.

Ohatsu demanda où se trouvait sa maison de façon à lui envoyer son mari dès son retour, mais il déclina la proposition, lui disant que ce n'était pas la peine car il reviendrait le lendemain, puis il la quitta.

— C'est elle qui a découvert en premier le cadavre de la vieille ? demanda-t-il à Kumazô quand ils furent sortis dans le passage.

— C'est exact. Cette bonne femme faisait une drôle de tête quand on a parlé de la vieille aux chats.

— Oui, oui, je crois avoir compris en gros. Tu peux rentrer chez toi, je prends les choses en main désormais. Je me débrouillerai seul.

Une fois Kumazô parti, Hanshichi s'en alla régler une petite affaire, puis il revint à l'entrée du passage. Il n'était pas encore quatre heures. Par chance, la pluie qui redoublait d'intensité lui offrit l'occasion de se couvrir le visage avec un tissu et, dissimulé sous son parapluie penché devant lui, il se glissa discrètement dans la maison voisine de celle d'Omaki, côté sud. Après avoir refermé sans bruit la porte donnant sur l'extérieur, il s'assit jambes croisées sur les tatamis tout humides. Des gouttes de pluie s'infiltraient entre le toit et le plafond. Des grillons stridulaient au pied des murs écaillés par endroits, et la maison sans foyer était un peu froide.

Caché là, il entendit un bruit de parapluie passer devant la maison : la femme du charpentier semblait revenir du dehors.

Une heure plus tard, à ce qu'il lui sembla, il entendit des sandales lacées de paille mouillée passer devant la maison où il se trouvait, puis s'arrêter à la porte d'entrée voisine. C'est peut-être bien le fils de la vieille, se disait Hanshichi, quand il entendit en effet le bruit des paniers et des plateaux de poissons que l'on déposait au sol.

— C'est toi, Shichi-chan ?

C'était Ohatsu qui venait de souffler ces quelques mots. Elle était sans doute sortie en cachette de chez elle pour gagner l'entrée en terre battue de son voisin. Shichinosuke lui chuchota une réponse, mais leur conversation était inaudible. Appliquant son oreille contre le mur, Hanshichi détecta ce qui ressemblait à des reniflements. Etait-ce Shichinosuke qui pleurait ?

— Arrête de parler comme ça, tu es trop pessimiste. Va en vitesse chez San-chan lui demander conseil, murmura Ohatsu qui avait l'air d'inciter fermement Shichinosuke à faire quelque chose.

— Mais… je lui ai déjà dit en gros ce qu'il en était.

— Allez, file. Tu es agaçant à la fin ! s'exclama Ohatsu en prenant par la main Shichinosuke qui hésitait, pour le pousser dehors.

Le bruit de ses sandales alourdies par la pluie s'éloigna peu à peu dans le passage. Après s'être assurée qu'il était parti, Ohatsu s'apprêtait à rentrer chez elle quand Hanshichi l'interpella depuis la maison vide.

— Hé, la petite dame !

Cette voix qui venait d'on ne sait où fit sursauter Ohatsu qui resta pétrifiée. En voyant le visage de Hanschichi apparaître brusquement à la porte de la maison inhabitée, son teint vira au gris.

— On ne peut pas parler à l'extérieur, tout le monde va nous entendre. Allez, entre là, dit Hanshichi à Ohatsu qui le suivit dans la maison de la défunte sans

353

un mot. Dis donc, ma petite dame, tu connais mon travail ? lui demanda alors Hanshichi.

— Non, répondit-elle faiblement.

— Tu ignores peut-être qui je suis, mais certainement pas que Kuma, de la maison de bains, a une deuxième activité. Je suis sûr que tu es au courant. On dit que ton mari est en relation avec ce Kuma, pas vrai ? Bon, ça c'est une chose, mais qu'est-ce que tu chuchotais à l'instant avec le vendeur de poisson ?

Ohatsu gardait les yeux fixés au sol.

— Moi, je devine ce que tu me caches : tu auras suggéré à ce garçon d'aller demander conseil à Sankichi dans le quartier voisin. Kumazô l'a dit tout à l'heure, ce Shichinosuke a tué sa mère à coups de palanche. Tu le savais, toi, et pourtant tu as protégé ce criminel en le laissant filer chez ce Sankichi. Lequel a ramené Shichinosuke ici et fait l'innocent en racontant une histoire bien ficelée. Alors, qu'est-ce que t'en dis ? Si ma prescience se révèle inexacte, je ne prendrai pas de sous. Les voisins se sont peut-être contentés de l'explication qu'on leur a donnée, mais nous, on n'accepte pas aussi facilement cette version. Pour Shichinosuke, sa culpabilité paraît évidente, mais Sankichi et toi, vous avez aussi joué la comédie pour le couvrir, vous êtes donc complices. Alors, apprête-toi à être enchaînée avec les deux autres.

Devant le ton menaçant de Hanschichi, Ohatsu éclata en sanglots et tomba à genoux sur la terre battue pour implorer son pardon.

— Je pourrais peut-être te pardonner, mais tout dépend de toi. Si tu veux que j'aie pitié de toi, dis-moi franchement : j'ai vu juste, oui ou non ? Vous êtes bien complices, Sankichi et toi, vous avez protégé le crime de Shichinosuke, c'est exact ?

— Oui, rien n'échappe à votre clairvoyance, je suis vraiment confuse, s'excusa Ohatsu en s'inclinant profondément, les mains posées à plat sur le sol.

— Si tu l'es autant que ça, parle ouvertement, dit Hanshichi d'une voix radoucie. Alors, pourquoi ce garçon a-t-il tué sa mère ? Dévoué comme il l'était, il n'avait sûrement pas l'intention d'en arriver là ; que s'est-il passé, ils se sont disputés ?

— Sa mère est devenue un chat, expliqua Ohatsu qui rentra la tête dans les épaules comme si ce seul souvenir la faisait frissonner d'effroi.

Hanshichi se mit à rire, l'air incrédule.

— Allons bon ! La vieille aux chats s'est métamorphosée en chat ! Encore un épisode de la pièce de théâtre que vous nous jouez tous les trois, hein ?

— Non. Pour ça, je ne vous mens pas, je n'invente rien non plus. Omaki-san est vraiment devenue un chat. J'en ai eu la chair de poule.

Avec ses nombreuses années d'expérience, Hanshichi comprit que cette voix, ce visage qui frémissaient d'épouvante ne pouvaient être ceux d'une comédienne. Se laissant convaincre, il retrouva son sérieux.

— Alors, tu as vu toi aussi cette vieille femme transformée en chat ?

Ohatsu assura que oui et raconta ce qui s'était passé :

— Du temps où elle élevait de nombreux chats dans sa maison, Omaki-san disait à son fils de ne pas vendre tous ses poissons et d'en rapporter plusieurs chaque soir pour nourrir ses animaux. Jusqu'au jour où ils ont tous été jetés dans la mer de Shibaura. Il n'en restait plus un seul chez sa mère, mais bizarrement, elle lui a demandé de continuer comme d'habitude à en garder. Shichino-suke a accepté tout de suite sans poser de questions, il est si gentil. Mais en apprenant ça, mon mari lui a dit que c'était une histoire de fous, que ça ne rimait à rien d'apporter autant de poissons, et si chers, pour nourrir des animaux qui n'existaient plus.

— Et sa mère, elle en faisait quoi, de ces poissons ?

— Shichinosuke ne le savait pas lui-même. Il m'a dit qu'elle les mettait dans le placard de la cuisine et que, le lendemain matin, ils avaient tous disparu. Lui aussi trouvait ça bizarre. Alors, mon entêté de mari lui a suggéré de faire une expérience et de revenir un soir sans poissons, pour voir ce que ferait sa mère… L'idée a dû tenter Shichinosuke, car l'autre soir, le lendemain de la fête de Shinmei-sama, il est revenu avec ses plateaux vides. Je rentrais justement de mes courses et je l'ai rencontré dans le passage. On a fait un bout de chemin ensemble. J'aurais dû le quitter aussitôt après, mais, curieuse de savoir comment sa mère allait réagir devant ses paniers vides, j'ai attendu discrètement devant leur maison et j'ai vu Shichinosuke déposer ses grands plateaux dans l'entrée… Omaki-san s'est précipitée vers lui… elle a jeté un œil sur les plateaux et là, elle a dit comme ça : « Tu n'as rien rapporté aujourd'hui ! » Oh, si vous aviez vu son visage, les oreilles toutes droites, les yeux brillants, la bouche fendue… comme si elle était devenue un chat !

Ohatsu scrutait l'obscurité en retenant son souffle, comme si cette effrayante tête de chat l'épiait dans le noir.

— Eh bien, en voilà des choses bizarres, fit Hanshichi déconcerté. Et ensuite, que s'est-il passé ?

— J'en avais encore le souffle coupé, quand j'ai vu Shichinosuke soulever brusquement sa palanche et en frapper le crâne de sa mère ! Omaki-san a dû recevoir un coup terrible car elle est tombée par terre sans dire un mot. Et c'était fini. J'étais abasourdie. Shichinosuke a regardé le cadavre de sa mère pendant un moment, d'un air dur, mais soudain on aurait dit qu'il devenait fou. Il est allé prendre un gros couteau dans la cuisine, et là, j'ai cru qu'il allait se le planter dans la gorge. Ce n'était pas le moment de le laisser faire, alors je me suis jetée sur lui pour l'arrêter. Quand je lui ai demandé la raison de son geste, il m'a expliqué que sa mère lui était apparue avec une tête de chat. Il a pensé que l'animal venait de la dévorer et qu'il s'était incarné en elle. Alors, comme hors de lui-même, le fils dévoué l'a frappée à mort pour la défendre contre cet agresseur. Mais l'être sans queue ni poils qu'il venait de tuer, c'était bien sa propre mère. Et le crime n'était rien d'autre qu'un matricide. Shichinosuke semblait résolu à mourir.

— Le visage de la vieille ressemblait vraiment à celui d'un chat ? insista Hanshichi.

Ohatsu déclara tout net qu'à ses yeux et à ceux de Shichinosuke, c'était à cet animal qu'elle ressemblait. Sinon, comment expliquer que lui, d'ordinaire si prévenant, ait levé la main sur sa mère ?

— J'ai fixé le cadavre pendant un long moment, en me disant qu'il allait peut-être bientôt ôter son masque, mais le visage restait bien celui d'un être humain. Le temps passait, et il ne se transformait toujours pas en chat. Comment se faisait-il qu'Omaki-san me soit apparue à ce moment-là avec cette affreuse tête ? Je n'arrivais pas à comprendre. Et si elle était possédée de l'esprit d'un chat mort ? Mais c'était tellement injuste de considérer Shichinosuke comme un meurtrier ! Alors, puisqu'à l'origine c'était mon mari qui lui avait suggéré de ne pas rapporter de poisson, j'ai aidé ce pauvre fils à se calmer, puis nous sommes allés ensemble consulter Sankichi avec qui il s'entend bien normalement. Par chance, la maison voisine était vide et personne ne nous a aperçus quand nous sommes sortis dans le passage. Sankichi nous a donné plein de conseils, je suis rentrée seule la première, et là j'ai poussé un hurlement pour laisser croire que je venais de découvrir le cadavre.

— Après tes explications, je comprends tout maintenant. Tu as trouvé ça louche qu'on se mêle tout à coup de cette histoire aujourd'hui, alors tu es allée demander ce qu'il en pensait à Sankichi. Puis tu as attendu le retour de Shichinosuke et tu l'as envoyé à son tour prendre l'avis de son ami. Vrai ou faux ? Et qu'est-ce que vous avez décidé ? Vous comptiez le laisser s'enfuir ? Et pour se cacher où ? Mais au lieu de te poser ces questions à toi, je vais de ce pas interroger Sankichi.

Hanshichi se hâta sous la pluie jusqu'au quartier voisin, où Sankichi lui assura que son ami ne s'était pas montré depuis le matin. Un instant, l'enquêteur le suspecta de dissimuler le fait que l'autre était passé chez lui, ou qu'il savait où se trouvait sa cachette, mais ce doute ne fut que de courte durée. Une idée émergea soudain dans son esprit. Toujours dans la précipitation, il se rendit au temple d'Azabu. Devant la tombe d'Omaki ruisselante de pluie, il vit l'épitaphe en bois fraîchement plantée, mais pas la moindre présence humaine aux alentours.

Le lendemain matin, le cadavre de Shichinosuke flottait sur la mer à Shibaura. A l'endroit précis où ses voisins avaient noyé les chats.

Le garçon était sans doute parti directement à la recherche d'un endroit pour mourir, sans repasser chez Sankichi. Même si Ohatsu avait témoigné en sa faveur, même s'il s'était retranché derrière la vision fantomatique d'une mère soudain affublée d'un visage de chat, ce fils n'aurait pu échapper à la peine de mort pour matricide. Mieux valait pour lui qu'il se suicide plutôt que d'être condamné à la crucifixion. Au fond, pensa Hanshichi, c'est une chance que je n'aie pas procédé à l'arrestation d'un fils aussi infortuné que dévoué envers sa mère.

— Eh bien, voilà toute l'histoire, dit le vieil Hanshichi en marquant une pause. Par la suite, j'ai approfondi mon enquête, et je reste convaincu que Shichinosuke était vraiment un bon fils, absolument incapable d'un tel crime de sang-froid. Ohatsu, la voisine, était également une femme honnête, pas du genre à mentir. Et rien ne prouve que le visage d'Omaki ne leur soit pas réellement apparu à tous deux sous les traits d'un chat. Que s'est-il passé, est-ce que la vieille femme a été possédée par l'esprit de l'un de ses animaux ? Cela reste mystérieux. Plus tard, je suis retourné dans la maison d'Omaki et j'y ai découvert des tas d'arêtes pourries sous la véranda. Il semble que malgré la disparition de ses chats, leur maîtresse continuait de leur laisser de la nourriture. Et on raconte que le propriétaire a fini par faire démolir cette maison un peu inquiétante.

LA FILLE DE LA DÉESSE BENTEN

C'était le 18 mars de l'année marquant le début de la nouvelle ère Ansei (1854). Hanshichi se disait qu'après le déjeuner il irait bien faire un tour à la fête Sanja[1] du sanctuaire shintô Asakusa-jinja, quand un homme de trente-cinq ans environ vint lui rendre visite. Il connaissait ce commis du prêteur sur gages Yamashiroya, à Myôjinshita dans Kanda, et la réputation de cet employé fidèle nommé Rihei.

— Quel dommage que le temps soit aussi instable ! La petite fête d'ouverture qui devait avoir lieu hier soir a finalement été annulée. Et on ne sait pas non plus ce qui va se passer aujourd'hui, dit Rihei.

— En effet, c'était vraiment dramatique hier. Mais je crois que je vais tout de même y passer ; pluie ou pas, il paraît que les organisateurs vont maintenir la fête aujourd'hui. Et vu les éclaircies, ça s'arrangera peut-être dans l'après-midi. En tout cas, nous ne sommes pas gâtés pour la saison des cerisiers en fleur.

Par la fenêtre entrebâillée, Hanshichi regardait le ciel qui commençait à se dégager ; l'air réticent, Rihei questionna :

— Alors, vous comptez vraiment aller à Asakusa ?

---

1. A cette occasion, on porte en procession plus de cent sanctuaires portatifs, et y sont représentées entre autres des danses anciennes de rites de fertilité des rizières.

— J'en ai bien envie, oui, on dit que cette année ils ont prévu une fête très animée. Et puis, je dois y retrouver des gens qui m'y ont invité et ce serait incorrect de ne pas me montrer… dit Hanshichi en souriant.

— Oh, c'est donc cela.

Rihei tirait des bouffées de sa pipe un peu nerveusement. Quelque chose semblait le tracasser, et c'est Hanshichi qui aborda le sujet.

— Vous auriez une chose à me demander, monsieur le commis ?

— Euh… oui… répondit Rihei encore hésitant. En fait, j'étais venu vous consulter, mais il est inopportun de vous déranger alors que vous sortez. Il me sera possible de revenir dans la soirée ou demain matin vous poser ma question.

— Ne vous en faites pas. Pour une fête, je ne suis pas à une heure près. J'ignore de quoi il s'agit, mais je peux prendre le temps de vous écouter, n'est-ce pas ? Alors, ne soyez pas gêné, parlez sans crainte. Vous aussi, vous devez être occupé, et je serais désolé de vous obliger à revenir.

— Vous êtes sûr que cela ne vous dérange pas ?

— Absolument. Que puis-je faire pour vous ? Est-ce que cela concernerait votre commerce ? demanda Hanshichi en l'incitant à se confier.

Comme l'activité d'un prêteur sur gages, quelle que soit l'époque, le met inévitablement en rapport avec des délits de toutes sortes, Hanshichi, observant la mine embarrassée du commis, sentit qu'il était impliqué dans une quelconque affaire criminelle ou civile. Mais Rihei ne s'était toujours pas décidé à parler.

— Votre histoire m'a l'air terriblement difficile à raconter, fit Hanshichi sur le ton de la plaisanterie. Une histoire d'amour, peut-être ? Si c'est le cas, ce n'est pas à la police qu'il faut s'adresser. Mais dites-moi quand même, je peux tout entendre.

— Oh, je vous en prie, vous plaisantez… sourit amèrement Rihei en se prenant la tête entre les mains. Je préférerais connaître ce genre d'histoire flamboyante, mais, comme vous le voyez, je ne suis pas porté sur les relations féminines… Non, en fait, enquêteur, j'aimerais vous emprunter un peu de vos conseils intelligents. Mais je suis tellement confus de vous déranger, alors que vous êtes si occupé, et je me demandais si j'oserais…

Ce préambule ayant tendance à s'éterniser, Hanshichi commençait à s'impatienter. Il se tourna de nouveau vers la fenêtre et, avec le geste du fumeur qui fait tomber la cendre, il tapota bruyamment sa pipe sur le bord du plateau contenant le nécessaire à fumer, en signe de départ. Le commis prit un air grave, comme effrayé par ce bruit.

— Je suis vraiment gêné, enquêteur, de ne pas savoir m'exprimer avec de belles formules… Mais, je vous en prie, faites-moi la grâce de m'écouter. Je ne suis pas personnellement concerné, mais il s'est produit quelque chose d'assez embarrassant dans l'établissement de mon patron.

— Allons bon, que s'est-il passé ?

— Je ne sais pas si vous le connaissez, mais nous avons un apprenti qui s'appelle Tokujirô. Il a eu seize ans cette année, et dans peu de temps on lui aurait coupé les cheveux sur le haut du crâne pour lui faire porter la coiffure des adultes. Mais il est mort hier, d'une mystérieuse maladie.

— Quoi ? Le pauvre ! Je ne me souviens pas bien de ce garçon, mais c'est terrible de mourir aussi jeune. Que lui est-il arrivé ?

— Il y a quinze jours à peu près, la bouche de Toku-jirô s'est mise à enfler, il ne pouvait plus parler. Il a reçu des soins de son médecin habituel, mais son état n'a cessé d'empirer, et nous avons été obligés de le mettre dans une chaise à porteurs et de le ramener dans le quartier d'Aioi-chô à Honjo dans sa famille, chez le marchand de poisson Tokuzô, qui est quelqu'un d'hon-nête. Pourtant, l'état de Tokujirô s'est vite dégradé après son retour là-bas et il paraît qu'il a rendu son dernier soupir hier à deux heures de l'après-midi. C'est telle-ment triste. Si c'était son destin, on ne dirait rien, mais avant d'expirer ce garçon aurait murmuré quelque chose avec sa langue qui n'avait pas la place de bou-ger…

Rihei s'interrompit au milieu de sa phrase, de nou-veau hésitant.

— Quelles paroles aurait-il prononcées ? insista Hanshichi sans plus le lâcher.

— Au moment de mourir, Tokujirô aurait dit que c'était Okono-san qui l'avait tué, répondit tout bas Rihei.

Fille unique du marchand Yamashirô, Okono était connue pour sa beauté dans le quartier, mais pour une raison inconnue elle ne trouvait pas à se marier et, à vingt-six ou vingt-sept ans, c'était encore une jeune femme aux dents blanches[1]. Ce qui avait donné nais-sance à une vilaine rumeur. On la surnommait Benten Musume, la fille de la déesse du Bonheur. Mais ce sur-nom n'était pas pris dans un sens favorable et les parents semblaient en souffrir affreusement. Cette situation, Hanshichi la connaissait déjà, mais pourquoi cette Okono aurait-elle tué l'apprenti ? Impossible d'émettre

---

1. Autrefois, les femmes mariées se noircissaient les dents.

une opinion dès maintenant. Tout en épiant son air méditatif, Rihei se mit à raconter la suite :

— C'est précisément la nuit de la fête des Filles que Tokujirô est tombé malade. D'après ce que racontent les employés, il avait très peu dîné ce soir-là et a parlé d'une douleur dans la bouche. Il a commencé à souffrir violemment au lever du jour, et le lendemain matin sa bouche était gonflée et fermée. Il ne pouvait plus parler, évidemment, et plus rien ne passait, ni eau chaude, ni bouillie de riz, ni médicaments. A la fin, tout son visage avait monstrueusement gonflé et rougi. Il avait de la fièvre, il gémissait et souffrait ; le médecin ne savait plus quoi faire. Le patron, bien sûr, et aussi nous tous, on s'inquiétait à notre façon, et finalement on a décidé de le ramener dans sa famille. On lui demandait régulièrement s'il savait pourquoi il était tombé malade, mais il ne faisait que gémir sans rien dire. Ça paraît vraiment curieux qu'il ait prononcé ces mots-là une fois de retour chez lui, et ce serait insensé de penser qu'Okono-san l'a tué, mais ce matin… Tokuzô est venu exprès nous dire quelque chose de vraiment embarrassant, en nous assurant que c'étaient les dernières paroles du défunt.

— Ce Tokuzô, c'est son père ?

— Non, son frère aîné. Leurs parents sont décédés depuis longtemps et désormais il n'y a plus que cet aîné. Je crois qu'on m'a dit qu'il avait vingt-cinq ans. Il tient la maison familiale. Normalement, c'est un garçon doux et honnête, mais ce matin, il a hurlé à qui voulait l'entendre, comme s'il n'était plus le même homme, que ce n'est pas parce qu'on est la fille du patron qu'on peut se sortir indemne du meurtre d'un employé. Comme je viens de vous le raconter, l'apprenti ne pouvait déjà plus articuler un mot quand il se trouvait chez nous, alors comment aurait-il pu le faire chez son frère ? Il y a là quelque chose qui n'est pas clair, mais son frère a affirmé que Tokujirô avait vraiment prononcé ces mots. Autant dire que c'est un dialogue de sourds, et qu'on aurait pu en rester là en se contentant de soutenir qu'on n'était pas au courant. Seulement voilà, il y a le qu'en-dira-t-on, et tous, nous nous tourmentons.

— Je comprends, acquiesça Hanshichi, ce doit être une situation très perturbante.

— Bien sûr, nous avons l'intention d'envoyer une somme convenable pour les funérailles, mais la demande qu'il nous a présentée paraît vraiment excessive. Il nous a dit de verser impérativement trois cents ryôs, faute de quoi, il dénoncerait Okono-san comme criminelle. Et encore, si on était sûrs de lui, on serait prêts à verser sans rechigner, non pas cent, mais mille ryôs. Comme je vous le dis, c'est un dialogue de sourds, et rien n'empêche de le soupçonner de chantage ou de nous chercher querelle. J'ai discuté avec lui au nom de mon patron, et j'ai d'abord proposé quinze ou vingt ryôs, mais il a refusé tout net. En fin de compte, il n'a pris que trois ryôs, comme avance sur les frais de funérailles, et il est reparti en disant qu'il allait revenir négocier après la cérémonie. Alors, enquêteur, qu'est-ce qu'il faut faire ?

Le propriétaire du Yamashiroya avait une fortune assez conséquente, mais trois cents ryôs représentaient beaucoup d'argent. De plus, il était fâcheux qu'on menace son renom et qu'on lui extorque tant d'argent sans explication. Hanshichi savait bien qu'en venant le consulter sur la conduite à tenir, Rihei quémandait en réalité son aide pour, d'une manière ou d'une autre, réduire l'autre au silence. Compte tenu de sa fonction, Hanshichi détesterait par-dessus tout être impliqué dans une affaire d'argent, même s'il ne s'agissait que d'un conseil. Il avait donc envie de refuser sous n'importe quel prétexte. Mais cette histoire des dernières paroles de l'apprenti Tokujirô mort tragiquement était-elle authentique ou montée de toutes pièces ? Quelqu'un tirait-il les ficelles derrière le frère aîné Tokuzô ? Emoustillé par l'idée d'éclaircir ces mystères, Hanshichi réfléchit un moment avant de demander à Rihei :

— Monsieur le commis, pourquoi diable cette Okono-san reste-t-elle célibataire ? C'est une fille aimable, c'est vraiment dommage qu'elle ait laissé passer le bel âge.

— Vous avez bien raison, acquiesça Rihei, la mine sombre.

Selon le commis, la rumeur publique était dénuée de fondement et la fille du Yamashiroya n'était rien d'autre qu'une victime du malheur.

Comme Okono était fille unique, l'un de ses cousins avait été adopté dans son enfance, avec l'intention de les marier plus tard. Mais un été, ce garçon était allé nager dans la Sumida après le pont Azuma et s'était noyé. Cet accident avait eu lieu alors qu'il avait quatorze ans et Okono onze, mais cela avait été le début de sa malchance. Par la suite, avant même l'échange des cadeaux de fiançailles pour sceller la promesse de noces, tous ses prétendants avaient connu une mort étrange. En tout quatre hommes, dont le dernier en date avait perdu la tête à l'âge de dix-neuf ans et s'était pendu dans la remise de sa maison. Seules ces étranges coïncidences expliquaient pourquoi Okono n'avait jamais eu l'occasion de se marier. Mais les gens cancanaient, ceux qui connaissaient les faits disaient qu'Okono avait une sorte d'influence maléfique, et ceux qui ne les connaissaient pas racontaient partout qu'Okono était un monstre féminin au long cou extensible qui léchait l'huile des lanternes portatives en bois et papier, et ces rumeurs avaient fini par transformer cette femme qui ne trouvait pas à se marier alors qu'elle était jeune et gracieuse en quelque chose d'« obsolète ».

Parmi ces bruits divers, l'opinion la plus communément répandue consistait à croire qu'en réponse aux prières de ses parents elle était un cadeau du ciel et que c'est ainsi que le surnom de fille de la déesse du Bonheur lui avait été donné. Le couple du Yamashiroya se désolait autrefois de ne pas avoir d'héritier, et pendant vingt et un jours, ils s'étaient rendus quotidiennement au temple de Benten proche de chez eux, à Shinobazu dans Ueno. Quand Okono était venue au monde après tant d'années d'attente, on savait qu'elle devrait rester célibataire à jamais, de même que Benten qui leur avait fait ce cadeau. Pourtant, elle avait voulu solliciter un homme et, par conséquent, disait-on, elle était victime de la colère jalouse de la déesse : tous les hommes qui l'approchaient sans exception mouraient. Ce surnom de fille de la déesse du Bonheur, séduisant en apparence, n'était en fait qu'un funeste fardeau.

Certains niaient cette histoire invraisemblable, mais ils n'allaient pas jusqu'à refuser de reconnaître Okono comme un cadeau envoyé du ciel par la déesse Benten. Rihei confirma que l'épouse du Yamashiroya était tombée enceinte après avoir commencé à aller prier au temple tous les jours.

— Tout cela est bien attristant, conclut-il en soupirant.

L'arrangement floral, la cérémonie du thé, les arts de divertissement comme le *koto*, ou le *shamisen*, autant d'expressions artistiques que maîtrisait déjà fort bien cette jeune femme au visage avenant et douce par nature. Bref, il n'y avait rien à lui reprocher, ni rien à faire pour s'opposer à ce destin. Au nouvel an, leur fille unique aurait déjà vingt-sept ans, et ses parents qui la chérissaient comme un trésor ne l'en plaignaient que davantage. Malgré cela, Okono ne voulait pas rester dans la boutique très fréquentée, et elle vivait retirée dans les parties privées à l'arrière du bâtiment, non loin de la vieille patronne à la retraite, quatre-vingt-un ans cette année.

— Qui vit là, en dehors de ces deux personnes ? demanda Hanshichi.

— Le personnel de la boutique leur apporte à manger trois fois par jour, il n'y a donc qu'une petite servante qui s'appelle Okuma. Mais comme elle a tout juste quinze ans et qu'elle vient de la campagne, elle ne connaît pas les coutumes de la ville et n'est d'aucune utilité.

— A quatre-vingt-un ans, la vieille dame a une durée de vie plutôt longue, dites donc !

— Oui, elle en a de la chance. Mais elle est dure d'oreille et sa vue baisse. A vrai dire, peut-être même qu'elle est pratiquement sourde.

— Je vois…

Une petite servante sans utilité, une vieille retraitée à moitié aveugle et sourde, et la jolie fille des patrons incapable de se marier, quelle association ! Hanshichi eut une idée, mais finalement il dit tranquillement :

— C'est bien embêtant, en tout cas. Bon, on ne peut pas laisser les choses comme ça, on va essayer de faire quelque chose. A propos, la fille des patrons est sûrement au courant ?

— Elle sait pour la mort de Tokujirô, mais pas encore pour le fait que le frère aîné est venu négocier.

J'imagine que cela serait très pénible si elle s'entendait dire qu'elle était soupçonnée de meurtre, même si ce n'est pas vrai. Je me suis donc arrangé pour le lui cacher.

— Je comprends. Eh bien, je vais travailler dans cette optique. Mais, monsieur le commis, il vaudrait mieux envoyer dans le pavillon de la vieille retraitée une personne un peu plus vive et efficace.

— Vous croyez ?

— Oui, ce serait préférable pour sa sécurité.

— C'est d'accord, acquiesça Rihei sans avoir l'air de bien saisir. Je vous fais confiance.

— En résumé, voyez-vous, il faudrait avoir l'assurance qu'Okono n'a pas tué l'apprenti. Cela suffirait pour qu'il n'y ait plus de dialogue de sourds et que la discussion ne tourne pas à vide. Si vous pouviez vous fonder sur une certitude, la question de l'argent se réglerait d'elle-même.

— C'est exactement ça. J'ai bien fait de venir vous demander conseil et vous prie instamment d'accepter vous en occuper.

Rihei, qui était vraiment un brave homme, le quitta après avoir renouvelé sa demande. Vu la situation, Hanshichi laissa de côté la fête Sanja, car il devait s'occuper en premier lieu du problème du Yamashiroya : l'apprenti Tokujirô avait-il été tué par la fille des patrons ? L'enquêteur déjeuna tout en réfléchissant à toutes sortes d'éventualités.

— Yamashirô-san serait confronté à un problème difficile ? lui demanda son épouse Osen tandis qu'elle enlevait la petite table basse de son déjeuner installée devant lui.

— Oui… mais ce n'est pas si compliqué que ça. Sors-moi un kimono, je vais aller chez Genan-san.

Sitôt son repas terminé, Hanshichi se changea et, quand il sortit dans la rue avec son parapluie, la pluie tombait toujours à grosses larmes comme si elle éprouvait du regret, mais la lumière pâle du soleil finit par traverser les nuages qui s'écaillaient peu à peu. Des pépiements de moineaux se faisaient entendre sur les toits voisins. Genan était le médecin de quartier, et comme ils se connaissaient bien tous les deux, Hanshichi passa d'abord chez lui pour connaître son avis à propos des maladies de la bouche, des symptômes et des moyens de les soigner. Puis il prit la direction de la maison Tokuzô à Aioi-chô. Au moment où il s'approchait de la berge Yanagihara, le ciel se dégagea complètement ; les dernières gouttes qui ruisselaient des feuilles de saules brillantes annonçaient bien le printemps.

Il entra dans Honjo après avoir traversé le pont Ryôgoku. La maison de Tokuzô se trouvait à Aioi-chô-nichôme. Comme il se doit pour une échoppe ouvrant sur la rue, la façade était étroite, et aujourd'hui bien sûr elle était fermée pour cause de décès. En se renseignant chez le marchand de couleurs voisin, Hanshichi apprit que Tokuzô vivait avec sa femme Otome, laquelle tenait le petit commerce en son absence quand il allait vendre ses poissons avec sa palanche et ses plateaux. Lui gagnait bien sa vie, elle, travaillait dur, et le couple semblait avoir un peu d'économies. Le marchand de couleurs en parlait avec envie, disant qu'un jour ils auraient de la fortune.

La femme de Tokuzô était une ancienne prostituée d'un bordel au bord du fleuve dans le quartier des plaisirs de Yoshiwara, et à l'expiration de son contrat, elle avait atterri chez Tokuzô qu'elle avait épousé. De quatre ans son aînée, elle avait eu vingt-neuf ans cette année. C'était une femme très active et, qualité rare chez une ancienne courtisane, elle travaillait du matin au soir sans se préoccuper de sa tenue ni de ses manières. Bref, dans le quartier, on enviait à Tokuzô la chance d'avoir une épouse aussi parfaite.

Hanshichi sortit de chez le marchand de couleurs pour poser des questions ailleurs, dans d'autres maisons, mais tous les voisins s'accordaient à dire du bien de ce couple. Impossible, selon Hanshichi, qu'avec une telle réputation Tokuzô aille protester chez le patron de son frère cadet et lui chercher querelle sans une raison vraiment fondée. Et il trouvait excessive cette somme de trois cents ryos qu'il aurait réclamée avec insistance. Evidemment, une vie humaine n'a pas de prix, et que pourrait dire le prêteur sur gages si on exigeait de lui mille ou dix mille ryôs… Mais l'enquêteur avait du mal à croire qu'un homme honnête tel que Tokuzô ait proposé de lui-même un montant aussi élevé en faisant quasiment chanter Yamashirô.

Se disant qu'il ne lui restait plus qu'à débarquer chez le marchand de poisson pour observer le comportement du couple Tokuzô, Hanshichi passa chez le papetier du coin, à qui il acheta un cordonnet de deuil noir et du papier pour envelopper l'offrande destinée à la famille du défunt. Arrivé devant la petite échoppe, le cadeau en poche, il vit plusieurs personnes à l'intérieur, des voisins sans doute, au milieu des volutes d'encens.

— Excusez-moi !

En l'entendant, une femme se leva. Proche de la trentaine, elle était maigre, le teint blafard. Hanshichi supposa aussitôt qu'il s'agissait d'Otome.

— Je suis bien chez Tokuzô-san, le marchand de poisson ?

— En effet, oui, répondit poliment la femme.

— Votre époux serait-il là ?

— Non, mon mari est sorti pour l'instant.

— Ah bon ? C'est que… commença Hanshichi, hésitant. En fait, je suis du quartier de Yamashirô-san à Sotokanda et, à ce qu'on m'a dit, il est arrivé un terrible malheur à Tokujirô-san. En tant que voisin, je connaissais naturellement Tokujirô-san, alors je suis venu offrir un peu d'encens.

— Oh, vraiment, je vous en remercie. Ce n'est pas bien propre ici, mais je vous en prie, entrez…

Tout en s'essuyant furtivement les yeux, la femme invita Hanshichi à entrer chez elle. A qui avait été emprunté ce beau petit paravent tourné vers le nord à côté de l'oreiller ? Là était étendue la dépouille de Tokujirô. Le visiteur s'assit sur les talons devant le petit autel installé près du défunt, alluma une baguette d'encens préparée à cet effet et, selon le rituel, adressa une prière en la mettant dans le récipient rempli de cendres, puis il offrit le cadeau de condoléances. Ensuite, sans se relever, il s'approcha du cadavre en glissant sur les genoux. Il souleva légèrement la serviette étalée sur le visage pour regarder discrètement et, enfin, regagna un coin de la pièce. Otome apporta du thé à Hanshichi et le salua à nouveau poliment.

— Je vous remercie beaucoup de vous être dérangé pour veiller le défunt. Il doit sûrement s'en réjouir.

— Je vous prie de m'excuser, mais seriez-vous la maîtresse des lieux ?

— Oui, je suis la belle-sœur de Tokujirô, dit-elle en clignant des yeux. Tokuzô non plus n'avait pas d'autre famille, son frère était le seul sur qui il pouvait compter.

— Quel malheur, c'est inimaginable, je vous plains sincèrement, répéta Hanshichi en exprimant ses regrets, puis il l'interrogea peu à peu et apprit que Tokujirô travaillait depuis sept ans au Yamashiroya où il avait commencé à tout juste neuf ans. Plus intelligent que la moyenne, c'était aussi un beau garçon. Quand il était sorti lors du congé des apprentis au dernier nouvel an, en le voyant, la marchande de chaussettes *tabi* s'était exclamée : « Tokujirô ! Tu ressembles à Hisamatsu que l'on voit au théâtre. » Cette réflexion l'avait laissé pantois, le visage écarlate. Otome ajouta avec mélancolie que cette anecdote faisait partie désormais des tristes souvenirs.

Comme il y avait plusieurs autres personnes présentes, Hanshichi ne pouvait mener plus loin son interrogatoire ni insister sur certains points. Concernant les funérailles, il apprit de la bouche d'Otome qu'on accompagnerait le corps au temple de Fukagawa à quatre heures le jour même. L'enquêteur calcula que s'il restait sur place au lieu de rentrer chez lui, d'autant que l'heure de partir pour le temple approchait, il pourrait rencontrer Tokuzô, qui était attendu d'un moment à l'autre. Et qu'en suivant le cortège funèbre, il aurait des chances de découvrir de nouveaux indices. Il ne bougea donc pas, se faisant discret. Bientôt arriva un homme jeune à l'air honnête, plutôt grassouillet. A la manière dont Otome et l'assemblée le saluaient, Hanshichi comprit aussitôt qu'il s'agissait de Tokuzô. Après lui arrivèrent le commis Rihei de chez Yamashiroya et un apprenti.

Rihei expliqua qu'il était venu accompagner le corps du défunt au nom de son patron. Et l'apprenti Otokichi, au nom de tous les employés. Présenté par Otome, Hanshichi salua Tokuzô. Rihei semblait hésiter, ne sachant s'il devait le saluer lui aussi. Hanshichi l'engagea à se présenter comme une connaissance de voisinage. L'heure de la cérémonie mortuaire était imminente, et sept ou huit personnes, du quartier apparemment, se serraient maintenant dans la maison exiguë où régnait la cohue.

Dans cette bousculade, Hanshichi perdit soudain de vue la silhouette du couple Tokuzô.

Se levant discrètement, il regarda par la porte de la cuisine à l'arrière de la maison, qui donnait sur un vaste et inattendu terrain vague. Le couple se tenait au bord du puits, à côté duquel un haut sterculier aux grandes branches dépourvues de feuilles semblait avoir été planté là pour protéger du soleil en été. Adossée à cet arbre, Otome parlait à voix basse avec son mari, mais son attitude trahissait une certaine nervosité, comme lors d'une discussion tendue. Hanshichi était caché à l'ombre de la porte coulissante pourvue d'un haut lambrissage, et il observa discrètement les mouvements du mari et de la femme, qui haussaient un peu le ton.

— Quel trouillard tu es ! Ça n'arrive jamais deux fois dans la vie, dit Otome qui semblait s'en prendre à son mari.

— Hé, du calme !

— Mais je suis furieuse ! Si j'avais su que ça se passerait comme ça, j'y serais allée, moi !

— Hé ! Ça suffit, on va nous entendre.

Tout en calmant sa femme, Tokuzô regarda machinalement derrière lui et, juste à ce moment-là son regard croisa celui de Hanshichi. Habitué à ce genre de situation, l'enquêteur fit semblant de prendre avec le puisoir de l'eau pour boire dans le baquet, puis regagna prestement l'endroit d'où il venait. Le couple fut bientôt de retour, lui aussi, mais Otome avait la mine plus défaite qu'avant. Elle lançait parfois des regards durs à Rihei, l'air exaspéré, ce qui retint l'attention de Hanshichi.

Peu après, ce fut l'heure du départ du cortège funèbre, et une trentaine de personnes s'apprêtèrent à suivre le cercueil fabriqué à la hâte. « Vu le beau temps, Tokujirô aura tout de même une belle vie dans l'autre monde », dirent certains. C'étaient les funérailles de son frère, mais Tokuzô sortit en même temps que les autres car il devait s'occuper de quelque chose, et Otome resta seule à la maison, les regardant partir depuis le seuil.

La pluie s'était dissipée, mais les ruelles qu'emprunta le cortège autour de Honjo tenaient du bourbier. Dans sa marche, Hanshichi se laissa dépasser intentionnellement pour se retrouver à la hauteur de Rihei.

— Tokuzô est revenu vous voir dans l'établissement ? lui demanda-t-il discrètement.

— Oui, et encore à l'improviste. Nous étions très ennuyés.

Lors de sa première visite, Tokuzô avait donc reçu la somme de trois ryôs pour les frais de funérailles. Mais l'après-midi même, il était repassé en exigeant que cette affaire soit réglée avant le début de la cérémonie. Car la crémation faisait partie du culte de sa famille et, une fois le cadavre brûlé, il ne subsisterait pas la moindre preuve. D'où la nécessité de décider de la somme à payer pendant que la dépouille était encore là. Au comble de l'embarras, Yamashirô avait envoyé chez Hanshichi un messager qui ne l'avait pas trouvé. La discussion tournait à l'aigre entre Tokuzô haussant le ton jusqu'à hurler et le patron du Yamashiroya qui avait fini par céder et consentir à verser cent ryôs sur la somme réclamée. Mais pas un sou de plus, et qu'il aille se faire voir s'il n'était pas content avec ça ! Tokuzô avait finalement accepté sa proposition et écrit le billet qu'on lui demandait de remplir, dans lequel il s'engageait à ne faire aucune réclamation ultérieure concernant la prise en charge de la dépouille de son frère contre la somme de cent ryôs.

En entendant ce récit, Hanshichi hocha la tête :

— C'est donc ça ? Eh bien, ce n'est pas dramatique si l'affaire s'est réglée de la sorte. Car cette disparition est un vrai malheur pour l'un comme pour l'autre.

— Décidément, on n'y peut rien, fit Rihei qui avait du mal à se résigner.

— Maintenant, ma question va vous paraître absurde, mais Okono utilise-t-elle des aiguilles pour son travail ?

— Oui. C'est une très bonne couturière, et comme elle n'a pas d'activité particulière, elle fait des travaux de couture chaque jour avec la vieille dame à la retraite dans son pavillon.

Hanshichi réfléchit, puis demanda encore :

— Ce pavillon à l'arrière doit être plutôt vaste ?

— Non, pas tellement. Il n'y a que six pièces avec celle de la jeune servante, et la vieille dame reste en général cloîtrée au fond, dans la petite pièce de quatre tatamis et demi.

— Cette Okono, pour faire ses travaux d'aiguille, elle doit disposer d'un endroit clair, non ?

— Oui, dans la pièce de six tatamis orientée au sud, qui donne sur le jardin et bénéficie d'un bon ensoleillement. Il semble que c'est là qu'elle travaille toujours.

— On peut y accéder par le jardin depuis la boutique ?

— Il y a une porte en bois, et c'est fait de telle sorte qu'on peut entrer par là dans le jardin du pavillon.

— Je vois, dit Hanshichi avec un sourire machinal. Est-ce qu'on n'aurait pas réparé récemment le papier déchiré de la cloison dans la pièce où travaille Okono-san ?

— Eh bien... commença Rihei en réfléchissant un instant. Je ne sais pas en détail tout ce qui se passe dans cet endroit, mais il paraît qu'au début du mois un chat aurait effectivement griffé une cloison et qu'un apprenti serait venu la remettre en état en collant du papier. Mais était-ce bien dans cette pièce-là ? Hé, hé ! Otokichi !

A l'apprenti qui marchait un peu devant eux, Rihei demanda :

— C'est toi qui es allé réparer une cloison déchirée l'autre jour ?

— C'est moi, oui, répondit l'apprenti. C'était celle de la pièce de six tatamis où travaille toujours Okono-san. Un chat aurait arraché en jouant une partie du papier à hauteur du troisième ou du quatrième carreau à partir du bas.

— C'était quand ? Tu te souviendrais du jour avec certitude ? demanda Hanshichi.

— Oui, c'était celui de la fête des Filles.

Hanshichi se réjouit intérieurement. La conversation prit fin, et les trois hommes reprirent leur marche silencieuse.

Bientôt, le cortège arriva au temple de Fukagawa. Les funérailles se réduisirent à une cérémonie extrêmement simple. Hanshichi trouva plutôt horrible de se débarrasser ainsi d'un mort, alors que Tokuzô disposait de trois ryôs remis par Yamashirô pour les obsèques. Un petit groupe de voisins avait devancé le cortège pour aider Tokuzô dans quelque tâche. L'un d'eux reconnut Hanshichi et le salua poliment.

— Oh, enquêteur de Kanda ! Vous voilà, vous aussi ! Nous vous sommes vraiment reconnaissants de vous être dérangé, les rues sont si mauvaises.

C'était Densuke, un homme de petite taille d'un peu plus de trente ans qui habitait Asakusa. Son travail consistait à porter du tabac haché en grande quantité et à aller le vendre partout à pied dans les logements des employés des demeures de samouraïs et les temples. Hanshichi savait qu'il ne s'agissait là que d'une activité de couverture car, en fait, c'était un petit voyou qui jouait de l'argent. Ayant vaguement quelque chose à se reprocher sous ses dehors d'honnêteté et de sérieux, face à Hanshichi, il se fit exceptionnellement humble et l'accueillit comme il le fallait. Et, tout en songeant qu'il rencontrait ce type détestable dans un lieu inattendu, Hanshichi le traita d'abord avec ménagement. Densuke lui apporta une tasse de thé et lui demanda tout bas :

— Vous connaissez aussi la famille de Tokuzô, enquêteur ?

— Non, je ne connais pas le frère aîné, mais je connaissais le plus jeune depuis qu'il était entré au Yamashiroya, c'est pourquoi je suis venu aujourd'hui accompagner sa dépouille. C'est triste, en tout cas, ce qui est arrivé à ce garçon, à son âge !

— Vous avez bien raison, renchérit Densuke qui semblait se poser des questions.

— Si tu es venu donner un coup de main pour les funérailles, c'est que tu es proche de Tokuzô, alors ?

— Ouais, c'est quelqu'un que je viens voir de temps à autre, répondit Densuke évasivement.

Quand les gens repassèrent la porte du temple une fois la cérémonie terminée, le jour printanier commençait déjà à tomber. Chacun reçut un gâteau de riz sec, selon le rituel, et comme cela l'ennuyait d'emporter le sien, Hanshichi le donna à l'apprenti du Yamashiroya. Puis il murmura à Rihei près de lui :

— Monsieur le commis, veuillez m'excuser, mais j'aimerais vous parler. Pourriez-vous laisser votre apprenti partir devant et venir un instant avec moi jusque là-bas ?

— Oui, bien sûr.

L'apprenti continua son chemin et Rihei rejoignit Hanshichi, qui l'emmena dans une gargote d'anguilles grillées devant le sanctuaire Tomioka Hachiman-gû. Hanshichi y était connu, et le patron les conduisit poliment dans un espace tranquille au fond. Ni l'enquêteur ni Rihei n'étaient portés sur l'alcool, néanmoins ils convinrent de commencer par boire un peu de saké. Puis, après avoir échangé quelques coupes, ils congédièrent la serveuse et Hanshichi se mit à parler à voix basse :

— Comme on le disait tout à l'heure, l'affaire Tokujirô s'est arrangée en secret moyennant cent ryôs. C'est bien, vraiment.

— Ah oui, vous trouvez…

— Oui, car si le Yamashiroya est en possession d'une lettre où le frère s'engage à ne jamais porter plainte et que le cadavre est envoyé au crématorium ce soir, il ne restera plus aucun motif de brouille. Bah, on peut dire que vous avez bien joué ! Dites-le aussi à votre patron. Et puis, excusez-moi de me répéter, mais dans l'immédiat, envoyez donc quelqu'un de vif et d'efficace dans le pavillon de la vieille retraitée, et qu'il veille à la sécurité de la fille de la maison.

— Vous croyez, dit Rihei dont les rides du front se creusèrent profondément quand il fronça les sourcils, qu'Okono-san serait finalement impliquée d'une manière ou d'une autre ?

— C'est très probable, fit Hanshichi avec sérieux. Mais à la différence d'autres affaires, cette fois-ci, il n'y a plus moyen de poursuivre nos investigations. Cependant, il n'est pas encore temps d'arrêter la fille et de l'interroger.

Cette affaire était extrêmement complexe et il était difficile d'en dénouer l'intrigue, mais, en tant qu'expert, Hanshichi estimait que les choses s'étaient vraisemblablement passées de la façon suivante : il ne savait pas pourquoi Tokujirô, qui n'avait pu s'exprimer plus tôt, avait parlé au moment de mourir, mais apparemment il avait bien été tué par Okono. L'apprenti, beau comme Hisamatsu au théâtre, n'entretenait-il pas une relation autre que celle d'un simple employé avec cette belle fille qui, à vingt-six ans passés, menait encore une vie triste et solitaire ? Et une entourloupe du destin ne l'avait-elle pas conduit à une mort horrible ? Du fait que la pièce où Okono effectuait ses travaux d'aiguille donnait sur le jardin où l'on pouvait pénétrer depuis la boutique par une simple porte de bois, on pouvait imaginer que Tokujirô s'introduisait facilement dans le pavillon. Entre une vieille femme à moitié aveugle et dure d'oreille et une jeune servante inefficace, personne n'avait deviné leur secret jusqu'à cette terrible soirée de la fête des Filles.

Ce jour-là, comme à l'accoutumée, Okono cousait dans la pièce de six tatamis quand Tokujirô était arrivé en cachette. Il avait attendu le moment propice dans la boutique, ou peut-être pris prétexte d'une course à faire. À pas de loup, il s'était glissé furtivement par l'entrée du jardin jusqu'au pied de la véranda, et probablement avait-il signalé sa présence par un toussotement. Mais tout en sentant clairement Okono assise à l'intérieur, il n'avait pas obtenu de réponse, comme si elle se faisait prier. Alors, il avait rampé sur la véranda et déchiré, en le léchant du bout de la langue, le papier translucide de la cloison bien fermée pour essayer de voir de l'autre côté par ce trou, une plaisanterie fréquente chez les enfants. Au moment précis où il déchirait ainsi le papier par jeu comme un garçon de seize ans – quoique précoce – qu'il était, Okono l'avait deviné de l'intérieur et, pour plaisanter elle aussi, elle lui avait piqué le bout de la langue avec son aiguille à coudre. Evidemment, ce ne pouvait être qu'une piqûre très légère. Et l'un comme l'autre furent surpris de constater que la pointe de l'aiguille avait pénétré beaucoup plus profondément que prévu à l'instant où elle avait accompli son geste. Mais étant donné que tout cela se passait dans le secret absolu, Tokujirô n'avait pu crier sa douleur.

Ni lui ni Okono n'imaginaient que cela s'aggraverait, car sa douleur n'avait été que passagère. Il s'appliqua sur la langue un onguent pour arrêter le sang, ce qui, sur le coup, lui parut suffisant. Malheureusement, la pointe de l'aiguille était probablement infectée d'un poison inconnu, car dès le retour de Tokujirô à la boutique, sa langue blessée le fit horriblement souffrir, et c'est ainsi que le beau jeune homme malchanceux fut emporté vers la mort. Cette hypothèse, Hanshichi la devait d'une part à l'enseignement précieux du médecin Genan, et de l'autre, à sa réflexion personnelle. Au cours de ses heures douloureuses, le jeune homme avait peut-être gardé la faculté de parler, mais s'y était refusé pour préserver leur histoire. Ce n'est qu'une fois ramené dans sa famille qu'il avait pris conscience de l'imminence de l'heure suprême et que, pressé de questions par son frère et sa belle-sœur, il avait divulgué son secret : « C'est Okono-san qui m'a tué. » Aveu qu'il avait probablement laissé échapper sans réfléchir.

Quant au morceau de papier collé pour réparer la cloison coulissante d'Okono, il se situait au niveau du quatrième carré, à hauteur de la tête du jeune homme lorsqu'il l'avait relevée après avoir rampé sur le plancher de la véranda. Or, cette déchirure, rappelons-le, avait été imputée à un chat joueur, lequel se trouvait être un joli chat blanc prénommé Tokujirô. Il avait mouillé le papier du bout de la langue, puis l'avait déchiré pour agrandir le trou, afin d'en rejeter la faute sur un animal innocent. Cette idée consistant à travestir la réalité, point n'était besoin d'être une femme de vingt-sept ans pour l'avoir. Par conséquent, quand le frère aîné de Tokujirô était allé protester auprès du Yamashiroya, sa démarche n'était pas sans fondement. Bien sûr, d'un côté il y avait la fille des patrons, et de l'autre, un simple employé, et on savait bien qu'Okono ne serait jamais gravement blâmée même si l'affaire éclatait au grand jour, puisque ce malheur avait pour origine une farce puérile. Mais par la suite, le secret qu'elle partageait avec Tokujirô risquait naturellement d'être révélé. Et la jeune femme, objet de tant de rumeurs, serait rejetée plus que jamais. La réputation du Yamashiroya n'en sortirait pas indemne non plus. Ne fût-ce que par compassion, cette maison pouvait proposer une somme conséquente à la famille du défunt Tokujirô. Tel était le point de vue de Hanshichi.

Rihei avait écouté en retenant son souffle. Il lâcha ces quelques mots entremêlés de soupirs :

— Vous m'impressionnez, enquêteur. Quand vous me décrivez tout cela, j'ai de mon côté certaines choses qui me viennent à l'esprit.

— Ah oui, lesquelles ?

Hanshichi laissa la parole à Rihei en le regardant droit dans les yeux.

— En fait, ça s'est passé l'hiver de l'année dernière : la vieille dame retraitée était alitée depuis une quinzaine de jours à cause d'une grippe. Comme on manquait de bras pour la soigner, Okono-san nous a demandé de lui envoyer un apprenti de la boutique, et ce fut ce fameux

Otokichi. Mais prétextant qu'il était fainéant, elle le renvoya au bout d'une journée. A sa place, on lui présenta Tokujirô qui, cette fois, plut énormément à notre jeune maîtresse et ne quitta pas le pavillon jusqu'au rétablissement de la malade. Par la suite, dès qu'il y avait quelque chose à faire dans cette partie de la maison, c'était toujours Tokujirô qu'elle demandait, et comme il y avait en ce précédent, personne ne trouvait ça particulièrement bizarre. Lors du congé accordé aux apprentis pour le nouvel an, il est probable qu'Okono-san lui a donné un peu d'argent de poche en plus. La suite s'est déroulée au début de ce mois de février. La petite servante Okuma avait peur parce que, disait-elle, quelqu'un secouait toutes les nuits le volet à pluie donnant sur le jardin, alors on s'est inquiétés à la boutique et on a demandé à Okono-san ce qui se passait. Sans l'ombre d'une hésitation, elle a affirmé qu'Okuma rêvait dans un demi-sommeil. Chacun a été rassuré et les choses en sont restées là. Tout bien considéré, je me rends compte à présent que votre jugement d'expert comporte beaucoup d'éléments de vérité. Je suis vraiment désolé. Nous nous trouvions pourtant à côté, mais, très occupés par notre travail, nous n'avons pas porté attention à tous ces indices, je le déplore sincèrement. Maintenant, enquêteur, mieux vaudrait garder secrète cette histoire et n'en parler qu'à mon patron.

— C'est en effet la meilleure chose à faire que de mettre votre patron dans la confidence. Car il faut penser à la suite de cette affaire.

— Vous avez raison. Je vous remercie beaucoup pour tout ce que vous avez fait.

Hanshichi refusa absolument que Rihei règle les consommations, et ils sortirent ensemble dans la rue. Après la pluie, ce début de crépuscule printanier était nimbé d'une brume tiède. Légèrement grisé par le saké, Hanshichi avait un peu sommeil. Il se serait bien passé d'aller à la fête, mais quitta Rihei en lui disant qu'il allait y faire un tour malgré l'heure tardive, car il manquerait à ses devoirs s'il ne s'y montrait pas.

Quelques coupes dans une maison de Namiki à Asakusa, quelques autres encore à Hirokôji, l'enquêteur, sobre par nature, mais incité à boire le saké de la fête, sentit l'ivresse le gagner. Dans la grand-rue, il demanda qu'on appelle une chaise à porteurs pour le ramener chez lui. Quand il arriva à Kanda, il était dix heures passées.

Dès son arrivée, il s'affala sur son lit et dormit à poings fermés jusqu'au lendemain matin.

C'est vers huit heures qu'il se réveilla ; un soleil radieux se montrait par la fenêtre. Tout en se frottant les yeux, ébloui, il tira vers lui le plateau à tabac de son chevet et alluma une pipe. Son subalterne Zenpachi vint le surprendre à ce moment précis.

— Chef, vous savez ? C'est vrai que, dans l'état où vous êtes, vous ne devez pas être au courant ! Il y a eu un meurtre hier soir à Honjo !

— Où ça, à Honjo ? Ce ne serait pas dans la demeure de Kira[1] ?

— Arrêtez de plaisanter ! C'est le marchand de poisson d'Aioi-chô-nichôme.

— Le marchand de poisson, Tokuzô ?

— Vous êtes drôlement renseigné, dites donc ! s'écria Zenpachi, les yeux écarquillés de surprise. Vous l'avez rêvé ?

— Mmm… Je suis allé à la fête d'Asakusa hier, et comme j'ai beaucoup prié, le dieu Sanja m'est apparu

---

1. En référence à Kira, vieillard acariâtre et corrompu, qui se fit décapiter dans sa résidence, une scène du drame de *Chûshingura*, « Le trésor des vassaux fidèles ».

en rêve et me l'a dit. On ne sait pas encore qui est le meurtrier ? Qu'est-ce qui est arrivé à sa femme ?

— Elle est saine et sauve. Hier soir, après l'enterrement du frère, il paraît qu'un type est entré alors que toute la maison dormait, complètement abattue. Tokuzô s'est réveillé et il allait attraper le scélérat qui voulait lui voler les cadeaux offerts au défunt, quand l'autre l'a frappé d'un coup à la poitrine et au front avec un couteau servant à couper le chinchard trouvé dans l'échoppe, avant de s'enfuir. Sa femme a éclaté en sanglots et appelé les voisins, mais c'était trop tard. L'homme s'était tiré, Tokuzô est mort, et bien entendu la confusion est générale. Alors j'ai pensé qu'il serait bon de vous mettre au courant, chef.

— Ah oui ? Les investigations sont déjà terminées, je suppose. Et tu as une idée du meurtrier ?

— J'ai bien l'impression qu'on ne sait rien, dit Zenpachi. En tout cas, sa femme a perdu la tête, elle n'arrête pas de pleurer comme une folle, je crois bien qu'on n'est pas près de savoir ce qui a pu se passer.

— Elle doit savoir très bien pleurer, c'est une ancienne fille de joie, ricana Hanshichi. Eh bien, Zenpa, tu pars immédiatement pour Torigoe et tu vas t'intéresser à ce que fait le marchand de tabac, Densuke.

— Est-ce que j'enquête sur lui ?

— Tu peux juste aller voir, l'air de rien, ce qu'il fait. Ne montre pas que tu cherches quelque chose, pour qu'il n'ait pas de soupçons.

— D'accord. J'y cours.

— J'insiste.

Zenpachi une fois parti, Hanshichi se rendit aussitôt à Honjo. La veille, il y avait eu les funérailles du frère cadet, et aujourd'hui voilà le corps du frère aîné étendu, mort. Le voisinage était en état de choc. Dans la rue, une foule se tenait devant la boutique pour jeter un œil à l'intérieur. Dans cette confusion, Hanshichi se fraya un passage pour entrer dans l'établissement. Il apprit que l'épouse Otome n'était pas encore revenue de sa convocation au poste. Comme il connaissait de vue tous les voisins présents aux funérailles de la veille, Hanshichi pensa recueillir des indices sur la mort de Tokuzô, mais, figés de stupeur, les gens ne savaient plus où ils en étaient.

C'était le mari de la marchande de chaussettes *tabi* voisine qui, le premier, avait tendu l'oreille. Au bruit infernal qu'il avait entendu soudain chez le marchand de poisson, il s'était précipité dans la rue en vêtement de nuit, avait ouvert la porte de la boutique d'à côté et, à l'intérieur, il avait vu l'épouse qui criait : « Au voleur ! Au voleur ! » Sous l'effet de la surprise, lui aussi s'était mis à hurler : « Au voleur ! Au voleur ! » Les voisins étaient accourus les uns après les autres, mais le malfaiteur s'était enfui par la sortie de derrière après avoir assassiné Tokuzô. Pourtant, souligna le mari, Tokuzô n'était pas homme à susciter la haine d'autrui, et le meurtrier était probablement un cambrioleur attiré par les cadeaux du défunt. Si l'affaire avait tourné aussi mal, c'est sans doute que Tokuzô avait résisté. Les autres personnes partageaient généralement ce point de vue.

Hanshichi attendit un moment, assis à l'entrée de la boutique, mais Otome ne revenait toujours pas. Il en profita pour entrer et promener un regard attentif autour de lui. Comme le travail avait cessé depuis la veille, l'évier était sec, des plateaux se trouvaient entassés dans un coin. Ce furent les grandes coquilles de turbos cornus et de palourdes rouges traînant à l'ombre de ces plateaux qui attirèrent son attention. Ces coquillages lui paraissaient vraiment gros, et il s'approcha pour en prendre un ou deux dans la main : ce n'étaient plus que des coquilles vides. Quand il en souleva la plus grande, il constata qu'elle était horriblement lourde. Et quand il la retourna pour regarder à l'intérieur, il aperçut comme un sac en papier glissé à l'intérieur. Il s'empressa de le sortir pour l'examiner. Il contenait cent ryôs, et sur le papier d'emballage il restait des traces de doigts avec du sang.

Hanshichi cacha le paquet dans sa poche, à l'abri des regards de la foule attroupée devant l'échoppe, et continua son inspection des lieux en quête d'une autre découverte éventuelle, quand le fameux Densuke arriva à l'improviste. Avec sa charge de tabac sur le dos, l'homme semblait passer là par hasard au cours de sa tournée. En voyant l'enquêteur et toute cette agitation, il eut un temps d'arrêt avant de dire :

— Bonjour, enquêteur. Merci de vous être dérangé hier, ajouta-t-il en saluant Hanshichi. Aujourd'hui encore, vous êtes très occupé, à ce que je vois.

— Mmm… il y a énormément de choses à régler. Tokuzô a été assassiné hier soir.

— Quoi ! s'exclama Densuke, paralysé de stupeur.

— Oui, et à ce propos, je voudrais te poser quelques petites questions. Viens donc avec moi derrière la boutique.

Guidant Densuke qui le suivit docilement, Hanshichi fit le tour par la petite ruelle latérale qui menait au puits.

— Maintenant que je suis arrivé à ce point de mon récit, tu dois comprendre à peu près, dit le vieil Hanshichi. Densuke fréquentait Otome depuis le temps où elle travaillait à Yoshiwara, le quartier des plaisirs. Et comme il n'était pas en mesure de l'accueillir chez lui une fois son contrat arrivé à terme, il avait convaincu Tokuzô de l'épouser. Ce subterfuge permettait aux deux amants de continuer à se voir secrètement dans la maison d'Otome, et ni le mari ni personne d'autre du quartier n'avait rien remarqué. Or, le plus curieux, c'est que cette Otome, une ancienne prostituée, ne donnait nullement l'impression d'être une mauvaise femme, loin de là, c'était au contraire une travailleuse acharnée. Une femme très active en un mot, qui ne cherchait pas à donner une autre image d'elle-même. Ainsi travaillait-elle sans se préoccuper de sa tenue vestimentaire, possédée par un seul but : amasser de l'argent. Il paraît qu'elle n'a jamais donné un sen à son cher Densuke. C'est bien ce genre de personne qu'on appelle « grippe-sou », n'est-ce pas ?

— Dans ce cas, c'est elle qui aurait intrigué en coulisse contre le Yamashiroya ? demandai-je.

— Mais oui, bien sûr. Comme son mari avait fini par accepter leurs cent ryôs, sur les trois cents qu'elle l'incitait à leur extorquer, elle l'avait injurié, folle de rage, mais il n'y avait plus rien à faire. Elle s'est résignée, finalement, et les funérailles ont eu lieu.

— Elle avait donc l'intention de tuer son mari et de vivre en couple avec Densuke et les cent ryôs.

— C'est ce que tout le monde pourrait croire, n'est-ce pas ? dit le vieil homme avec un sourire. Moi aussi, au début, je l'ai pensé, mais quand j'ai coincé Densuke et l'ai fait avouer, j'ai compris que les choses étaient un peu différentes. Il avait assurément une liaison avec Otome, mais, comme je viens de le dire, elle ne lui donnait pas le moindre sen pour l'aider financièrement, tant s'en faut, et il paraît que sous divers prétextes elle lui soutirait même régulièrement un peu d'argent. Voilà comment j'ai compris que c'était Otome qui avait décidé toute seule de tuer son mari et que Densuke n'était mêlé en rien à ce crime.

— Je vois, mais c'était imprévu, tout de même.

— En effet. Quant à savoir pourquoi Otome a tué son mari, eh bien, c'est parce qu'elle désirait pour elle seule les cent ryôs qu'il avait reçus du Yamashiroya. Dans un couple, ce qui appartient au mari appartient à l'épouse, et réciproquement, sans poser de problèmes. Mais pour Otome, il fallait que cet argent soit à elle. Au début, elle n'avait nullement l'intention de trucider son mari. Sans faire le moindre bruit, après s'être assurée qu'il dormait d'une respiration régulière, elle a pris les ryôs dans l'intention de les dissimuler sous le plancher de la cuisine. Tokuzô a eu le malheur de s'en apercevoir et de comprendre qu'elle voulait faire croire à un voleur entré subrepticement pour dérober cet argent. Si son épouse avait demandé aussitôt pardon, les choses auraient encore pu s'arranger d'une façon ou d'une autre, mais comme Otome ne voulait absolument pas lâcher le magot qu'elle avait dans la main, elle a saisi brusquement le couteau coupe-chinchard de la cuisine et, dans un état second, a frappé son mari à deux reprises. Oh, c'était vraiment quelqu'un d'effrayant, je n'aimerais pas du tout rencontrer une femme pareille.

— Et Otome a avoué facilement ?

— Je l'ai coincée à son retour du poste et l'ai interrogée. Au début, elle a fait semblant de ne pas comprendre, mais quand je lui ai mis sous le nez la coquille de turbo cornu et le paquet d'argent, elle s'est figée de stupeur. S'il s'était agi d'un voleur, il n'aurait pas caché l'argent dans une coquille, il se serait sauvé en l'emportant. Par-dessus le marché, les traces de doigts sur l'emballage en papier correspondaient tout à fait à ses empreintes, elle était donc dans une impasse. Le marchand de chaussettes *tabi* était arrivé, réveillé par le bruit infernal qu'elle avait fait en tuant son mari. Ne sachant pas où cacher l'argent, c'était par hasard, à la dernière seconde, qu'elle l'avait enfoui en vitesse dans une coquille de turbo. D'après ses aveux, elle n'avait pas l'intention de vivre en couple avec Densuke après le meurtre. Elle prévoyait d'ajouter à ces cent ryôs les six ou sept qu'elle avait déjà épargnés et de retourner dans sa ville natale à Nagoya pour s'installer comme usurière. Ainsi, son amant Densuke aurait été délaissé, et sans doute a-t-il eu de la chance qu'elle ne lui ôte pas la vie. Reconnue coupable d'un crime grave, Otome a été traînée dans toute la ville et condamnée au supplice de la crucifixion à Senju.

Avec cette condamnation, le meurtre du marchand de poisson était élucidé, mais ce qui me préoccupait encore, c'était l'affaire de la fille du Yamashiroya. D'un côté, il y avait ce crime, et de l'autre, la mystérieuse provenance de ces cent ryôs. Par conséquent, il fallait bien que Hanshichi révèle le secret du Yamashiroya. Je lui demandai des éclaircissements, et voici ce qu'il me répondit tranquillement :

— Yamashirô était vraiment à plaindre. A cause de ce drame, tout fut découvert en dépit de la peine qu'il s'était donnée pour étouffer l'affaire. Okono subit évidemment un interrogatoire, mais concernant le décès de l'apprenti elle s'en tira sans accusation de meurtre, ce que, en tant qu'expert, j'avais d'ailleurs prévu. Compte tenu des proportions prises par cette histoire, elle trouva moins que jamais à se marier, autrement dit, ni gendre ni jeune épousée en perspective. Yamashirô se résigna à persuader le commis Rihei de l'épouser, mais celui-ci invoqua toutes sortes d'excuses pour refuser. Alors, le patron vint me demander d'intervenir ; il appela Rihei et, faisant fi de toute dignité, le supplia d'accepter. De mon côté, je pesai de tout mon poids en sa faveur. Et, tant bien que mal, nous réussîmes à le convaincre. Contre toute attente, la fille accepta docilement, et le mariage fut célébré sans incident. Le couple s'entendait parfaitement, le patron soupirait de soulagement, et personnellement je me félicitais en secret. Mais l'année suivante, la fille est morte.

— De maladie ? demandai-je aussitôt.

— Non, il paraît que cela s'est produit en juin. Une nuit, elle s'est esquivée de la maison pour aller se jeter dans l'étang de Shinobazu à Ueno. Il est inexact de prétendre qu'on ne retrouve pas le corps d'un noyé, car Yamashirô a récupéré le sien, remonté à la surface entre les lotus. Mais si Okono avait choisi de mourir, elle aurait dû le faire avant de prendre un mari, je n'arrive pas à comprendre ses raisons. La rumeur a couru partout que Benten, qui avait envoyé du ciel la jeune femme, l'avait rappelée à elle. On a raconté aussi que les jours de fête de la déesse, certaines personnes apercevaient de nuit la silhouette de cette fille au-dessus de l'étang, mais est-ce vrai ou faux, je l'ignore.

LA NUIT DE LA FÊTE DE LA MONTAGNE

— La région de Hakone[1] était vraiment différente à cette époque-là.

Le vieil Hanshichi ouvrit un petit livre intitulé *Guide de poche de voyage, édité à l'ère Tempô* (1830), qu'il me montra.

— Regarde. Toutes les maisons des stations thermales de Yumoto ou de Miyanoshita ont des toits en chaume. Quand j'y pense, notre époque actuelle n'a plus rien à voir. Dans ce temps-là, on allait à Hakone pour une cure en moyenne une fois dans sa vie, et c'était extrêmement difficile. Car même si les gens avaient de l'argent, le voyage était très fastidieux. Normalement, on quittait Shinagawa le matin, on passait la nuit à Hodogaya ou Totsuka, le lendemain on dormait à Odawara, mais quand on emmenait des femmes et des vieillards qui avaient du mal à marcher, cela prenait trois jours pour y arriver. Et d'Odawara, il fallait encore monter jusqu'aux monts de Hakone. Bref, faire une cure thermale demandait beaucoup d'efforts.

---

1. Située sur la route du Tôkaidô, entre le mont Fuji et la mer, Hakone était une station climatique réputée à l'époque Edo. Mais au début de l'ère Meiji, elle connut une rapide expansion en raison de sa proximité avec Tôkyô et Yokohama, et de nombreux hôtels pour étrangers y furent construits.

C'est en mai de l'an 2 de Bunkyû (1862) que je me suis rendu à Hakone pour la deuxième fois, accompagné d'un jeune subalterne qui s'appelait Takichi. Nous avons quitté Edo le lendemain du jour où on retire des auvents le jonc odorant de la fête des Garçons, de façon à passer la nuit à Totsuka comme d'habitude, puis nous avons atteint l'étape-relais d'Odawara dans la soirée du lendemain. Comme les jours étaient longs, le voyage n'a pas été trop dur, bien qu'au mois de mai de l'ancien calendrier lunaire la chaleur dans la journée ait tendance à fatiguer. Oh, ce n'était pas pour une cure thermale que j'allais là-bas, mais parce que la jeune épouse d'un monsieur de la police de Hatchôbori, mal remise de ses couches, se reposait à Hakone depuis le mois précédent. Je me sentais obligé de lui faire au moins une visite, et j'ai donc pris mes petites économies pour les frais de voyage et profité de mon temps libre entre deux enquêtes pour le gouvernement. Dès l'instant du départ, j'étais rempli d'insouciance à l'idée de partir à pied avec mon jeune compagnon. Comme je viens de le dire, on a traversé la rivière de Sakawa dans la soirée du deuxième jour et, parvenus dans la ville fortifiée d'Odawara, on a retiré nos sandales dans une auberge du nom de Matsuya. L'affaire date de cette nuit-là…

A cette époque, les relais d'Odawara et de Mishima étaient parmi les plus prospères des cinquante-trois que comptait la route du Tôkaidô. Ces deux étapes étaient séparées par la « barrière » de Hakone. Il était d'usage que les voyageurs qui arrivaient de l'est dorment à Odawara, ceux de l'ouest à Mishima. Le lendemain, ils franchissaient les monts de Hakone, ainsi ceux qui avaient quitté Odawara dormaient à Mishima, et ceux qui venaient de Mishima passaient la nuit à Odawara. Les marcheurs en sandales sur la route du Tôkaidô n'avaient donc d'autre alternative que de payer des frais d'hébergement dans les auberges de ces deux étapes. Le voyage que faisait Hanshichi ne comportait pas de barrière douanière, mais s'il voulait s'arrêter à Odawara, c'était pour rendre visite le lendemain à l'épouse du policier dans l'hôtel de Yumoto.

Comme ils avaient flâné en route, il était déjà sept heures du soir quand ils arrivèrent à l'auberge d'Oda-wara. Dès leur retour du *furo*, le bain, une servante apporta deux petites tables basses. Hanshichi n'était pas porté sur l'alcool, mais Takichi, lui, buvait bien, et sur son plateau chacun reçut un flacon de saké. Après avoir bu quelques coupes pour tenir compagnie à son jeune compagnon, l'enquêteur devint tout rouge, et quand on lui retira le plateau, il s'allongea d'un coup.

— Vous êtes fatigué, chef ? demanda Takichi tout en pourchassant un moustique autour de ses genoux avec l'éventail prêté par la maison et décoré de son emblème à l'encre rouge et noire.

— Mmm… je dois être un peu fatigué, parce qu'on s'est trop arrêtés sur la route. Je manque de courage. Je ne suis pas en forme, comme le jour où j'ai fait l'ascension du mont Oyama il y a deux ans, répondit en riant Hanshichi, toujours allongé.

— A propos, chef, je viens de rencontrer un type bizarre en allant au bain.

— C'était qui ?

— Je ne connais pas son nom, mais il ne doit pas faire un métier honnête, on dirait un joueur ou quelque chose comme ça. Je crois bien l'avoir déjà vu quelque part, mais je n'arrive pas du tout à me souvenir où… En tout cas, quand il m'a vu dans le couloir, il a détourné la tête en vitesse, et c'est sûr, lui aussi s'est rappelé de moi. Si ce type-là est descendu ici, il faut faire un peu attention, murmura Takichi en prenant un air grave.

— Quoi ? Ce n'est pas un voleur, tout de même ? Impossible ! Mais qu'est-ce qu'un gagne-petit des jeux d'argent pourrait bien fabriquer dans une auberge, hein ? répondit, hilare, Hanshichi. Les débauchés se tiennent en général à carreau quand ils voyagent.

Comme il ne prêtait guère attention à ce personnage, Takichi n'en dit pas plus. Les futons leur ayant été installés à dix heures du soir, les deux hommes s'endormirent côte à côte dans la chambre de six tatamis, mais au milieu de la nuit, Hanshichi ouvrit soudain les yeux.

— Hé, Takichi, réveille-toi ! Vite !

Le jeune garçon se frotta les yeux lourds de sommeil.

— Qu'est-ce qu'il y a, chef ?

— J'entends un sacré remue-ménage dans la maison. C'est quoi, un incendie ? Un voleur ? Lève-toi et va donc voir.

Takichi s'extirpa de la moustiquaire et, en vêtement de nuit, descendit au rez-de-chaussée, mais il fit demi-tour précipitamment.

— Chef, on a été eus, c'est un meurtre !

Hanshichi se redressa. Takichi expliqua que les deux marchands de Sunpu qui logeaient ensemble au premier étage, à l'arrière de l'auberge, avaient été assassinés et qu'on leur avait dérobé leur argent. L'un avait eu la gorge tranchée d'un coup de lame dans son sommeil, et quand on avait voulu prendre, glissée sous le matelas, la ceinture contenant l'argent, son compagnon qui dormait à ses côtés avait ouvert les yeux, et lui aussi avait dû recevoir incidemment un coup de lame. Il avait rampé sur les tatamis et s'était écroulé presque aussitôt, le cou entaillé en diagonale.

— Les officiers municipaux sont là, ils font déjà leur enquête. D'après eux, ce ne serait pas l'œuvre d'individus venus de l'extérieur ; ils seront bientôt ici pour nous interroger aussi, ajouta Takichi.

— C'est terrible, fit Hanshichi pensif. En tout cas, attendons-les sans bouger d'ici. Reste tranquille pour le moment.

— Vous avez raison.

Assis sur leur lit, ils entendirent un bruit de pas approcher rapidement dans le couloir, puis s'arrêter devant leur chambre. La porte coulissante s'ouvrit brusquement et un homme fit irruption, qui lança :

— Takichi, mon vieux, je t'en supplie, aide-moi !

— Qui es-tu ? demanda Takichi en scrutant à travers la moustiquaire la silhouette éclairée par la faible lueur de la lanterne en papier de la chambre. C'était l'homme qu'il avait croisé dans le couloir. Un peu moins de trente ans, le teint foncé, petite taille et constitution robuste. La respiration haletante, il avait l'air sens dessus dessous.

— C'est moi, Shichizô, de la demeure Komori. J'ai eu tort de faire semblant de ne pas te connaître tout à l'heure, alors que j'ai une dette envers toi. Je t'en supplie, fais quelque chose pour m'aider.

En entendant son nom, Takichi se souvint de lui. C'était un serviteur de la résidence de l'officier de police Komori à Shitaya, un type qui ne se conduisait pas toujours très bien, un débauché qui s'introduisait dans les logements collectifs des « petits » dans les demeures de samouraïs et faisait commerce de ses jeux d'argent. A la fin de l'année passée, il avait perdu pas mal d'argent, et alors qu'on allait le dépouiller complètement par ce temps froid, Takichi l'avait croisé à ce moment précis. Pris de pitié, il lui avait prêté tout juste un bu et deux shus, au grand bonheur de Shichizô. Mais en dépit d'une promesse de passer sans faute chez lui payer sa dette avant le dernier jour de l'année, Takichi ne l'avait pas revu jusqu'à aujourd'hui.

— Pas de doute, tu es bien Shichizô, de la demeure de Komori ! Dis donc, toi, tu as beau te donner l'air d'un employé au contrat, on dirait que les devoirs de la vie en société, tu connais pas !

— C'est pour ça que je te présente toutes mes excuses. Aide-moi, mon vieux, je t'en supplie.

— J'en ai rien à faire de tes supplications. Fiche le camp !

Ne supportant pas que Takichi s'entête à le rejeter, Hanshichi intervint :

— Allez, ne parle pas aussi sèchement. Eh bien, mon vieux Shichizô, qu'est-ce que tu nous veux ? Je m'appelle Hanshichi de Kanda.

— Oh, vraiment, merci, merci, dit Shichizô avec forces courbettes. Je vous en prie, enquêteur, aidez-moi.

— Qu'est-ce qu'on peut faire pour toi ?

— En fait, mon maître a dit qu'il allait me tuer et se faire *seppuku* ensuite.

— Allons bon…

Hanshichi était effrayé par ce qu'il entendait. Il ne savait pas quelle en était la cause, mais pour qu'un samouraï exécute de sa propre main un de ses serviteurs avant de se faire *seppuku*, il devait s'agir de quelque chose de grave. Tout aussi surpris, Takichi s'assit sur les genoux et dit :

— Allez, viens sous la moustiquaire. Qu'est-ce qui se passe ?

Celui qui s'appelait Komori Ichinosuke, le maître de Shichizô, était un jeune samouraï de tout juste vingt ans cette année. Il était en voyage pour une mission officielle et, au début du mois précédent, il avait quitté Edo pour Sunpu. Quand, à son retour, il s'était arrêté le soir à Mishima dans une auberge réservée aux seigneurs, ce débauché de Shichizô était ressorti sous prétexte d'aller visiter le coin. Quelqu'un l'avait interpellé en chemin alors qu'il cherchait un bordel dans l'étape-relais. L'homme avait l'allure d'un commerçant soigné de trente-cinq ans environ. De part et d'autre de son épaule il portait des petits paquets attachés aux deux extrémités d'une corde et tenait un chapeau de laîche à la main. En voyant que Shichizô était serviteur d'une maison de guerriers, il l'avait appelé.

Sur un ton familier, il demanda à Shichizô s'il connaissait une bonne adresse ici dans le relais, puis lui proposa d'aller avec lui boire une coupe de saké dans une gargote. Shichizô devina la raison de son invitation et accepta aussitôt. Sans la moindre gêne, il but tout son saoul le saké qui lui était offert. Constatant sa bonne humeur due à l'alcool, le voyageur dit à voix basse :

— A propos, mon vieux... Demain, tu ne pourrais pas me laisser t'accompagner ? Qu'en dis-tu ?

L'homme ne possédait pas de « passeport », ce document émis par le maître de maison indiquant le but du voyage et le nombre de personnes qui l'accompagnaient. Il était authentifié par le sceau du Bureau du gouverneur de la ville et il fallait le présenter à la barrière, au poste de contrôle. En réalité, ce genre de voyageur errait dans les relais d'Odawara et de Mishima et avait l'habitude de graisser la patte d'un serviteur de samouraï, pour se joindre à lui juste le temps de passer la barrière de Hakone. Bien sûr, un « passeport » précisait le nombre des serviteurs du maître, mais il était facile d'expliquer qu'on avait embauché un porteur à titre provisoire en raison d'un excès de bagages et, en général, le subterfuge passait sans encombre. A plus forte raison quand il s'agissait d'une personne en mission officielle, jamais les contrôleurs ne se montraient pointilleux. Sachant cela, l'homme avait demandé à Shichizô d'être son prête-nom pour le lendemain.

Comme Shichizô se doutait de sa requête depuis le début, il accepta sans hésiter les trois bus que lui offrait l'autre, et en se quittant ils convinrent de se retrouver à l'auberge réservée aux grands seigneurs le lendemain matin, avant dix heures. Ce genre d'arrangement était devenu une sorte d'activité lucrative parmi les serviteurs de samouraïs et, à moins d'avoir affaire à un maître sévère, elle était tolérée. D'ailleurs, Ichinosuke, le maître de Shichizô, étant encore jeune, il ne se souciait guère des combines de son serviteur.

Le lendemain matin, l'homme arriva comme promis et salua poliment Ichinosuke.

— Je m'appelle Kisaburô, mon seigneur, et me permets de solliciter votre bienveillance.

Pour la forme, il se laissa installer une charge sur l'épaule et sortit à la suite du maître et du serviteur. Il semblait avoir pas mal l'habitude de voyager et, dans la montée des cols, il raconta en plaisantant des anecdotes de voyage qui firent oublier leur fatigue à ses compagnons de route. Ichinosuke le trouva amusant.

Ayant passé sans problème la barrière de contrôle, ils arrivèrent au relais d'Odawara et Kisaburô déclara qu'il passerait volontiers la nuit dans la même auberge qu'eux. Laissant le maître et le serviteur reprendre leur souffle à l'endroit où se reposent les porteurs de chaises à porteurs, il partit en courant dans l'étape-relais. Mais

bientôt de retour, il fit le rapport suivant : « Deux daimyôs et leurs escortes sont installés dans l'auberge où
vous devez vous arrêter, et l'annexe est occupée par un
troisième et sa suite. Aussi, plutôt que de dormir dans
un établissement bondé, il vaudrait mieux que vous
soyez au calme dans une auberge ordinaire. J'en connais
une qui s'appelle Matsuya et je propose de vous y
conduire. »

Même en mission officielle, Shichizô se dit que le
maître et lui risquaient de ne pas se sentir à l'aise dans
une auberge occupée par de grands feudataires. Pas
question alors d'inviter des filles, ni de se saouler, ni de
faire du tapage. D'autant qu'avant d'atteindre Edo,
c'était la dernière occasion de loger dans une petite
auberge tranquille, de boire tout son saoul de saké, de
s'affaler tranquillement, plutôt que de se retrouver
entassés dans un antique établissement réservé aux seigneurs qui sentait le renfermé. A force d'exciter l'imagination de son maître, le serviteur finit par le convaincre
d'opter pour le Matsuya, où les trois hommes arrivèrent
bientôt.

— Faites-moi la faveur d'accepter que je vous invite
à célébrer la fête de la montagne, dit Kisaburô.

La coutume de cette époque-là voulait en effet
qu'une fois passé sans encombre le col de Hakone, on
fasse la fête le soir à l'auberge. Le maître Ichinosuke se
devait donc d'offrir trois cents mons en cuivre à chacun
de ses deux compagnons et, en plus, de les régaler de
saké. Il remit la somme de six cents mons à Shichizô,
qui la fourra intégralement dans sa poche et poussa
Kisaburô à offrir l'alcool pour la fête, comme il venait
de le proposer.

Quand Ichinosuke, un guerrier honnête, dit qu'il ne
pouvait admettre qu'un serviteur, même temporaire, lui

achète du saké, Shichizô insista pour qu'il se laisse faire. Ayant calculé qu'il ne pourrait pas boire à satiété du saké offert par son maître, il pressa de nouveau Kisaburô d'en commander. Et selon ses prévisions, celui-ci s'exécuta volontiers et fit apporter par une servante quantité de flacons et de mets légers en accompagnement.

— Avant tout, sachez que je suis très heureux d'être là ce soir, dit Ichinosuke.

— Nous vous félicitons d'avoir passé le col sans encombre, firent les deux compagnons en inclinant la tête.

Poussé à boire, Ichinosuke accepta quelques coupes. Shichizô, lui, but sans limites. Lorsqu'il fut complètement saoul, Kisaburô, qui avait attendu ce moment, s'occupa de lui et l'emmena se coucher, prenant congé du maître. Lequel s'endormit dans la pièce du fond de six tatamis, les deux compagnons partageant l'antichambre de quatre tatamis et demi.

Et dans la nuit, Kisaburô avait tué les deux clients d'une chambre à l'arrière, au premier étage, avant de disparaître.

— C'était donc un bandit ? s'était exclamé Ichinosuke stupéfait, en apprenant la nouvelle.

Shichizô aussi était estomaqué. Il était livide à l'idée d'avoir amené quelqu'un de si peu recommandable, aveuglé par l'argent et le saké.

Bien que cela fût une habitude à l'époque, comme il a été dit précédemment, il allait de soi qu'en cas d'investigations officielles il serait difficile de justifier le fait d'avoir fait passer en fraude un homme dont on ignorait l'origine en le donnant pour son serviteur. En résumé, c'était une infraction qui n'aurait pas porté à conséquence, sans cette affaire d'une extrême gravité.

402

Impossible désormais de dissimuler la vérité, et Ichino-suke devrait forcément en assumer la responsabilité. Complication supplémentaire : le samouraï était descendu dans une auberge ordinaire, et non dans un établissement réservé aux grands seigneurs, alors qu'il était en mission officielle. Ichinosuke s'était rendu coupable dans cette effroyable affaire et se retrouvait sans arguments pour sa défense.

Le jeune Ichinosuke avait alors pris la résolution d'exécuter de sa propre main Shichizô, par qui ce drame s'était produit, et de se faire *seppuku*. Complètement dégrisé, Shichizô était terrifié.

— N'agissez pas à la légère, maître. Attendez un peu.

Tandis qu'il s'efforçait d'apaiser son maître, il s'était souvenu de Takichi rencontré dans le couloir la veille. Il s'était dit qu'en demandant à ce dernier d'attraper le voleur, ce serait un moyen comme un autre d'en réchapper, et c'est ainsi qu'il avait déboulé dans la chambre.

En entendant son récit, Hanshichi et Takichi se regardèrent.

— Mais ton seigneur a vraiment pris sa décision. Il ne peut rien faire d'autre. Que dirais-tu de renoncer à la vie, toi aussi ? fit Hanshichi.

— Ne dites pas ça, sauvez-moi, je vous en supplie ! Regardez-moi, dit Shichizô en implorant Hanshichi, les mains jointes. Lui qui n'était pas foncièrement mauvais arborait désormais le teint d'un mort vivant.

— Que puis-je y faire, si tu tiens tant à la vie ! Allez, sauve-toi maintenant !

— C'est vrai, je peux ?

— Oui, comme ça, si tu n'es pas là, on trouvera plus facilement le moyen de tirer d'affaire ton maître.

Sauve-toi vite. Tiens, prends ça, c'est pas grand-chose, mais tu t'en serviras pour le voyage.

Hanshichi avait pris sa pochette sous le matelas et lui tendait deux bus. Puis il lui demanda de ne pas regagner sa chambre et de se cacher tout de suite. Shichizô prit l'argent et fila en vitesse.

Hanshichi changea de kimono, et il allait se rendre dans la pièce du fond quand, en bas de l'escalier, il tomba sur la servante de l'établissement, complètement déconcertée:

— Eh bien ! Les officiers municipaux ont déjà quitté l'établissement ?

— Non, murmura la fille, toute tremblante. Ils sont encore en bas, à la caisse.

— Ah bon ? Et où se trouve le logement du groupe de trois personnes, un guerrier et son escorte ?

— C'est-à-dire que…

La servante hésitait à parler.

Hanshichi devina à peu près ce qui se passait en lisant sur son visage. Les officiers municipaux sur-veillaient le maître et le serviteur, mais comme c'était un samouraï ils devaient être un peu gênés. Ce que comprenait vaguement la servante, qui hésitait à l'in-troduire dans le logement en question. Pris par le temps, Hanshichi la pressa à nouveau de répondre.

— Alors, où est la chambre ? Dis-le-moi vite.

La fille lui indiqua du doigt la direction, expliquant qu'il fallait avancer tout droit dans la véranda, tourner à gauche, passer devant le bain et, au fond, de l'autre côté du petit jardin intérieur, le logement composé de deux pièces, c'était là.

— C'est bon, merci.

Il longea donc la véranda comme elle le lui avait indiqué et arriva devant le logement.

— Il y a quelqu'un ? interrogea-t-il devant la porte fermée tendue de papier translucide.

N'obtenant pas de réponse, Hanshichi l'entrouvrit doucement pour jeter un coup d'œil discret. Il vit que la moustiquaire était à moitié tombée. Et que, derrière le tissu léger, un homme couvert de sang était étendu sur le futon.

Il s'était déjà fait *seppuku* ?

Faisant fi de la discrétion, Hanshichi poussa résolument la porte et entra. La lumière de la lanterne en papier dans un coin de la pièce éclairait les ondulations bleu-vert de la moustiquaire, au pied de laquelle gisait le cadavre du fameux Shichizô. Sans doute avait-il tardé à se sauver, et son maître l'avait exécuté aussitôt avec son sabre. Mais de quelqu'un ressemblant peu ou prou à un samouraï, pas la moindre trace. Il s'était peut-être caché quelque part après avoir infligé le châtiment. Pour le moment, Hanshichi était perdu dans ses réflexions.

Tout à coup, son oreille fine lui signifia qu'on l'épiait depuis la véranda. Il se retourna d'un mouvement brusque et plongea le regard dans l'obscurité, juste de l'autre côté de la porte coulissante. La jeune servante de tout à l'heure était là, à demi accroupie, l'air de guetter ce qui se passait dans la pièce. Hanshichi se précipita au-dehors, la saisit par le bras et l'entraîna vigoureusement à l'intérieur. La jeune fille avait une vingtaine d'années, un teint clair et le visage rond.

— Hé ! Toi, qu'est-ce que tu fiches ici ? T'as intérêt à me parler franchement. Tu connais l'un des clients qui étaient ici ? Les autres servantes se serrent de frousse les unes contre les autres, et toi, tu traînes toute seule par là depuis tout à l'heure ! Tu dois bien avoir une raison ! Tu reconnais cet homme ? demanda Hanshichi en montrant du doigt Shichizô allongé sous la mousti-quaire.

La servante fit non de la tête, le cou rentré dans les épaules.

— Et l'homme qui l'accompagnait, tu le connais ?

La servante répondit qu'elle ne le connaissait pas non plus. Craintive, elle gardait la tête légèrement baissée, mais Hanshichi remarqua qu'elle jetait de temps à autre un regard inquiet vers le placard mural qui jouxtait l'alcôve destinée à recevoir des objets décoratifs. Les chambres, dans les auberges de ce temps-là, ne comportaient pas de placard, mais celle-là semblait de conception particulière, avec une alcôve pour la forme et dans le prolongement un placard d'un *ken* (un peu moins de deux mètres).

En le regardant du coin de l'œil, Hanshichi hocha la tête.

— Allons, jeune fille, il ne faut rien me cacher. Tu as forcément un lien avec l'un des trois hommes qui étaient ici. Si tu parles franchement, tout ira bien, sinon je vais t'emmener et te remettre entre les mains des fonctionnaires, alors, penses-y. Car dans ce cas, tu risques de ne pas être toute seule à avoir des ennuis. Si tu avoues sans faire d'histoires, je te le garantis, je m'arrangerai pour ne faire de tort à personne. T'as pas encore compris ? Je suis un agent du gouvernement d'Edo et je suis descendu ici pour la nuit. Dis-moi tout, je ne te ferai aucun mal.

Quand il lui révéla son identité, la jeune fille eut l'air terrorisée, mais sous l'effet des menaces et des paroles d'apaisement elle finit par avouer. Elle s'appelait Oseki et était en service à l'auberge depuis deux ans. Quand ils avaient commandé du saké pour la fête de la montagne, la veille, c'était elle qui avait été chargée de le leur apporter et de les servir. Mais le maître, un jeune guerrier, lui avait paru beaucoup plus impressionnant que les deux autres. A la moindre occasion, la jeune Oseki posait son regard sur lui. Les deux hommes de l'escorte s'aperçurent rapidement du manège et se moquèrent d'elle, lui disant que, si elle insistait, ils pourraient lui servir d'intermédiaire auprès de leur maître.

Prenant leur plaisanterie au pied de la lettre, Oseki demanda discrètement à Shichizô d'intervenir en sa faveur quand elle l'accompagna aux cabinets. Dans son ébriété, Shichizô l'assura qu'il allait habilement convaincre son maître et lui dit de revenir discrètement quand toute la maison serait endormie. Oseki prit ses paroles au sérieux et, en pleine nuit, s'esquiva de son lit ; mais en arrivant devant la chambre d'Ichinosuke, elle hésita de nouveau. Comme elle posait la main sur la poignée de la porte coulissante, soudain elle eut honte. Se disant alors qu'il valait mieux s'adresser d'abord à Shichizô, elle poussa la cloison de l'antichambre, dans l'intention de lui demander confirmation du rendez-vous, et découvrit le serviteur ivre mort qui ronflait bruyamment, tel un boa constrictor, un pied hors de la moustiquaire. La place de Kisaburô était vide.

Oseki eut beau le secouer, Shichizô ne se réveillait pas. Elle ne savait plus que faire, quand Kisaburô entra brusquement. La vue d'Oseki le prit visiblement au dépourvu, et comme il restait les yeux fixés sur elle, sans bouger, la jeune fille se sentit très embarrassée et expliqua qu'elle était venue mettre de l'huile dans la lanterne, avant de s'enfuir à toutes jambes.

Mais au lieu de s'éloigner, incapable de renoncer à son projet, elle se tint cachée dans la véranda. A l'intérieur de la pièce, Shichizô semblait s'être réveillé. A mi-voix, une conversation s'engagea avec Kisaburô, puis la cloison s'ouvrit à nouveau discrètement. Sans prendre le temps de vérifier qui allait sortir, Oseki s'enfuit précipitamment dans sa chambre. C'était près d'une heure plus tard que le meurtre du premier étage avait été découvert par le serviteur réellement chargé de remettre de l'huile dans la lanterne. Par crainte d'être compromise, la jeune servante n'avait rien révélé aux officiers municipaux, mais à la réflexion elle se disait qu'au moment où Kisaburô était revenu dans la chambre, il avait déjà accompli son forfait. Il avait échangé quelques mots avec Shichizô avant de ressortir et de s'enfuir en sautant la clôture du jardin intérieur. Evidemment, elle n'était impliquée en rien dans cette affaire, mais elle errait dans le coin depuis tout à l'heure, angoissée à l'idée de sa présence dans la pièce juste à ce moment-là, en plus de l'inquiétude qui la tiraillait au sujet d'Ichinosuke.

— Bon, bon… je comprends, fit Hanshichi en entendant son récit. Et qu'est-ce qui est arrivé à ce samouraï ?

— Il était là jusqu'à maintenant, mais…

— Ne me cache rien. Ici ? demanda Hanshichi en indiquant le placard du menton.

Il avait parlé tout bas, mais sa voix avait apparemment atteint l'oreille de celui qui se cachait. Avant qu'Oseki n'ait prononcé un seul mot, la porte du placard s'ouvrit et le jeune guerrier apparut, le visage blême. Une arme à la main.

— Je suis Komori Ichinosuke. Après avoir exécuté mon serviteur, j'allais me donner la mort quand j'ai entendu des bruits de pas. J'ai pensé au déshonneur d'être arrêté et je me suis caché dans le placard. Maintenant que vous savez tout, je vous en prie, de grâce, laissez-moi m'ouvrir le ventre.

Hanshichi le saisit par le coude pour l'empêcher de reprendre son arme.

— N'agissez pas à la légère. Attendez, ne vous laissez pas emporter de la sorte. Ce Shichizô, il est revenu, non ?

— J'étais résolu à me faire *seppuku* et je suis allé me laver le visage dans le bain pour me purifier. A mon retour, j'ai vu ce serviteur impardonnable qui venait de me voler la ceinture avec mon argent cachée sous mon matelas. Sans hésiter, j'ai exécuté sur-le-champ ce manant décidément irrécupérable.

En effet, la main de Shichizô serrait fortement cette ceinture. Hanshichi le prit à bras-le-corps pour le soulever et constata qu'il respirait faiblement. Il lui fit avaler aussitôt un remontant et demanda à Oseki d'aller puiser de l'eau fraîche. Grâce à ces soins, Shichizô reprit peu à peu connaissance.

— Allez, courage ! dit Hanshichi en lui parlant à l'oreille. Tu as voulu nous rouler, nous aussi. Quel sale type tu fais ! Combien as-tu reçu de cette ordure de Kisaburô ?

— Rien, je n'ai rien reçu, dit faiblement Shichizô.

— Tu mens ! Kisaburô t'a donné une part du butin, et toi, tu as fait exprès de le laisser échapper. Oseki en est témoin. Alors, tu t'obstines à nier la vérité ?

Shichizô baissa la tête en silence.

— Voilà, l'histoire s'arrête là, dit le vieil Hanshichi. Au début, Shichizô n'était pas de mèche avec Kisaburô, mais comme ce dernier est réapparu après son crime au moment précis où l'autre ouvrait les yeux, réveillé par Oseki, le meurtrier s'est dit qu'il avait été vu au mauvais moment et, avant de s'enfuir discrètement, il a donné à

Shichizô quinze ryôs pour prix de son silence. Celui-ci avait sans doute l'intention de faire l'ignorant, mais les choses se sont compliquées de plus en plus, et comme son maître parlait de l'exécuter et de se faire *seppuku*, affolé, il est venu demander à Takichi de l'aider. Il aurait dû fuir immédiatement, mais son maître n'était pas là quand il est repassé prendre ses affaires dans la chambre et la malchance a voulu qu'il soit pris d'un nouvel accès de convoitise. Il a voulu profiter de l'occasion pour lui dérober son argent, histoire d'en avoir encore plus. Voilà comment tout ça s'est terminé. Shichizô est revenu un instant à la vie, mais compte tenu de la gravité de sa blessure, il a fermé définitivement les yeux au lever du jour.

— Et le maître, que lui est-il arrivé finalement ? ai-je demandé.

— J'ai choisi de présenter l'affaire à ma façon. J'ai fait intégralement porter le chapeau à Shichizô car, au fond, tout était de sa faute. J'ai expliqué que le maître lui avait fait confiance pour embaucher ce Kisaburô comme porteur provisoire, parce qu'il s'était présenté comme un parent de son serviteur, et que d'ailleurs, au début, tout s'était passé sans encombre. Certes, en temps normal, le samouraï aurait dû recevoir un blâme sévère, mais à cette époque, dans les dernières années du shôgunat, on faisait encore grand cas de la fidélité d'un partisan du shôgun. L'affaire a donc été entendue ainsi : on a fait endosser toute la faute à Shichizô et Ichinosuke a été innocenté.

— Et Kisaburô, sait-on ce qu'il est devenu ? demandai-je encore.

— Oui, car le destin a voulu que ce soit moi qui mette la main dessus. Cette histoire d'Odawara une fois réglée, je suis allé à Hakone accompagné de Takichi. C'est lui qui m'a parlé d'un type louche croisé dans l'auberge de la station thermale voisine. Mon attention a été attirée et j'ai mené ma petite enquête au sujet de cet individu : il boitait du pied gauche. Pour plus de sûreté, j'ai fait venir quelqu'un de l'auberge d'Odawara et lui ai demandé de l'examiner discrètement. Il a été catégorique : il s'agissait indubitablement du client ayant séjourné chez eux l'autre soir. On l'a donc arrêté aussitôt. L'homme a avoué qu'en franchissant la clôture du jardin de l'auberge, il avait glissé et s'était foulé sérieusement la cheville gauche. Incapable de s'enfuir plus loin, il avait réussi à se cacher dans la station thermale et à se faire soigner. Cette arrestation n'a donc rien d'un exploit, je la dois simplement à la chance.

Quant au guerrier Komori Ichinosuke, il est venu jusque chez moi pour me remercier, après mon retour à Edo, et je lui ai raconté cet épisode de l'affaire. Il en a paru très satisfait. On dit que lors de la Restauration impériale (1868), ce samouraï est mort, les armes à la main, du côté de Shirakawa à Oshû, au nord. Mieux valait finalement qu'il périsse glorieusement au combat, plutôt que de connaître une mort pitoyable et solitaire en s'ouvrant le ventre dans une auberge d'Odawara.

Achevé d'imprimer
sur les presses du

Groupe Horizon

Parc d'activités de la plaine de Jouques
200, avenue de Coulin
F - 13420 Gémenos

Dépôt légal : avril 2004